BASTEI
LÜBBE
TASCHENBUCH

»Wird da verziehn,
wo Missetat besteht?«

William Shakespeare,
HAMLET III, 3. (König)

Über den Autor:

Paul Marten ist in Deutschland geboren und aufgewachsen – und er ist anglophil. Viel Zeit verbrachte er an Englands wunderschöner Südküste, vor allem in Exeter und Umgebung. Den Schreibtisch eines Journalisten hat er bereits vor vielen Jahren mit dem Schreibtisch eines Schriftstellers getauscht.

PAUL
MARTEN

Die dunklen WASSER von EXETER

KRIMINALROMAN

BASTEI
LÜBBE
TASCHENBUCH

BASTEI LÜBBE TASCHENBUCH
Band 17 563

Dieser Titel ist auch als E-Book erschienen

FSC
www.fsc.org
MIX
Papier aus verantwortungsvollen Quellen
FSC® C083411

Originalausgabe

Lektorat: Daniela Jarzynka
Textredaktion: Heike Rosbach, Nürnberg
Titelillustration: © shutterstock/gyn9037;
© iStockphoto/William D Fergus McNeill
Umschlaggestaltung: Kirstin Osenau
Satz: Urban SatzKonzept, Düsseldorf
Gesetzt aus der Garamond
Druck und Verarbeitung: CPI books GmbH, Leck – Germany
Printed in Germany
ISBN 978-3-404-17563-5

5 4 3 2 1

Sie finden uns im Internet unter www.luebbe.de
Bitte beachten Sie auch: www.lesejury.de

TAG 1

MITTWOCH, 13. JULI

1

Für Craig McPherson war es hilfreich, zwischen einem Bestatter und der Kirche der Zeugen Jehovas zu wohnen: Der Bestatter erinnerte ihn daran, dass das Leben jederzeit zu Ende sein konnte, die Zeugen Jehovas, dass Gott eine Illusion war. Holloway Street 25, Exeter. Seine neue Adresse, nachdem man ihn vor sieben Monaten und sechs Tagen aus seiner Heimat Edinburgh, Schottland, verbannt hatte. Dass seine Straße nach dem Londoner Gefängnis »Her Majesty' Prison Holloway« benannt war, passte gut, denn was war Exeter für ihn, wenn nicht ein Gefängnis?

Immerhin stand noch »Detective Chief Inspector« in seinem Dienstausweis. Das Plastikkärtchen öffnete ihm Türen, machte manche Menschen gesprächig, andere brachte es zum Verstummen, und es gab ihm die Befehlsgewalt über eine ganze Reihe Detectives, die ihm zuarbeiten mussten, wenn er auf der Jagd nach einem Mörder war.

Es war kurz vor zwei Uhr in der Nacht, und wie meistens wollte sich kein Schlaf einstellen: Sobald sich Craig auf das rote Bettlaken legte, das die Matratze verhüllte, stürmten die Erinnerungen auf ihn ein, er begann zu schwitzen, sein Magen drehte sich um, der rechte Arm zitterte. Das konnte Stunden andauern, eine denkbar schlechte Voraussetzung für einen Tag, der ihm mit Sicherheit einiges an Stress bringen würde.

Also stand er auf, zog ein ärmelloses T-Shirt über und stieg in eine wadenlange Trainingshose. Er legte den Taschengürtel an, in dem er das Handy, seinen Dienstausweis, den Schlüssel und zwei Zwanzig-Pfund-Noten verstaute. Er trat vor die Tür, atmete die feuchtheiße Luft ein, wandte sich nach links und lief los. Schon nach den ersten Schritten ließ das Zittern im Arm nach, sein Magen beruhigte sich. Die Therapie war eigentlich ganz einfach. Er musste nur in Bewegung bleiben, dann verschwanden die Symptome seines Traumas sofort. Er brauchte weder Medikamente noch einen Shrink, der ihm Dinge einredete, die es gar nicht gab.

Die Sommerhitze lag bleischwer über Exeter. Tagsüber wagten sich Katzen nicht auf die Dächer, es herrschten Temperaturen, wie sie die Stadt seit Jahrzehnten nicht mehr erlebt hatte. Selbst jetzt, zwei Stunden nach Mitternacht, trieb ihm die schwüle Luft schon nach den ersten Metern den Schweiß aus allen Poren. Die Stadt war gelähmt, alles lief in Zeitlupe ab. Ein Gewitter war nicht in Sicht.

Die Holloway Street führte hier leicht bergab, gut zum Warmlaufen, denn trotz der Hitze waren seine Muskeln kalt und verspannt vom langen Sitzen am Schreibtisch. Er passierte die Kirche der Zeugen Jehovas, die sie »Königshalle« nannten, genoss den leichten Anstieg auf der Topsham Road, bog rechts in die Weirfield Road ab, die steil hinab zum Exe und den Quays führte. Sein Puls schlug gleichmäßig, Craig ging es gemütlich an, er wollte sich nicht zu früh verausgaben.

In keinem der putzigen Backsteinhäuschen, an denen er vorbeitrabte, brannte Licht. Die Menschen lagen in ihren Betten, versuchten zu schlafen, wahrscheinlich bereits seit halb zwölf, denn um elf schlossen die meisten Pubs. Gott, wie er Edinburgh vermisste. Und ja, verdammt, genauso vermisste er einen anständigen Drink, einen achtzehn Jahre alten Glengoyne oder einen jungen wilden Laphroaig, der so schwer nach Torf und Rauch duftete, dass ihm allein schon der Gedanke daran das Wasser im Mund zusammenlaufen ließ. Aber Craig hatte auf seine Mutter und seinen Clan geschworen, nie wieder zu trinken. Man konnte ihm nachsagen, was man wollte: Einen solchen Schwur würde er nicht brechen – nicht ohne Not.

Craig bog nach rechts auf den Pfad, der den Exe säumte. Nur jede zweite Straßenlaterne spendete Licht, ausreichend, um den Weg gut zu erkennen und nicht in ein Loch zu treten. Der Fluss wälzte sich träge durch sein Bett, das Wasser schimmerte ölig, so als hätte die Hitze alles Lebendige aus ihm herausgesaugt.

Craig wendete, lief den Exe flussabwärts Richtung Belle Isle Park. Dort überquerte er den Fluss auf der Fußgängerbrücke und folgte dem Weg, der über eine weitere Brücke zu den Quays zurückführte.

Nicht eine Menschenseele begegnete Craig, er genoss die Einsamkeit, die in ein paar Stunden von hektischer Betriebsamkeit im Headquarter abgelöst werden würde. Trotz seiner Verbannung aus Edinburgh hatte er seinen Rang behalten und auch seine Aufgabe: Er war Mitglied im Major Crime Investigation Team, kurz MCIT, das sich auch grenzüberschreitend um Mord und Totschlag kümmerte. In Exeter war er dem CID zugeteilt.

Es war ihm noch immer ein Rätsel, wie es sein ehemaliger Chef in Edinburgh, Gordon Brodie, geschafft hatte, seinen Rausschmiss zu verhindern. Gordon hatte ihn zu sich bestellt, ihm die Versetzungsurkunde in die Hand gedrückt und die Bedingungen diktiert: »Nie wieder Alkohol. Nie wieder falsche Loyalitäten.« Craig hatte keine Wahl gehabt und mit einem kaum sichtbaren Nicken den Deal akzeptiert.

Einmal pro Woche musste Craig zum Screening und alle vierzehn Tage zur Drogenberatung, noch dreizehn Monate lang, das war die Bedingung gewesen, auf die er sich hatte einlassen müssen. Ansonsten hätte auch Brodie ihn nicht schützen können. Seit sieben Monaten hatte er nicht einen Schluck Alkohol getrunken. Der Schuss vor den Bug hatte geholfen, und es war leichter gewesen, als er vermutet hatte. Nur manchmal, so wie eben, überkam ihn die Sehnsucht nach dem trostspendenden Alkohol, nach dem Geräusch, wenn er den Korken aus der Flasche zog, nach dem warmen Nebel, der sein Gehirn einlullte.

Craig machte einen kleinen Umweg über die Haven Road, auch hier lag die Stadt im Hitzekoma. Nur an der besetzten Lagerhalle brannte eine Lampe, zwei junge Leute saßen auf Campingstühlen und beäugten ihn misstrauisch. Obdachlose und Aktivisten waren vor vier Monaten hier eingezogen und hatten ihr Recht in Anspruch genommen, leerstehenden Raum zu nutzen. Da sie nichts Illegales taten, der Besitzer nicht bekannt war und niemand Anspruch auf das Gebäude erhob, gab es keinen Grund und keine Handhabe, die Halle zu räumen. Vielen war es sogar recht, denn die Besetzer hatten Ordnung geschaffen, auf eigene Kosten den Müll entsorgt und waren dabei, die Fassade auszubessern. Angeführt wurden sie von einer jungen Frau, deren Namen Craig vergessen hatte.

Die Flaneure, die sonst in einer Sommernacht die Straßen bevölkert hätten, saßen zu Hause unter ihren Klimageräten und versuchten ein wenig Abkühlung zu erhaschen. Das Smokehouse mit seiner einmaligen Whiskygalerie kam in Sicht, es hatte schon lange geschlossen. Hier hätte sich Craig häuslich eingerichtet, wenn er noch getrunken hätte. Aber das war vorbei. Für alle Zeiten. Verdammt!

Er machte sich auf den Rückweg, ließ die kleinen Kunstgewerbe- und Souvenirläden am Quay hinter sich, die zum Teil fantastische Handwerksarbeit anboten und zum Teil Dinge doppelt so teuer verkauften, als sie wert waren.

Craig lief wieder am linken Ufer des Exe entlang. An seiner

Hüfte begann die Handytasche zu vibrieren. Er blieb stehen, überlegte, ob er den Anruf annehmen sollte oder nicht. Er war sich sicher, dass es das Headquarter war, denn niemand sonst hätte ihn um diese Zeit angerufen, außer seinem Bruder vielleicht, aber der hatte im Moment andere Sorgen. Da Craig sowieso keinen Schlaf finden würde, nahm er den Anruf an. Es war Sergeant Morrison, wie McPherson ein nachtaktives Wesen, der zur Freude seiner Kollegen liebend gerne die Nachtschichten übernahm. Man munkelte, dass er Vampirblut in den Adern habe und deshalb das Tageslicht scheue. Daher hatte er auch seinen Spitznamen: Dracu.

»Hey, Dracu, Craig hier.«

»Glaubst du wirklich, dass irgendjemand in dieser Stadt deinen Schotten-Akzent nicht erkennen könnte? Du blökst wie ein Schaf.« Er lachte meckernd.

Craig ignorierte die Frotzelei. »Was willst du? Ich bin nicht im Dienst.«

»Du bist immer im Dienst, wann wird dir das endlich klar?«

»Was ist mit der Bereitschaft?«

»Ausgebucht. Die sind im Dartmoor unterwegs. Ich habe einen anonymen Anruf. Irgendwo in der Nähe der Quays soll ein Freischwimmer unterwegs sein.«

»Klang der Anrufer glaubwürdig?« Craig hatte keine Lust auf einen Freischwimmer, eine Wasserleiche. Meistens stanken sie, waren aufgedunsen und schwer zu identifizieren. Bei dem Wetter blähte sich eine Leiche nach ein oder zwei Tagen auf wie ein Ballon. Eine falsche Bewegung, und sie ließen Dampf ab und verseuchten alles im Umkreis von zwei Metern mit Gasen und Flüssigkeiten, von denen man nicht einmal den Namen wissen wollte.

»Definitiv.«

»Und warum hat er dann seinen Namen nicht genannt?«

»Jetzt stänker nich' rum. Ist doch wurscht. Wir müssen der Sache nachgehen, so oder so, das weißt du doch.«

»Schon gut. Warum schickst du keine Rookies? Die könnten nach dem Freischwimmer suchen und sich ein paar Lorbeeren verdienen.«

»So was ist nichts für Anfänger, McPherson. Tu mir den Gefallen, dann ist die Sache schnell geklärt. Du bist irgendwo da unten, oder? Bist du nicht jede Nacht an den Quays?«

Craig rieb sich die Stirn. »Alles klar. Ich schau mir die Sache mal an.«

»Für 'en Schotten bist du echt in Ordnung, McPherson. Ich würd dir ja einen ausgeben, aber mit Milch kann man schlecht anstoßen.«

Morrison lachte so laut, dass Craig den Hörer vom Ohr weghalten musste, um keine Kopfschmerzen zu bekommen. »Ich melde mich.«

Craig steckte das Handy wieder ein, lief los, konzentrierte sich darauf, die Dinge so zu sehen, wie sie waren, und alles herauszufiltern, was nicht ins Bild gehörte. Er passierte das Wehr, donnernd rauschte der Exe darüber hinweg, auch jetzt im Sommer führte er genug Wasser, um sogar Baumstämme mit sich zu zerren. Eine Wasserleiche würde keinen großen Widerstand leisten, falls es denn überhaupt eine gab. Fehlalarme waren an der Tagesordnung, Craig hoffte, dass es heute ebenso sein würde. Wenn es kein Fehlalarm war, war es in der Tat gut, dass er vor Ort war, das konnte ihm eine Menge Arbeit ersparen, denn die meisten Rookies waren Spurenvernichtungsmaschinen – und eine Extrarunde konnte ebenfalls nicht schaden. Von Müdigkeit war er nach wie vor weit entfernt.

Craig lief flussabwärts bis zum Ende des Riverside Valley Parks, blieb ab und zu stehen, spähte über das Wasser, kehrte um und lief an der Waterlane zurück. Kurz vor der Abbiegung in die Weirfield Road stutzte er. Da war etwas im Fluss gewesen, das da nicht hineingehörte. Er drehte sich um, ging etwa zehn Meter zurück. Ein Busch wuchs hier von einer kleinen Sandbank aus etwa zwei Meter die Böschung hinauf. Craig schaute auf die glatte Wasserfläche. Nichts. Hatte er sich getäuscht? Er hangelte sich den Abhang hinunter, der Sand trug sein Gewicht, er machte ein paar vorsichtige Schritte ins Wasser hinein, das ihm schnell bis zu den Waden reichte. Hier unten war das Gebüsch viel dichter, als es den Anschein gehabt hatte. Etwas berührte seine Knie, er schaute hin, sein Herz machte einen Satz, trotz aller Routine. Er hatte Leichen in allen erdenklichen Zuständen gesehen, von frisch bis verflüssigt, von geschreddert bis tiefgekühlt. Trotzdem ließ ihn der Anblick eines Toten nicht kalt.

Craig beugte sich zu der Leiche hinunter, die sich im Geäst verfangen hatte. Die Strömung hatte den Körper herumgedrückt, der rechte Fuß war gegen sein Knie gestoßen. Er steckte in einem braunen Lederschuh, der nach Geld aussah. Inzwischen war Craig bis zu den Knöcheln in den Morast eingesunken, der das Flussbett überzog, das Wasser stand ihm bis zum Knie. Er zückte sein Handy, informierte Morrison, der außer einem Grunzen nichts weiter von sich gab, sondern sofort Streifenwagen, Coroner, Rechtsmedizin und Spurensicherung in Marsch setzen würde.

Als Nächstes schoss Craig ein paar Fotos, im Blitzlicht seines Handys schienen die Arme der Leiche zu zucken. Der Tote lag mit dem Gesicht nach unten im Wasser. Ein Mann, keine Frage. Tot, ebenso klar. Das Einzige, das ihn als Wasserleiche qualifizierte, war die Tatsache, dass er im Exe schwamm. Er war nicht aufgedunsen, hatte keine Fressspuren. Die Jeans war durchnässt, an einigen Stellen war sie eingerissen, das leichte Leinenjackett ebenso. Eine frische Leiche, ja, aber sie musste oberhalb des Wehrs in den Exe gefallen sein. Die Risse im Stoff der Jeans und des Jacketts und die Schürfwunden, die darunter zu sehen waren, legten das nahe. Der Exe hatte den Mann über den rauen Beton des Wehrs gezerrt und ihn dabei so zugerichtet.

Craig schaltete die Taschenlampe des Handys ein. Am Hinterkopf konnte er eine Verletzung erkennen. Ob sie von einem Schlag oder einem Sturz herrührte oder durch die Strömung entstanden war, konnte er nicht sagen. Wasserleichen hatten typischerweise Kopfverletzungen, denn der Schädel war schwer und schleifte über den Grund, wie ein zu leichter Anker, der ein Schiff nicht halten kann. Dabei konnten Verletzungen entstehen, die aussahen wie Schläge.

Er leuchtete nach oben und suchte die scharfe Kante der Betonböschung ab. Kein Blut zu erkennen. Der Mann konnte irgendwo niedergeschlagen und dann in den Exe geworfen worden sein. Oder er war weiter flussaufwärts gestürzt, hatte das Bewusstsein verloren und war ertrunken. Die Strömung hatte ihn dann hierher getrieben.

Sirenen heulten, kamen näher. Craig schwenkte sein leuchtendes Handy, damit die Kollegen ihn besser sehen konnten. Ein Streifenwagen hielt dicht am Rand der Böschung, direkt über ihm.

Der Constable, der hinter dem Lenkrad saß, sprang aus dem Wagen, ein junger Bursche, ein echter Rookie, keine zwanzig Jahre alt. Er blickte sich verwirrt um, purzelte fast die Böschung herunter. »Da ist nichts!«, sagte er halblaut.

Von da oben konnte man Craig durchaus übersehen, er stand im Schatten der Böschung, den die Laterne über ihnen auf den Exe warf. Deswegen hatte er auch die Leiche fast nicht entdeckt.

»Hier unten«, rief Craig.

Der Constable schrie auf, stolperte, taumelte, ruderte mit den Armen, trat ins Leere, fiel, klatschte ins Wasser, blieb zappelnd an dem toten Körper hängen, fuchtelte herum und zog ihn ein Stück mit sich.

Die nächste Wasserleiche, dachte Craig, aber der Constable fasste sich und rettete sich mit hektischen Schwimmbewegungen ans Ufer. Craig reichte ihm die Hand, der Rookie griff zu und zog sich hoch.

»Sorry, Sir, ich ... das wollte ich nicht ... ich meine ... mein Gott, hab ich mich erschrocken! Eine Leiche, die redet ...«

Craig klopfte dem Burschen auf die Schulter. Wasser spritzte. »Schon gut, mein Junge. Kein Thema. Kann jedem passieren.« Craig hatte in Edinburgh am eigenen Leib erlebt, wie Neulinge fertiggemacht wurden. Der geringste Fehler führte zu Hohn und Spott und Nachtschichten. Er hatte sich geschworen, es anders zu machen, sollte er je DCI werden.

Der Rookie krabbelte sichtlich erleichtert zurück auf den Weg, schüttelte sich wie ein nasser Hund. Außer dem Schrecken würde nichts zurückbleiben, das Wasser des Exe war gut geheizt von der Sommersonne, es bestand keine Gefahr, dass sich der Rookie eine Erkältung zuzog. Allein der Schreck würde ihm den einen oder anderen Albtraum einbringen und der Ärger, ein neues Airwave zu bekommen, das Funkgerät, ohne das ein Constable die Wache nicht verlassen durfte.

Ein weiterer Streifenwagen traf ein, zwei Beamte stiegen aus. Einen davon kannte Craig. Es war Oscar Pettigrew, Police Chief Inspector und Leiter der Exeter Central Police Station, der örtlichen Polizeistation, die dem Headquarter zuarbeitete. Den anderen hatte er noch nie gesehen. Pettigrew war sicherlich nicht aus dem Bett gesprungen, um seinen Leuten unter die Arme zu greifen; er war hier, um nach dem Rechten zu sehen. Pettigrew war ein Kontrollfreak erster Güte, er war berüchtigt für seine Berichtswut. Alles musste bis ins Detail aufgeschrieben werden, selbst wenn es nichts zur Sache beitrug. Der Chief mochte Craig nicht besonders, das wusste er, aber er ließ es ihn nicht spüren, und Craig fragte sich, wie viel Pettigrew wusste. Über ihn und Edinburgh und seinen Abgang von dort.

Pettigrew warf einen Blick auf Craig, grinste und baute seine zweieinhalb Zentner vor dem Grünschnabel auf. Er schwitzte, wischte sich mit einem Taschentuch über seine Glatze. Seine Dienstmütze hatte er im Auto gelassen. »Was ist hier los?«

»Ich bin ins Wasser …«

»Das ist nicht zu übersehen!« Pettigrew kratzte sich am Kopf, er stand unter Dampf, aber noch beherrschte er sich. Wenn er platzte, war es schlimmer, als wenn eine aufgedunsene Leiche explodierte. »Was ist mit dem Toten?«

»Männlich, Kopfverletzung«, meldete Craig von unten.

Pettigrew trat an die Böschung heran, verlor den Rookie aus dem Fokus. »Haben Sie die Leiche so aufgefunden?«

»Nein. Nicht ganz. Der Kollege ist beim Versuch, mir zu helfen, unglücklich gestürzt, hat die Leiche dabei bewegt, aber ich habe sie vorher fotografiert, kein Problem.« Craig streckte sich lang, hinderte die Leiche daran, sich auf den Weg den Exe flussabwärts zu machen, drückte sie in den Busch, damit sie nicht wegtreiben konnte. Wollte die Leiche sich der Untersuchung entziehen? Hatte sie Geheimnisse, die sie nur dem Exe anvertrauen konnte? Craig schüttelte den Kopf, damit sich die absurden Gedanken verzogen. Er musste unbedingt etwas gegen seine Schlaflosigkeit tun. Langsam aber sicher machte sich der Entzug bemerkbar. Seine Reflexe litten, aber auch sein logisches Denken.

»Die Jungs von der Spurensicherung müssten gleich da sein.

Sieht nach Unfall aus.« Pettigrew reichte Craig die Hand und zog ihn mühelos hoch. Der Mann war zwar fett, aber unter dem Fett lauerten Muskelpakete.

Einen Moment standen sie so dicht aneinander, dass sich ihre Nasen fast berührten. Pettigrew schnupperte, Craig hauchte ihn an und verzichtete auf eine Bemerkung.

Pettigrew trat einen Schritt zurück. »Ihr Fall, Detective Chief Inspector. Was sollen wir tun?«

»Das Übliche. Weiträumig absperren. Zeugen suchen. Halten Sie Ausschau nach offenen Fenstern. Checken Sie die Überwachungskameras.«

Pettigrew salutierte übertrieben und vor allem unnötig, dann erteilte er befehlsgewohnt die richtigen Anweisungen. Vom Rang her stand Pettigrew mit Craig auf einer Stufe. Craig war ihm dankbar, dass er nicht eitel war und nicht mit ihm um die Leitung kämpfte. Dass er geprüft hatte, ob Craig betrunken war, wertete er nicht als Angriff. Pettigrew hatte seine Pflicht erfüllt. Ein besoffener Chief Inspector konnte eine ganze Ermittlung zum Kippen bringen, wenn die Verteidigung davon erfuhr. Ein Mörder konnte ungeschoren davonkommen. Damit hatte Craig Erfahrung, und er wollte es nie wieder erleben, dieses Gefühl, ein vollkommener Idiot zu sein, vielleicht verantwortlich für das nächste Opfer des Mörders, den man hatte gehen lassen müssen.

Dem Rookie schärfte Pettigrew ein, in diesem Zustand möglichst keine Zeugen zu vernehmen. Auch das war absolut korrekt. Der Junge war mit einem blauen Auge davongekommen. Allerdings würde er nicht verhindern können, dass sich die Sache herumsprach und er für ein paar Monate von seinen Kollegen gepiesackt wurde. Wahrscheinlich würde man ihm einen Goldfisch schenken und ihn ab jetzt nur noch »Freischwimmer« nennen.

Ein Zivilfahrzeug näherte sich, ein Rover Defender. Pettigrew pfiff durch die Zähne. »Der neue Coroner persönlich.«

Der Defender hielt neben dem ersten Streifenwagen. Craig hatte den neuen Coroner noch nicht kennengelernt. Er wusste nur, dass er eine Frau war und Sienna Fly hieß. Sie hatte sich vor einem halben Jahr gegen vier männliche Kandidaten durchgesetzt und damit schon jetzt Polizeigeschichte geschrieben. Sie war die erste Frau, die zum Coroner von Exeter und Umgebung ernannt worden war. Üblicherweise hatte Craig mit dem Coroner selbst nicht viel zu tun, sondern mit den Pathologen und Rechtsmedizinern, die ihm – oder besser gesagt – ihr unterstanden. Die Aufgabe des Coroners war es, Todesursache und -zeitpunkt festzustellen sowie gegebenenfalls eine Obduktion anzuordnen. Außerdem trat sie in Aktion, wenn es in Bereichen mit staatlicher Verantwortung zu Todesfällen kam: im Polizeigewahrsam, im Gefängnis oder in einem Jugendheim oder einer Schule. In diesen Fällen musste das Verfahren zur Feststellung der Todesursache vor einer Jury mit mindestens sechs Geschworenen durchgeführt werden. Der Coroner durfte eigene Ermittlungen anstellen, in der Praxis jedoch warteten die Coroner auf den Abschlussbericht der Polizei, bis sie ihr Urteil fällten. In Schottland gab es keinen Coroner, bis jetzt hatte Craig keinen wirklichen Unterschied in der Arbeit bemerkt. Alles war bislang reibungslos abgelaufen.

Sienna Fly stieg aus dem Wagen, sie trug eine armeegrüne Anglerhose, die wie ein Sack um sie herumflatterte. Das Teil war eindeutig zwei Nummern zu groß. Sie schaute sich um und kam auf Pettigrew zu, zeigte auf die Hose. »Ein scheußliches Ding, aber mein Vorgänger hatte leider die falsche Konfektionsgröße, und wir alle wissen ja, wie langsam die Mühlen der Materialbeschaffung mahlen. Ich glaube, die Ausschreibung läuft seit acht Wochen.« Sie blieb vor dem Chief stehen. »Mr. Pettigrew«, sagte sie leise und schüttelte ihm die Hand. Dann wandte sie sich an Craig, blickte ihm in die Augen, hielt ihm ihre Hand hin. Schmale lange Finger. Kurze Nägel, grau lackiert. »DCI McPherson, nehme ich an. Sie sind der ranghöchste Detective hier?«

Craig fragte sich, woher sie ihn kannte. Die Polizei von Exeter hatte mehr als tausend Beamte. »Sie kennen mich?«

Fly legte den Kopf schräg, mit ihrem blonden Pferdeschwanz wirkte sie wie ein Teenager, aber ihre dunkelgrauen Augen verrieten Craig, dass sie alles andere als ein kleines naives Mädchen war.

»Nun ja ...« Sie lächelte unsicher. »Rotschöpfe, die aussehen wie Iren, aber aus Schottland kommen, haben wir hier nicht allzu häufig.« Ihr Lächeln wurde breiter. »Das war nicht böse gemeint. Sie waren hier und da Gesprächsthema, als Sie in unsere Stadt kamen. Klatsch eben. Ich gebe nichts auf Klatsch.« Sie hob eine Hand, zeigte McPherson zwei gekreuzte Finger und lachte. »Und manchmal flunkere ich. Was haben wir?«

Diese Frau hatte ausgesprochen angenehme Umgangsformen, sie war ehrlich, charmant und direkt. Eigenschaften, die Craig bei zu wenigen Menschen antraf. Er wiederholte, was er Pettigrew bereits berichtet hatte.

Fly trat an den Rand der Böschung, warf einen Blick hinunter, winkte Pettigrew. »Schafft ihn da raus! Bei mir im Kofferraum ist Folie und ein Leichensack. Ich schaue ihn mir gleich hier mal an.«

Sie wandte sich zu ihrem Wagen, blieb stehen, rieb sich die Schläfen. »Ach ja, Pettigrew, fordern Sie eine Hundertschaft an.«

Pettigrew hustete. »Eine Hundertschaft, Ma'am?«

Fly lächelte erneut, aber jetzt war es nicht das warme Lächeln, das sie Craig geschenkt hatte, jetzt schien sie etwas verbergen zu wollen, vielleicht ihr Erstaunen oder ihre Empörung über Pettigrews Nachfrage.

»Das gesamte Ufer muss abgesucht werden. Von hier aus zwei Kilometer flussaufwärts und mindestens einen Kilometer flussabwärts. Bis wir was gefunden haben. Alles absperren. Zusätzlich zur Hundertschaft brauchen wir Taucher.«

Pettigrew versteifte sich. »Wie Sie wünschen, Ma'am.«

Hatte Pettigrew ein Problem mit Fly? Sie war als Coroner jetzt und hier der Boss, und sie hatte es niemanden spüren lassen. Im Gegenteil. Sie hatte Craig als ranghöchsten Officer akzeptiert und Pettigrew mit Respekt behandelt.

Fly ließ sich nichts anmerken, kramte im Kofferraum und überreichte dem Rookie die Folie. Er breitete sie aus, dann zogen sie den Leichnam aus dem Wasser, bugsierten ihn die Böschung hinauf, legten ihn ab und drehten ihn auf den Rücken.

Craig, Fly und Pettigrew pfiffen gleichzeitig durch die Zähne. Craig sprach aus, was alle dachten: »Warum muss es ausgerechnet einer der bekanntesten Bürger der Stadt sein?«

2

»Verdammt«, entfuhr es Pettigrew.

»Das is' ja ein Ding«, sagte der Rookie.

»Schafft Sichtblenden her, sofort!«, befahl Fly.

»Ich rufe den Superintendent an«, sagte Craig. Er zog sein Handy heraus, drückte auf die Kurzwahltaste für Arthur Keen, DSI.

Das Freizeichen erklang fünfmal, dann hörte Craig die Bassstimme seines Chefs. »McPherson! Was gibt's?«

Keen hielt sich nicht mit dummen Bemerkungen auf, ob Craig wisse, wie spät es sei, oder dass er ihn zur Verkehrspolizei versetzen würde, wenn es nichts Wichtiges war. Keen wusste, wenn Craig mitten in der Nacht anrief, dann brannte irgendwo die Luft. Niemand rief Keen freiwillig an, auch Craig nicht. »Wir haben gerade Floyd Carpenter aus dem Exe gefischt. Tot. Da, wo die Weirfield Road auf den Fluss trifft.«

»Zehn Minuten.« Keen legte auf.

»Keen ist gleich da.« Craig zeigte auf Pettigrew. »Sorgen Sie bitte dafür, dass die Presse außen vor bleibt. Wir werden nicht verhindern können, dass die Sache durchsickert, aber wir können versuchen, die Details so lange wie möglich geheim zu halten.«

In der letzten Zeit häuften sich die Fälle von Indiskretion. Die Medien boten immer mehr Geld, die Polizisten verloren immer häufiger ihre Ehre. Erst vergangenen Monat hatte Keen ein Leck aufgespürt und den Officer mit Schimpf und Schande aus dem Dienst gejagt.

»Das ist eine riesengroße Scheiße!« Pettigrew kniff die Lippen zusammen und zeigte auf die Leiche. »Der Mann hat dafür gesorgt, dass ich ein Haus in der Wayland Avenue kaufen konnte, als ich nichts auf der Naht hatte.«

»Das Riverside4All-Projekt. Schon davon gehört, McPherson?«, fragte Fly und knöpfte Carpenter das weiße Hemd auf.

»Nein. Aber es klingt nach irgendwas Sozialem.«

Pettigrew prustete wie ein Walross. »Ich will verdammt sein, wenn es irgendeinen anderen Bauunternehmer gibt, der sich so für die Leute eingesetzt hat. Er hat aus eigenem Vermögen Kredite vergeben – für einen lächerlichen Zinssatz. Die Banken waren echt sauer, denen ist so manches Geschäft durch die Lappen gegangen. Vor allem den Erstkäufern, den jungen Leuten, den frisch Verheirateten, denen hat er geholfen, ohne daran zu verdienen. So wie mir damals.«

»Ein echter Wohltäter, wie?« Craig glaubte nicht an das Gute im Unternehmer. Er musterte Pettigrew.

Der verzog angriffslustig das Gesicht. »Klar, die Schotten kennen so was wie Uneigennützigkeit nicht. Carpenter war anders. War eine Ausnahme. Das hat er von seinem Vater übernommen, hat genauso weitergemacht. Auch das gibt es, McPherson. Sie sollten besser nicht den Stab über andere brechen.« Pettigrew fletschte die Zähne.

»Okay, okay! Ich gebe zu, ich habe vorschnell geurteilt. Ich kenne den Mann überhaupt nicht, Sie haben recht, Pettigrew.« Craig hielt ihm die Hand hin. »Ich werde ihn bald kennenlernen, und wenn es dabei bleibt, dass er ein Engel ist, kriegen Sie eine Flasche achtzehnjährigen Laphroaig, wenn nicht, kriege ich eine Flasche von Ihnen persönlich handgepressten Orangensaft – den Sie vor versammelter Mannschaft herstellen und mit mir trinken werden.«

Pettigrew kratzte sich am Kopf. »Das ist echt hart, aber da Sie verlieren werden, Craig, abgemacht.«

Klatschend schlugen die Hände aufeinander.

Fly erhob sich. »Sie können sich schon mal von dem Laphroaig verabschieden, Craig. Ich lebe seit meiner Geburt in Exeter. Carpenter *war* ein Guter. Es ist schade, dass er tot ist. Ich hoffe, sein Nachfolger wird sein Werk fortsetzen. Er hat übrigens keinerlei Abwehrverletzungen, falls es jemanden interessiert.«

»Unfall?«, fragte Pettigrew.

»Was ist mit der Kopfverletzung?«, fragte Craig.

Fly kniete sich hin, nahm den Kopf und drehte ihn auf die Seite. Carpenter sah aus, als schliefe er. Seine Haut schien im warmen Licht der Laterne rosig und gesund.

»Keine stumpfe Gewalt. Scharfe Wundränder. Könnte natürlich auch von einem Kantrohr stammen. In der Wunde kann ich Fragmente ausmachen, die von einem Betonstein stammen können. Natürlich kann er auch gestürzt sein. Ich ordne die Obduktion an und werde ihn persönlich untersuchen. Craig, möchten Sie dabei sein?«

»Wann?«

»Sofort.«

»Grundsätzlich ja, aber ich will auf keinen Fall, dass die Familie es aus der Zeitung erfährt!«, entgegnete Craig ruppiger, als er es beabsichtigt hatte.

»Das sehe ich genauso!« Alle fuhren herum. Keen trat aus dem Schatten, er hatte sich unbemerkt genähert. Er hielt Fly seine manikürte Hand hin, sie schlug ein. »Schön, *Sie* hier zu sehen. Dann kann ich davon ausgehen, dass ich eine fehlerfreie Obduktion bekomme.« Fly wollte zum Protest ansetzen, aber Keen schnitt ihr das Wort ab. »Alle Ihre Leute sind gut, aber Sie sind nun mal die Beste.« Er lächelte, Fly schwieg. Keen wandte sich an Craig. »Kontaktbeamtin, Psychologe und Arzt sind gleich hier, dann können Sie die Familie besuchen. Danach kommen Sie zur Obduktion dazu.« Er warf einen Blick auf Carpenter. »Irgendeine Idee? Sobald die Presse Wind davon bekommt, gehen die Spekulationen los.«

»Nichts Konkretes, Sir«, sagte Craig. »Ohne Obduktion …« Er ließ den Satz in der Luft hängen. Schweiß lief Keen am Hals hinunter, er war in voller Uniform aufgelaufen. »Wir werden am Exe jeden Stein umdrehen, eine Hundertschaft ist …«

Keen unterbrach Craig. »Okay, okay, schon gut. Bitte die Ohren aufsperren: Der Fall ist delikat, das brauche ich wohl niemandem zu erklären. Ich werde die Bürgermeisterin informieren, dass ein Mitglied des Stadtrats ums Leben gekommen ist.«

»Carpenter saß im Stadtrat? Interessant.« Craigs Bauch rumorte.

Keen warf ihm einen strengen Blick zu. »Es gibt und gab keinerlei Erkenntnisse über Interessenkonflikte. Im Gegenteil. Alle Ausschreibungen der Stadt werden mehr als gründlich geprüft und absolut transparent abgewickelt. Carpenter hat sich übrigens aus besonders heiklen Geschäften einfach rausgehalten und nicht mitgeboten. Das hat ihn einen Haufen Geld gekostet.«

»Kannten Sie Carpenter persönlich?«

Pettigrew blickte zu Boden, Fly machte sich wieder an der Leiche zu schaffen.

»Kommen Sie mal kurz mit«, sagte Keen scheißfreundlich. Er nahm Craig am Arm und zog ihn weg vom Fundort der Leiche, hinein in den Schatten eines Hauses und außer Hörweite der Kollegen. »Der Zufall hat Ihnen Carpenter ans Bein gebunden, und vorerst werde ich Ihnen den Fall nicht wegnehmen, und zwar aus einem einzigen Grund: Sie sind ein Fremder in Exeter, und Sie werden immer ein Fremder bleiben. Ein Alien. Ihnen sind Seilschaften, Beziehungen und Politik herzlich egal. Sie kennen die Verbindungen hier nicht. Noch nicht. Also kann ich bei der Presse damit punkten, dass ich einen Beamten auf den Fall ansetze, dem die Befindlichkeiten dieser Stadt und ihrer herrschenden Klasse scheißegal sind. Sie sind sozusagen der lebende Beweis, dass ich nichts unter den Teppich kehren will.«

»Was gibt es denn zu verheimlichen?« Craig biss sich auf die Zunge. Er musste sein loses Mundwerk in den Griff kriegen.

Keen senkte seinen quadratischen Schädel, als wollte er Craig eine Kopfnuss verpassen. »Ich warne Sie, Craig. Nehmen Sie sich nicht zu viel heraus. Und damit Sie nicht glauben, ich würde Ihnen allzu freie Hand lassen, habe ich einen geeigneten Partner für Sie.«

Craig schwante Übles. Bisher hatte er mit altgedienten, erfahrenen Cops zusammengearbeitet, die zwar nicht brillant waren, ihm misstrauten, weil er nicht mehr trank – aber ihr Handwerk verstanden und ihn seine Arbeit machen ließen, auch abseits der ausgetretenen Pfade. Die waren froh, wenn er ihnen Arbeit abnahm. Und Craigs Aufklärungsquote betrug einhundert Prozent.

»Der junge Mann heißt Tyler Leighton. Eine Intelligenzbestie, die zum Frühstück einen ganzen Folianten Rechtstexte auswendig lernt. Frisch zurück von der Akademie. Ist bereits Detective Inspector, und ich glaube, seine Karriere ist vorgezeichnet.«

»Wann wird er Sie ablösen, Arthur? Nächstes Jahr?«

Keen wurde nicht sauer, er hob beide Hände und verdrehte die Augen. »Beschreien Sie es nicht! Ich gebe Ihnen den guten Rat, sich mit Tyler zu arrangieren. Behandeln Sie diesen Fall mit Samthandschuhen. Und lösen Sie ihn schnell. Und noch was: Sie bekommen alles, was Sie brauchen, solange es im Rahmen bleibt.«

Also war dieser Tyler Leighton ab jetzt Craigs Gouvernante. Na und? Wenn Leighton das war, was Keen versprach, nämlich brillant, konnte es Craig nur recht sein. Alles andere würde sich zeigen.

Craig wandte sich um, aber Keen hielt ihn fest. »Sie müssen mir Fakten liefern, dann werde ich durchsetzen, was immer es sein mag. Und wenn ich die Bürgermeisterin verhaften muss, ich werde es tun. Ich stehe auf Ihrer Seite, solange Sie nicht wie ein Elefant durch den Porzellanladen trampeln. Fakten, Craig. Nichts als Fakten. Und halten Sie sich an die Vorschriften. Denken Sie an Leighton.« Er ließ Craigs Arm los, hob einen Zeigefinger. »Zuerst ist der Coroner am Zug. Noch haben wir keinen Mord. Und jetzt an die Arbeit. Carpenters Familie wartet. Aber ziehen Sie sich vorher um.« Keen walzte davon.

Die Sichtblenden waren bereits aufgestellt, die harten Schatten der Polizei-Scheinwerfer warfen grelles Licht über die Landschaft. Trotz der frühen Stunde hatten sich bereits die ersten Schaulustigen versammelt und wurden von den Police Sergeants in Schach gehalten. Auch die ersten Medienvertreter waren vor Ort und versuchten, irgendetwas Lukratives zu erhaschen. Unter die dunkelblauen Uniformen der Polizeibeamten mischten sich die hellblauen Ganzkörperanzüge der Spurensicherung. Die Maschine war angelaufen, und Craig wusste, dass schon jetzt die ersten Fehler gemacht wurden. Daran führte kein Weg vorbei, denn Fehler waren menschlich. Die Frage war nur: Würde Craig die Fehler finden, die ihn von der Lösung des Falls abhalten konnten? Die ihn auf falsche Fährten locken und dadurch wertvolle Zeit vernichten würden?

Craig befahl einem Sergeant, das Haus der Carpenters unauffällig abzuschirmen, bis er die schlechte Nachricht überbracht hatte, dann meldete er sich bei Fly ab und kündigte seinen Besuch in der Rechtsmedizin an, sobald er mit den Carpenters fertig war. Er warf einen letzten Blick auf die bizarre Szenerie. Das war seine Welt. Die Welt des Todes.

3

Eine Viertelstunde später stand Craig mit der Kontaktbeamtin, einer Psychologin und einem Arzt vor dem Anwesen der Carpenters. Gesetzlich vorgeschrieben war nur die Kontaktbeamtin, aber Craig wollte kein Risiko eingehen. Die Reaktionen der Angehörigen von Opfern reichten von Null bis Kreislaufkollaps. Er hatte allen eingeschärft zu schweigen, solange es ging. Die Straße führte von hier leicht bergab. Das Anwesen der Carpenters lag auf einer kleinen Anhöhe zwischen Cowley und Stoke Canon, etwa vier Kilometer nördlich des Stadtzentrums. Der Exe war hier um die vierzig Meter breit, Sandbänke gaben Vögeln ein sicheres Brutgebiet.

Ein Zaun aus aneinandergeschmiedeten Eisenlanzen umgab das Grundstück, dessen Ausmaße Craig nicht abschätzen konnte. Der Zaun war durchzogen von Rosenbüschen, Hunderte Blüten verströmten einen betörenden Duft.

Das Tor schien einen Panzer abhalten zu können, direkt über dem Klingelknopf starrte ihn die halbrunde Glaskugel einer Kamera an. Er drückte einmal, wartete. Keine Reaktion. Er drückte noch einmal. Eine verschlafene Männerstimme kam aus einem versteckten Lautsprecher.

»Wissen Sie, wie spät es ist?«

Craig hielt seinen Ausweis vor die Linse der Kamera. »Detective Chief Inspector McPherson. CID Exeter. Meine Kollegen und ich müssen mit Beth Carpenter sprechen. Wer sind Sie?«

»Ich bin der Verwalter von Rosewood.«

Passender Name für das Anwesen. »Und Sie heißen?«

»Marcus Torey.«

Die passende Aussprache für den Hausverwalter einer reichen Familie: Torey klang nach einer Butlerschule der Extraklasse, nach bestem Tweed, Silberbesteck und teurem Tee. Falls er nicht in Oxford studiert hatte, hatte er sich den Akzent antrainiert.

»Mr. Torey, würden Sie bitte öffnen, Mrs. Carpenter wecken und uns zu ihr führen?« Craig hatte in Edinburgh studiert, und niemand hatte versucht, ihm beizubringen, zu sprechen wie ein Oxford-Absolvent.

Craig hörte die Sprechanlage klicken, dann schwang das Tor auf, ohne einen Laut von sich zu geben. Alles hier war bestens geschmiert und arrangiert.

Sie betraten die Auffahrt, Craig schaute nach unten. Carpenter mochte ein guter Mensch gewesen sein, auf jeden Fall aber hatte er einen Sinn dafür, seinen Reichtum zu zeigen. Der Weg bis zum Haus war mit Marmor ausgelegt, das Licht der auf alt getrimmten Lampen entlang des Weges spiegelte sich in den filigranen Mustern, die schimmerten wie das ölige dunkle Wasser des Exe, aus dem Craig den ehemaligen Besitzer von Rosewood herausgefischt hatte. Säulen, Erker, Schieferdach, eine Freitreppe hinauf zum zweiflügeligen Portal. Carpenters Heim war im Stil einer viktorianischen Villa erbaut. Von dort blickte ihnen ein älterer Herr in einem gestreiften Schlafanzug entgegen, an den Füßen trug er graue Filzpantoffeln.

»Mr. Torey?«

Der Mann nickte, Craig schätzte ihn auf Anfang sechzig, er war schlank, hatte volles braunes Haar und war einen halben Kopf größer als Craig, der mit 185 Zentimetern deutlich über dem schottischen Durchschnitt lag.

Er wies auf das Innere des Palastes. »Bitte folgen Sie mir.«

Was mit dem Marmor in der Auffahrt begonnen hatte, setzte sich fort. Luxus, wo Craig hinsah. Er hatte nicht viel Ahnung von Gemälden, aber wenn er sich nicht täuschte, hingen allein vier echte Turner im Flur, die ein Vermögen wert sein mussten. Er mochte Turner, die Art, wie er das Meer darstellte, löste in Craig Sehnsucht aus und tröstete ihn zugleich. Craig zeigte auf die Bilder. »Sind die echt?«

Torey hob eine Augenbraue. »Was glauben Sie denn?«

Craig verzichtete auf eine Antwort und überlegte, ob es Tee gab, der pro Pfund mehr als sein Monatslohn kostete. Wenn ja, würde er ihn gewiss in der Küche der Carpenters finden.

Torey führte sie in einen Salon, dessen postmodernes geradliniges Mobiliar auf wunderbare Weise die geschwungenen Stuckdecken und den dunklen Holzboden ergänzte.

»Nehmen Sie Platz, Mrs. Carpenter kommt sofort.«

Craig ließ sich in einen schneeweißen Ledersessel sinken, der Arzt blieb stehen, die Kontaktbeamtin und die Psychologin nahmen auf einer weißen Ledercouch Platz. Neben Craigs Sessel stand eine Skulptur, die genauso aussah wie das Stück Schlacke aus dem Hochofen, das ihm sein Vater eines Tages von seiner Arbeit mitgebracht hatte. Zusammen mit den anderen Möbeln wartete es in einem Lager in Edinburgh auf Craigs Rückkehr. Was die Skulptur wohl wert war? Den Wert seines Schlackebrockens kannte er: unbezahlbar. Nur drei Tage nachdem ihm Vater den Brocken geschenkt hatte, war er in glühendem Eisen verdampft. Das Stahlwerk lehnte bis heute eine Abfindung ab, es sei Vaters Schuld gewesen. Er habe die Sicherheitsbestimmungen am Hochofen nicht befolgt. Craigs Mutter hatte ihm und seinem Bruder verboten, etwas zu unternehmen. Sie wollte nicht, dass Vaters Andenken mit einem schmutzigen Prozess beschädigt wurde. Sie hatten sich zähneknirschend daran gehalten.

Craig fischte ein Taschentuch aus der Hosentasche und schnäuzte sich. Er hatte den schwarzen Anzug angelegt, weißes Hemd, schwarze Krawatte. Der Gürtel saß locker, zu locker, mit Mühe hatte er ein Loch mit dem Küchenmesser hineingeschnitten. Er musste darauf achten, mehr zu essen. Er musste darauf achten, sich nicht ständig selbst zu belügen. Beides schien unmöglich.

Eine junge Frau in einem seidenen Morgenmantel schwebte in den Salon und wies Torey an, bei der Haustür zu warten. Craig kannte ihr Alter vom Schnellcheck: fünfunddreißig, aber sie wirkte wie Anfang zwanzig.

Torey zog sich geräuschlos zurück.

Craig erhob sich, trat auf sie zu, reichte ihr die Hand. Sie sah nicht aus, als ob sie gerade aus dem Schlaf gerissen worden wäre, sie passte hervorragend in die Ausstattung des Hauses und setzte gleichzeitig einen Kontrast. Die vorherrschende Farbe der Einrichtung war weiß, ihre Haare waren ebenso tiefschwarz wie ihre Augen, ihr Teint karamellfarben. Beth Carpenter war nicht nur eine Schönheit, sie hatte das gewisse Etwas. Auf dem Catwalk einer internationalen Modenschau hätte sie ihren Konkurrentinnen die Show gestohlen. Alles passte in diesem Haus, alles war perfekt bis ins Detail, alles war eine Orgie der Ästhetik, eine Ansammlung von Schönheit, die fast schmerzte – bis auf Floyd Carpenter. Er hatte eine schlecht vernähte Hasenscharte und abstehende Ohren gehabt. Warum hatte die engelsgleiche Beth, die Schönste der Schönen, das Biest geheiratet? Warum hatte sie ihm zwei Kinder geboren? Liebe oder Luxus? Auf jeden Fall stand Beth Carpenter auf Craigs noch kurzer Liste der Verdächtigen, falls es denn ein Mord war, ganz oben, gefolgt vom Hausverwalter Mr. Oxford-Englisch und den üblichen Neidern, der Konkurrenz und einem beliebigen Raubmörder.

Beth Carpenter begrüßte die anderen drei mit einem kühlen Nicken. Nichts deutete darauf hin, dass sie etwas Furchtbares ahnte.

Craig verzichtete auf Formalitäten, es machte keinen Sinn, das Unvermeidliche hinauszuzögern. »Mrs. Carpenter. Es tut mir aufrichtig leid. Ich muss Ihnen mitteilen, dass wir Ihren Mann tot aufgefunden haben.«

Craig fürchtete sich nicht vor der Reaktion der Frau. Er konnte bis zu einem gewissen Grad mitfühlen, das musste er sogar, um sich in die Person hineinversetzen zu können. Aber er litt nicht mit den Trauernden, das konnte er sich nicht leisten, das hätte ihn aufgefressen. Und er schuldete den Opfern höchstmögliche Objektivität bei den Ermittlungen. Je mehr Gefühle sich einschlichen, desto schlechter wurden die Ergebnisse.

Beth Carpenter blinzelte zweimal, dann schossen Tränen aus ihren Augen, sie schluckte hörbar, öffnete den Mund, schloss ihn wieder. Die Psychologin und die Kontaktbeamtin nahmen sie in die Mitte, sie ließ sich widerstandslos zu der weißen Ledercouch führen. Sie setzte sich, die Tränen flossen ohne Unterlass, ihre Schultern bebten, aber sie gab keinen Laut von sich, sondern starrte nur vor sich hin.

Craig nickte der Psychologin zu, die versuchte, zu Beth Carpenter durchzudringen. Ohne Erfolg, sie verharrte in Schockstarre. Craig sah auf die Uhr. Es war kurz vor halb vier.

Ihm kam eine Idee. Er zückte sein Handy, wählte die Nummer seines neuen Partners, die Keen ihm gesimst hatte. Leighton sollte sich nicht beschweren können, dass Craig ihn nicht mit einbezog – und er brauchte tatsächlich Hilfe. Fünfmal hörte Craig das Freizeichen, dann meldete sich Leighton mit der Stimme eines Sechzehnjährigen.

»Gott im Himmel, was ist denn los? Wer sind Sie, gottverdammich!«

Craig hatte sich Leightons Reaktion anders vorgestellt. Irgendwie besser erzogen, mit Manieren, die so lange gedrillt worden waren, bis sie auch im Schlaf saßen.

»McPherson hier. Ihr neuer Partner und Vorgesetzter«, flüsterte Craig und ließ Beth Carpenter nicht aus den Augen. »Verzeihen Sie die nächtliche Störung. Ich hoffe, Keen hat Sie bereits informiert. Es gibt Arbeit. Ich brauche Sie. Floyd Carpenter ist tot aufgefunden worden, wir wissen nicht, ob es ein Gewaltverbrechen war oder nicht. Ich bin bei seiner Frau. Ich muss alles wissen über die familiären Verhältnisse von Beth und Floyd Carpenter. Begeben Sie sich bitte sofort ins Headquarter, gehen Sie nicht über Los. Ich passe hier auf Beth Carpenter auf. Schicken Sie mir eine SMS, wenn Sie was haben. Vielen Dank im Voraus.« Craig unterbrach die Verbindung. Würde Leighton jetzt wie von der Tarantel gestochen aus dem Bett springen? Würde er das Telefon anstarren und sich fragen, ob er geträumt hatte? Oder würde er DSI Keen anrufen?

Im Verhalten von Beth Carpenter hatte sich nichts verändert. Er suchte Blickkontakt mit der Psychologin, die kurz die Augen schloss, etwas länger, als man blinzeln würde. Das hieß: Geduld, es braucht Zeit. Doch genau die hatte Craig nicht. Wenn Floyd Carpenter ermordet worden war, zählte jede Minute.

Er erhob sich, kniete sich vor Beth Carpenter nieder, nahm ihre eiskalten, feuchten Hände in seine. Sie wehrte sich nicht gegen diese intime Berührung. »Beth. Hören Sie mich?«

Ihre Augäpfel taumelten einen Moment hin und her. Dann fand sie seinen Blick. Beths Unterlippe zitterte, ihr Blick bohrte sich weiter in Craigs Augen.

»Es ist ein unerträglicher Schmerz. Und es gibt nichts, was Ihren Verlust wiedergutmachen könnte. Ich will Sie nicht unnötig mit Fragen belästigen, Ihnen nur sagen, dass wir Ihnen, so gut wir es können, helfen werden.«

Craig wagte es nicht, den Blick abzuwenden.

Ohne Warnung sprang Beth auf, warf Craigs Hände zur Seite, er kippte nach hinten, fing sich aber sofort.

Langsam stand Craig auf, trat an ihre Seite. »Können wir reden?«

Beth Carpenter nickte. »Kann ich Ihnen etwas anbieten?« Beth schaute der Reihe nach Craig, den Arzt, die Kontaktbeamtin und die Psychologin an. Sie lehnten ab.

Beth Carpenter nickte, zog ein seidenes Taschentuch hervor. Craig kam es vor wie ein Zaubertrick, er hatte keine Tasche gesehen. Sie schnäuzte sich, ließ es wieder verschwinden und setzte sich zwischen die Kontaktbeamtin und die Psychologin. »Die Kinder müssen um halb acht aufstehen. Summer ist fünfzehn, Kevin siebzehn. Sie werden heute nicht zur Schule gehen.«

Sie stellte fest, scheinbar ohne Regung.

»Was ist passiert?«, fragte Beth Carpenter dann.

»Wir ... ich habe Ihren Gatten im Exe treibend gefunden. Wir wissen noch nicht, wie er zu Tode gekommen ist, können daher nichts ausschließen. Zurzeit laufen die Ermittlungen des Coroners zur Feststellung der Todesursache. Wann haben Sie Ihren Mann zum letzten Mal gesehen?« Craig musste Beth Carpenter auf der rationalen Ebene halten.

»Heute Morgen um Viertel nach sieben ...« Sie stockte. »Also gestern Morgen natürlich.«

Craig hoffte inständig, dass die Erinnerung sie nicht wieder in die Starre zurückwarf, dass sie stark genug war, den Schmerz zu ertragen und ihm nicht auswich, indem sie sich aus der Realität zurückzog. Er hätte es verstanden, nur zu gut.

»Er hat die Kinder in die Schule gefahren, danach ist er wie immer zur Arbeit gegangen. Ich wusste, dass es spät werden würde. Er hatte sich mit zwei Freunden verabredet. Sie wollten ihren Herrenabend machen.«

»Wie heißen die Freunde?«

»Jason Collins und Alfred Hershie.«

Craig notierte sich die Namen. Collins kannte er nicht, aber Alfred Hershie war ihm ein Begriff, er arbeitete für den *Exeter Mirror* als Chefreporter für unterschiedlichste Themen. Craig hatte noch nichts von ihm gelesen, aber es hieß, er sei nicht schlecht.

»Wird bei diesen Herrenabenden viel getrunken?«

Beth Carpenter verzog das Gesicht zu einem schrägen Grinsen. Tränen glänzten auf ihren Wangen. »Davon können Sie ausgehen.« Sie knetete ihre langen Finger, deren kurze Nägel unlackiert waren. »Ist er ... gestürzt?«

»Das wissen wir noch nicht, Mrs. Carpenter. Sie werden es als Erste erfahren.« Craig seufzte. »Sorry, aber ich habe keine Wahl, ich fühle mit Ihnen ...« In Beths Augen sah er, dass sie ihm glaubte.

Sie richtete sich kerzengerade auf, holte tief Luft. Sie war bereit. Craig stellte die nächste Standardfrage. »Ich weiß, es klingt furchtbar, aber dennoch: Gibt es jemanden, dem Sie zutrauen würden ...«

»... meinen Mann umzubringen?« Sie schloss die Augen, Tränen sickerten durch die geschlossenen Lider. »Floyd war reich, erfolgreich, mit einer schönen Frau verheiratet, ein guter Mensch, und er prangerte die Machenschaften der Politiker an. Reicht das, um Neider auf den Plan zu rufen?«

Legte er diese Einschätzung von Carpenters Person zugrunde, gehörte halb Exeter zum Kreis der Verdächtigen. »Hat jemand Drohungen ausgestoßen in der letzten Zeit?«

»Nicht, dass ich wüsste.«

Craigs Handy vibrierte kurz. Er warf einen Blick darauf. Eine SMS von Leighton. »Beth Carpenter ist eine Cavendish. Devon-Adel. Sie hat ein großes Vermögen geerbt. War monatelang in den Schlagzeilen der Klatschpresse wegen der Heirat mit Carpenter. Schlagzeilen wie ›Die Schöne und das gute Biest‹. Keine Hinweise auf Probleme in der Ehe. Die Firma ist kerngesund.« Guter Mann, dieser Leighton. Er drückte die SMS weg. »Wer übernimmt die Firma, Mrs. Carpenter?«

Beth Carpenter wischte sich die Tränen mit dem Ärmel aus dem Gesicht, öffnete die Augen. »Leiten wird sie unser erster Geschäftsführer, Daniel Hargrave. Er ist zurzeit in Liverpool, ich werde ihn informieren. Floyd wollte expandieren. Ich werde alles erben. Es gibt auch eine Lebensversicherung. Aber glauben Sie mir: Alles Geld dieser Welt würde ich gegen das Leben meines Mannes eintauschen.«

Sie klang glaubwürdig, auch ihre Gefühle schienen echt.

Craig setzte zum Sprechen an, doch Beth Carpenter hob eine Hand, unterbrach ihn. »Geben Sie sich keine Mühe. Sollte Floyd ermordet worden sein, bin ich Verdächtige Nummer eins.« Sie beugte sich nach vorne. »Sie sollten wissen, dass wir Frauen nichts auf Äußerlichkeiten geben. Ich liebe Floyd!« Sie schlug die Hände vors Gesicht und begann zu weinen, zuerst leise, dann steigerte sie sich, bis ihr ganzer Körper durchgeschüttelt wurde.

Die beiden Schutzengel blieben ruhig, beobachteten Beth Carpenter und würden nur eingreifen, wenn ihr Anfall bedrohliche Ausmaße annähme.

Craig wartete, bis sich Beth Carpenter wieder beruhigt hatte. Er stellte die Uhrzeit fest: vier Uhr und sieben Minuten.

Als hätte es keine Unterbrechung gegeben, fuhr sie fort. »Er hat nicht glauben wollen, dass ich mich in ihn verliebt hatte.

Immer wieder hat er mich zurückgewiesen, nicht, weil er glaubte, ich wolle sein Geld. Geld habe ich genug, er ebenso. Er wollte sich schützen. Vor dem Schmerz, dass ich ihn verlassen würde, wenn ich seiner überdrüssig wäre. Ich war der Verzweiflung nahe.« Sie lachte kurz auf. »Wissen Sie, wie ich ihn rumgekriegt habe?«

Craig ahnte, wie sie es angestellt hatte, schüttelte aber den Kopf, damit sie weiterredete.

»Ich habe ihn betrunken gemacht, ihn verführt, genau während meines Eisprungs. Es hat funktioniert. Als ihm klar wurde, dass ich von ihm schwanger bin, hat er seinen Widerstand aufgegeben, mich nach Paris entführt und mich auf dem Eiffelturm gefragt, ob ich ihn heiraten wolle. Kitschig, nicht wahr? Wie in einem schlechten Film. Aber so war es nun mal.« Ein Lächeln ging über Beth Carpenters Gesicht, das jedoch schnell verflog.

In Craigs Kopf rutschte Beth Carpenter in der Liste der Verdächtigen einige Plätze nach unten. Wenn sich ihre Aussagen bestätigten, hatte sie kein Motiv.

Sein Handy vibrierte und spielte die ersten Takte der umstrittenen schottischen Nationalhymne »Scots Wha Hae«. Craig war kein betonköpfiger Patriot. Er hatte gegen die Unabhängigkeit Schottlands von England gestimmt, weil es auf der Welt viel zu viele Grenzen gab. In den Köpfen und auf den Landkarten. Er liebte Schottland und litt jeden Tag unter seinem Exil, das er sich allerdings selber eingebrockt hatte.

Es war Leighton. Wenn er anrief, musste es etwas Wichtiges sein. »Entschuldigen Sie mich bitte einen Moment, Mrs. Carpenter.« Craig meldete sich, nachdem er sich ein paar Schritte von Beth entfernt hatte. »Was gibt es, Mr. Leighton?«

»Tyler, nennen Sie mich Tyler, okay?«

»Alles klar, Tyler. Was gibt es?«

»Beth Carpenter hat noch einen Onkel, einen Sir Jonathan Cavendish. Der sitzt im Unterhaus. Labour, linkes Spektrum. Floyd Carpenter war nicht gut auf ihn zu sprechen. Ansonsten gilt Carpenter als untadelig. Aber es gibt Gerüchte, er betreibe ein Schattenimperium. Beweise gibt es nicht. Das war's vorerst.«

»Gute Arbeit, Tyler. Bis später.« Craig unterbrach die Verbindung und nahm wieder Platz.

»Bitte verstehen Sie mich nicht falsch, Mrs. Carpenter, aber ich muss wissen ...«

»Wo ich heute Nacht war? Kein Problem. Ich war hier. Unsere Überwachungsanlage zeichnet alles auf. Kevin und Summer waren ebenfalls hier.«

»Ihr Onkel, Sir Cavendish, wie stand er zu Ihrem Mann?«

»Sie waren keine Feinde, wenn Sie das meinen. Sie hatten unterschiedliche politische Ansichten. Floyd ist schon immer Mitglied bei den Konservativen, Jonathan ist Abgeordneter der Labour-Party und steht deutlich links der Mitte. Sie haben kaum Kontakt gehabt.«

Craig erhob sich aus dem unglaublich bequemen Sessel. »Vielen Dank, Mrs. Carpenter. Das wäre vorläufig alles.«

»Ich danke Ihnen, dass Sie so viel Geduld mit mir hatten. Ich gerate normalerweise nicht so schnell aus der Fassung.«

»Ich bitte Sie. Das ist eine Ausnahmesituation. Möchten Sie allein sein?«

Beth Carpenter legte die Hand auf ihr Herz. »Oh nein, bitte ...«

»Kein Problem, dafür sind meine Kolleginnen ja da.« Er fischte eine Karte aus der Innentasche des Sakkos und reichte sie Beth Carpenter. »Ich werde mich mit Ihren Kindern unterhalten müssen. Aber erst, wenn sie dazu in der Lage sind und es überhaupt einen Grund gibt. Unsere Psychologin und die

Kontaktbeamtin werden Sie solange betreuen. Den Arzt werden wir wohl nicht brauchen. Ist das in Ordnung?«

Sie nickte.

»Noch eine Bitte: Ich brauche alle Aufzeichnungen der letzten achtundvierzig Stunden Ihrer Überwachungsanlage.«

»Mr. Torey wird das erledigen.«

»Ich danke Ihnen.« Craig deutete eine Verbeugung an und verließ den Salon.

Torey stand an der Haustür, die Lippen zu einer schmalen Linie zusammengepresst.

Torey nahm Haltung an. Mein Gott, in welchem Jahrhundert lebten die Carpenters? Oder war es Torey, dem das in Fleisch und Blut übergegangen war?

Craig ließ den Butler zunächst im Dunkeln über den Anlass seines Besuchs und schoss direkt die erste Frage ab. »Wo waren Sie von gestern Abend bis jetzt?«

»Ich habe das Abendessen gerichtet, um sieben habe ich die Küche aufgeräumt. Kevin und Summer sind früh auf ihre Zimmer gegangen. Sie waren müde, sagten sie. Um acht habe ich mit Mrs. Carpenter eine Partie Schach gespielt, die ich wie immer verloren habe.« Ein Lächeln zeigte sich auf Toreys Lippen. »Für Bridge fehlten uns leider die Mitstreiter.«

»Wieso das?«

»Mrs. Carpenter mag es nicht, wenn Fremde im Haus sind.«

Sie isolierte sich also.

»Gibt es außer Ihnen noch anderes Hauspersonal?«

»Dreimal die Woche kommt eine Putzfrau. Sie heißt Malaika N'Deli, wohnt in der Blackall Road, in der Nähe des Bahnhofs. Sie ist sehr zuverlässig und hat sehr gute Umgangsformen. Das Grundstück hält die Gärtnerei Florence and Son in Ordnung. Sie kommen, wenn es nötig ist. Die Wäsche wird von Bestclean aus Exeter erledigt.«

»Sie kochen?«

»So ist es. Das ist der Beruf, den ich erlernt habe.«

»Und dann?«

»Ich besuchte die Butlerschule Steven and Landys in London. Eine ausgezeichnete Einrichtung. Steven and Landys hat mich an die Carpenters vermittelt.«

»Daher Ihr Akzent? Sie sprechen, als hätten Sie in Oxford studiert.«

»Ich sagte ja, die Schule ist hervorragend. Aber ich stamme aus Exeter. Aus einfachen Verhältnissen.«

Torey wirkte wie ein zufriedener Mensch.

»Der Job hier ist besser, als irgendwo in der Küche zu stehen?«

»Die Carpenters sind sehr angenehme Arbeitgeber. Sie begegnen mir immer mit höchstem Respekt. Floyd Carpenters Motto ist: ›Jeder Mensch ist gleich wertvoll, egal wie hoch sein Stundenlohn ist.‹ Wie sehen Sie das, als Polizist?«

Vielleicht hatte sich Craig getäuscht. Vielleicht war Carpenter wirklich ein netter Kerl gewesen, der sich um seine Angestellten gekümmert hatte, der nicht nur aufs Geld aus war, sondern ein soziales Gewissen hatte. Sollte Craig diese private Frage beantworten? Warum nicht? Er verriet nichts Geheimes über sich. »Als Polizist vertrete ich eine ähnliche Sichtweise: Jeder Mensch ist unschuldig, bis das Gegenteil bewiesen ist.«

»Sie würden sich gut verstehen.«

Craig fiel auf, dass Mr. Torey von Carpenter sprach, als wisse er nicht, dass sein Herr tot war. Hatte er nicht gelauscht? Ein Butler wusste normalerweise über alles Bescheid, was in *seinem* Haus vor sich ging. Craig beschloss, ihn noch einen Moment in dem Glauben zu lassen, Floyd Carpenter sei bei bester Gesundheit.

»Was ist mit Freunden?«

»Freunde? Freundschaft gibt es nicht, das musste Mrs. Carpenter genauso schmerzhaft erfahren wie ich.«

»Ach ja? Wie das?«

Der Mann war in Plauderlaune.

»Die meisten haben es nur auf Geld abgesehen. Schleimen sich ein, und dann kommt unausweichlich die Frage: Könntet ihr uns nicht etwas leihen? Am schlimmsten sind die Hofschranzen aus der Politik. Nichts gibt es umsonst.«

»Das ist bedauerlich. Na dann.«

Torey wich nicht zur Seite. »Was ist passiert?«

Spät, aber immerhin. »Mr. Carpenter ist tot. Es tut mir sehr leid.«

Torey ging in die Knie, Craig wollte zugreifen und ihn stützen, aber schon stand der Butler wieder aufrecht da wie ein Fahnenmast; doch er war blass geworden, als wäre *er* die Leiche und nicht Carpenter.

»Bevor ich es vergesse. Mrs. Carpenter sagte, dass Sie mir alle Daten der Überwachungsanlage der letzten achtundvierzig Stunden zukommen lassen können?« Craig reichte ihm seine Karte. »Ich brauche die Daten innerhalb der nächsten Stunde. Bitte.«

Torey nahm die Karte. »Alles ist auf dem Server der Sicherheitsfirma gespeichert. Ich maile Ihnen die Zugangsdaten für das System. Dann können Sie sich anschauen, was immer Sie wollen. Allerdings können Sie nichts bearbeiten, vergrößern, ausschneiden, abspeichern. Dazu muss die Firma Ihnen Auszüge überspielen.«

Das war komfortabel, aber Craig würde, falls es zur Mordermittlung kam, einen Spezialisten schicken, der prüfen würde, ob die Anlage manipuliert worden war. Vorher war das rechtlich nicht möglich. Denn Craig war sich sicher: Es gab keine Technik auf dieser Welt, die nicht manipuliert werden konnte. »Danke, Mr. Torey. Auf Wiedersehen.«

Mr. Torey verneigte sich, als wäre Craig die Queen persönlich. Unterwürfig, undurchsichtig. Er würde diesen Mann mit Röntgenstrahlen durchleuchten lassen. Aber alles zu seiner Zeit. Und die war gekommen, wenn Sienna Fly die Todesursache von Floyd Carpenter als Mord einstufte. Erst dann musste er schwerere Geschütze auffahren, erst dann würde er die Kinder vernehmen. Einen Vater zu verlieren war schon schlimm genug, und selbst wenn Craig sie mit Samthandschuhen anfasste – eine Vernehmung zum Tod des eigenen Vaters war immer traumatisch.

Craig trat vor die Tür, schlenderte die Auffahrt hinunter. Würde er so reich sein wollen? Was machte Geld mit den Menschen? Wenn Torey recht hatte, fehlten Beth Carpenter enge Kontakte zu anderen Menschen außerhalb ihrer Familie, außerhalb ihrer Villa, die gesichert war wie ein Gefängnis. All der Luxus half ihr nicht in ihrer Trauer um ihren geliebten Gatten.

Er verließ das Grundstück, rief Tyler an, berichtete ihm über sein Gespräch mit Beth Carpenter und Torey. Tyler hatte noch einige interessante Fakten zu Floyd Carpenter: Obwohl sein Vater bereits eine florierende Baufirma mit einigen Filialen besaß, hatte sich Floyd Carpenter vom Maurergesellen zum Meister hochgearbeitet, ein Studium abgeschlossen und erst dann den Betrieb des Vaters übernommen. Geheiratet hatte er, als er bereits ein reicher Mann war. Er hätte das Geld seiner Frau nicht gebraucht. Keiner in der Familie der Carpenters war bisher aktenkundig. Floyd Carpenter führte sein Unternehmen auf eine Weise, die selbst Gewerkschaftern Respekt abforderte. Das bestätigte die Aussage von Marcus Torey. Carpenters Firmen waren noch nie von einem Streik heimgesucht worden, er zahlte übertariflich und gönnte seinen Angestellten über die gesetzliche Verpflichtung hinaus zusätzliche Sozialleistungen. Nicht zu vergessen die Hauskredite, die jungen Familien zu fantastischen Konditionen ein Eigenheim ermöglichten. »Wirklich ein Ausnahmeunternehmer, der seine Verantwortung ernst genommen hat, der nicht auf Teufel komm raus Geld machen wollte«, resümierte Leighton.

Craig bedankte sich, bat Leighton, ein Dossier anzulegen, die Daten ins System einzugeben, und legte auf. Alles, was Craig bisher wusste, deutete in eine Richtung: Carpenter war ein guter Mensch, eine Lichtgestalt gewesen. Aber jedes Licht warf Schatten. Je stärker das Licht, desto tiefer die Schatten.

4

Der Sektionssaal lag in einem Seitengebäude des Wonford Hospital, keine zwei Kilometer vom Fundort der Leiche entfernt. Craig hielt dem Nachtwächter den Ausweis hin, die Schranke zum Personalparkplatz öffnete sich, in der letzten Reihe fand Craig einen Platz, stellte den Dienstwagen ab, einen fast neuen Vauxhall, den die Drogenfahnder vor einem halben Jahr beschlagnahmt hatten. Das sparte der Verwaltung eine Menge Geld.

Sienna Fly trug ebenfalls zum Sparen bei, indem sie nicht nur Coroner war, sondern gleichzeitig auch Medical Examiner. Sie führte Obduktionen durch, natürlich nicht alle. Der Clou: Sie wurde logischerweise nur einmal bezahlt. An ihrer Seite stand Jeffrey Caine, ein renommierter forensischer Pathologe, der ebenfalls von der Stadt bezahlt wurde. In ganz England gab es keinen anderen Polizeidistrikt, der sich erstens den Luxus zweier angestellter Obduzenten leistete und zweitens so skrupellos war, einen davon nicht zu bezahlen. Sienna Fly würde das sicher anders sehen, und letztlich interessierte Craig Politik nicht sonderlich. Ihm ging es nur darum, dass der Job anständig gemacht wurde, und bis jetzt konnte er sich nicht beklagen. Craig hatte in mehr als hundert Leichensachen in Exeter ermittelt, von denen sich sechs als Mordfälle entpuppt hatten. Er musste an seine zweite Mordermittlung überhaupt denken, die er in Edinburgh geleitet hatte. Weil das Budget erschöpft gewesen war, war nur ein Bein der Hose eines Mordverdächtigen untersucht worden. Ergebnis negativ, Folge: Die Ermittlungen wurden eingestellt. Die Angehörigen ließen den Rest der Hose auf eigene Kosten von einem vereidigten Labor untersuchen. Ergebnis positiv, Sperma des Täters, Blut und Fasern des Opfers. Folge: Anklage und Verurteilung wegen Mord und Vergewaltigung, lebenslänglich.

Die Obduzenten hier in Exeter hatten immer ganze Arbeit geleistet, im wahrsten Sinne des Wortes, Geld hatte keine Rolle gespielt. Craig hatte alle Mordfälle innerhalb kurzer Zeit klären können, allesamt Beziehungstaten.

Craig stieg aus, atmete tief durch. Carpenter war seine Leiche Nummer vierhunderteinundsechzig in seiner Laufbahn als Leichenermittler. Nach seiner ersten Obduktion hatte er zwei Nächte nicht schlafen können. Es war nicht der Geruch gewesen, an den hatte er sich innerhalb einer halben Stunde gewöhnt. Es war das Knacken der Rippen gewesen und das Pfeifen der Schädelsäge. Für ihn waren diese Geräusche schlimmer als das Gejaule von Kreide, die mit brutaler Gewalt über eine Schiefertafel gezogen wurde. Aber es half nichts. Wenn er Glück hatte, war Sienna Fly mit Knochenknacken und Sägen fertig.

Im Vorraum legte Craig den vorschriftsmäßigen blauen Schutzanzug an, der verhindern sollte, dass er die Leiche mit seiner DNA kontaminierte, auch wenn es bei einer Wasserleiche unwahrscheinlich war, noch irgendetwas Brauchbares zu finden, das auf einen Täter hinweisen konnte.

Craig drückte die schwere Metalltür zum Sektionssaal auf, gedämpftes Stimmengewirr empfing ihn, fast ein Dutzend Menschen arbeitete verteilt an vier Tischen. Hier wurden auch Verstorbene aus dem Wonford Hospital untersucht, nicht wegen Verdacht auf Mord, sondern zur Verbesserung der Medizin. Die Pathologen erforschten die Krankheiten der Verstorbenen.

Der Sektionssaal war schallgedämmt, sonst hätte man sein

eigenes Wort nicht verstehen können. Am aufdringlich süßlichen Geruch erkannte Craig, dass mindestens eine Leiche obduziert wurde, die bereits einige Zeit gelegen hatte und in der Verwesung weit fortgeschritten war.

Eine vermummte Gestalt winkte ihm, das musste Fly sein. Craig trat an den Tisch, Carpenters Gesicht war nicht zu sehen, die Kopfhaut war darüber geklappt. Fly setzte gerade die elektrische Knochensäge an, Craig trat einen Schritt zur Seite, hielt sich die Ohren zu und zählte bis sechzig. Fly war geübt, sie brauchte nicht länger, um den Schädel zu öffnen. Sie entnahm das Gehirn, reichte es einem Assistenten, der es wog und in eine Schüssel legte. Nach der Obduktion würde der Assistent alles wieder an seinen Platz zurücklegen und die Schnitte vernähen.

Fly winkte Craig nach draußen. Sie zog den Mundschutz ab, hustete einmal, entschuldigte sich. »Die Knochensäge. Das Geräusch ist widerlich, das geht mir auch so.«

»Aber Sie haben nicht den Impuls davonzulaufen, nehme ich an?«

»Gott sei Dank. Sonst könnte ich nicht mehr obduzieren.«

Craig hätte gerne mit Fly weitergeplaudert, ihre Offenheit und ihr unkompliziertes Wesen waren Balsam für seine Seele, aber die Zeit drängte. »Irgendetwas Erhellendes?«

»Am Kopf nur Treibverletzungen. Kein Sturz. Kein Schlag.«

»Also ein Unfall?«

»So sieht es aus. Falls Sie niemanden haben, der ihn gestoßen hat ...«

»Blutalkoholwerte?«

Fly nickte. »Üppig. Und nicht nur das. Wir haben einen toxikologischen Schnelltest gemacht. Ein bis zwei Nasen Kokain, Alkohol 2,3 Promille. Ansonsten nichts Auffälliges.«

Craig pfiff durch die Zähne. Alkoholintoxikation Stufe 2.

Plus eine satte Line, da konnte man schon ins Stolpern geraten. Sowohl körperlich als auch moralisch. Die Frage war: Hatte er nur mal eben eine Line reingezogen, oder hatte er gekauft, also besessen? War er in Drogengeschäfte verwickelt? Stand sein Tod damit in Verbindung? Die Liste der Verdächtigen verlängerte sich schlagartig. Erst letztes Jahr hatten sie einen Mord in der Drogenszene gehabt, lokale Größen hatten sich um ein Kilo Koks in die Haare bekommen, einer hatte mit einem Messer in der Brust sein Leben verloren, der andere wenig später seine Freiheit, denn der hatte zugestochen.

»Ich werde eine Anhörung anordnen«, sagte Fly. »Keine Hinweise auf ein Gewaltverbrechen.«

Die Anhörung war ein öffentliches Gerichtsverfahren mit einer Geschworenenjury, die darüber befinden würde, ob Carpenter Opfer eines Verbrechens geworden war oder nicht. Fly würde ihren Obduktionsbericht und seine Ermittlungsergebnisse als Beweise für die eine oder andere These einbringen. Carpenters Kokaingebrauch würde ans Licht gezerrt, die Familie würde Fly auf ewig hassen. Das war schweres Geschütz, aber Craig konnte Fly verstehen. Es ging um eine Person des öffentlichen Lebens, die mit der hohen Politik verbandelt war. Da musste sie auf Nummer sicher gehen, da durfte sie keine Fehler machen. Ein falscher Schritt, und es konnte sie die Karriere kosten. Aber das war nicht ihr einziger Grund, vermutete Craig.

»Sie wollen ausschließen, dass Sie sich irren?«, fragte Craig.

»Ich bin überrascht, Mr. McPherson, dass Sie mir solch edle Motive unterstellen. Die meisten würden behaupten, ich will meine Karriere schützen.«

»Ich kenne mich mit Vorurteilen aus, Sienna.«

»Das glaube ich gerne.« Sie lachte. »Craig, ich wäre Ihnen dankbar, wenn Sie Ihre Ermittlungen vorantreiben. Ich will das Verfahren schnell eröffnen und noch schneller beenden. Und was meine Karriere angeht: Niemand legt sich mit einer Carpenter, vormals Cavendish, ungestraft an. Sie wird versuchen, mich zu vernichten, wenn bekannt wird, dass ihr Gatte gekokst hat. Ich habe so oder so ein Problem.«

»Kann sie das?« Craig räusperte sich. »Sie müssen nicht antworten …«

Fly lächelte. »Sie hat mächtige Freunde und einen Onkel im Unterhaus.« Sie schwieg einen Moment, schien zu überlegen, ob ihr die Wahrheit wichtiger war als ihre Karriere. »Wenn sie es schafft, mich aus meinem Amt zu kicken, weil ich das Richtige gemacht habe, dann lege ich keinen Wert auf dieses Amt.« Sie nahm Craigs Arm. »Eine Bitte noch: Können Sie diskret vorgehen?«

»Ich verspreche Ihnen, mich auf Samtpfoten zu bewegen. Meine Krallen bleiben drin, wenn es irgend geht.«

Sie atmete hörbar aus. »Ich danke Ihnen, Craig. Ich will keinen unnötigen Schaden anrichten. Sie wissen, wie schnell ein Verdacht im Raum steht, jemand beschuldigt wird, die Medien greifen es auf, man bekommt es nicht mehr aus der Welt.«

»Ja, das weiß ich.«

Sie ließ seinen Arm los. »Ich muss weitermachen. Möchten Sie dabeibleiben?«

Das wollte er. Wenn es zur Anhörung kam, musste er jedes Detail kennen. »Nach Ihnen«, sagte Craig und wies auf die Tür, in die zwei Bullaugen eingelassen waren.

Craig legte den Atemschutz an, Fly hatte ihren bereits in die richtige Position geschoben.

Sie traten an den Tisch, Fly hielt sich das Diktaphon vor den Mund. »Exkoriationen im Kopfbereich, an den Schultern, dem Rücken und den Händen durch Treibverletzungen, insbesondere durch den Kontakt mit dem Wehr. Todesursache Ertrinken: Schaumpilz deutlich erkennbar in Lunge und Bronchien. Verschluss der Epiglottis, krampfhaftes Husten, Sauerstoffmangel, Erlöschen der Atmung, Eintritt des Todes nach drei bis acht Minuten. Punkt.« Fly ließ das Diktaphon sinken. »Tja, das war's. Mehr kann ich nicht sagen.«

»Die Preisfrage lautet: Wurde er gestoßen, oder ist er gestolpert?« Craig ließ seinen Blick über Carpenters Körper gleiten. Er glaubte nicht, dass Fly etwas übersehen hatte, er wollte den Mann im Gedächtnis behalten: kein Gramm Fett zu viel, kompakt gebaut, wie ein Bauarbeiter, muskulöse Arme, deutlich ausgeprägte Oberschenkelmuskulatur. Im Vergleich zu seiner elfenhaften Frau war er ein Klotz gewesen. Hier passte nichts. Sicher gab es ungleiche Paare, dicke Frauen mit schlanken Männern und umgekehrt, aber dieses Paar bestand aus zwei gegenpoligen Hufeisen-Magneten. Je nachdem, wie man sie drehte, stießen sie sich ab oder zogen sich an. Wie war die Polung bei den beiden gewesen? »Sie kennen seine Frau, Sienna?«

»Ich habe sie öfters auf Charity-Partys gesehen. Sie passen nicht zusammen, wollen Sie sagen?«

»Die Schöne und das Biest. Er Hasenscharte, bullig, sie ein hochgetuntes perfektes Model, eine Elfe mit Zauberkraft, die jeden Mann und wahrscheinlich auch die meisten Frauen innerhalb eines Augenblicks für sich einnehmen kann.«

»Sie müssen sich fragen, was die beiden *verbunden*, nicht was sie getrennt hat.«

Craig reichte ihr die Hand. »Genau das ist der Punkt. Danke!«

Sie zog mit einer hastigen Bewegung ihren Latexhandschuh aus, ihre Hand war trocken. Beneidenswert. Craigs Hände fingen sofort an zu schwitzen, wenn sie darin steckten.

»Hat mich gefreut, Craig. Halten Sie mich auf dem Laufenden.«

»Selbstverständlich. Wann wird die Anhörung sein?«

»Voraussichtlich in zwei Tagen, am Freitag. Auf jeden Fall vor dem Wochenende. Die Familie soll nicht unnötig leiden. Dann haben wir die Laborergebnisse, die komplette Toxi, einfach alles. Aber ich fürchte, es wird sich am Ergebnis nichts ändern.«

»Zwei Tage«, wiederholte Craig tonlos. »Bis dahin gehe ich davon aus, dass ein Verbrechen vorliegt.«

Siennas Hand löste sich aus seiner. »Tun Sie das, Craig. Bohren Sie, so tief Sie können. Ich möchte nicht, dass ein Mörder davonkommt.«

Dem konnte Craig nur zustimmen.

5

Craig brauchte eine Viertelstunde vom Wonford Hospital bis zum Headquarter. Dutzende Beamte huschten durch die Flure und Gänge. Craig hörte Keens Bass dröhnen.

Er streckte sich und betrat den Besprechungsraum 2, der für die Mordkommission reserviert war und liebevoll »Folterkammer« genannt wurde. Keen plauderte mit einem jungen Mann, der entweder ein Bankerschnösel war oder Tyler Leighton, Craigs neuer Partner und Aufpasser. Wer Keen nicht kannte, musste fürchten, dass er jeden Moment dem jungen Mann an die Gurgel gehen würde. Selbst wenn Keen freundlich und zuvorkommend einen guten Tag wünschte, klang es, als sei er auf hundertachtzig. Da er aus Wales stammte, lag sein Spitzname auf der Hand: der rote Drache, walisisch »Y Ddraig Goch«, was natürlich kein Engländer aussprechen konnte und auch kein Schotte.

Keen bemerkte Craig, ließ den Jungen stehen, versuchte ein gewinnendes Lächeln aufzusetzen und reichte ihm die Hand.

»Craig, na endlich.« Er zeigte auf den Jungen. »Er ist schon ganz heiß.«

Craig löste seine Hand aus Keens Pranke und wandte sich dem Jungen zu. »Tylor Leighton, nehme ich an?«

»Wir hatten ja bereits das Vergnügen.« Leighton deutete eine Verbeugung an. Lächelte.

Craig drückte Leightons schmale Hand. »Vielen Dank für den spontanen Einsatz.« Er blickte sich um. »Wo sind die anderen?«

Keen hob erstaunt die Augenbrauen. »Welche anderen?«

»Aktenführer, Vernehmungsbeamte ... was man halt so braucht. Sie wollten mir alles geben, was nötig ist.«

Keen machte ein Geräusch, als müsste er sich gleich erbrechen. »Immer mit der Ruhe. Wissen Sie etwas, das ich noch nicht weiß? Der Coroner hat mich gerade angerufen.«

»Dann wissen Sie, dass es eine Anhörung geben wird.«

Keen rümpfte die Nase. »Und bis dahin werde ich nicht die Sicherheit der Bevölkerung riskieren und unnötig Ressourcen binden.«

»Soll uns der Mörder durch die Lappen gehen?« Craig biss sich auf die Lippe.

Keen feixte. »Wir haben noch keinen Mord.«

»Ich weiß«, gab Craig zu. »Aber wenn wir einen haben, zählt jede Minute.«

Keen klatschte in die Hände. »Erinnern Sie sich an den ersten Monat Ihres Exils?«

Natürlich erinnerte sich Craig.

»Wenn wir in den drei Fällen eine komplette Mordkommission losgejagt hätten ...«

Keen musste nicht ins Detail gehen. Drei Leichen, drei Selbstmorde, die aussahen wie Morde. Vertrackt. Aber es gab genauso viele Fälle, in denen ein angeblich friedlich Dahingeschiedener Opfer seiner ungeduldigen Angehörigen geworden war.

So leicht ließ sich Craig nicht entmutigen. »Carpenter hat gekokst! Vielleicht war er in Drogengeschäfte verwickelt.«

Keen hob einen Zeigefinger. »Bitte keine Verschwörungstheorien. Sie beide ermitteln weiter, und erst wenn wir Beweise«, Keen buchstabierte das Wort, »haben, dass es wirklich ein Mord war, fahren wir volles Programm. Fly hat den Fundort im Umkreis von gut einem Kilometer mit der Lupe absuchen lassen. Selbst vom Wehr werden wir jedes Stück Vogelscheiße abkratzen. Wir haben alles eingetütet, nichts geht verloren, keine Panik, McPherson.« Er klatschte in die Hände, ging zur Tür, wandte sich um. »Ach ja, McPherson. Sie beide sind ein Team.« Er lachte dröhnend und verdrückte sich.

Craig verstand Keen nicht wirklich. Einerseits setzte er ihn auf den Fall an, um zu beweisen, dass die Devon and Cornwall Police größtmögliche Transparenz an den Tag legte, andererseits bremste er die Ermittlungen aus, indem er keine Sonderkommission ins Leben rief, sondern ihm einen einzigen, wenn auch hochmotivierten Kollegen gab und den Fall wie eine ganz normale Leichenermittlung behandelte.

»Das kriegen wir schon hin«, sagte Leighton. »Ich kann die Aktenführung übernehmen.«

Craig glaubte, sich verhört zu haben.

»Wir sind ein Team, oder?«

»Klar«, antwortete Craig erleichtert. »Na dann los, die Akten stapeln sich schon. Und die Fish and Chips fürs Mittagessen gehen auf meine Rechnung.«

»Das hört sich gut an. Was machen Sie?«

Craig roch Leightons Aftershave. Herb. Männlich. Er trat einen Schritt zurück. »Ich werde mich mit dem Anwalt unterhalten.«

»Jason Collins, der Kumpel von Carpenter?«

»Korrekt.« Leighton sah aus wie ein Bub, da änderte auch sein Armani-Anzug nichts daran. Craig fragte sich, wie Leighton die Fitnessprüfungen bestanden hatte. Er sah aus, als könnte ihn ein Zwölfjähriger k. o. schlagen. »Wenn Sie sich ranhalten, sind Sie durch mit den Akten, bis ich mit dem Anwalt fertig bin. Dann besprechen wir alles, was Sie herausgefunden haben, und nehmen uns den anderen Kumpel von Carpenter gemeinsam vor. Alfred Hershie.«

»Der Journalist vom *Exeter Mirror.*«

»Genau der. Hab noch nie was von ihm gelesen.«

»Sollten Sie aber. Zeitunglesen bildet.«

Leightons Humor gefiel Craig. Konnte es sein, dass er mit dem jungen Mann einen guten Fang gemacht hatte? Craig nickte Leighton zu, der sich auf den Weg ins Büro machte. Warum nicht? Er musste ja auch mal Glück haben.

6

Craig las die Adresse noch mal: Millbrook Lane, EX2 6FA. Eine seltsame Adresse für einen Anwalt in den Mittvierzigern, denn das Millbrook Village war ein abgeschlossenes Wohnviertel für reiche Rentner ab Mitte sechzig. Praktischerweise grenzte das Gelände des städtischen Krematoriums direkt an das Millbrook Village an. Kurze Wege – vom Sterbebett direkt in den Sarg und ab in die Urne. Da sollte noch einer sagen, die Stadtverwaltung von Exeter habe lange Verwaltungswege!

Craig lenkte den Vauxhall an das Pförtnerhäuschen, zeigte seinen Dienstausweis.

Aus der Gegensprechanlage schnarrte eine Stimme, die Craig das Gefühl gab, er wäre ein lästiger Bittsteller. »Zu wem wollen Sie?«

Der Pförtner trug ein Schild auf seiner Brust, das nur seinen Vornamen zeigte. »Mein lieber Harry«, sagte Craig ausgesucht freundlich, »das ist eine Information, die dem Dienstgeheimnis unterliegt und Sie daher absolut nichts angeht.« Craig zeigte auf die Schranke.

Harry zog eine Grimasse und öffnete den Schlagbaum.

Craig stellte den Wagen ein paar Hundert Meter von Collins' Haus entfernt ab. Dort hatte der Rechtsanwalt auch sein Büro. Praktisch, falls man die Räume durchsuchen musste.

Craig wollte sich ein Bild von der Siedlung machen, schlug gemächliches Spaziertempo an, klapperte die Straßen ab, schoss mit dem Handy ein paar Fotos. Hier stand kein Haus, das weniger wert war als eine halbe Million Pfund. Für London wäre das nicht viel gewesen, hier in Exeter aber bekam man für das Geld ein prächtiges Anwesen. Die Automarken sagten alles: Jaguar, Bentley, Porsche, Mercedes, Lexus. Hier wohnten Menschen, deren Tod den Erben ein sorgloses Leben bescheren würde. Hatte Collins geerbt, oder hatte er allein mit Carpenter so viel verdient? Oder hatte er noch andere dicke Fische an der Angel?

Collins' Anwesen war nicht von einem Zaun umgeben, das war nicht nötig, das gesamte Village war wie ein Fort im Wilden Westen vor feindlichen Eingeborenen durch Mauern mit Scherbenkronen geschützt. Sicherheitsleute patrouillierten und beäugten Craig misstrauisch.

Craig stieg die sechs Stufen zu Collins' Villa im Landhausstil empor, drückte den bronzenen Klingelknopf, registrierte die Kamera. Nichts rührte sich. Craig presste den Daumen auf die Klingel. Jason Collins öffnete nicht, stattdessen tippte jemand Craig auf die Schulter.

»Wenn keiner aufmacht, ist keiner da«, schnauzte einer der Wachleute.

Die hatten hier eindeutig ein Kommunikationsproblem. Harry hatte ihn nicht bei der Patrouille angekündigt, sie wussten nicht, dass er ein Bulle war.

»Wenn niemand öffnet, heißt das nur, dass niemand öffnet. Es kann trotzdem jemand da sein«, gab Craig zurück.

Der Wachmann, ein echter Muskelprotz, klemmte seine Fäuste unter seine Oberarme. Der Bizeps sprang hervor, Craig fürchtete, dass er gleich platzte. »Klugscheißer, was?«

»Allerdings«, sagte Craig. »Von Berufs wegen.« Er zog seinen Dienstausweis. »DCI Craig McPherson. CID Exeter.«

Der Wachmann ließ die Arme fallen, wurde blass. »Konnt ich ja nich' wissen.«

Ohne ein weiteres Wort verzog er sich, seinen Kumpel, der

wie irre auf ihn einredete, im Schlepptau. Craig bezweifelte, dass die beiden einen besonders guten Job machten. Sie waren hohlköpfige Türsteher, die man leicht blenden konnte. An den beiden vorbeizukommen wäre kein Problem gewesen. Craig hatte seinen Ausweis nur für einen Wimpernschlag gezeigt und sein Bild mit dem Daumen verdeckt. Niemand hätte erkennen können, ob er echt war oder nicht.

»Darf *ich* Ihren Ausweis sehen?«

Craig fuhr herum. Die Tür hatte sich ohne einen Laut geöffnet, ein hohlwangiger Mittvierziger mit Ringen unter den Augen stand auf der Schwelle. Craig reichte ihm den Ausweis.

»Jason Collins?«

»Yep!« Er studierte den Ausweis. »Man erzählt sich so einiges über Sie, McPherson.«

Ablenken. Präventivschlag. Verunsichern. Ein echter Anwalt. Wusste er noch nichts von Carpenters Tod? »Deswegen bin ich nicht hier. Darf ich reinkommen?«

Collins zeigte auf seinen Morgenrock. »Die Leute werden falsche Schlüsse ziehen.«

»Werden sie nicht. Sie sind absolut nicht mein Typ. Das weiß jeder in Exeter.«

Collins lachte und zeigte auf die Eingangshalle. »Gerade durch in die Küche. Tee?«

Craig marschierte los, an der ersten Tür hing ein Schild, das den Raum als Collins' Büro auswies. »Immer gerne. Drei Minuten. Keine Milch, kein Zucker.«

Collins machte sich an einem Wasserkocher zu schaffen. Wie das Haus so die Einrichtung: eine Mischung aus echt alt und auf alt getrimmt. In der Mitte eine Kochinsel mit einem sechsflammigen Gasherd. Wozu brauchte man so etwas? Craigs Herd hatte vier Flammen, von denen er drei noch nie benutzt hatte. Collins fischte zwei Tassen aus einem weiß lackierten Sideboard, warf zwei Teebeutel hinein und stellte sie auf die Kochinsel. Er zeigte auf die Arbeitsfläche, die aus einem matt glänzenden Stein bestand, dessen Name Craig nicht geläufig war.

Craig wartete, bis das Wasser gekocht und Collins die Beutel übergossen hatte.

»Wie kann ich Ihnen helfen, Detective?«

»Sie wissen es noch nicht?«

Collins hob die Hände, was so viel hieß wie »Sie werden es mir gleich sagen«.

»Heute Morgen wurde Floyd Carpenter tot aufgefunden. Er ist im Exe ertrunken.«

Collins hob die Augenbrauen, nahm seine Tasse, setzte sie wieder ab, ohne zu trinken. Er kratzte sich an der Nase, fuhr sich mit beiden Händen durchs volle braune Haar, das ihm bis zur Schulter reichte. »Verfluchte Scheiße«, rief er und entschuldigte sich sofort für seine deftigen Worte. »Das hatte ich nicht gewusst. Ich bin gerade aufgestanden, mir brummt noch der Schädel.« Er schüttelte den Kopf. »Hätte ich nur …«

»Was hätten Sie tun sollen?«

»Ihn begleiten. Aber er schien vollkommen klar, schwankte nicht, hatte sich unter Kontrolle. Obwohl wir anständig getankt hatten. Ich war ziemlich hinüber und Alfred ebenfalls.«

»Alfred Hershie vom *Exeter Mirror?*«

»Ja, wir hatten unseren traditionellen Herrenabend. Machen wir alle drei Monate. Kein Geschäft, nur Spaß haben.« Collins klappte den Mund zu, schwieg, seine Stirn legte sich in Falten, schließlich fragte er: »Was ist passiert?«

Collins war Rechtsanwalt, er kannte alle Schliche, Craig war sich sicher, dass er sofort in den Profi-Modus geschaltet hatte, als er den Dienstausweis gesehen hatte. Wenn Collins etwas zu verbergen hatte, würde Craig es nicht so schnell aus ihm herausholen. Er musste bohren, musste den Anwalt aus dem Gleichgewicht bringen.

»Das wissen wir nicht. Wir wissen nur, dass er tot ist. Ein Mord ist nicht ausgeschlossen. Wir sind auf der Suche nach dem oder den Tätern.«

In Collins' Gesicht zuckte ein Muskel. »Ermordet? Wie?«

»Mr. Collins, Sie werden verstehen, dass ich ...«

Er winkte ab. »Natürlich, laufende Ermittlung, keine Details. Wie geht es Beth?«

Collins zeigte keine Trauer. Wie nahe hatte er Carpenter gestanden? Sie waren regelmäßig miteinander saufen gegangen, vielleicht hatten sie auch rumgehurt und gekokst. Dafür musste man nicht befreundet sein.

»Den Umständen entsprechend. Was ist gestern Abend und heute Nacht passiert? Wo waren Sie? Wann haben Sie sich getrennt und warum? Wie viel haben Sie gekokst?«

Collins nahm einen Schluck Tee, schielte über den Rand zu Craig. »Logischerweise stehe ich auf der Liste der potentiell Verdächtigen. Kein Problem.« Er knabberte am Rand der Tasse. »Da Sie mich nicht belehrt haben, nehme ich allerdings an, dass Sie noch gar nicht wissen, ob er ermordet wurde? Der Coroner hat noch nicht entschieden. Folglich kann ich kein Verdächtiger sein. Korrekt?«

Craig wusste, wann er die Richtung ändern musste. »Ich habe Sie nicht unterschätzt. Alles richtig. Die Fragen bleiben dennoch.«

Collins entspannte sich, richtete sich auf. »Kein Problem. Ich werde absolut kooperativ sein. Was auch immer mit Floyd geschehen sein sollte, ich will es wissen. Und sollte es tatsächlich Mord sein, soll der Täter in der Hölle schmoren. Und was das Koksen angeht. Nicht mein Ding. Bei Floyd haben Sie das Zeug gefunden, also schließen Sie daraus, dass ich auch Drogen nehme. Falsch geschlossen.« Er griff sich in die Mähne. »Probe gefällig?«

Er riss sich ein paar Haare aus, definitiv genug, um einen Test auf Kokain zu machen. Craig zupfte einen Beweisbeutel aus der Tasche, Collins ließ die Haare hineinfallen. Craig beschriftete den Beutel.

»Ich bin Ihnen sehr dankbar, Mr. Collins. Also. Was war gestern und heute Morgen?«

Collins betrachtete seine Teetasse, als hätte er darin etwas verloren. »Jetzt habe ich glatt den Zucker vergessen.«

Das war eine Lüge. Wer seinen Tee mit Zucker trank, würde es nach dem ersten Schluck merken und angeekelt das Gesicht verziehen. Collins wollte Zeit schinden.

»Der Zucker hat Zeit«, brummte Craig und ließ Collins nicht aus den Augen, der die Tasse wieder abstellte.

»Wir haben uns um acht in Angelas Restaurant getroffen, ausgezeichneten Fisch gegessen und zwei Flaschen Wein getrunken.«

»Wann sind Sie weitergezogen?« Craig betrachtete seine Teetasse, der Beutel war schon zu lange im Wasser und hatte es dunkelbraun gefärbt. Diese Brühe war untrinkbar.

»Gegen halb zehn. Wir sind ins Chaucer's Inn zum Vorglühen. Um elf sind wir ins Hourglass, eigentlich wollten wir von da noch weiter, aber dann kam der Anruf für Floyd.«

Jetzt wurde es interessant. »Wer hat angerufen?«

»Keine Ahnung«, sagte Collins. »Floyd warf einen Blick auf sein Smartphone und rannte raus. Eine Minute später war er wieder da und erklärte uns, er müsse dringend weg. Er hat uns nicht aufgeklärt, wer angerufen hatte oder warum er so dringend loswollte.«

»Haben Sie eine Idee?«

Collins lächelte. »Haben Sie eine Ahnung, wie viele Leute,

wirklich wichtige Leute, jeden Tag etwas von Floyd wollten? Checken Sie die Anruflisten, dann wissen Sie es.«

»Wir haben kein Handy bei ihm gefunden.«

»Oh!«, rief Collins, nahm einen Schluck Tee.

Den Zucker hatte er vergessen. Echte Überraschung?

»Sein Handy hätte er niemals freiwillig hergegeben!«

»Wer gibt sein Handy schon freiwillig her? Hatte er mehrere?«

Collins lachte freudlos. »Er hatte mehrere SIM-Karten. Die Nummern waren streng geheim. Eine für private Anrufe von Familie und Freunden. Eine für wichtige Geschäftspartner und Politiker. Und vielleicht noch ein paar andere. Keine Ahnung.«

»Sicherlich hatten Sie wenigstens eine Nummer?«

»Ah, ja, natürlich. Die für wichtige Geschäftspartner selbstverständlich.« Er ratterte die Nummer runter.

Craig rief Leighton an, der sofort abhob. »Checken Sie bitte die Verbindungsnachweise für folgende Nummer.« Er überlegte einen Moment, Leighton kam ihm zuvor.

»074409–37 37 45 099 und 074409–37 49 50 100. Die Nummern habe ich schon rausgefunden. Die Listen dauern noch ein bisschen. Ohne Beschluss gibt der Provider nichts raus. Ist aber unterwegs. Der Verbindungsnachweis der zweiten SIM-Karte ist auch in Arbeit. Richter Jefferson war so freundlich, uns alles zu unterschreiben – nachdem Coroner Fly ihn angerufen hat.«

»Wunderbar. Weiter so.« Craig fragte sich, woher Leighton die Nummern hatte. Wahrscheinlich von Beth Carpenter oder von Torey. Leighton wurde ihm immer sympathischer.

Craig unterbrach die Verbindung.

»Wirkte Floyd Carpenter beunruhigt oder wütend, nachdem er den Anruf erhalten hatte?« Als Anwalt musste Collins Carpenters Zustand beschreiben können.

»Nachdenklich.« Collins schwieg, knetete seine Tasse. Dann, als hätte er einen Gedankenblitz gehabt: »Erleichtert. Zuerst wirkte er, als müsste er alle Probleme der Welt auf einmal lösen. Wenn er in dieser Stimmung war, kriegte er eine steile senkrechte Falte in der Mitte seiner Stirn. Das war, als er die Nummer gesehen hatte. Als er zurückkam, war die Falte weg.«

»Wie spät war es, als er Sie und Hershie verließ?«

»Mein Gott!« Collins stöhnte. »Eins vielleicht. Ich habe nicht auf die Uhr gesehen. Vielleicht war es auch früher. Aber auf jeden Fall nach Mitternacht.«

»Warum sind Sie sich da so sicher?«

»Das war unser kleines Ritual. Immer um Mitternacht stießen wir an, begrüßten den neuen Tag ...« In seinem Gesicht arbeitete es.

»Das Hourglass schließt doch um elf?«, hakte Craig nach.

»Mein Gott, Sie wissen doch, wie das ist. Die Tür wird abgesperrt, und dann geht es munter weiter. Seit die Sperrstunde gefallen ist, kräht sowieso kein Hahn mehr danach. Floyd kennt den Besitzer des Hourglass gut, wir dürfen bleiben, so lange wir wollen, wir sind dann eine geschlossene Gesellschaft, Sie verstehen?«

Craig verstand. Obwohl das Gesetz geändert worden war und jetzt jeder entscheiden konnte, wann er seinen Pub dichtmachte, mussten sich die Inhaber danach richten. Es war verboten, über die selber festgesetzte Sperrstunde hinaus auszuschenken. Für gewisse Menschen galten eben andere Regeln. Vor allem für vermögende und einflussreiche.

»Es ist furchtbar, einen Freund zu verlieren ...« Collins sackte in sich zusammen.

Craig nahm Collins seine Gefühlsduselei nicht ab und enthielt sich jeglicher Reaktion.

Collins brach ab, er hatte verstanden, dass er damit bei Craig nicht landen konnte.

Collins zog ein Taschentuch hervor, schnäuzte sich, wischte die Tränen weg. Ein leichtes Zittern lief durch seinen Körper.

Craig zeigte auf Collins. »Gute Show! Wer wollte Floyd tot sehen? Konkurrenten? Angestellte, die sich ungerecht behandelt fühlten, denen gekündigt wurde? Ein Mann wie Floyd Carpenter muss Feinde gehabt haben!«

Collins versteifte sich. »Sie wollen unbedingt einen Mord daraus stricken. Würde sich ja auch nicht schlecht machen, den Mord an einem berühmten und beliebten Mann aufzuklären. Ein wenig von seinem Licht würde auch auf Sie fallen. Könnten Sie gut gebrauchen, oder?«

Collins' Verbindlichkeit war in Feindseligkeit umgeschlagen. »Ich ermittle im Auftrag des Coroners. Sie sollten wissen, wie das Verfahren abläuft.«

»Sienna Fly. Ich kenne sie. Die Frau ist gut. Die erste in diesem Amt. Seit einem knappen halben Jahr. Ist es nicht so?«

»So ist es, aber Sie kommen vom Thema ab. Wer sind Floyd Carpenters Feinde?«

Collins schüttelte nur den Kopf. »Ich glaube, es ist besser, Sie gehen jetzt. Alles Weitere nur mit richterlichem Beschluss. Ich habe gesagt, was der Sache dienlich sein könnte.«

Das hatte er nicht, aber Craig konnte nichts ausrichten ohne Beschluss.

»Warten wir ab, wie das Urteil des Coroners ausfallen wird«, sagte Collins gefasst. »Wissen Sie schon, wann die Anhörung sein wird?«

»Sie werden es rechtzeitig erfahren.«

»Wunderbar. Darf ich Sie hinausbegleiten?«

Auf Craigs Tee hatte sich eine schillernde Schicht gebildet.

Er zog den Teebeutel aus der hässlichen Flüssigkeit und legte ihn auf die Arbeitsplatte. »Danke für den Tee. War ausgezeichnet.«

Eine Ader pochte an Collins' Stirn. »Ich wusste nicht, dass Schotten Teekenner sind. Ich dachte, sie seien Whiskykenner. Stimmt es, dass ein Schotte allein am Geräusch des Korkens, wenn er aus dem Flaschenhals gezogen wird, die Sorte zu erkennen vermag?« Er wies auf die Tür.

Craig leistete keinen Widerstand. Er ging vor, Collins hinter ihm atmete schwer. Immerhin hatte er ihn ein wenig aus der Reserve gelockt. Besser als nichts. »Selbstverständlich. Und wir können noch mehr. Wir riechen es, wenn jemand das Blaue vom Himmel herunterlügt.« Craig öffnete die Tür, ging hinaus. Hinter ihm klickte sie leise ins Schloss.

Auf der Straße standen die beiden Sicherheitsleute und starrten Craig feindselig an. Craig ging zu seinem Vauxhall, die beiden Clowns folgten ihm. Im Schritttempo verließ er das Millbrook Village. Als er auf die Topsham Road einbog, hatte er das Gefühl, aus der Welt der Untoten zurückzukehren.

7

Craig hatte damit gerechnet, dass sich Carpenters Tod schnell herumsprechen und die Medien auf den Plan rufen würde, dass es aber einen solchen Auftrieb geben würde, überraschte ihn dennoch. Das Headquarter wurde belagert: Sendewagen mit riesigen Antennen auf dem Dach, ein Heer an herausgeputzten Reportern, die aufgeregt auf ihre Mikrofone einredeten, als hätte der Islamische Staat den Buckingham Palace angegriffen. Grob geschätzt hatten sich drei Dutzend Fernseh- und Radiosender eingefunden, um über den Tod des Wohltäters Floyd Carpenter zu berichten. Bestes Klatschfutter, ausreichend für eine Woche Schlagzeilen, und wenn es gut lief für die Aasgeier, auch einen Monat oder zwei. Die Medien, die sich um eine vernünftige Berichterstattung bemühten, konnte Craig an den ersten beiden Fingern seiner Hand abzählen.

Er hatte keine Lust, sich in die Fänge der Meute zu begeben, und steuerte einen Hintereingang an, der frei von Belagerern war. Das Tor schwang auf, Craig ließ den Vauxhall langsam in den Hof rollen und genoss die Sicherheit, die ihm die Mauern des Headquarters boten. Er nahm seine Lederaktentasche mit und ging los. Seine private Adresse war geheim, und hoffentlich war ebenfalls geheim, dass er die Untersuchung leitete. Wenigstens Letzteres würde nicht lange so bleiben. Keen wollte Craig ja als Beweis für sein schonungsloses Vorgehen im Fall Floyd Carpenter ins Licht der Öffentlichkeit rücken. Hershie musste vernommen werden, seines Zeichens Teil des Medienapparates. Die Zeit arbeitete gegen Craig. Fly hatte angekündigt, die achtundzwanzig Tage, die sie für das Verfahren hatte, nicht auszuschöpfen, noch diese Woche wollte sie die Anhörung ansetzen, zumal Beth Carpenter alles in Bewegung setzen würde, um die Sache so schnell wie möglich über die Bühne zu bringen.

Er lieferte Collins' Haare im Labor für ganz Eilige ab; in zehn Minuten würde er wissen, ob Collins clean war oder nicht.

Craig ging den langen Flur zu seinem Büro hinunter, seine Gummisohlen quietschten leise auf dem grauen PVC-Belag. Leighton kam ihm entgegen, in beiden Händen flatterten Papiere.

»McPherson«, rief er so laut, dass sich alle nach ihm umdrehten. »Das müssen Sie sehen!«

Craig hob die Hände. »Im Büro. Nicht auf dem Flur.«

Leighton drehte auf dem Absatz seiner Vierhundert-Pfund-Schuhe um und rannte voraus.

Craig betrat sein Büro, das er nicht wiedererkannte, stellte die Aktentasche neben seinen Stuhl, dann schloss er die Tür. Die Schreibtische waren zur Seite geräumt, eine doppelte Pinnwand verdeckte die Fenster. Leighton warf die Blätter auf einen Stapel anderer Papiere, die Craigs Schreibtisch einen halben Meter hoch bedeckten, und zeigte auf die Kärtchen, die die Pinnwand schmückten. Craig musste zur Seite treten, damit ihn das Licht nicht blendete, das beidseits der Pinnwand von der Sonne in den Raum geworfen wurde. Er ließ seinen Blick von links nach rechts, von oben nach unten wandern. Verdammt! Er fixierte Leighton, der ihn siegessicher anfunkelte. »Okay. Nicht schlecht. Erklärung?«

Leighton leckte sich mit der Zunge über die Lippen. »Das ist Carpenters Unternehmensgruppe.« Er deutete auf einen rot umrandeten Bereich, in dem sechzehn Karten hingen. Jede

Karte stand für ein Unternehmen. Von jeder dieser Karten ging ein Pfeil zu weiteren Karten ab. Jede stand für eine Firma, die in weitere Firmen aufgegliedert war. Ein Labyrinth. Craig hatte nichts anderes erwartet, aber wie hatte Leighton das so schnell hinbekommen?

Leighton war bei der siebten Firma angekommen, als das Telefon läutete. Das Labor. Collins war sauber. Fragte sich, wie das bei Hershie war.

Leighton setzte zum Sprechen an, doch die Tür öffnete sich und unterbrach ihn.

Craig hatte kein Klopfen gehört.

»McPherson!«

Keens Bass.

»Da ist jemand, der Sie sprechen möchte. Er wollte Ihrer Einladung zuvorkommen.«

Keen walzte seinen Körper ins Büro, schaute sich um und ließ sich nichts anmerken. Hinter ihm trat ein dürrer Mann ein, der aussah wie ein Finanzbeamter, der auf die Frührente wartete. Seine Frisur bestand aus einigen grauen Strähnen, die er von rechts und links über den kahlen Schädel gegelt hatte. Seine Nase war spitz, seine Lippen blutleer und schmal.

»Alfred Hershie, angenehm. Ich hörte, Sie wollen mich sprechen, wegen Floyd?«

Bevor Craig antwortete, packte er Hershie sanft an der Schulter und schob ihn nach draußen. Was war in Keen gefahren? Einem potentiellen Mordverdächtigen, der noch dazu ein Reporter war, Zugang zum Raum der Mordkommission zu verschaffen? Was hatte Hershie aufgeschnappt? Was hatte er gesehen? Der Mann war ein Profi, seit Jahrzehnten im Geschäft.

Keen rollte auf den Flur, hob nur kurz die Augenbrauen; natürlich ging er nach wie vor davon aus, dass es sich um einen

Unfall handelte, da konnte man etwas laxer an die Sache rangehen. Und warum war Craig so davon überzeugt, dass es Mord war? Es gab keine einzige belastende Spur. Aber wo Drogen im Spiel waren, politische Interessen und viel Geld, da gab es einfach zu viele Motive. Und dann war da sein Gefühl. Sein Ex-Chef und Vorbild Gordon Brodie hatte ihm beigebracht, darauf zu hören.

Hershie schien nicht beeindruckt. Er hielt Craig eine knochige Hand hin. Seine Stimme schien aus einem anderen Körper zu kommen: tief, warm, die Ohren umschmeichelnd, irreführend.

Craig langte zu, Hershies Händedruck war fest und trocken. »Hat Collins Sie instruiert?«

Hershie löste seine Hand. »Sie machen keine Umwege, das gefällt mir.« Seine Miene blieb ausdruckslos. »Nein, er hat mich nicht instruiert. Ich habe nicht gezögert, mich zu melden, als ich von Floyds Tod gehört habe. Ich werde alles tun, um …«

»Das werden wir noch sehen, Mr. Hershie.«

Keen kniff die Augen zusammen. Ihm missfiel Craigs Frontalangriff auf den Reporter, das war nicht zu übersehen, aber er schwieg. Bis jetzt hielt er sein Versprechen, Craig nicht in die Quere zu kommen.

Hershie räusperte sich. »Was wollen Sie wissen?« Seine grauen Augen waren eiskalt.

Craig warf Keen einen Blick zu. Der nickte und verzog sich, Craig bugsierte Hershie in ein leeres Büro.

»Nehmen Sie Platz.« Er deutete auf einen Metallsessel, der unbequem aussah und unbequem war. Hershie sollte sich hier nicht wohlfühlen. Er setzte sich, schlug die Beine übereinander, blickte ins Leere.

»Wollen Sie einen Beistand?«, fragte Craig.

Hershie schüttelte den Kopf. »Ich gehe davon aus, dass wir ein informelles Gespräch führen, ansonsten hätten Sie mir meine Rechte vorgelesen und ein Aufnahmegerät eingeschaltet.«

»Korrekt«, sagte Craig.

Hershie lächelte und legte seine Hände auf die Oberschenkel. Er war nervös, versuchte, sich Halt zu verschaffen, indem er seinen Körper stabilisierte.

Leighton platzierte sich rechts neben Hershie, verschränkte die Arme vor der Brust. Eine bedrohliche Geste. Gut. Hershie sollte Angst bekommen, so viel wie möglich, und Craig hatte das Rezept, Hershie Angst einzujagen, viel Angst. Für Leighton hatte Craig eine besondere Aufgabe. Er flüsterte sie ihm ins Ohr, spürte Leightons Widerwillen, ausgeschlossen zu werden, aber er verließ den Raum, und Craig war sich sicher, dass er seinen Wunsch erfüllen würde. Er sollte in einer Viertelstunde mit einigen roten Blättern zurückkommen.

Craig setzte sich Hershie gegenüber. »Wie ist der gestrige Abend verlaufen?«

Hershie plauderte ausgiebig, seine Angaben entsprachen exakt denen von Collins. Und genau wie Collins log er, als er behauptete, er habe keine Ahnung, wer Floyd Carpenter angerufen hatte, da war sich Craig sicher: Hershies Augen waren plötzlich nach oben gesprungen, als er das gesagt hatte. Ein Zeichen, dass er sich nicht erinnerte, sondern sich etwas zurechtlegte.

Es war Zeit, die Daumenschrauben auszupacken und sie dem Pressemann anzulegen. Craig setzte sein joviales Lächeln auf, das sogar Hershie in Sicherheit wiegen würde. »Mr. Hershie. Ich möchte nochmals betonen, alles, was wir hier und jetzt besprechen, bleibt vertraulich. Wenn auch nur eine Silbe durchdringt, wird der *Exeter Mirror* für die nächsten zehn

Jahre aus der Pressekartei der Devon and Cornwall Police gestrichen.«

Hershie nickte. Er war vom Fach, wusste, was das bedeutete: Die anderen Blätter würden einen Tag schneller sein, wenn es um die Berichterstattung von Verbrechen ging. Das würde den *Exeter Mirror* eine Menge Geld kosten.

Craig drehte an den Daumenschrauben. »Wir haben den Verdacht, dass Floyd Carpenter in Drogengeschäfte verwickelt war und dass der Anrufer sein Mörder ist.«

Craig beobachtete die Veränderung in Hershies Gesichtsfarbe und hielt es für unmöglich: Aus dem Grau lief jegliche Farbe heraus, bis Hershie weiß wie Kalk war. Treffer. Jetzt musste Craig nur noch herausfinden, warum Hershie die Gesichtsfarbe und seine Fassung verloren hatte, welche Rolle er bei den Drogeneskapaden von Floyd Carpenter spielte. War Hershie der Dealer?

»Mr. Hershie.« Craig ließ seiner angeschossenen Beute einen Moment Zeit, sich zu sammeln. »Was würde das Polizeilabor wohl finden, wenn es eine Ihrer Haarsträhnen auf Drogen untersuchen würde? Im Besonderen auf Ecgonylbenzoat.« Craig hatte das Wort zehnmal laut aufsagen müssen, bevor es ihm flüssig über die Zunge gegangen war. »Die meisten Menschen kennen die Droge unter dem Namen Kokain. Es ist eine Droge der Klasse A. Schon der Besitz ist strafbar.« Hatte Hershie wirklich geglaubt, dass sie Carpenter nicht auf Drogen untersuchen würden?

Ein blubbernder Laut kam aus Hershies Kehle. Craig suchte nach einem Gefäß; das einzige, was er fand, war eine kleine Vase. Dass Hershie sich übergeben musste, brachte Craig zum Schmunzeln. Er hielt die Vase Hershie vor den Mund, der sie fast bis an den Rand vollkotzte. Die Reaktion war verständlich, denn Hershie wusste, dass seine Karriere beendet sein würde, wenn herauskam, dass er kokste, wahrscheinlich um seinen Job auszuhalten und sich groß und mächtig zu fühlen.

Craig war das herzlich egal. Solange niemand zu Schaden kam, konnte sich seiner Auffassung nach jeder reinziehen, was er wollte. Und je eher die Drogen freigegeben wurden, desto eher brachen die Drogenkartelle zusammen, und die gesamte Drogenkriminalität gehörte der Vergangenheit an. Mit dem eingesparten Geld könnte man die besten Entzugstherapien für alle Drogenabhängigen bezahlen, und vor allem könnte man in die Vorbeugung investieren. Aber hier und heute war Craig froh, dass er diesem aalglatten Lügner damit einheizen konnte. Der Inhalt der Vase stank zum Gotterbarmen, aber bei Weitem nicht so schlimm wie die Ausdünstungen, die die Wohnung eines toten Junkies zur verseuchten Zone machten. Craig reichte Hershie Taschentücher und ein Glas Wasser.

»Da Sie noch mit Ihrem Mageninhalt beschäftigt sind und schlecht sprechen können, tippe ich mal, dass ich richtig geraten habe. Nicken Sie einfach.«

Hershie nickte.

»Wo haben Sie sich die Line reingezogen? Noch im Restaurant oder schon vorher? Bei welchen Huren wollten Sie die Nacht verbringen? Wer besorgt den Stoff?«

Hershie hustete, beinahe hätte er die Vase umgeworfen. Craigs Reflexe verhinderten das Schlimmste, er spürte die Wärme des Erbrochenen durch das Glas hindurch. Er sicherte die Vase, griff Hershie ans Kinn, drückte dessen Kopf nach oben, roch den widerlichen Atem und bohrte seinen Blick in Hershies Stecknadelpupillen.

»Ich biete Ihnen einen Deal an. Der gilt so lange, bis mein Kollege wieder zurück ist. Haben wir dann keine Vereinbarung, werde ich Sie vorläufig festnehmen müssen und einen Haftbefehl wegen Drogenhandels gegen Sie erwirken. Wir gehen nämlich davon aus, dass Sie nicht nur gekokst haben, sondern auch gekauft und verkauft. Mr. Leighton ist ein ganz Genauer. Der mag keine Deals.« Craig war sich sicher, dass er damit nicht übertrieb und dass er Geister rief, die er nicht wieder loswerden würde.

Hershie war angeschossen, jetzt kam der Blattschuss.

»Er erwirkt gerade einen Gerichtsbeschluss, der es mir erlaubt, eine Haarprobe von Ihnen zu nehmen, den ich aber nicht nutzen muss. Den Rest haben Sie sich ja bereits ausgemalt, so bleich wie Sie geworden sind. Von mir aus können Sie sich die Rübe wegkoksen. Ich will wissen, wer hinter Carpenter her war.«

Hershie starrte ihn an. »Das war kein Dealer, und Floyd hatte auch nichts mit Drogengeschäften zu tun. Es war Donald O'Donnal.«

Craig ließ Hershies Kinn los, dessen Kopf wie an einem Gummi gezogen zurückschnellte. Diesen Namen kannte Craig. Donald O'Donnal war ein Bauunternehmer, dessen Ruf ebenso schlecht war wie Carpenters gut. Ein Konkurrent. Dodo Enterprises.

»Er hat ihm gedroht, und Floyd wollte sich sofort mit ihm treffen.« Hershie hielt sich das Taschentuch vor den Mund.

»Womit hat er gedroht?«

Hershie schüttelte den Kopf. »Ich habe nicht den Schimmer einer Ahnung.«

»Was ist mit Collins?«

Hershie bewegte seinen Oberkörper vor und zurück.

Craig warf einen Blick auf die Uhr. Leighton würde bald zurück sein.

»Die Zeit läuft.« Craig spürte Schweiß unter den Achseln. Meistens machte es Sinn, eine positive Beziehung zu einem Zeugen oder Verdächtigen aufzubauen, bei Hershie hatte sein

Instinkt ihm gesagt, dass er ihm eine volle Breitseite verpassen musste.

Hershie hielt inne. »Haben wir einen Deal, wenn ich was rauslasse?«

»Wir haben einen Deal, wenn es was wert ist.«

Hershie verzog das Gesicht, als hätte er furchtbare Schmerzen. »Ich glaube, dass Jason Floyd abgezogen hat. Es gab Unregelmäßigkeiten, und ich habe sie öfter streiten hören. Keine Details. Leider.«

Hershie hätte Collins über die Klinge springen lassen, wenn er etwas erfahren hätte, hätte ihn medial geschlachtet, um selbst davonzukommen, ohne Frage. Schöne Freunde. Immerhin reichte Hershies Aussage, um Collins ein Mordmotiv zu unterstellen und sein Haus auf den Kopf stellen zu lassen.

»Eine Sache noch, Mr. Hershie. Es kann sein, dass Sie Ihre Aussage, ganz informell, vor einem Vorgesetzten von mir wiederholen müssen. Der Deal bleibt derselbe.«

Knappes Nicken.

»Noch ein Tipp: Halten Sie sich in der nächsten Zeit von illegalen Drogen aller Art fern. Und schneiden Sie sich die Haare kurz. Sehr kurz.«

Wieder ein kaum sichtbares Nicken.

»Das war's. Sie können gehen.« Craig erhob sich, wies auf die Tür, die sich gerade öffnete.

Das war eine echte Punktlandung. Leighton kam mit mehreren roten Blättern herein. Hershie glotzte sie kurz an und machte sich aus dem Staub.

Craig sah ihm hinterher. Als er verschwunden war, rief er die Bereitschaft an und bat, den Anwalt Jason Collins in sein Büro zu schaffen, egal, was er gerade machte. Außerdem sollte eine Streife das Haus bewachen. Niemand durfte hinein oder hinaus, bis der Durchsuchungsbeschluss vorlag.

Leighton schnüffelte. »Hat Hershie gekotzt?«

»Das hat er. Und wie. Und er hat geplaudert. Er kokst.« Craig zeigte auf Leighton. »Danke, dass Sie einfach rausgegangen sind. Hershie hat uns den kleinen Trick abgekauft. Ich habe ihm gesagt, Sie würden gerade einen Beschluss erwirken ...«

Tyler verzog das Gesicht. »Das ist ...«

»Rustikal.« Craig legte einen Finger an die Lippen. »Aber wirksam.«

»Es ist gegen die Vorschriften. Sie können ihn nicht mehr belangen dafür.«

»Das habe ich auch nicht vor.«

Leighton durchfuhr eine Art Schüttelfrost. »Das ist Strafvereitelung im Amt.«

»Das ist eine Mordermittlung.«

Leighton öffnete den Mund und schloss ihn wieder, schüttelte den Kopf.

»Es hat sich gelohnt. Hershie hat mir einen Namen genannt.« Craig ließ Leighton ein wenig schmoren. »Der Name des geheimnisvollen Anrufers. Ein Motiv ist in Sicht. Vielleicht nicht für Mord, aber für eine Körperverletzung mit Todesfolge. Oder einen schönen Totschlag.«

»Wer?«, knurrte Leighton. »Der Anruf kam von einer Prepaidkarte.«

»Dodo Enterprises. Donald O'Donnal persönlich.«

»Fuck«, rief Leighton.

»So ist es. Stellen wir den Laden von O'Donnal auf den Kopf, was meinen Sie?«

Craigs Handy vibrierte, er stellte auf Mithören. »McPherson hier.«

Es war einer der Kollegen, die Collins abholen sollten. »Collins war nicht zu Hause. Wir haben Sturm geklingelt – nichts. Sein Wagen ist weg. Die Nachbarn haben nichts gesehen.«

Leighton straffte seinen Körper. »Wie immer. Nachbarn sind grundsätzlich taub oder blind. Okay, danke. Lassen Sie das Haus nicht aus den Augen.«

Verdammt! Craig ärgerte sich darüber, dass er nicht auf seinen Bauch gehört hatte. Er hätte Collins festnehmen, zumindest überwachen lassen müssen. Er war zu langsam gewesen, zu ängstlich, zu korrekt.

»Fahndung«, sagte Craig leise. »Volles Programm.«

Zu Leighton sagte er: »Jetzt haben wir die Rebhühner aufgescheucht. Fehlt nur noch ein guter Schuss. Lassen wir O'Donnal antanzen!«

Craig hoffte, dass der Schuss nicht nach hinten losging.

8

Craig musste zugeben, dass Leighton ein hervorragender Referent war. Seit fast einer Stunde berichtete er über das Carpenter-Imperium, Craig konnte mühelos folgen, Leighton fasste immer im richtigen Moment zusammen, sein Vortrag folgte einer klaren Logik. Carpenters Reich funktionierte genauso wie die meisten: das große Ganze in kleine Firmen zersplittern, von denen Carpenter immer mindestens einundfünfzig Prozent besaß, um den Ton angeben zu können.

Die Fahndung nach Collins war raus und bis jetzt erfolglos geblieben. Beth Carpenter hatte ein wasserdichtes Alibi, ebenso Marcus Torey. Beide waren zu Hause gewesen, die Aufzeichnungen der Überwachungsanlage hatten das bestätigt. Dasselbe galt für Summer und Kevin Carpenter. Craig kratzte sich am Kopf. Hershie und Collins schieden ebenfalls als direkte Täter aus, beide waren zur Tatzeit von mehreren Zeugen gesehen worden. Damit war das direkte Umfeld, das sie bis jetzt kannten, abgegrast. Die Überwachungskameras entlang des Exe waren für den fraglichen Zeitraum noch nicht komplett ausgewertet, da konnte sich noch etwas ergeben. Immerhin hatte Keen ihnen fünf Leute überlassen.

Craig hob eine Hand, er hatte eine Frage. Keen hatte nicht untertrieben. Leighton *musste* zum Frühstück mindestens einen Gesetzesfolianten einatmen und zum Lunch ein Lexikon. Er wusste alles über das englische Firmenrecht. »Leighton, was mich brennend interessiert: Warum sind Sie nicht Anwalt geworden oder in die Wirtschaft gegangen?«

Leighton ließ die Hand sinken, die gerade einen roten Kreis um eine Firma gemalt hatte, die sich auf Reetdächer spezialisiert hatte und mit Dumpingpreisen den kleinen Einzelkämpfern Konkurrenz machte.

»Ähhh ...« Er hob die Hand, zeigte auf den roten Kreis. »Wir sollten uns die ortsansässigen Dachdecker vornehmen. Die haben im letzten Jahr fast fünfzig Prozent ihrer Aufträge an Carpenter verloren. Vier von ihnen haben aufgegeben und arbeiten jetzt als Lohnarbeiter für Carpenter. Diese Handwerker sind oft ziemlich robust, wenn sie sauer sind.«

»Sie haben meine Frage nicht beantwortet, Tyler.«

»Es gibt nichts umsonst, McPherson: Warum sind Sie aus Edinburgh versetzt worden? Sie galten als einer der Besten: unbestechlich, hartnäckig, szenekundig. So jemand verlässt seinen Sprengel nicht einfach so. Auch nicht wegen ein bisschen Sauferei und selbst wenn er mal einen Zeugen grob angepackt hat. Dafür gibt es immer eine Lösung. Also, McPherson. Deal?«

Craig schraubte eine Sprudelflasche auf, nahm einen tiefen Zug, genoss das Prickeln auf der Zunge, schraubte die Flasche wieder zu. Leighton hatte mit Sicherheit versucht, alles über ihn herauszufinden, sonst hätte er nichts von seiner Trinkerei gewusst und auch nichts davon, dass er bei einer Vernehmung übertrieben hatte. Doch außer der offiziellen Version hatte er nichts ausgraben können. Ein Hoffnungsschimmer. Dann würden auch die Medien auf Granit beißen. Seinem Ex-Chef war es tatsächlich gelungen, die ganze Sache so zu vertuschen, dass selbst die Pressemeute keinen Wind davon bekommen hatte. Die Journalisten hätten ihn zu Hackfleisch verarbeitet, hätten sie auch nur einen Zipfel der möglichen Wahrheit zu fassen bekommen.

»Okay. Sie haben recht«, sagte Craig. »Wir sollten uns die

Dachdecker vornehmen. Und knapp dreitausend andere Handwerker, die ebenfalls unter Carpenter gelitten haben. Wir müssen ja erst am Freitag früh um acht Uhr dreißig beim Coroner aussagen und bis morgen Nachmittag noch einen Bericht fertigstellen, der lächerliche sechzig Seiten umfasst. Das ist ein Klacks.«

»Freitag? Das geht aber verdammt schnell!«, wandte Leighton ein.

»Das sehe ich auch so. Aber Fly ist nicht gezwungen, achtundzwanzig Tage zu ermitteln, sondern genau so lange, bis sie eine Entscheidung treffen kann. Außer O'Donnal haben wir nichts mehr zu bieten. Apropos. Müsste er nicht längst hier sein?«

Leighton schien in Schockstarre verfallen zu sein. Seine Hand schwebte in der Luft, sein Blick ging ins Leere.

»Hey! Tyler? Alles klar, Mann?«

Leighton schüttelte den Kopf, ließ den Arm sinken. »Er hat noch ein paar Minuten.«

Craig zeigte auf die Pinnwand. »Das ist gute Arbeit, Tyler, verstehen Sie mich nicht falsch. Sehr gute Arbeit! Aber wir brauchen ein Motiv und einen Namen dazu und eine Gelegenheit. Sonst wird die Jury uns was husten. Und Beweise. Handfeste.«

»Das sind mal Neuigkeiten.« Leighton ließ sich in seinen Stuhl fallen. Ein zufriedener Ausdruck legte sich auf sein Gesicht, dann blickte er wieder ins Leere.

Craig trank noch einen Schluck Wasser. Leighton schraubte, ohne hinzuschauen, seinen Kugelschreiber auseinander und baute ihn wieder zusammen. Craig malte Vierecke auf ein Stück Papier. Es klopfte. Leighton sprang auf, öffnete die Tür, ein bulliger Kerl stand darin. Craig warf einen Blick auf die Bilder, die seinen Schreibtisch bedeckten. Es war O'Donnal.

Leighton schob ihn in den Flur, Craig trat hinzu und zog die Tür hinter sich ins Schloss. Er reichte O'Donnal die Hand, der griff zu und quetschte sie fast zu Brei.

»McPherson, DCI«, sagte Craig, befreite seine Hand und zeigte auf Leighton. »DI Leighton.«

O'Donnal schmatzte mit den Lippen, deutete auf Craig, dann auf sich. »Ein Schotte, der wie ein Ire aussieht, ein Ire, der wie ein Schotte aussieht, und ein Engländer, der nach gar nichts aussieht. Das kann ja heiter werden.« Er brüllte vor Lachen. »Okay. Genug gescherzt. Was gibt's? Ich hab's eilig. Muss den faulen Säcken aus Indien und Pakistan in den Hintern treten. Da bezahlst du sie anständig, meldest sie an, und schon kriegen die den Arsch nicht mehr hoch. Hoffentlich sind wir die bald wieder los.«

»Es geht ganz schnell, wenn Sie uns einfach sagen, warum Sie gestern Nacht um ein Uhr elf Floyd Carpenter angerufen, sich mit ihm getroffen und ihn anschließend in den Exe geworfen haben«, sagte Leighton.

Leighton ging anständig ran. Craig würde sich nicht einmischen. Mal sehen, wie Leighton das hinbekam.

»Hoppla!«, rief O'Donnal. »Wenn das so wäre, dann würd's ja wohl nicht mehr so schnell gehen, zumindest für mich. Ist alles blanker Unsinn.«

»Wir haben Zeugen.« Leighton durchbohrte O'Donnal mit seinen Blicken, er schien wirklich angepisst zu sein. Kein Wunder. Hätte O'Donnal seinen Spruch über Engländer in einem Pub abgelassen, wäre eine Prügelei unausweichlich gewesen.

»Und Sie sehen noch nicht einmal aus wie ein Schotte, geschweige denn, dass Sie das Format hätten, einer zu sein«, sagte Craig, legte O'Donnal eine Hand auf die Schulter, spürte, wie sich der Mann versteifte.

Mit seinem massigen muskulösen Körper hätte er Craig einfach wegkicken können. Aber O'Donnal war nicht dumm. Keine zehn Sekunden später hätte er in einer Zelle gesessen.

Craig flüsterte ihm ins Ohr. »Achtung, Durchsage. Sie haben genau zwei Minuten, um uns zu erklären, warum Sie Carpenter angerufen haben und wie Ihr Treffen ausgegangen ist. Sind wir nicht zufrieden mit Ihren Einlassungen, bleiben Sie hier, wir durchsuchen Ihre Firmen, und bevor Ihre Anwälte piep sagen können, glaubt die versammelte Medienmeute da draußen, Sie hätten mit dem Mord an Carpenter etwas zu tun. Das wäre sehr schlecht fürs Geschäft, meinen Sie nicht?«

Craig richtete sich auf und entfernte eine imaginäre Fluse von O'Donnals schwarzer Lederjacke.

Leighton feixte.

O'Donnal ließ die Mundwinkel nach unten sacken. »Carpenter ist ein verdammter Schweinehund. Er fischt mir immer die besten Aufträge weg. Keine Ahnung, wie er das macht. Aber mit rechten Dingen kann das nicht zugehen. Wahrscheinlich hat er einen Informanten im Bauausschuss. Aber er greift auch andere Aufträge ab. Ich wollte ihm ein Angebot machen.« Er biss sich auf die Zunge.

»Eine Kartellabsprache?«

»Ich will meinen Anwalt sprechen.« O'Donnal trat einen Schritt zurück.

Craig hob die Augenbrauen. »Das wird nicht nötig sein. Wo haben Sie sich mit ihm getroffen?«

»Überhaupt nicht. Wer sagt, dass ich mich mit ihm getroffen habe, lügt. Ich war in Lyme Regis, hab ihn angerufen, er hat mich beschimpft, ich habe aufgelegt, und dann habe ich die SIM-Karte weggeworfen. Prepaid. Keine Spuren.«

»Die Quittung haben Sie sicher noch? Ich bezweifle, dass Sie auch nur einen Penny verschwenden, den Sie steuerlich geltend machen könnten?« Leighton hielt O'Donnal seine Handfläche hin.

O'Donnal entspannte sich, griff in sein Jackett, zog eine Krokodillederbörse heraus, kramte darin herum, reichte Leighton einen Beleg. Der nickte Craig zu.

Der Unternehmer hatte die Wahrheit gesagt, zumindest was die Karte anging. Es war ein Leichtes zu prüfen, ob, wann und wo ein Anruf von dieser Karte gemacht worden war und ob es die Karte war, mit der jemand Carpenter angerufen hatte.

»Wir werden die Verbindungsdaten einsehen müssen. Sind Sie damit einverstanden?«

O'Donnal hatte seine Selbstsicherheit mit dem Beleg über die SIM-Karte wiedergefunden. »Klar, Jungs. Dann bin ich nämlich offiziell aus der Sache raus. Außerdem bin ich nach dem Anruf wieder in den Pub zurück. Dafür gibt's jede Menge Zeugen. Auch wenn die heute alle sicherlich Kopfschmerzen haben.« O'Donnal brüllte vor Lachen.

»Eine Frage noch, Mr. O'Donnal. Wirkte Floyd Carpenter am Telefon ängstlich oder angetrunken?«

»Nicht die Bohne. Der war vollkommen klar und ätzend und arrogant wie immer. Ich glaube, dass Carpenter ein ganz spezielles Hirn hat. Der kann saufen, so viel er will, der bleibt immer klar im Kopf.«

»Danke, Mr. O'Donnal.« Craig nickte Leighton zu, der mit O'Donnal abzog, um ihn den Wisch über die Verbindungsdaten unterschreiben zu lassen.

Sie hatten nicht ein Fädchen, an dem sie ziehen konnten. Es gab niemanden, der Carpenter gesehen hatte, niemanden, der irgendetwas gesehen hatte. Floyd Carpenter war Dienstag- auf Mittwochnacht zwischen 1:11 und 2:18 Uhr ums Leben gekommen. Er war so zugedröhnt gewesen, dass es eher unwahrscheinlich war, dass er *nicht* gestolpert war. »Du verrennst dich!«, rief eine mahnende Stimme in Craigs Kopf.

Leighton kam zurück, seine Miene versteinert. »Dieser O'Donnal ist ein ungehobelter Prolet! Aber er kann Carpenter nicht umgebracht haben. Ich habe in dem Pub in Lyme Regis angerufen.«

»Warum hat Carpenter den Deal abgelehnt?«, fragte Craig ins Leere.

»Weil er es nicht nötig hat. Er dominiert den Markt in ganz Devon. Und er ist auf Expansionskurs. Er wird geliebt. Niemand stellt Fragen.«

»Richtig!«, bestätigte Craig. »Deshalb hängt die Lösung irgendwo an dieser Pinnwand, Tyler.«

»Eher dahinter. Es ist etwas, das wir nicht sehen können. Wir brauchen Zeit.«

»Wir werden uns Zeit verschaffen, indem ich die Jury davon überzeuge, dass Floyd Carpenter mit einer Wahrscheinlichkeit von mehr als fünfzig Prozent umgebracht worden ist. Begründete Zweifel sollten reichen.«

»Worauf warten wir dann?«, fragte Leighton und begann, Linien zwischen den Firmen zu ziehen und die Profile und Beteiligungen zu studieren.

»Auf ein Wunder, Tyler. Auf ein Wunder.«

9

Craig schwirrte der Kopf von Zahlen und Namen. Die Luft im Büro war stickig und verbraucht. Die Hitze kannte keine Gnade, die Klimaanlage würde so schnell nicht wieder in Betrieb gehen. Mehrere Kompressoren waren durchgebrannt, sie mussten bestellt werden, der Liefertermin lag irgendwo in ferner Zukunft.

»Alles ganz normal«, sagte Leighton. »Die Firmen sind ordnungsgemäß gemeldet, alle Berichtspflichten werden minutiös erfüllt. Die Steuererklärungen werden pünktlich abgegeben, mehrere Außenprüfungen haben keine Beanstandungen ergeben. Sauber. Scheißsauber!«

»Was sehen wir nicht?«, fragte Craig in die Luft.

»Ein mögliches Schattenimperium. Diese Firmen machen die Drecksarbeit oder waschen Geld. Die Beteiligungen werden so lange aufgeteilt, bis sie nicht nachzuverfolgen sind, oder sie werden ins Ausland verlagert. Es gibt mehrere Modelle. Wichtig ist, dass der eigentliche Besitzer immer die Kontrolle behält, aber nicht in Erscheinung tritt. Das sehen wir nicht, weil Carpenter entweder kein Schattenimperium hat, oder weil es genial versteckt ist.«

Craigs Tischtelefon piepte. Er hob ab, eine unbekannte Stimme meldete sich. »DCI McPherson?«

»Der bin ich. Wer sind Sie, und wie kann ich Ihnen helfen?«

»Sorry. Ich bin Daniel Hargrave, bin gerade zurück aus Liverpool. Ich bin Floyds Stellvertreter.«

Craig drückte den Knopf zum Mithören.

»Beth hat mich informiert. Es ist schrecklich! Sicher wollen Sie mit mir reden. Können Sie vorbeikommen? Hier ist die Hölle los, das können Sie sich sicherlich vorstellen.«

»Sicher. Wir sind in zwanzig Minuten da, Mr. Hargrave. Danke für den Rückruf.«

»Ich hoffe, ich kann helfen. Bis gleich.«

Craig beendete den Anruf. »Als Stellvertreter müsste er in alles eingeweiht sein, nicht wahr, Tyler?«

»Nicht unbedingt. Die Schnittstelle zwischen Schattenfirmen und Realfirmen kann auch jemand anderes sein.«

»Collins zum Beispiel.«

»Naheliegend.«

»Na, dann los.«

Carpenters Zentrale lag sechs Kilometer südlich von Exeter, bei Matford, verkehrsgünstig am Kreuzungspunkt von M5 und A38. Ein nüchterner Bau, weiße Betonquader übereinandergestapelt, ohne Schnickschnack, das komplette Gegenteil von Rosewood. Um die Zentrale herum standen monströse Baumaschinen und weitläufige Lagerhallen, erhoben sich Berge von Sand und Kies, Silos für Gips ragten in den Himmel, Dachziegel in allen Formen und Farben warteten auf Handwerker.

Das Innere der Quader entsprach dem Äußeren. Weiße Flure, weiße Türen, weiße Möbel, alles weiß und rein.

Der Pförtner führte Craig und Leighton durch das Gebäude, klopfte an eine Tür, an der ein unscheinbares Schild mit anthrazitfarbener Schrift hing: »Floyd Carpenter CEO«.

Es dauerte einen Moment, bis die Tür geöffnet wurde.

Ein Mann Mitte vierzig, untersetzt, schwarzer Anzug, weißes Hemd, mit Sorgenfalten auf der Stirn, hielt Craig die Hand hin. »Hargrave, Daniel. Willkommen, DCI McPherson.«

Craig nahm die Hand, sie war trocken, Hargrave drückte nicht zu fest, nicht zu lasch.

Er wandte sich an Leighton. »DI Leighton, nehme ich an?«

»Nicht schlecht, Mr. Hargrave. Sie sind gut informiert«, sagte Leighton.

Hargrave lächelte nicht. »Bitte kommen Sie rein.«

Craig deutete auf das Namensschild.

»Ich habe es nicht eilig, Floyd zu vergessen.«

Gute Antwort.

Sie betraten das Büro. Weiße Wände, vollgehängt mit Bauzeichnungen, großformatigen Bildern von Projekten in den verschiedensten Baustadien: ein Stahlgerüst, das irgendwann mal ein Hochhaus sein würde, ein Shoppingcenter, eine Brücke, Einfamilienhäuser.

»Sie können alles?«

Hargrave zeigte auf weiße Sessel. »Wir sind Generalunternehmer. Sie sagen, was Sie haben wollen, wir realisieren es. Fehlende Kompetenz kaufen wir zu. Aber das passiert nicht oft. Wir beschäftigen alleine zwei Dutzend Architekten und zehn Statiker.«

Vor einem weißen Schreibtisch blieb Hargrave stehen. Außer einem Mac und einer dünnen Akte lag nichts darauf. Die Papierberge stapelten sich rechts und links.

»Die Arbeit erschlägt mich, aber die Umstände von Floyds Tod zu klären hat absolute Priorität. Fragen Sie.«

Leighton kam Craig zuvor. »Wie sieht sein Schattenimperium aus?«

Hargrave zeigte keine Reaktion, weder Überraschung noch Empörung, dass Leighton Carpenter so etwas unterstellte. »Meines Wissens hat er keins. Wenn er eins hätte, würde er es sicher nicht von mir verwalten lassen. Ich bin zu nah an den sauberen Geschäften dran. Eine Vermischung wäre äußerst gefährlich.«

»Wer würde denn, wenn es eines gäbe, die Schnittstelle sein?«

»Ich vermute mal Collins. Die zwei sind dicke Kumpels, gehen saufen und so. Außerdem ist Collins skrupellos. Der würde auch einen Nazi vor Gericht vertreten oder einen Kinderschänder.«

Craig mochte weder Nazis noch Kinderschänder. Aber jeder Angeklagte hatte das Recht auf ein faires Verfahren, und dazu gehörte eine anständige Verteidigung, die er Collins durchaus zutraute.

»Floyd war mit Ihnen nicht saufen?«, fragte Craig.

»Wir gehen gesittet essen, mit unseren Frauen. Ansonsten sehen wir uns ja jeden Tag.« Er fuhr sich mit der Hand über den Kopf. »Sahen uns jeden Tag. Verdammt, er fehlt jetzt schon an allen Ecken und Enden. Floyd hat den Laden zusammengehalten, er hatte alles im Kopf. Alle Projektdaten. Er war ein echter Überflieger. Ich weiß nicht, wie ich das in den Griff kriegen soll.« Hargrave ließ den Kopf hängen, seufzte, hob den Kopf. »Es hilft ja nichts. Irgendwie muss es gehen.«

»Koksen Sie auch?«, fragte Leighton mitleidslos.

»Nein. Ich habe nur eine Droge: Arbeit. Hat ihn das umgebracht? Eine Line zu viel?« Hargrave schlug mit der Faust in die Luft. »Ich habe ihn hundertmal gewarnt, habe gesagt, er soll den Mist lassen.«

»Wir wissen es nicht, Mr. Hargrave«, sagte Leighton. »Er hatte außer dem Koks jede Menge Alkohol im Blut. Ein echter Alki.«

»Ja, keine Frage, er war Trinker, aber er hat immer funktioniert. Mehr als das. Er war richtig gut. Und er hat nie seinen Stress an anderen ausgelassen! Sie können fragen, wen Sie wollen. Floyd war ein wirklich guter Chef. Geld hat für ihn keinen Wert an sich gehabt. Es war Mittel zum Zweck. Wissen Sie, was er mich bei meinem Einstellungsgespräch gefragt hat?«

»Das können wir nicht wissen, Mr. Hargrave«, sagte Craig.

»Er hat mich vor die Wahl gestellt. Doppeltes Honorar oder ehrliche Anerkennung meiner Leistung.«

Craig war sich nicht sicher, wie er sich entscheiden würde. Es käme darauf an. »Sie wollten die Anerkennung.«

»Natürlich. Er hat mir trotzdem das doppelte Honorar bezahlt.«

»Sie sind nicht fest angestellt?«

»Ich habe einen Zehn-Jahres-Vertrag. Er läuft noch drei Jahre, aber Floyd hatte schon gesagt, dass er verlängern wollte.«

»Und jetzt?«, fragte Leighton.

»Ich leite die Firma, bis Beth entweder jemand anders einsetzt oder mich bestätigt.«

»Sie kennen Beth Carpenter näher?«

»Nicht wirklich. Sie ist sehr scheu, sehr verschlossen. Über normale Konversation hinaus haben wir nie miteinander gesprochen.«

»Bisher steht nicht fest, ob es ein Unfall war. Gibt es jemanden ...«

»... der Grund gehabt hätte, ihn tot sehen zu wollen?«

Hargrave dachte nach. Dieser Mann erlaubte ihnen keinen Einblick in seine Seele. Sein Alibi war mehr als wasserdicht, ein Motiv war nicht erkennbar. Nein, Hargrave war eine Randfigur in dem Spiel, es sei denn, sie würden herausfinden, dass er ein Verhältnis mit Beth Carpenter gehabt hatte.

»Nicht wirklich. Ich meine, ich weiß natürlich nicht alles über Floyd. Vielleicht hatte er ja irgendeine Leiche im Keller, aber darauf sind Sie sicherlich auch schon gekommen. Nein, mir fällt niemand ein. Tut mir leid.«

Craig stand auf. »Danke, Mr. Hargrave.« Er reichte ihm eine Karte. »Rufen Sie mich an, wenn Ihnen etwas einfällt.«

Hargrave nahm die Karte, legte sie vor die Tastatur auf den Schreibtisch, zog eine Schublade auf, nahm einen weißen Notizzettel heraus und schrieb eine Nummer darauf. Er hielt sie Craig hin. »Das ist meine geheime Privatnummer. Sie können mich jederzeit, und ich meine *jederzeit*, anrufen.«

Craig und Leighton bedankten und verabschiedeten sich. Noch bevor sie in den Wagen eingestiegen waren, fragte Leighton: »Was denken Sie, Craig?«

»So langsam beschleicht mich das Gefühl, dass ich eine Flasche Whisky los bin.«

»Eine Wette?«

»Mit Pettigrew. Ich habe behauptet, dass Carpenter Dreck am Stecken hat. Ein bisschen koksen reicht nicht, damit ich die Wette gewinne. Es muss schon Korruption, Betrug und so weiter sein. Aber da ist nichts in Sicht.«

»Vielleicht ist Carpenter einfach nur ausgerutscht. So was gibt es«, sagte Leighton.

»Ja, so etwas gibt es, Tyler.«

Die Bagpipes gingen los. Craig meldete sich, hörte zu, legte auf. »Die Jungs vom Drogendezernat. Carpenter hat nichts mit Dealern zu schaffen.«

»So langsam gehen uns die Optionen aus.«

»Eine Option wäre ausschlafen«, sagte Craig und glaubte nicht daran, dass das möglich wäre.

»Ausschlafen? Was ist mit der Feier? Ich trinke, Sie fahren.«

Das hatte Craig fast vergessen. Ein Kollege hatte sie zu seiner Geburtstagsfeier eingeladen. »Sie gefallen mir, Tyler, ernsthaft.«

Leighton stieg in den Vauxhall, seine Miene war unergründlich. »Sie kennen mich überhaupt nicht, Craig.«

»Das ist wahr. Und Sie kennen mich nicht.«

TAG 2

DONNERSTAG, 14. JULI

10

Craig zog sich aus, warf die nach kaltem Tabakrauch stinkenden Sachen in den Bastkorb, den er zweimal die Woche zu Hon Sing brachte, seinem Leib- und Magenwäscher. Keiner bügelte so korrekt wie der kleine Vietnamese. Keiner schaffte es, die hartnäckigsten Flecken zu beseitigen, ohne jede Spur eines Rückstandes. Das musste an Hon Sings Spezialkräutern liegen, die er sich aus seinem Heimatland kommen ließ. Hon Sing freute sich jedes Mal über Craigs Besuch, und Craig beneidete ihn dafür, dass er nicht unter der Hitze litt, sondern immer wieder betonte, so sei England wirklich ein wunderbares Land und er habe sich selten so wohlgefühlt.

Der Wetterbericht hatte für diese Nacht Gewitter vorausgesagt, allerdings nichts versprochen. Noch lag die feuchte Kaltfront weit draußen auf dem Atlantik, die Südströmung, mit der die vierzig Grad heiße Saharaluft nach Exeter gepumpt wurde, hielt an. Craig stellte sich unter die Dusche, ließ das laue Wasser über seinen Körper laufen. Er nahm viel zu viel Duschgel, der Schaum hüllte seinen Körper ein, es duftete nach Meer und Salz. Ob er heute auch einfach so einschlafen würde? Gestern und vorgestern war er so erschöpft gewesen, dass der Erinnerungsstrom nicht eingesetzt hatte, und auch sein Albtraum, in dem er regelmäßig von einem Schnellzug überfahren wurde, hatte sich nicht eingestellt. Vielleicht war das die richtige Medizin. Arbeiten bis zum Umfallen. Craig frottierte sich ab, bezog das Bett frisch, legte sich auf das gebügelte Laken, löschte das Licht, schloss die Augen. Sein rechter Arm begann zu zittern, sein

Magen revoltierte. Mit einer schnellen Bewegung schaltete er das Licht ein. Also joggen. Er würde seinen nächtlichen Ausflug mit einem Besuch in dem besetzten Haus verbinden. Zwar waren die Besetzer vernommen worden, aber es war eine gute Gelegenheit, sich ein eigenes Bild zu machen. Er hatte die Protokolle gelesen, rief sie sich ins Gedächtnis.

Schon von Weitem sah er das Licht vor der Halle und die Umrisse der Wächter. Als er sich auf fünfzig Meter genähert hatte, standen die beiden auf. Ein schmaler Teenager und eine Frau, die vom Alter her dessen Mutter hätte sein können. Die Lampe beleuchtete ihre verschlossenen Gesichter.

Craig blieb vor den beiden stehen, deutete auf die Halle. »Alles in Ordnung?«

Die Frau legte den Kopf schräg. »Ja, klar. Können wir irgendwie helfen?«

Craig zückte seinen Ausweis. »Ich bin DCI Craig McPherson.«

»Die Bullen haben uns schon zweimal ausgefragt«, sagte der Teenager. Es klang nicht unfreundlich.

»Weiß ich. Wie heißt du?«

»Fred.«

»Und weiter?«

»Fremgen.«

»Wer hat denn hier Wache gehalten in der Nacht von Dienstag auf Mittwoch, Fred?«

»Isabel und Joey.«

Craig wandte sich an die Frau. »Sie heißen?«

»Nancy Callum.«

»Seit wann sind Sie hier?«

»Seit 'ner Weile.«

Fred kratzte sich am Kopf. »Sind Sie nicht der Bulle aus Schottland?«

»Ja klar«, sagte Craig. »Hört man doch, oder?«

»Was wollen Sie eigentlich?«, fragte Callum.

Fred zuckte zusammen, Callum war im Gegensatz zu ihm feindselig.

»Ich will mir ein eigenes Bild machen. Wissen Sie, es gibt Leute, die erzählen herum, hier werde man schief angeguckt, wenn man Bulle ist. Selbst wenn man nichts Böses will.«

Callum verzog verächtlich das Gesicht. »Wer schmeißt uns denn aus unseren Häusern? Die Bullen. Und da sollen wir nicht misstrauisch sein?«

Fred schaute unter sich, er fühlte sich sichtlich unwohl.

»Ich schmeiße niemanden irgendwo raus. Ich bin bei der Mordkommission. Ob Sie es glauben oder nicht – ich hoffe, ihr könnt hier noch lange bleiben. Ihr gebt Obdachlosen ein Dach über dem Kopf und Schutz vor Übergriffen. Das gefällt mir.«

Callum winkte ab und ging auf die Halle zu. »Ihr Bullen tut immer so nett, und dann ... Peng!«, schimpfte sie vor sich hin.

Fred blieb. »Die alte Nancy ist echt angepisst, die ist schon ein paarmal geräumt worden. Ist nicht gerade angenehm.«

»Kein Problem, kann ich verstehen. Ihr steckt jede Menge Arbeit da rein, und man dankt es euch mit Rausschmiss. Das macht wütend.«

»Ja, klar, aber auf der anderen Seite wissen wir ja vorher, dass das passieren kann. Und es wird angekündigt. Lange genug, bevor die ...« Fred räusperte sich, schien ein Wort verschluckt zu haben.

»Die Bullen kommen, meinst du sicher«, sagte Craig.

»Ja, klar. Ist also nicht wirklich eine Überraschung.«

»Wem gehört die Halle?«

»Wenn wir das wüssten, könnten wir ja einen Deal machen. Annie hat schon alles versucht, aber sie kriegt es nicht raus.«

»Kennst du Annie?«

Fred lachte auf. »Logisch. Die regelt hier alles. Die ist echt klasse. Die pennt gerade, soll ich sie holen?«

»Nein, nicht nötig. Meine Kollegen haben sie schon vernommen.«

»Da war ich dabei. Aber sie hat eine Sache nicht erzählt.«

Craig wurde hellhörig. »Und?«

Fred senkte die Stimme. »Sie wird so was wie gestalkt, glaube ich.«

»Ein Exfreund?«

»Er hat sich nicht zu erkennen gegeben, aber er schickt ständig Geschenke. Wir nennen ihn nur ›den Weihnachtsmann von Haven‹.«

»Er schickt nur Sachen an Annie?«

»Eigentlich nicht. Er schickt die Sachen an Annie, aber sozusagen, damit sie die weiterverteilt. Da ist auch Geld dabei, das können wir echt gut gebrauchen.«

Von wegen Stalker. Irgendeine, vielleicht sogar mehrere mildtätige Seelen ließen den Besetzern Gaben zukommen.

»Okay, Fred, vielen Dank.« Er reichte ihm seine Karte. »Wenn was ist, ruf mich an.«

Fred nahm die Karte, steckte sie in seinen Geldbeutel. »Alles klar, cool, Mann.« Er drückte sich aus seinem Stuhl hoch und reichte Craig die Hand.

Craig schlug ein, schüttelte sie kräftig. »Dann mache ich mich mal auf den Weg. Gute Zeit euch allen!«

Craig lief los, Fred winkte ihm hinterher. Noch zweimal absolvierte Craig die Runde, grüßte jedes Mal Fred und war dann endlich so ausgepowert, dass er für drei Stunden Schlaf fand.

11

Um sieben saß Craig an seinem Schreibtisch, ging die Akten durch, las alle Protokolle, alle Notizen, aber er fand keinen neuen Anhaltspunkt. Um acht kam Leighton, dem Craig trotz frischer Rasur und bestens gepflegter Kleidung den Kater ansah. Obwohl die Jalousien geschlossen waren, nestelte Leighton erst mal daran herum, um jedes noch so kleine Fitzelchen Licht auszusperren.

»Nie wieder!«, flüsterte Leighton. »Was war das für ein Höllengebräu?«

»Ganz normale Bowle. Literweise. Ich glaube, das war das Problem, Tyler. Zehn oder zwölf Gläser zu viel.« Craig bemühte sich, leise zu sprechen, aber Tyler zuckte dennoch zusammen.

Er hielt fünf Finger hoch. »So viel Aspirin habe ich zum Frühstück geschluckt, alles Fünfhundert-Milligramm-Bomben. Es hat nichts geholfen.«

Craigs Tischtelefon schrillte los, Tyler hielt sich die Ohren zu. Blitzartig riss Craig den Hörer herunter. »DCI McPherson hier …«

Keens Stimme dröhnte aus dem Hörer. »Elf Uhr. Bürgermeisterin. Irgendwas Neues?«

»Nein, Sir. Wir sichten gerade noch mal das Material.«

»Alles klar.« Keen legte auf.

Craig hatte fragen wollen, worum es ging, aber wahrscheinlich wollte die Bürgermeisterin die Lage peilen und entscheiden, ob sie eingreifen musste.

»Was?«, fragte Leighton.

»Keen. Ich muss zur Bürgermeisterin.«

»Viel Spaß. Ich muss ja nicht mit?«

»Besorgen Sie sich eine Dosis von was auch immer, damit Sie wieder fit werden. Und dann suchen Sie nach dem Schattenimperium von Carpenter.«

Leighton verdrehte die Augen, hielt sich den Magen. »Oh Gott! Das überlebe ich nicht.«

Craig hielt nach einem Gefäß Ausschau, das er Leighton hinhalten konnte, sollte es zum Äußersten kommen, aber Tyler hatte sich im Griff und trollte sich.

Sie waren wirklich ein tolles Team: ein Youngster mit Alkoholvergiftung und ein Oldie mit Schlafentzug.

Craig vertiefte sich in die Akten, erstellte eine Übersicht mit dem Stand der Dinge.

Um Viertel vor elf stieg er in seinen Spitfire. Rathaus und Bürgerzentrum bestanden aus zwei grauen Betonklötzen, die das Gegenteil von dem ausstrahlten, was die Stadtverwaltung versprach: weltoffene Willkommenskultur.

Craig meldete sich an und wurde sofort in das Büro der Bürgermeisterin geführt. Der Raum war angenehm temperiert, nicht zu kalt, nicht zu warm.

Priscilla Arrow war seit einem Jahr im Amt, Craig hatte sie bisher nur von Weitem gesehen, als er mit zwei Dutzend Kollegen in der Guildhall vereidigt worden war. Sie gehörte zu den Konservativen und hatte die Wahl gewonnen, weil sie versprochen hatte, die Drogen- und Hausbesetzerszene aus Exeter zu vertreiben. Craig kannte die Drogenszene inzwischen ganz gut, Exeter war ein Umschlagplatz für die ganze Region, daran hatte sich nichts geändert. Eine Hausbesetzerszene hatte er bisher nicht ausmachen können. Dazu waren es viel zu wenige, die hin und wieder in leerstehende Gebäude einzogen. Und im

Gegensatz zur Drogenszene, die man der organisierten Kriminalität zuordnen musste, gab es bei den Hausbesetzern keine Strukturen oder von langer Hand geplante Aktionen in ganzen Städten oder Landstrichen. Die Besetzung der Lagerhalle an den Quays war das Spektakulärste, was Exeter in dieser Hinsicht zu bieten hatte.

Arrow war Anfang fünfzig, trug ihr langes Haar offen und ungefärbt. Es war grau und verlieh der Bürgermeisterin eine Aura von Echtheit. Sie kam auf ihn zu, lächelte gewinnend. »DCI McPherson, schön, dass Sie Zeit für mich haben.« Sie zeigte auf einen modernen Metallsessel.

»My Lady Mayoress ...« Craig deutete eine Verneigung an.

Arrow lachte. »Nicht so förmlich, mein Lieber. Wir gehören zur selben Mannschaft. Nennen Sie mich Priscilla.«

Craig überraschte die schnelle Vertraulichkeit. Entweder war Bürgermeisterin Arrow wirklich so zutraulich, oder sie wollte ihn einlullen, weil sie etwas von ihm wollte.

Arrows Büro war nüchtern und schlicht eingerichtet: Hier arbeitete ein Mensch, der sich nicht ablenken lassen wollte. Bei seiner Vereidigung in der ehrwürdigen holzgetäfelten Guildhall war sie in vollem Ornat aufgetreten, mit Amtskette, Rüschenbrust und Federhut, ganz wie vor hundert Jahren. Jetzt trug sie einen bequemen Hosenanzug.

Es klopfte. Keen kam herein und begrüßte die Bürgermeisterin wie eine alte Freundin. Craig nickte er zu, nahm neben ihm Platz. Auf dem Beistelltisch dampfte eine Kanne Tee, in einer Schale lagen Plätzchen, die verführerisch nach Zimt dufteten. Craigs Mutter hatte zu Weihnachten Zimtplätzchen gebacken. Sein Blick war der Bürgermeisterin nicht entgangen.

»Bedienen Sie sich. Ich habe sie selbst gebacken. Ab und zu muss ich etwas Handfestes tun. Tee?«

Craig und sein Boss nahmen dankbar an.

Zwei Kekse, eine Tasse Tee und ein wenig Konversation später kam Arrow zur Sache. Es ging natürlich um Floyd Carpenter.

»Um von vornherein Missverständnisse aus dem Weg zu räumen: Sie sind nicht hier, weil ich Ihre Ermittlungen in irgendeine Richtung drängen möchte. Floyd war ...« Sie überlegte kurz. »Er war nicht direkt ein Freund von mir, aber jemand, der ähnliche Interessen hatte wie ich. Politisch war er, obwohl Konservativer, immer neutral. Er hat sich wirklich für die Menschen engagiert. Sein Riverside4All-Projekt ist einmalig in ganz Devon und, soweit ich weiß, im gesamten Königreich. Dass er tot ist, ist schlimm genug. Ich hoffe, dass Beth seine Firmenpolitik fortsetzen wird.«

Keen lächelte und schwieg. Craig hatte keine Ahnung, was das sollte. Bis jetzt war das Treffen Zeitverschwendung.

»Die Arme ist vollkommen fertig mit den Nerven.« Arrow räusperte sich. »Ich habe mit ihr telefoniert. Sie hat sich ausdrücklich für Ihr einfühlsames Verhalten bedankt.« Sie nickte Craig zu.

Wieso hat sie sich nicht bei mir bedankt, fragte sich Craig. War das eine in ein Kompliment verpackte Warnung? Dass Beth Carpenter und die Bürgermeisterin Freundinnen waren?

Keen rutschte unruhig in seinem Sessel hin und her, schwieg aber weiter.

»Sie haben sicherlich bereits mit Mr. Hargrave gesprochen?« Sie schaute Craig an.

Daher wehte der Wind. Sie wollte Craig aushorchen. »Darüber darf ich keine Auskunft geben, Priscilla, sorry.«

Die Bürgermeisterin lachte gekünstelt. »Natürlich. Verzeihung. Dann können Sie mir auch sicherlich nicht sagen, ob Floyds Tod ein Unfall war oder nicht?«

Craig hob nur die Augenbrauen.

»Kein Problem. Eigentlich möchte ich Ihnen nur meine Hilfe anbieten.«

»Die kann ich sehr gut gebrauchen«, sagte Craig. Keen warf ihm einen ungnädigen Blick zu. Dass die Bürgermeisterin der Polizei half, war eine Selbstverständlichkeit, das Angebot also reine Formsache, hinter der aber durchaus mehr stecken konnte. »Ist Ihnen jemals ein Gerücht zu Ohren gekommen, dass Carpenter ein Schattenimperium hatte?«

Keen zog scharf die Luft ein.

»Eine gute Frage, DCI McPherson.«

»Nennen Sie mich Craig.« Er verzog die Lippen zu einem professionellen Lächeln.

»Eine gute Frage, Craig. Seine Konkurrenten und Neider werden solche Anschuldigungen sicherlich in Umlauf gebracht haben. Mir ist darüber nichts bekannt.«

»Darf ich die Ratsbeschlüsse einsehen, die mit der Vergabe von öffentlichen Bauvorhaben zu tun haben – auch die Beschlüsse, die unter Ausschluss der Öffentlichkeit getroffen wurden?«

»Ich sehe schon, Craig, Sie nehmen mich beim Wort.« Sie warf Keen einen Blick zu, der nur die Schultern zuckte. »Okay. Aber nur unter Aufsicht. Keinerlei Aufzeichnungen. Kein Handy, kein Stift, nichts.«

»Gilt das auch für meinen Partner, DI Tyler Leighton? Allein kann ich das nicht bewältigen.«

»Arthur?«

Keen nickte heftig. »Ich bürge für beide.«

»Ich danke Ihnen vielmals, Priscilla.«

»Kein Problem. Aber Sie müssen sich ranhalten. Ich habe mit Coroner Fly gesprochen. Es bleibt dabei: Die Anhörung wird auf jeden Fall morgen stattfinden. Um acht Uhr dreißig.«

TAG 3

FREITAG, 15. JULI

12

Craig öffnete die Augen und war sofort hellwach. Er lag in seinem Bett, in seiner Wohnung. So viel stand fest. Hatte ihn ein Geräusch geweckt? Ein Traum war es nicht gewesen, zumindest konnte er sich nicht an einen erinnern. Er checkte den Wecker. Kurz nach halb sechs. Das Laken, mit dem er sich zugedeckt hatte, lag vor dem Bett, zu einem feuchten Haufen zerknüllt. Sein ganzer Körper war mit einem dünnen Schweißfilm bedeckt, mit dem Zeigefinger strich er sich über die Brust, es fühlte sich an, als hätte er sich in ein Reptil verwandelt. Glatt. Kalt. Feucht.

Halb sechs! Unfassbar! Er hatte vier Stunden ohne Unterbrechung geschlafen.

Bis zweiundzwanzig Uhr hatten er und Leighton die Ausschreibungen und Protokolle im Rathaus gewälzt. Keine Unregelmäßigkeiten. Keine Spuren. Sie hatten nichts entdeckt, das eine Mordtheorie hätte stützen können. Danach waren sie zurück ins Headquarter gefahren und hatten dort alle Fakten gegeneinander abgewogen. Um ein Uhr in der Nacht hatte Keen ihn und Leighton aus dem Büro geworfen und ihnen klargemacht, dass jetzt Fly und die Jury am Zug waren.

Dass Collins noch immer nicht gefasst war, ließ Keen kalt. Der Anwalt hatte etwas zu verbergen, das war sicher. Es ging um Betrügereien und illegalen Drogenbesitz. Aber Collins hatte ein wasserdichtes Alibi. Selbst wenn es Mord gewesen sein sollte, der Anwalt konnte es nicht gewesen sein. Und was auch immer Collins angestellt hatte, es hatte nichts mit dem

Verfahren zur Feststellung der Todesumstände von Floyd Carpenter zu tun. Natürlich konnte er auch einen Unfall gehabt haben, oder er war überfallen worden. Aber Craig hielt das für unwahrscheinlich.

»Und wenn er jemanden beauftragt ...«, hatte Craig gewagt einzuwenden.

Keen hatte ihm das Wort abgeschnitten. »Um halb neun sehen wir uns wieder«, hatte er gesagt. »Sie müssen fit sein. Schlafen Sie! Mir nützt es nichts, wenn Sie einen auf Held machen.«

Craig stellte sich unter die Dusche, drehte den Heißwasserhahn auf und genoss das Wasser, das auf seiner Haut fast schmerzte. Hatte er sich in etwas verrannt? Es gab keinen *Beweis* dafür, dass Carpenter ermordet worden war, aber auch keinen dagegen. Das persönliche Umfeld war abgegrast. Und jetzt sollten irgendwelche Leute, die nicht die geringste Ahnung hatten von Mord, Motiv und Möglichkeit, darüber entscheiden, ob weiter ermittelt werden sollte. Anfänger und Amateure pfuschten ihm ins Handwerk, weil niemand das Rückgrat hatte, eigene Entscheidungen zu treffen und die Konsequenzen daraus zu tragen. Eine Person konnte das Verfahren noch herumreißen: Sienna Fly. Bis jetzt hatte er es tunlichst vermieden, auch nur die leiseste Andeutung zu machen, sie könne ihm helfen, indem sie die Reihenfolge, in der sie die Beweise vortrug und die Zeugen vernahm, so gestaltete, dass bei der Jury Zweifel an einem Unfall aufkommen mussten. Aber genau das durfte sie nicht. Sie musste neutral sein, ansonsten verletzte sie ihren Diensteid. Craig verletzte den seinen jedoch, wenn er es zuließ, dass ein Mörder nicht zur Verantwortung gezogen wurde. Craig war zwar nicht sicher, dass Carpenter ermordet worden war, aber er war sich genauso wenig sicher, dass er nicht ermordet worden war. Und da war immer noch sein Gefühl. Wenn man ihm wenigstens mehr Zeit gegeben hätte und mehr Personal.

Sein Magen meldete sich. Er drehte den Hahn zu, trocknete sich ein wenig ab und begutachtete die Vorräte in seiner Küche. Der Kühlschrank fraß unnötig Energie: Er kühlte ein Stückchen Butter und eine Gurke, die allerdings schon Zeichen von Auflösung zeigte. Ganz hinten wartete ein Glas Orangenmarmelade auf die baldige Verwertung auf einem Komposthaufen. Obwohl Craig keinen Appetit hatte, zwang er sich einen Toast mit dem traurigen Rest Butter und dem ebenso armseligen Rest Marmelade hinunter, der übrig geblieben war, nachdem er den Schimmel herausgekratzt hatte. Dazu trank er eine Kanne Tee. Es machte die Sache nicht besser, wenn er wegen Unterzuckerung umfiel. Sein Magen beruhigte sich, er wechselte ins Schlafzimmer, öffnete den Kleiderschrank. Als er aus Edinburgh vertrieben wurde, hatte er nur ein paar Sachen in einen Koffer geworfen. Dinge, die ihn an sein früheres Leben erinnerten, waren nicht hilfreich. Er hatte sich in Exeter einige Anzüge gekauft, heute würde er auf gediegen setzen. Er wollte der Jury zeigen, dass sie einen Mann vor sich hatten, der wusste, wovon er sprach, der vertrauenswürdig war und vor allem auf ihrer Seite stand. Ein Tanz auf dem Vulkan. Er musste jedes Wort genau bedenken, jede Bewegung. Verdammt, er war doch kein Rechtsverdreher! Dunkle Nadelstreifen, schwarze Schuhe, weißes Hemd, dezente Krawatte. Gut, dass er nicht so schnell ins Schwitzen kam, solange er nicht gerade joggte. Dicke, schwitzende Männer wirkten auf Geschworene abstoßend, immer. Und wen man nicht mochte, dem glaubte man auch nicht.

Zuletzt noch ein Aftershave, das er sorgfältig auswählte. Es durfte nicht zu aufdringlich sein und vor allem nicht billig riechen.

Sienna Fly hatte den Besprechungsraum im Coroner's

Office gewählt. Die Atmosphäre in dem kleinen Raum war nicht so steril und förmlich wie in dem modernen Gerichtssaal im Crown Court. Es ging ja auch nicht um ein Urteil über eine Person, sondern um die Würdigung von Beweisen und Zeugenaussagen. Es gab keinen Staatsanwalt und keinen Verteidiger, denn es gab niemanden zu verteidigen und niemanden anzuklagen – außer vielleicht das System, das nicht dem Opfer diente, sondern dem Täter.

Craig schlug mit der flachen Hand gegen den Kleiderschrank, der bedenklich ächzte. Seine Gedanken sprangen im Kreis. Er musste sich auf seine Aussage konzentrieren. Und verdammt noch mal, er musste das Urteil akzeptieren, wie immer es auch ausfallen mochte. Er schaute in den Spiegel und lachte gequält. Er würde nur ein Urteil akzeptieren.

Craig nahm den Spitfire, er wollte mit einem guten Gefühl am Coroner's Office eintreffen. Er fuhr einen Schleichweg, denn die Hauptstrecken waren bereits vom Berufsverkehr verstopft. Die Medienmeute war zum Coroner's Office abgezogen, Leighton war noch nicht im Büro, Neuigkeiten gab es keine, die Akten lagen ordentlich sortiert auf seinem Schreibtisch, Keen ließ sich nicht blicken. Mit einem Stoßseufzer machte sich Craig auf den Weg.

Um kurz nach acht traf er an der City Hall ein, drängelte sich durch die Mikrofone, die ihm fast in den Rachen gestopft wurden.

Er klopfte bei Sienna Fly, die fröhlich »Herein!« rief und ihm die Hand hinhielt. »Detective, schön, Sie zu sehen. Was kann ich für Sie tun?«

Sie hatte ein wenig Rouge aufgelegt, nur einen Hauch, und er musste sagen, es stand ihr ausgezeichnet.

Craig setzte an, aber Fly kam ihm zuvor.

»Ich weiß schon: die Todesursache im Fall Floyd Carpenter

als Mord erkennen. Aber damit habe ich nichts mehr zu tun. Sorry. Die Jury entscheidet.«

»Ein geschickter Schachzug«, sagte Craig, und er meinte es nicht böse. »Ich hätte es nicht anders gemacht.«

»Schön, dass Sie das so sehen, Craig. Es gibt Entscheidungen, die wir nicht treffen sollten, weil wir voreingenommen sind. Ist es nicht so?«

»Ohne Zweifel.« Er warf einen Blick auf die Uhr.

Sienna erschrak. »Oh je, es ist gleich so weit. Bitte entschuldigen Sie mich. Ich möchte nicht unpünktlich sein.«

Craig deutete eine Verbeugung an, verließ Flys Büro und betrat den Besprechungsraum, der in vier Bereiche unterteilt war: sieben Plätze für die Jury. Alle waren bereits besetzt. Vier Plätze für Sienna Fly und ihre Leute. Drei waren besetzt, mit Argusaugen folgten die Augenpaare Craigs Bewegungen. Acht Plätze für Zeugen und Sachverständige. Drei Plätze für Beth Carpenter und ihre Kinder. Wahrscheinlich würde die Familie Carpenter erst im letzten Moment erscheinen, falls überhaupt.

Craig unterließ es, jemandem von der Jury auch nur zuzunicken. Es hätte als Manipulationsversuch ausgelegt werden können. Stattdessen vertiefte er sich in seine Papiere, ging noch mal alle Ergebnisse durch und musste erneut feststellen, dass er nichts in der Hand hatte, außer seinem Gefühl, das ihn fast noch nie getrogen hatte. Selbst wenn er sich schon hundertmal getäuscht hätte und nur einmal nicht, wäre es den Aufwand wert gewesen, so lange zu bohren, bis man sich vollkommen sicher sein konnte, dass es kein Mord gewesen war. Aber dagegen sprachen die Budgets und der politische Wille.

Die Zeit verflog, Sienna kam herein, nahm Platz, warf einen Blick auf die Uhr. Acht Uhr siebenundzwanzig. Im selben Augenblick betrat Beth Carpenter den Raum. Ohne ihre Kinder. Also hatte sie die Kinder vorgeschoben, um den Ausschluss der Öffentlichkeit zu erreichen, ein Versuch, das Ansehen ihres Mannes zu retten. Sein Drogenkonsum und seine Saufereien waren nicht Thema der Verhandlung, aber alles würde zur Sprache kommen. Da die Verhandlung nun nichtöffentlich war, durfte nur das Urteil an die Medien gegeben werden. Wer immer dagegen verstieß, machte sich des Meineides schuldig und konnte dafür ins Gefängnis gehen. Beth Carpenter war nicht dumm. Entschied die Jury auf Unfall, würde sehr wahrscheinlich nichts durchsickern von Floyd Carpenters Eskapaden. Craig war es recht. Ihm ging es nicht darum, Carpenter zu demontieren, zumal der Mann zweifelsohne vielen Menschen geholfen hatte und auch ein anständiger Chef gewesen sein musste. Craig wollte einen Mörder fassen, nicht mehr und nicht weniger – und er wollte sicher sein, dass er alles getan hatte, um einen Irrtum zu verhindern.

Der Sekundenzeiger der großen Uhr hinter Sienna Flys Platz tickte auf die zwölf. Acht Uhr und dreißig Minuten.

»Sehr verehrte Damen und Herren, ich bedanke mich, dass Sie alle pünktlich erschienen sind.« Sienna Fly ließ den Blick durch die Runde schweifen, lächelte warm. »Hiermit eröffne ich die gerichtliche Untersuchung zur Feststellung der Todesursache des Bauunternehmers Floyd Carpenter. Durch die Merkblätter und in den Vorgesprächen sind Sie hinreichend belehrt worden, wie Sie sich bei dieser Untersuchung zu verhalten haben. Wir können also zur Sache kommen.«

Sie verlas die seitenlangen Berichte, die Craig und Leighton verfasst hatten: wie und wo die Leiche gefunden worden war, mit welchen Zeugen sie gesprochen hatten und welche Erkenntnisse sie daraus gezogen hatten und dass alle Personen, die für einen Anfangsverdacht infrage kamen, ein Alibi hatten.

Beth Carpenter verzog nicht für eine Sekunde die Miene.

Dann bat Sienna Fly ihren Kollegen Jeffrey Caine in den

Zeugenstand, der die Zweitobduktion vorgenommen hatte und zu denselben Ergebnissen wie seine Chefin gekommen war: keine Fremdeinwirkung erkennbar. Die Drogen in Carpenters Blut hatten ausgereicht, seine Reaktionsfähigkeit erheblich einzuschränken. Auch wenn er nach außen sicher auftrat, hätte er einen Fehltritt kaum korrigieren und in den Exe stürzen können.

Caine nahm Platz, weitere Zeugen hatte Fly nicht geladen, wozu auch? Alle relevanten Aussagen lagen in schriftlicher Form vor, und Craig war als leitender Detective sowieso geladen. Es war Sienna Flys Großmut zu verdanken, dass sie ihn überhaupt reden ließ.

Sienna Fly schaute Craig an, er stand auf und ließ die Pinnwand hereinrollen, auf der er und Leighton die letzten zwei Stunden in Floyd Carpenters Leben rekonstruiert hatten. Mit wem er sich wann getroffen hatte; dass gekokst worden war; dass die Prostituierten schon gewartet hatten; dass etwas dazwischenkam, das erste Mal seit sechs Jahren – so lange schon veranstalteten die drei Herren ihre präzise geplanten Ausflüge laut Aussage von Hershie und Collins; dass Carpenter nach dem Anruf von Donald O'Donnal überstürzt aufbrach, sich kontrolliert bewegt und noch nicht einmal gelallt hatte; dass er von diesem Moment an höchstens noch eine halbe Stunde zu leben gehabt hatte; dass er Feinde gehabt hatte; dass es keinen Beweis dafür gebe, dass er nicht ermordet worden sei, im Gegenteil, ein Mord sei sehr wahrscheinlich …

Sienna Fly klopfte mit ihrem Füllfederhalter auf den Tisch. »Mr. McPherson, ich bitte Sie! Bleiben Sie bei den Fakten. Ich weiß Ihren Eifer zu schätzen, aber wir haben nicht umsonst eine Jury damit beauftragt, objektiv und ohne Vorbehalte ein Urteil zu fällen. Also keine Mutmaßungen.«

Craig spürte seine Ohren heiß werden. Mit freundlichen

Worten hatte Sienna ihn in die Schranken gewiesen, der Jury klargemacht, dass er befangen war, dass er ein übereifriger Cop war, der unbedingt einen Mordfall haben wollte. Sienna Fly war wirklich gut, er hatte es verbockt.

Sie wandte sich an die Jury. »Die letzte Bemerkung des Detective werden Sie sofort vergessen, und sie wird auch aus dem Protokoll gestrichen. Die Aufgabe des Detective ist es nicht, Schlüsse zu ziehen. Das ist Ihre Aufgabe, Ladies and Gentlemen. Und ich bin mir sicher, Sie werden diese Aufgabe meistern.«

Craig sah in die Gesichter der Jurymitglieder. Nichts als Ablehnung. Er verbeugte sich. »Ich bin mit meinen Ausführungen am Ende.« Er hatte genug gesagt, jedes weitere Wort würde ihn in eine noch ungünstigere Lage bringen.

Sienna Fly ignorierte ihn, gab der Jury noch einige juristische Tipps mit auf den Weg, erhob sich und verließ den Raum. Der Gerichtsdiener bat alle bis auf die Jury hinaus. Jetzt begann die nervenzermürbende Warterei.

Craig ging nach draußen, rief Leighton an, verschwieg ihm, dass er es wahrscheinlich versaut hatte, und fragte nach Neuigkeiten. Collins war noch immer abgetaucht. Das war's. Der letzte Strohhalm, an den sich Craig geklammert hatte.

Der Gerichtsdiener rief nach Craig. Die Jury hatte entschieden. Nach nur vier Minuten Beratung! Craig verabschiedete sich von Leighton, eilte in den Gerichtssaal und nahm Platz.

Sienna Fly wandte sich an die Sprecherin, eine rotwangige Frau, die aussah, als verbrächte sie die meiste Zeit im Freien. »Ist die Jury zu einem Urteil gekommen?«

Sie stand auf. »Ja.« Sie reichte dem Gerichtsdiener einen zusammengefalteten Zettel.

Sienna Fly nahm ihn entgegen, entfaltete ihn, schaute kurz Craig an, dann las sie: »Die Jury hat einstimmig entschieden, dass der Tod von Floyd Carpenter ...« Sienna Fly hielt einen Moment inne.

Herrgott, warum musste sie es so spannend machen?

Sie hob die Stimme. »... dass der Tod von Floyd Carpenter durch einen Unfall verursacht worden sein muss. Sie erkennt keinerlei Hinweise auf Fremdverschulden. Eine Mordermittlung wird nicht eingeleitet.«

Craig ließ die Schultern hängen, seufzte. Er hatte es verbockt. Sienna Fly sah ihn kurz an. Er glaubte, leise Enttäuschung in Sienna Flys Gesicht zu lesen. Vielleicht konnte er sie umstimmen, sie dazu bringen, Carpenter noch mal zu untersuchen, noch genauer, mit der ganz starken Lupe.

Sienna Fly klopfte wieder mit dem Füllfederhalter auf den Tisch. »Ich entlasse hiermit die Jury und danke Ihnen für Ihren Einsatz. Das Ermittlungsverfahren des Coroners wird hiermit eingestellt, die sterblichen Überreste von Floyd Carpenter werden der Familie übergeben.«

Die Jury verließ den Raum, dann folgte Beth Carpenter, die Craig nicht einmal zunickte. Sienna Fly ordnete ihre Unterlagen.

»Darf ich?«, fragte Craig vorsichtig.

Er deutete ihr Schweigen als Einverständnis, näher treten zu dürfen.

»Wie geht es weiter?«

»Er wird eingeäschert.«

»Das dachte ich mir. Aber dann ...«

Fly seufzte. »Das Verfahren ist beendet, Mr. McPherson. Es tut mir leid.« Sie verwendete nicht seinen Vornamen, um ihrer Zurechtweisung einen offiziellen Ton zu geben.

Craig schluckte. Der nächste Satz würde ihm echte Scherereien einbringen, aber er konnte ihn nicht herunterschlucken. »Und Sie sind ganz sicher, dass ...«

Entgegen seiner Erwartung brauste Fly nicht auf, sondern sie flüsterte fast. »Ich bin so sicher, wie ich es sein kann, anhand der vorliegenden Fakten. Jeffrey ist einer der besten Gerichtsmediziner, die ich kenne. Er hat mein Ergebnis bestätigt. Alle sind sich sicher. Und wenn es Mord war und wir keine Spuren finden können, dann war es ein perfekter Mord. So läuft das Spiel.« Sie legte ihm eine Hand auf den Unterarm. »Nur Sie schottischer Dickschädel wollen es nicht begreifen! Ihre Hartnäckigkeit ehrt Sie, aber vorbei ist vorbei.«

»Jeder kann mal etwas übersehen …«

Fly nahm ihre Hand weg. »Natürlich. Niemand ist perfekt. Glauben Sie mir, oft überlege ich, ob ich etwas übersehen habe, ob ich einen Mord nicht erkannt habe. Vielleicht ist mir das auch schon passiert. Nehmen Sie es sich nicht so zu Herzen. Das schadet nur. Investieren Sie Ihre Energie in den nächsten Fall, der mit Sicherheit kommen wird. Sie sind ein guter Bulle, Craig. Ihr Vortrag war brillant, mich allein hätten Sie überzeugt.«

»Danke, Sienna.« Er streckte sich. »Dann mache ich mich mal auf den Weg.«

Er drückte ihre Hand, sie lächelte.

»Wir sehen uns, Craig.«

»Ja, das liegt in der Natur der Sache.«

Craig verließ das Coroner's Office, trat in die Hitze des Tages. Noch keine zehn Uhr, und der Asphalt kochte schon. Er hatte verloren. War es das? Verlieren – gewinnen? Hatte er einfach nur gewinnen wollen? Müde ließ er die Schultern fallen, setzte sich hinter das Steuer seines Spitfire und packte das Lenkrad, als wollte er es abreißen. Obwohl es sich anfühlte wie glühendes Eisen, ließ er nicht los. Das Schlimmste war: Sienna Fly lag vollkommen richtig. Er hatte einen Dickschädel, und es war nicht das erste Mal, dass er sich damit in die Scheiße geritten hatte. Er sah Verbrechen, wo keine waren, und nur aus einem einzigen Grund. Weil er ein Egoist war. Weil er größenwahnsinnig war. Weil er die Wahrheit nicht ertrug. Nichts hatte sich geändert, seit er Edinburgh verlassen hatte, und nichts hatte sich verändert, seit er aufgehört hatte zu trinken. Sobald etwas nicht so lief, wie er es sich vorstellte, legte er sich quer, rannte mit dem Kopf gegen die Betonwand. Gott sei Dank war Sienna eine wirklich taffe Frau, die ihm sein ungebührliches Verhalten nicht übelnahm und ihm auf respektvolle Weise den Weg gewiesen hatte.

Sein Smartphone machte sich bemerkbar. Keen. Herr im Himmel, blieb ihm denn nichts erspart?

Er meldete sich.

»Und?« Keens Bass schmerzte in Craigs Ohren.

»Unfall.«

Keen schwieg einen kurzen Moment. »Okay, dann wird es wohl so sein.«

Hörte Craig da eine Spur Bedauern auch in Keens Stimme?

»Zu dumm, Craig. Ich hätte mir was anderes gewünscht. Auch wenn Sie es mir nicht glauben wollen. Jetzt habe ich ein Problem.«

»Hat es was mit mir zu tun?«

»In der Tat, ja.«

»Raus damit, ich kann einiges vertragen.«

Was kam jetzt geflogen? Eine Dienstaufsichtsbeschwerde? Hatte Hershie gepetzt?

»Ich muss Sie vorerst beurlauben.«

Craig fiel das Handy aus der Hand. Er musste sich bücken, um es aufzuheben.

»Craig, sind Sie noch dran?«

Craig drückte sich das kalte Glas des Smartphones ans Ohr. »Warum, zum Teufel, müssen Sie mich beurlauben? Was habe ich angestellt?«

»Na ja, die Sache mit Hershie …« Keen atmete schwer. »Leighton hat mir voller Stolz erzählt, wie Sie Hershie weichgekocht haben. Nicht schlecht, ehrlich. Aber leider haben Sie dabei die eine oder andere Vorschrift verletzt. Ich sage nur: Strafvereitelung im Amt. Hätten wir einen Mordfall, wäre das alles kein Thema, aber so? Ich muss vorsorgen. Falls davon was an die Öffentlichkeit dringt, geht es mir an den Kragen, wenn ich nichts gemacht habe. Sobald sich der Staub gelegt hat, sind Sie wieder dabei. Also keine Panik. Bringen Sie mir bei Gelegenheit einfach Ihre Marke vorbei. Es eilt nicht. Und nutzen Sie die Zeit zum Schlafen. Und zum Essen. Sie sehen ja schon aus wie eins dieser magersüchtigen Models.«

Craig war sprachlos.

»Wir sehen uns, Craig. Bis bald.« Keen unterbrach die Verbindung.

Craig starrte zuerst das Handy an, dann die Windschutzscheibe. Dass es so schnell gehen würde, hatte er nicht erwartet. Gab es eine interne Untersuchung, winkte eine Versetzung auf die Orkneys, wo er Schafe zählen konnte oder Schlimmeres. Verdammte Scheiße! Sein Herz schlug ihm bis in den Hals, es fühlte sich an wie ein Herzinfarkt. Craig glotzte durch die Windschutzscheibe, sah Beth Carpenter, Donald O'Donnal, Jason Collins und Alfred Hershie vor sich, sah Sienna Fly, als sie das Urteil verlas. Warum hatte sie den Termin so früh gelegt? Sie hatte von Rechts wegen achtundzwanzig Tage, bevor sie ein Urteil fällen musste. War es doch der öffentliche Druck gewesen? Hatte sie etwas zu verbergen? Vielleicht war es etwas ganz Einfaches: Fly war davon *überzeugt*, dass es ein Unfall gewesen war, und wollte Beth Carpenter und ihren Kindern unnötiges Leid ersparen.

Was er jetzt brauchte, war ein anständiger Drink. Ein Laphroaig musste es sein, ein junger, pfeffriger, der ihm die Seele einbalsamierte, ohne ihm den Verstand zu rauben. Von einem Drink war noch niemand umgefallen, er war stark genug, aufzuhören, bevor es ihn aus den Schuhen hob, da war er sich sicher. Oder nicht? Echte Alkoholiker waren verloren, wenn sie nur an einem Whisky rochen. Er war kein echter Alkoholiker, hatte die Krankheit als Vorwand genutzt, glimpflich davonzukommen. War es nicht so? Er würde es ausprobieren. Bis zum nächsten Screening würde er wieder vollkommen nüchtern sein, und seine Leberwerte wären auch wieder normal. Und wenn nicht? Schlimmer, als es schon war, konnte es nicht mehr werden. Er ließ die Reifen qualmen und nahm Kurs auf das Hare and Hounds, von dem er wusste, dass es eine exzellente Whiskyauswahl hatte.

13

Die Flüssigkeit schimmerte bernsteinfarben. Der Duft löste Speichelfluss in Craigs Mund aus. Es war der dritte Whisky, der so vor ihm stand. Sein Kopf lag auf den Händen, die Hände auf dem Tresen. Seit zwanzig Minuten starrte er das Glas an. Er griff zu. Er biss die Zähne aufeinander. Es ist ganz einfach. Er musste nur eine Entscheidung treffen. Die schwierigste seines Lebens. Immer wieder. Hundertmal. Tausendmal. Trinken oder nicht trinken, das ist hier die Frage. Er grinste, hob das Glas, prostete dem Bartender zu und reichte es King George, der seit zwei Stunden neben ihm saß und sein Glück nicht fassen konnte. King George nahm es in Empfang und schüttete den Inhalt in seine Kehle, stöhnte wohlig. Vorsichtig stellte er das Glas auf den Tresen zurück.

Craig musste ihm dankbar sein. Er hatte ihn vor einem großen Fehler bewahrt. Hätte er den ersten Whisky getrunken, er hätte kein Ende mehr gefunden, und irgendwann hätten sie ihn auch aus dem Exe gefischt. King George, mit bürgerlichem Namen Oleg Poznov, gehörte zu Craigs kleinem, aber feinem Informantennetzwerk, das er sich in den letzten sieben Monaten aufgebaut hatte. Poznov stammte aus Polen, war vor vierzig Jahren mit seinen Eltern in Exeter gestrandet und hatte seit dreißig Jahren einen englischen Pass. Zehn Jahre hatte Poznov im Gefängnis verbracht, immer dasselbe: Einbruch, Taschendiebstahl, Ladendiebstahl. Doch einmal war er zu weit gegangen. Mit einer Schreckschusspistole hatte er versucht, einen Geldboten auszurauben, der von einem Supermarkt auf dem

Weg zu seinem Transporter war. Der Kollege des Geldboten hatte ihn von hinten niedergeschlagen. Das hatte King George einen Schädelbruch, sechs Jahre Gefängnis und die Erkenntnis eingebracht, dass es angenehmer war, von der Stütze zu leben und von den Zuwendungen der Polizei, als im Knast jeden Tag Scheiße zu fressen.

Craig war vor dem Hare and Hounds vorgefahren, hatte den Spitfire quer in zwei Parklücken gestellt, die Tür zum Pub aufgestoßen und Jeb, dem Barkeeper, seine Bestellung zugerufen. Der hatte ihn angesehen wie eine Erscheinung, aber Craig hatte nur auf den Tresen gezeigt und sich auf einen Hocker geklotzt. Einen Moment später stand das Glas mit dem betörenden Whisky vor ihm, im nächsten Moment hatte King George es sich geschnappt und leergemacht. Craig hatte schon die Faust oben, aber King Goerge hatte ihn nur angegrinst und gesagt: »Ich habe dir gerade den Arsch gerettet. Du schuldest mir was.«

Craig hasste philosophierende Penner, aber er hatte begriffen. King Georges heldenhafte Tat und sein Kommentar hatten ihm klargemacht, dass er ein weinerliches Weichei war. Dafür gebührte ihm eine Strafe und King George eine Belohnung. Das Spiel war einfach: ein Glas besten Whisky vor Craigs Nase. Wenn er das Glas fassen wollte, schnappte King George zu und vernichtete den Feind. Drei Gläser in gut zwei Stunden. King George ging das zu langsam, aber Regel war Regel, und Craig brach, wenn überhaupt, nur die Spielregeln seines Berufs.

Craig nickte dem Keeper zu, und schon stellte er ihm das nächste Glas hin. Craig leckte sich über die Lippen, es wurde nicht einfacher. Wie beim Auspeitschen. Man konnte sich nicht daran gewöhnen. Mit jedem Schlag, mit jedem Glas wurde der Schmerz größer, die Gier heißer, die Entscheidung schwerer. Und immer wieder ging ihm der Gedanke durch den Kopf, dass er etwas übersehen hatte. Dass es ein winziges Detail gab, mit dem er die Jury hätte überzeugen können. Der Whisky glitzerte goldbraun, Licht brach sich in der Wölbung des Glases und spiegelte verzerrt den Tresen. Beim Kilt seines Urgroßvaters! Das war es!

Craig sprang vom Hocker, warf dreißig Pfund auf den Tresen. »Der Rest ist für King George.«

»Wow, Phersie, das is' doch nich' nötig«, sagte King George und strahlte über das ganze Gesicht.

»Für eine anständige Mahlzeit und Kaffee. Kein Alkohol mehr. Sonst endest du noch wie ich.«

Bevor King George protestieren konnte, war Craig zur Tür hinaus, saß im Spitfire und gab Gas.

14

Craig parkte das Auto in der Byron Road, überquerte die stark befahrene Kreuzung, rettete sich mit einem Sprung vor einem LKW auf die Sidmouth Road. Er schlich sich am Haupteingang des Headquarters vorbei, passierte mit gezücktem Ausweis den Lieferanteneingang, schlug ein paar Haken, um niemandem über den Weg zu laufen, der ihn hätte erkennen können.

Die Büros der Videoauswertung lagen im ersten Stock, der Raum, in dem die Detectives sich das Material ansehen konnten und oft stundenlang mussten, das sogenannte »Kino«, im Erdgeschoss. Keen hatte Craigs Keycard nicht gesperrt, obwohl Craig seine Marke nicht abgegeben hatte. Alle Türen öffneten sich ohne Murren. Natürlich konnte Keen nachvollziehen, wo Craig eingedrungen war, aber das spielte keine Rolle. Fand Craig nicht das, was er suchte, war es sowieso egal. Fand er, was er suchte, würde Keen ihm alles verzeihen.

Craig drückte die Klinke zum Kino. Die Tür war verschlossen. Er hielt die Keycard vor den Leser, das Schloss klickte, Craig schlüpfte hinein. Der Raum war im Einheitsgrau gestrichen, auf zwei altersschwachen Tischen standen vier Monitore der neuesten Generation und jeweils ein Schnittplatz, mit dem man Ausschnitte vergrößern, schneiden und drucken konnte.

Craig fuhr einen Rechner hoch, schaltete den Monitor ein, gab sein Passwort und seinen Nutzernamen ein. Der Cursor blinkte nervös, warum dauerte das so lange? Craig hielt den Atem an, zählte die Sekunden. Der Bildschirm wurde schwarz, dann flammte er auf und zeigte das Menu der Videoverwaltung. Craig atmete weiter, hackte den Namen des Ausschnitts in die Suchmaske. Wieder dauerte es unglaublich lange acht Sekunden, bis der Rechner Craig anbot, das Video zu laden. Ja oder Nein? Craig klickte auf Ja. Ein Fenster sprang auf, Craig klickte auf Play. Die Überwachungskamera war an der Ecke Clipper Quay und Weirfield Path in genau zwei Meter fünfzig Höhe montiert und auf diesen Path ausgerichtet, der hier an eine Grünfläche grenzte, die etwa zwei Fußballfelder umfasste. Einige Bäume standen dort, die die Sicht auf den mittleren Teil des Weirfield Path verdeckten.

Die Forensiker hatten berechnet, dass Carpenter wahrscheinlich in diesem Gebiet in den Exe gestürzt war. Sie hatten eine winzige Spur Blut an der Kaimauer gefunden. Sicher waren sie sich nicht. Es war gut möglich, dass er sich hier nur den Kopf aufgeschlagen hatte, aber noch ein gutes Stück gelaufen war, bevor ihn die Ohnmacht gefällt hatte.

Auf der anderen Seite der Grünfläche parkte auf dem Weirfield Path ein Mercedes Sprinter mit sieben Tonnen zulässigem Gesamtgewicht, der da nichts zu suchen hatte. Craig fuhr die Aufnahmen vor und zurück. Der LKW war um 23:00 Uhr angekommen und um 1:37 Uhr weggefahren. Craig rief die Tatortuntersuchung auf. Er war vermerkt, aber niemand hatte sich intensiver um den Sprinter gekümmert. Dabei würde alles perfekt passen: Entweder war der Fahrer des Wagens der Täter oder der anonyme Anrufer. Craig zoomte auf das Nummernschild. Nur die Regionalkennzeichen waren zu erkennen. Immerhin. WJ für Exeter. Der Wagen war also hier zugelassen worden. Es sollte möglich sein, ihn ausfindig zu machen.

Zurück zu den Aufnahmen der Überwachungskamera. Craig zoomte den Außenspiegel heraus, schärfte das Bild. Er hielt den Atem an. Für die Dauer eines Wimpernschlags war ein Rücken zu erkennen und eine Hand, die auf diesen Rücken schlug oder gegen ihn drückte. Der Rücken steckte in einem leichten Leinenjackett und bewegte sich eindeutig auf den Exe zu. Für die Techniker würde es ein Leichtes sein, die Sequenz noch deutlicher herauszuheben.

Volltreffer.

15

Craig zerrte sein Handy aus der Tasche, rief Flys Nummer auf. Das Freizeichen piepte ihm ins Ohr. Einmal. Zweimal.

»Craig, was kann ich für Sie tun?« Flys Stimme klang erfreut.

»Ich habe einen Beweis, dass Carpenter gestoßen wurde.«

»Sie reden nicht drum herum.«

»Eine Überwachungskamera.«

»Die sind doch von Ihren Leuten gecheckt worden?«

Craig warf einen Blick auf den Monitor. »Nicht gründlich genug. Zu wenig Ressourcen in der Vorermittlung. Es sind mehr als dreißig Stunden Videomaterial. Da reicht ein Wimpernschlag, eine kurze Ablenkung, und der entscheidende Moment ist vorbei.«

»Was gibt es zu sehen?«

»Carpenter wurde gestoßen. Oder es wurde ihm etwas in den Rücken gerammt.«

»Können Sie mir die Sequenz schicken?«

»Moment, bleiben Sie dran.« Craig legte das Handy weg, kopierte die fragliche Sequenz heraus, öffnete das Mailprogramm, gab die Adresse des Coroners ein, klickte auf Senden, nahm das Handy wieder auf. »Müsste da sein.«

Craig hörte Fly einen Moment hantieren, hörte die leisen Klicks der Maus, dann Flys Stimme.

»Das ist großartig, Craig. Verdammt gute Arbeit. Ich ordne sofort die erneute Beschlagnahme des Leichnams an. Er wird noch mal untersucht. Aber diesmal mit der ganz starken Lupe, und zwar so lange, bis wir etwas finden.«

Craig lag eine Frage auf der Zunge, die gründlich nach hinten losgehen konnte. »Bitte verstehen Sie mich nicht falsch, Sienna, aber …«

Sie fiel ihm ins Wort. »Warum ich nicht vorher schon mit der ganz starken Lupe gesucht habe? Ich habe meine Vorschriften. Einen Budgetrahmen. Es gab keinen Anlass, keinen Hinweis. Die toxikologische Untersuchung war negativ bis auf Alkohol und Kokain. Die Leichen stapeln sich. Mir geht es ähnlich wie Ihnen, Craig. Immer zu viel Arbeit und zu wenig Leute.«

»Wird das Probleme geben?«

Fly lachte. »Nicht für mich. Ich habe im Rahmen meiner Aufgabe und meiner Kompetenzen alles richtig gemacht. Die Jury hat entschieden, nicht ich. Sehen Sie, ich habe auch so etwas wie Instinkt. Keen wird den Kopf einziehen müssen, und Sie wird man nicht zum Helden machen, davon können Sie ausgehen.«

»Das ist mir klar. Wahrscheinlich wird man *mir* Schlamperei vorwerfen.«

»So ist es! Die Schotten sind an allem schuld.« Fly lachte.

Craig fiel mit ein. Damit konnte er leben.

»Moment, ich schau mal, wo Carpenter ist.«

Craig hörte Tasten klappern, dann entfuhr Fly ein Fluch.

»Wir kommen vielleicht zu spät. Carpenter ist bereits im Exeter and Devon Crematorium an der Topsham Road. Er wird gerade verbrannt. Das ging wirklich sehr schnell.«

»Und mit ihm werden alle Beweise vernichtet.« Craig schlug mit der flachen Hand auf den Tisch.

»Ich rufe an und unterbreche den Vorgang«, rief Fly. »Bleiben Sie dran.«

Craig hielt sich das Handy ans Ohr, rannte aus dem Raum, sprang in den Vauxhall, knallte das Blaulicht aufs Dach und gab Gas. Es waren keine vier Kilometer zum Krematorium.

Fly meldete sich. »Verdammt, es geht keiner ran.«

»Bin schon unterwegs.« Er unterbrach die Verbindung und warf das Handy auf den Beifahrersitz. Er brauchte beide Hände am Steuer.

Mit hundert Meilen pro Stunde raste Craig über die Rydon Lane, seine Hände schwitzten ebenso wie der Rest seines Körpers. Der Stress und die Mittagshitze trieben ihm das Wasser aus jeder Pore. Er schoss die Einfahrt hinauf, legte eine Vollbremsung hin, stellte den Vauxhall quer vor den Haupteingang, ließ die Wagentür offen, rannte am Pförtner vorbei, dem er seinen Ausweis hinhielt, stürzte die Treppe in den Keller hinunter, in dem die Öfen standen. Er hörte erregte Stimmen, erkannte Beth Carpenter, die sich über etwas echauffierte. Craig bog um die Ecke des Ganges, sah die geöffnete Ofenklappe, den Hebetisch mit dem Sarg darauf und drei Männer in Arbeitskleidung, die etwas ausdiskutierten. Auf ihrem Rücken prangte ein Logo einer Firma, das sie als Mitarbeiter auswies, die Öfen für Krematorien herstellte und vertrieb. Endlich einmal Glück. Anscheinend gab es ein technisches Problem. Carpenter war noch nicht im Ofen.

»Ich bin DCI Craig McPherson vom CID Exeter.« Er hielt seinen Ausweis hoch und schnaufte durch. Alle drehten sich zu ihm um, Beth Carpenter erbleichte. »Hiermit beschlagnahme ich die sterblichen Überreste von Floyd Carpenter und ordne an, dass er sofort ins gerichtsmedizinische Institut überführt wird.«

16

Einer der Handwerker musste die Presse informiert haben. Ein Schwarm Journalisten hatte sie am Tor des Krematoriums empfangen. Vier Streifenwagen eskortierten den Leichenwagen zum Wonford Hospital.

Craig hatte Fly über den glücklichen Umstand informiert, sie stand mit ihrem Team bereit. Leighton und Keen würden ebenfalls dazustoßen.

Die Zufahrt zur Pathologie war abgeriegelt, Kameras klackten, Blitzlichter zuckten, Fragen flogen durch die Luft.

Fly holte sie am Liefereingang ab, sie rollten den Sarg in den Sektionssaal.

»Sie sollten sich einen Geruchsschutz anlegen, Craig. Wenn ich den Sarg öffne, wird es unangenehm werden.«

Craig nahm dankend an.

Fly zögerte nicht. Sie hob den Deckel ab. Floyd Carpenter hatte sich schon deutlich verändert. Die Bestatter hatten ihn gut zurechtgemacht, aber die Augäpfel waren eingefallen, der Rigor mortis hatte sich gelöst, die Haut hing schlaff und schrumpelig an den Knochen.

Zwei Assistenten hoben den Leichnam auf den Seziertisch, entkleideten und drehten ihn auf den Bauch. Fly und ihr Kollege setzten die Vergrößerungsbrillen auf und nahmen sich Carpenters Rücken Millimeter für Millimeter vor. Jedes Stück, das sie geprüft hatten, markierten sie mit einem Stift.

Leighton und Keen traten ein, Craig hielt den Zeigefinger vor den Mund und deutete auf Fly und ihren Kollegen. Keen seufzte, schnupperte und verließ den Sektionssaal. Leighton kam näher, eine Hand vor Nase und Mund gedrückt, aschfahl im Gesicht. Ob das noch die Nachwirkungen von Leightons Gelage waren oder der Gestank der Leiche? Craig verzichtete darauf zu fragen. Er hätte den Mund öffnen müssen und das Risiko eingehen, dass sich über den Rachen der Leichengeruch bis in die Nase verirrt hätte.

Nach einer guten halben Stunde rief Fly: »Gotcha!«

Sie tippte ihrem Kollegen auf die Schulter und zeigte auf eine Stelle am Nacken der Leiche. Jeffrey Caine beugte sich darüber, reckte einen Daumen nach oben. Fly nahm ein Skalpell, trennte ein Stück Haut heraus, legte es unter das Mikroskop, winkte Craig herbei und deutete darauf. Craig beugte sich darüber und drückte seine Augen auf die Okulare.

»Und? Was sehen Sie?«, fragte Fly.

Craig bewegte die Augäpfel hin und her. »Dreieckige Strukturen, ein paar Kügelchen, Fransen und Fetzen. Berge und Täler.« Verwesungsgeruch drang in seine Nase. »Dunkelbraun alles, bis auf die Mitte. Da ist ein Krater, der ist ein wenig heller.« Craig richtete sich auf, rieb sich die Augen. »Und was habe ich da gesehen?« Er schluckte mehrmals, um den Geruch zu vertreiben.

»Den Grund, warum ich ein rotes Kreuz in den Kalender machen werde.«

»Äh – ja?«

»Was Sie unter dem Mikroskop gesehen haben, ist eine Lentigo simplex.« Sie verzog den Mund und hob einen Zeigefinger. »Ich werde beantragen, die Untersuchung aller Lentigi in den Katalog der Routineuntersuchungen aufzunehmen.«

»Das bringt mich echt weiter.«

Sienna Fly entging Craigs Zynismus vollkommen. »So ist es. Das ist der Durchbruch. Das ist die Lösung.«

»Ich verstehe kein Wort. Woran ist Carpenter gestorben? Warum war es Mord?«

Leighton warf einen Blick durchs Mikroskop. Der Geruch schien ihm nichts auszumachen. »Sehr schönes Exemplar.«

Craig kam sich vor wie ein dummer Bauer. »Exemplar von was?«

Leighton erklärte: »Lentigo simplex ist der medizinische Ausdruck für einen normalen Leberfleck, der aufgrund von Pigmentstörungen zustande kommt.« Er beugte sich erneut über das Mikroskop. »Verfluchte Scheiße!«, rief er.

Craig begann Leighton wegen seines Wissens zu hassen. Aber nur ein wenig.

»Na dann, DI Leighton. Was sehen *Sie?*«, fragte Fly und hob erneut den Zeigefinger.

Leighton räusperte sich. »Lentigo simplex, wie gesagt, sehr ausgeprägt, sehr dunkel. Und darin eine Einstichstelle, die mit dem bloßen Auge nicht zu erkennen ist. Zwar können wir ohne Hilfsmittel Strukturen in einem Bereich von circa einem Zehntel Millimeter erkennen, aber nur wenn die Struktur in Kontrast zu etwas anderem steht. Ein schwarzes dünnes Haar auf weißem Papier ist problemlos zu erkennen. Liegt es auf einer dunklen Unterlage, entzieht es sich vollständig unserer Wahrnehmung.«

»Ja und?«, fragte Craig.

Leighton fuhr fort. »Die Einstichstelle stammt von einer Pen-Nadel. Das sind die dünnsten Kanülen, die es gibt. Weniger als zwei Zehntel Millimeter, immer noch fast dreimal so dick wie ein Haar, aber in diesem Leberfleck quasi unsichtbar, zumal sich die Verletzung durch die Nadel schon fast ganz geschlossen hat.«

Craig begriff. »Insulin!«

Fly übernahm. »Sehr wahrscheinlich. Routinemäßig wird

bei der Obduktion nicht auf Insulin getestet, und es hätte auch keinen Sinn gemacht. Es wäre schon längst zersetzt, nicht mehr nachweisbar beziehungsweise in einer Konzentration vorhanden, die nicht auffällig gewesen wäre. Aber in der Einstichstelle kann eine Überdosis Insulin sehr lange nachgewiesen werden. Und genau das werde ich als Allererstes machen. In einer Stunde haben Sie den Befund.«

Craig fühlte sich so großartig wie schon lange nicht mehr. Keen kam angetrabt. Ein Assistent hatte ihn über die Entdeckung informiert.

Fly zeigte auf das Mikroskop. »Wenn wir recht haben, fiel Carpenter durch einen Insulinschock in Ohnmacht. Verabreicht mit einem hochmodernen Pen, der über die dünnste Nadel verfügt, die auf dem Markt ist. Wird leider zu Zehntausenden verkauft. Es muss schnellwirkendes Insulin gewesen sein. Innerhalb von drei oder vier Minuten entfaltet es seine volle Wirkung, und es zersetzt sich entsprechend schnell, zumal der Stoffwechsel in der Niere und der Leber nach dem Hirntod noch weitergeht. Das Insulin hat Carpenter ausgeknockt, er ist gestürzt, hat sich den Kopf angeschlagen; er wurde bewusstlos, fiel in den Exe und ertrank. Wäre er nicht ertrunken, hätte ihn das Insulin umgebracht.«

Craig hätte es nicht für möglich gehalten, aber Keen war tatsächlich blass geworden.

»Verfluchte Scheiße!«, rief Keen. »Fuck, Fuck, Fuck! Warum ausgerechnet Sie, McPherson? Warum mussten Sie den richtigen Riecher haben? Warum nicht Leighton?« Er stieß dem wandelnden Lexikon in die Rippen. »Warum nicht Sie, Leighton?«

»Ich …«

»Klappe, Leighton, war nur ein Gag. Versteht denn hier gar keiner Spaß?«

Craig klatschte in die Hände. »Wir haben alle unseren Spaß gehabt, wunderbar. Aber wir haben wertvolle Zeit verloren. Floyd Carpenter ist ermordet worden. Ich brauche eine anständige Sonderkommission, ich will mir die Leute aussuchen, und ich will, dass es jetzt beginnt. Um alles andere sollen sich die Jungs von der Öffentlichkeitsarbeit kümmern.«

In Keens Gesicht kehrte Farbe zurück. »Okay. Sie kriegen insgesamt acht Ermittler. Rosinen rauspicken können Sie knicken. Leighton ist dabei, er bleibt Ihr Partner, die anderen werden von mir handverlesen.« Keen stöhnte. »Ich hoffe, dass Sie mir schnell einen Täter präsentieren. Was glauben Sie, was mir Beth Carpenter erzählt hat? Sie hat sofort, nachdem Sie ihr die Leiche vor der Nase weggeschnappt haben, bei mir angerufen und mir mit allen Höllenqualen gedroht.« Er seufzte. »Ich werde mit ihr reden.«

»Ich dachte mir schon, dass Sie das übernehmen werden. Großzügig, wirklich, ich weiß das zu schätzen«, sagte Craig. »Vergessen Sie nicht die Spurensicherung und den Beschluss, und richten Sie ihr aus, dass ich sie spätestens morgen Vormittag sprechen möchte. Sie ist herzlich eingeladen. Die Karten werden neu gemischt. Sie ist wieder im Spiel.«

Keen grunzte und verzog sich.

Leighton schnappte kurz nach Luft wie ein Fisch auf dem Trockenen, dann setzte er an zu seiner Verteidigungsrede. »Okay, Sie hatten recht, ich hatte unrecht. Kann passieren. Aber ich habe nicht bei Keen gepetzt. Er hat es aus den Akten …«

Craig glaubte, sich verhört zu haben. »Sie haben das mit Hershie in die Akten geschrieben?«

»Sie haben gesagt, ich soll alles …«

»Mein Gott, Leighton. So was gehört nicht in die Akten.« Craig schüttelte den Kopf. »Ist ja auch egal. Ab sofort kriegen wir einen Profi in Aktenführung, dafür wird Keen sorgen. Und wenn wir den einen oder anderen Umweg gehen müssen, dann behalten wir das für uns, okay? Und wenn Sie etwas machen sollen, das Sie nicht verantworten können, halte ich Sie raus. Deal?«

»Damit komme ich klar.«

Craig wischte mit der Hand durch die Luft. »Schwamm drüber. Erledigt.«

Leighton wischte sich imaginären Schweiß von der Stirn. »Wir sollten uns Hershie noch mal vornehmen. Und Carpenters Firmen durchleuchten und O'Donnal ausquetschen.«

»Korrekt, Tyler. Sie bringen Hershie her, und zwar mit Sound-and-Lightshow. Der Deal mit *ihm* ist hinfällig. Er wird Blut und Wasser schwitzen, und er wird uns alles erzählen. Ich beantrage ein paar Blanko-Durchsuchungsbeschlüsse.«

Leighton setzte zu einer Bemerkung an. Craig hob nur die Augenbrauen. Er wusste, was Leighton sagen wollte: »Blanko-Durchsuchungsbeschlüsse sind nicht legal.« Damit hatte Leighton fast recht. Manche Richter ersparten sich damit eine Menge Arbeit und erleichterten auch den Männern und Frauen vor Ort erheblich die Arbeit. Nur wenn ein Anwalt beweisen konnte, dass der Beschluss ausgestellt worden war, bevor ein Grund für denselben vorlag, konnte es Schwierigkeiten geben. Und selbst ein Paragraphenreiter wie Leighton würde es nicht wagen, Richter gegen sich aufzubringen, indem er einen solchen Vorgang öffentlich bezeugen würde. Also nickte Leighton und machte sich auf den Weg.

Craig warf einen Blick auf Floyd Carpenter. Die Jagd war eröffnet, die Hunde waren von der Leine.

17

Craig war zurück ins Headquarter gefahren, Leighton war unterwegs, Collins untergetaucht oder ermordet oder hatte sich aufgelöst, Keen hatte sich nicht gemeldet, um zu berichten, wie es bei Beth Carpenter gelaufen war. Craig befürchtete, dass Keen ihr nicht wirklich auf den Zahn gefühlt hatte. Das war auch nicht einfach, denn wenn sie nichts mit dem Tod ihres Mannes zu tun hatte, war auch nur der Anschein eines Verdachtes sehr verletzend, ja, konnte sogar zum Co-Trauma führen. Das bedeutete, dass ein Angehöriger des Opfers Symptome entwickelte, als wäre er selber Opfer einer schweren Gewalttat geworden. Auf der anderen Seite waren die meisten Mörder im direkten Umfeld des Opfers zu finden.

Die Durchsuchungsbeschlüsse für Collins' Haus und Hershies Räume waren noch nicht unterschrieben, aber Keen hatte die Mitglieder der Mordkommission bereits eingeteilt. Gefahr im Verzug. Durchweg erfahrene Leute, mit einigen hatte Craig schon zusammengearbeitet, und obwohl sie ihn nicht wirklich mochten, hatten sie stets gute Arbeit geleistet.

Die Mordkommission hatte sich im Besprechungsraum versammelt, Craig führte in den Fall ein. Als er erwähnte, dass der Coroner das Urteil zur Todesursache hatte korrigieren müssen, ging ein Raunen durch den Raum. Die einen nickten voller Respekt, andere verzogen das Gesicht, bei denen hatte Sienna Fly an Ansehen verloren, einige nahmen es einfach zur Kenntnis. Craigs Meinung nach hatte Sienna Fly Hochachtung verdient, und irgendwann, wenn sie nicht damit rechnete, würde er es ihr danken. Sie hätte die Einstichstelle übersehen oder einfach zerstören können. Niemand hätte es je gemerkt.

Craig verteilte die Aufgaben, übertrug die Aktenführung mit Keens Einverständnis Heather Moorcraft, einer jungen Kollegin, die begeistert einwilligte. Dann machte er sich auf den Weg zurück in sein Büro. Auf dem Flur kam ihm Leighton entgegen, begleitet von Hershie und einem Mann mit Lederaktentasche, unverkennbar Hershies Anwalt, sowie einem weiteren Mann, der eine zerschlissene Jeans trug. Dazu ein weißes Hemd und ein hellbeiges Sakko. Keine Krawatte. Die Hose machte den Eindruck, als stammte sie aus einem One-Pound-Laden, aber in Wirklichkeit hatte sie wahrscheinlich so viel gekostet wie Craigs kompletter Kleiderschrankinhalt.

»Ich mache Sie fertig«, bellte Hershie über den Flur, sobald er Craig entdeckt hatte, so laut, dass es wirklich jeder mitbekommen musste. Seine beiden Begleiter widersprachen nicht und versuchten auch nicht, den Journalisten zu beruhigen. Hershie wiederholte seine Ankündigung noch ein bisschen lauter, noch ein bisschen aggressiver.

Leighton zuckte mit den Schultern. »Anscheinend fällt ihm nichts anderes mehr ein.«

Craig baute sich vor Hershie auf. »Noch so eine Drohung, und ich sperre Sie auf der Stelle ein.«

Der Mann, der Anwalt sein musste, legte Hershie einen Arm auf die Schulter und sagte zu Craig: »Finley Yellow, Barrister, mit Zulassung für alle Instanzen und Gerichtshöfe. Es ist ungewöhnlich, aber da sich die Bestimmungen etwas gelockert haben in den letzten Jahren, berate und vertrete ich meine Klienten.« Er zeigte auf den Mann mit der verschlissenen Jeans. »Malcolm Grady, Chefredakteur des *Exeter Mirror.*« Weder Yellow noch Grady reichten Craig die Hand. »Können wir reden?« Yellow ließ seine Stimme samtweich und einschmeichelnd klingen.

»Das können wir«, sagte Craig fröhlich. »Sie, Mr. Hershie, mein Kollege DI Leighton, mein digitaler Rekorder und ich.«

»Aber ich muss wissen, was er sagt«, wandte Grady ein. »Das ist kein Spiel.«

Craig nickte. »Das haben Sie brillant recherchiert, Herr Chefredakteur. Es geht um Mord, um Drogen, Lügen und Betrug.«

Craig wusste, dass er sich nicht mit Grady anlegen sollte, aber solange er dazu in der Lage war, würde er die Arroganz der Mächtigen anpissen, wo er nur konnte. Was bildete sich dieser Typ ein?

»Ich bestehe darauf ...«

Craig holte tief Luft, Yellow legte die andere Hand auf den Unterarm des Chefredakteurs. Langsam gingen ihm die Hände aus.

»Schon gut, Malcolm, ich regele das.«

»Wenn Sie mir bitte folgen möchten.« Craig wies den Flur hinab.

Er wählte den hässlichsten aller Vernehmungsräume. Graue nackte Wände ohne Fenster, ohne Spiegel, ohne Kamera, vier Metallstühle, kein Tisch. Er wollte seine Beute im Ganzen sehen, jede Regung, jedes Zucken. Und er wollte klarmachen, dass sich Hershie nicht verstecken konnte.

Yellow rümpfte die Nase. »Das ist nicht nett. Sie sollten den Bogen nicht überspannen, DCI McPherson. Man hört ja so manches über Sie.«

»Ist alles nichts als die Wahrheit.« Craig zeigte auf die Stühle, widerwillig setzten sich Yellow und Hershie.

Leighton platzierte sich hinter dem Verdächtigen, der sich mit einem schnellen Griff die Krawatte lockerte.

»Wir hatten einen Deal«, quengelte Hershie.

»Bevor ich auf Ihre Bemerkung antworte und dann den Rekorder einschalte, möchte ich Ihnen beweisen, dass ich mit offenem Visier kämpfe. Mr. Hershie, Sie sind hier, weil sich im Fall Floyd Carpenter die Voraussetzungen geändert haben. Wir haben eindeutige Beweise dafür gefunden, dass Ihr Freund ermordet worden ist.«

Hershie sprang auf, Entsetzen im Gesicht. Leighton drückte ihn sanft wieder in den Stuhl.

»Das, was soll das, ich …« Weiter kam er nicht.

Yellow hielt ihm einen Finger vors Gesicht. »Kein Wort mehr, Hershie. Nicht eine Silbe. Und reißen Sie sich zusammen!«

Hershie versuchte, seine Gesichtszüge unter Kontrolle zu bringen, aber so recht gelang ihm das nicht.

Craig stellte seinen Rekorder auf den Boden, diktierte die üblichen Formalien und belehrte Hershie. Damit war klar, dass Hershie nicht als Zeuge hier war, sondern als Verdächtiger. Dann kam er zur Sache.

»Mr. Hershie, Sie werden verdächtigt, in der Nacht vom 12. auf den 13. Juli den Bauunternehmer Floyd Carpenter ermordet zu haben.«

Hershie hielt es nicht auf seinem Stuhl. Er stürzte sich auf Craig, dessen Reflexe den wild gewordenen Journalisten mit einem Schlag seiner flachen Hand auf die Brust mühelos abwehrten. Leighton nahm ihn in den Polizeigriff, Craig legte ihm Handschellen an und kettete ihn am Stuhl fest. Yellow raufte sich die Haare, Craig diktierte.

»Es ist sechzehn Uhr vierundvierzig. Der Verdächtige Alfred Hershie verübt einen tätlichen Angriff auf den Vernehmungsbeamten DCI McPherson und wird mit Handschellen gefesselt. Der Verdächtige Alfred Hershie wird wegen Widerstands gegen die Staatsgewalt vorläufig festgenommen.«

Das war leichter gewesen, als Craig gedacht hatte. Nicht unbedingt ein gutes Zeichen. Wahrscheinlich war Hershie auf Entzug, er hatte seit gestern nicht mehr gekokst, wenn er auch nur einen Funken Verstand im Kopf hatte. Ihm fehlte die Kraft der Droge, also verlor er die Kontrolle. Craig schloss kurz die Augen. Er wusste genau, wie es Hershie ging. Fast hätte er sich heute *seiner* Droge ergeben, er hatte am Rand der Klippe gestanden, die Zehen hatten bereits die Bodenhaftung verloren.

»Okay, McPherson«, sagte Yellow. »Sie sind ein ausgebuffter Profi. Das war eine exzellente Vorstellung. Aber nun: Keine Spielchen mehr.«

Craig zeigte auf den Rekorder, Yellow stöhnte, machte das Zeichen für »Auszeit«. Sollte Craig darauf eingehen? Yellow würde sicherlich einen Deal anbieten. Warum nicht, Craig hatte Hershie und Yellow dort, wo er sie haben wollte: mit dem Rücken an der Wand. Er schaltete den Rekorder aus.

»Danke«, sagte Yellow sichtlich erleichtert. Er wandte sich an Hershie. »Wir sollten kooperieren. Da Sie Carpenter nicht ermordet haben, ist das der beste Weg. Drogenbesitz in einem minderschweren Fall, Therapie, gute Sozialprognose, den Widerstand begründen wir mit Entzugserscheinungen, also quasi unzurechnungsfähig. Geldstrafe oder geringe Bewährungsstrafe. Fertig. Grady hält Ihnen die Stange, Sie Glückspilz.«

Hershie zeigte auf Craig. »Der hält sich an keine Deals, der lügt.«

»Er wird den Deal einhalten, wenn wir es auf Band haben.« Yellow schaute Craig an.

»Und wenn ich nicht angelogen werde. Erst die Ware. Ich

will alles über Collins, die Drogen und Carpenters Verwicklung darin. Ich werde den gesamten Carpenter-Filz mit dem Flohrechen durchkämmen.« Craig schaltete ohne Vorwarnung den Rekorder ein. »Frage eins: Mr. Hershie, haben Sie alle Belehrungen und die Beschuldigungen gegen Sie verstanden?«

»Ja«, flüsterte Hershie.

»Lauter«, sagte Leighton.

Hershie pumpte Luft in seine Lungen. »Ja«, sagte er laut und deutlich.

Jetzt kam der erste Schlag ins Genick. Es würde sich zeigen, ob Hershie wirklich das Visier geöffnet hatte. Denn Craig wusste etwas, von dem Hershie nicht wissen konnte, dass er es wusste. Auf jeden Fall hatte Craig den Mann überschätzt. Nur zehn Minuten hatten die Jungs in Hershies Wohnung gesucht, bis sie sein Versteck gefunden hatten.

Zuerst wollte Craig Hershie am Haken haben, bevor er den Staatsanwalt informierte und den Deal einfädelte.

»Bewahren Sie in Ihrer Wohnung Drogen auf?«, fragte Craig freundlich.

Hershie begann zu zittern. Das hieß für Craig »Ja«.

»Wie viel?«

»Zehn Gramm«, stotterte Hershie.

»Wo?«

»Im Nachttisch.«

»Eigenbedarf?«

»Natürlich.«

»Wenn wir mehr finden, ist der Deal geplatzt, das ist Ihnen klar?«

Hershie nickte.

»Sagen Sie laut ›Ja‹ oder ›Nein‹.«

»Ja. Zehn Gramm. Ungefähr. Eigenbedarf.«

»Das ist ein guter Anfang, Mr. Hershie. Ich glaube, wir verstehen uns.« Craigs joviales Lächeln prallte an Hershies grauer Gesichtsfassade ab. »Und jetzt will ich wissen, wer Ihnen das Zeug besorgt hat.«

Hershie schluckte.

»Antworten Sie, Hershie, los doch!« Yellow rüttelte seinen Mandanten an der Schulter.

»Floyd.« Er ließ den Kopf hängen. »Verdammt, er hat mir den Schnee geschenkt.«

»Was haben Sie dafür getan?«

»Nichts.«

Craig musste lachen. »Der Gutmensch Floyd Carpenter verschenkt einfach so ein bisschen Koks, weil er Sie so mag. Ich bitte Sie.«

»Wir kennen uns schon sehr lange. Ich habe ihm mal einen Gefallen getan. Ist über zwanzig Jahre her.«

»Leighton, nehmen Sie dem Mann die Handschellen ab. Vielleicht erinnert er sich dann, welcher Gefallen das war.«

Metall klickte auf Metall, Hershie rieb sich die Handgelenke. »Verdammt unangenehm.«

»Dann sollten Sie endlich reden, sonst wird das zum Dauerzustand. Sie sind noch lange nicht raus aus dem Schneider. Was war Carpenter Ihnen schuldig? Warum?«

Hershie beugte sich zu Yellow und flüsterte ihm etwas ins Ohr, Craig ließ ihn gewähren.

»Ist verjährt«, sagte Yellow.

»Nur zu«, sagte Craig.

Hershie holte tief Luft und beichtete eine volle halbe Stunde.

Craig wagte kaum zu atmen. Wenn auch nur die Hälfte von dem stimmte, was Hershie erzählte, hatten sie in ein Wespennest gestochen. Dann gab es nicht nur ein Schattenimperium, dann gab es für Collins ein übergroßes Motiv, sich Carpenters zu entledigen. Jetzt hatte Craig mehr als genug, um einen echten, im Voraus auf Grund von hinreichendem Verdacht unterschriebenen Durchsuchungsbeschluss für Collins' Haus zu bekommen.

18

Es war kurz nach halb elf, als Craig und Leighton die Schranke zum Millbrook Village mit sechs Streifenwagen, einem Lieferwagen und zwei Zivilfahrzeugen passierten. Der Pförtner starrte ihnen hinterher, den Telefonhörer am Ohr, in den er hektisch hineinsprach.

Als wäre es einstudiert worden, gingen in den Häusern nacheinander die Lichter an, Vorhänge wurden zur Seite gezogen, Finger zeigten auf die Polizeikarawane.

Die Kollegen, die Collins' Haus bewachten, grüßten. Sie hatten nichts Neues zu berichten. Bevor das Schloss geöffnet wurde, nahm ein Mann der Spurensicherung einen Abdruck des Schließzylinders, denn es konnte sein, dass sich jemand Zutritt verschafft hatte, bevor das Haus bewacht worden war.

Zwei Minuten später standen sie im Flur. Der Boden war weiß gefliest, die Wände hellbeige gestrichen. Auf der rechten Seite führte eine gerade Buchenholztreppe in den ersten Stock, nicht ein Bild schmückte die Wände. Der ganze Eingangsbereich war genauso steril und unpersönlich wie bei seinem ersten Besuch. Das einzige Geräusch war das Quietschen der Latexhandschuhe und das Rascheln der Überzieher für die Schuhe. Niemand durfte ohne Schutz einen möglichen Tatort betreten. Die Jungs von der Spurensicherung, von oben bis unten in Blau gewandet, gingen vor. Aus Collins' Büro rief einer, er brauche sofort Fixierer und McPherson solle kommen und sich das mal ansehen. Craig folgte der Stimme, während

Leighton sich auf den Weg ins obere Stockwerk machte. Auf der linken Seite des Flurs ging es in Collins' Büro, an der Tür prangte ein Schild: »Jason Collins, Solicitor, Mitglied in der ehrenwerten Gesellschaft der Law Society.« Wenn Hershie nicht gelogen hatte und Collins noch leben sollte, waren seine Tage in dieser ehrenwerten Gesellschaft gezählt. Man würde ihn mit Schimpf und Schande hinausjagen.

Craig trat in den Raum. Collins' Büro maß ungefähr sechzehn Quadratmeter und enthielt genau das, was sich Craig vorgestellt hatte: einen Schreibtisch aus Glas, hellgraue Aktenschränke, eine Sitzecke mit einem Beistelltisch aus Glas und Metallstühlen, deren Sitzfläche aus schwarzem Leder bestand. Auch damit hatte Craig gerechnet: kein Laptop. Kein Kalender. Kein Notizblock.

Craig blickte sich um, zog die Luft ein. Es war kaum wahrzunehmen, aber der Geruch von verbranntem Papier lag in der Luft. Hinter dem Vorhang eines Fensters kniete der Kollege von der Spurensicherung über einem Mülleimer, in dem verbrannte Blätter lagen. Fein säuberlich übereinander, nicht zerstoßen, sondern am Stück. Collins mochte ein cleverer Anwalt gewesen sein, von Spurenvernichtung hatte er nicht viel Ahnung. In diesem Zustand konnten die Techniker mit hoher Wahrscheinlichkeit den Inhalt rekonstruieren. Hätte Collins die Asche zerstoßen, wäre es unmöglich gewesen. Collins – oder jemand anders, wer auch immer – musste es sehr eilig gehabt haben.

Craig nickte den Kollegen zu. »Wann …?«

»Ungefähr zwölf Stunden. Wir machen die Nacht durch, das ist eine schöne Sache, mal was anderes, so ein bisschen wie im Agententhriller«, sagte einer Männer und verließ mit dem Mülleimer, in dem sein Schatz sicher war, das Büro.

Craig zog einen der Aktenschränke auf. Fein säuberlich

standen die Ordner nebeneinander, beschriftet mit »Belege« und dem Jahr, aus dem die Belege stammten.

Leighton kam hereingeschlurft, die Hände in den Jackentaschen vergraben. »Das ist ein Papier-Tsunami. Oben stehen Hunderte Ordner und ein riesiges Hängeregister. Vollgestopft mit Fallakten und Schriftsätzen aus den letzten zwanzig Jahren. Alles hat mit Carpenter zu tun. Nicht ein einziges elektronisches Gerät.«

»Den ganzen Kram werten wir zuletzt aus«, sagte Craig. »Wir haben verbrannte Unterlagen.«

Leighton hob die Augenbrauen.

»Und für die Auswertung der Akten fordere ich weiteres Personal an.«

»Sir!«

Craig kannte die Stimme. Es war der Rookie, dem er aus dem Exe geholfen hatte.

»Mr. McPherson! Das müssen Sie sehen. Hier oben.«

Craig und Leighton folgten der Stimme, die sie in den ersten Stock führte. Ganz hinten in dem Aktenraum, den Leighton bereits besichtigt hatte, waren Regale zur Seite geräumt worden.

Der Rookie zeigte auf einen dunkelgrünen Stahlquader. Dass es so etwas noch gab! Der Quader war ein guter, alter St.-Louis-Safe, der mindestens einhundert Jahre alt war. Er war unversehrt, niemand hatte versucht, ihn zu knacken. Hatte Collins ihn ausgeräumt? Hatte er es versäumt? Der Safe war mit einem Zahlenschloss gesichert, ohne die Kombination würde es schwierig werden, ihn aufzumachen. Craig würde sich gedulden müssen. Der Safe musste ins Headquarter geschafft und dort von Spezialisten geöffnet werden. Craig zeigte auf das gute Stück und übertrug dem Rookie die Aufgabe, es wegzuschaffen. Der salutierte, zückte sein Airwave und forderte einen Fachmann vom Headquarter an. Nicht dumm, der Junge. Craig würde ihn im Auge behalten.

Er reichte dem Rookie die Hand. »McPherson, angenehm.«

Der Rookie griff überrascht zu. »Bearer, Sir. Arnie Bearer.«

»Ich sehe, Sie haben hier alles im Griff. Wir sehen uns.« Er ließ die schlanke, trockene Hand los und wandte sich Leighton zu, der sich am Kinn kratzte.

»Collins' Rasierzeug fehlt. Außerdem klafft in seinem Kleiderschrank eine Lücke zwischen seinen Hemden. Die Krawatten sind in Unordnung. Das passt nicht zu Collins. Das ganze Haus ist zwanghaft ordentlich. Das Besteck liegt auf den Millimeter genau ausgerichtet in den Schubladen, im Kühlschrank sind die Lebensmittel streng nach Kategorien sortiert: rechts Wurst, links Käse, oben Joghurt und andere Milchprodukte. Was meinen Sie, Craig?«

»Das sehe ich genauso. Er hatte es eilig. Die Frage ist, ob freiwillig oder gezwungen.«

Leighton sagte nichts.

Craig dachte laut. »Hershie hat in seinem Geständnis behauptet, Collins habe Geld in die eigene Tasche gewirtschaftet. Wie er das gemacht hat, darüber kann oder will Hershie nichts sagen. Nach unserer Kenntnis hat Collins keinerlei Befugnisse über irgendein Konto, das wir Carpenter zuordnen konnten. Bleiben Schwarzgeldkassen und Tarnkonten.«

»Die Carpenter niemals einem windigen Anwalt kurz vor der Midlife-Crisis anvertraut hätte«, erwiderte Leighton.

»Das sehe ich auch so. Nehmen wir an, Hershie hat die Wahrheit gesagt. Wie zum Teufel hat Collins bei Carpenter in die Kasse gegriffen? Was hat er für Carpenter gedreht, außer ein paar Hausbesetzer zu verklagen?«

Leighton blieb stumm.

Craig seufzte, klatschte in die Hände. »Okay, raten hat keinen Sinn. Wir machen weiter. Wenn es sein muss, lasse ich das ganze Haus Stein für Stein abtragen.«

»Ich nehme mir den Dachboden vor«, sagte Leighton. Seine Miene blieb unergründlich. »Vielleicht hat er was vergessen – oder seine Entführer.«

TAG 4

SAMSTAG, 16. JULI

19

Die Bagpipes von »Scotland Wha Hae« rissen Craig aus dem Schlaf. Er hatte unsinniges Zeug geträumt, sein Vater hatte ihm einen Eimer weiße Farbe übergekippt. Craig konnte damit nichts anfangen, aber der Shrink von der Drogenberatung würde daraus alles Mögliche schließen. Der nächste Termin war erst in zwei Wochen, Craig hatte sein Smartphone so eingestellt, dass es ihn rechtzeitig erinnerte. Mit geschlossenen Augen griff er nach dem Handy, stellte die Verbindung her. Es war Ethan Warwick, der Leiter der Spurensicherung.

»McPherson, wo stecken Sie?«

Craig rieb sich die Augen, warf einen Blick auf die Uhr. Kurz vor sechs. Er hatte wieder vier Stunden ohne Unterbrechung geschlafen.

»Im Bett. Wenn ich nicht ab und zu schlafe, dann lande ich irgendwann bei Sienna Fly auf dem Tisch.«

Die Sonne war bereits aufgegangen, aber die Fensterläden hinderten das Licht am Eindringen. Craig schaltete die Nachttischlampe ein.

»Sex im Sektionssaal? Warum nicht. Heutzutage ist ja alles erlaubt.«

Craig ruckte hoch, sein Schädel war etwas schneller als sein Hirn, leichter Schwindel überkam ihn, der aber bald verflog. »Träumen Sie weiter, Warwick. Was wollen Sie? Haben Sie die verkohlten Blätter rekonstruieren können?«

Warwicks Stimme platzte fast vor Stolz. »Jedes einzelne Blatt haben wir mit Spray fixiert, abgehoben und dann …«

»Warwick, bitte. Keinen Lehrgang. Was steht drauf?«

»Das sollten Sie sich besser selber ansehen. Bis gleich.«

Craig sprang aus dem Bett, nahm eine Deo-Dusche, zog sich frische Sachen an und hastete zu seinem Wagen. Um diese Zeit schlief Exeter noch, Craig brauchte keine zehn Minuten bis zum Headquarter, in dem die Labore der Kriminaltechnik untergebracht waren. Zeitgleich mit ihm traf Leighton ein.

»Guten Morgen, Chef«, rief ihm Leighton gut gelaunt entgegen. »Bevor Sie fragen: Warwick hat mich direkt nach Ihnen angerufen. Jetzt wird's spannend.«

Craig drängte sich an Leighton vorbei in das Dienstzimmer von Warwick, dessen Tür offen stand.

Der Leiter der Spusi hob seinen massigen Körper vom Stuhl, reichte Craig die Hand, dann Leighton und deutete auf zwei Hocker. »Wir konnten insgesamt acht Blätter rekonstruieren«, sagte Warwick, nahm einen schmalen Stapel Kopien in die Hand und gab ihn Craig.

Der nahm die Kopien entgegen, studierte das erste Blatt, und obwohl er sich geschworen hatte, sich nichts anmerken zu lassen, egal was auf den Blättern stand, rutschte ihm ein »Heilige Scheiße!« heraus. Er blätterte weiter, las.

Leighton knetete seine Hände. »Jetzt sagen Sie schon, was Sache ist, McPherson. Ihrer Reaktion nach zu urteilen studieren Sie gerade die Details zu einer weltweiten Verschwörung.«

Craig räusperte sich, trug vor. Das erste Blatt listete eine Reihe Firmen auf, bei denen Collins als stiller Teilhaber genau einundfünfzig Prozent der Anteile und damit die Entscheidungsmehrheit besaß. Ein weiteres Blatt belegte, dass Carpenter wiederum insgeheim der eigentliche Besitzer dieser stillen Anteile war, verborgen vor den Augen der Behörden.

Leightons Augen glänzten wie im Fieber. »Carpenters

Schattenimperium! Carpenter hat Collins doch vertraut. Wahrscheinlich, *weil* er ein windiger, skrupelloser Anwalt ist. Oder war.«

Craig reichte ihm die ersten beiden Blätter, er hoffte, dass Leighton die Firmen kannte.

»Das sind vor allem Objektschutzfirmen. Und zwar halbseidene.« Er tippte mit dem Zeigefinger auf eine Zeile. »Hier! Die Omega-Sec. Die stehen unter Verdacht, Mieter aus Spekulationsobjekten vergrault zu haben. Wasserleitungen zerstören, Kurzschlüsse provozieren, Feuer legen, das ganze Programm.«

Eine Zeit lang grummelte er vor sich hin. Craig ließ ihm Zeit.

»Ha!«, rief Leighton. »Der saubere Mister Carpenter! Er hat über Collins zwei Zeitarbeitsfirmen kontrolliert. Darunter die TimesMoney, eine Firma mit gutem Ruf. Mit zu gutem Ruf. Die Kollegen von der Wirtschaft sind denen schon lang auf den Fersen, konnten bisher nichts beweisen. Man verdächtigt die Firmen, Steuern und Sozialabgaben in einem hohen fünfstelligen Bereich hinterzogen zu haben. Und da sind noch zwei interessante Kandidaten: Carpenter hat im Baustoffhandel mitgemischt.« Leighton las weiter, verzog das Gesicht zu einem ungläubigen Lächeln. »Aber das hier ist das Beste!« Leighton hielt Craig das zweite Blatt hin und schüttelte den Kopf. »Ich fasse es nicht. Carpenters Baustofffirmen haben O'Donnal Zement und Fertigbeton geliefert. In großen Mengen. Seit Jahren. Zu vernünftigen Preisen und in einwandfreier Qualität.«

»Und O'Donnal hat das nicht gewusst?« Craig fühlte den Boden unter seinem Hocker schwanken. Der Fall nahm bedrohliche Dimensionen an. Der Kreis der Nutznießer an Carpenters Tod erweiterte sich in die Sphären mächtiger Wirtschafts- und Politikinteressen.

Leighton blätterte weiter. »Verflucht noch eins! Dieser Collins war wirklich ein cleverer Hund. Und ich glaube nicht, dass er Carpenter den Tod gewünscht hat.«

»Will heißen?« Craig rutschte auf seinem Hocker hin und her. Seine Gedanken rasten. Wo sollte er ansetzen? Sie hatten nicht in ein Wespennest, sondern in ein Hornissennest gestochen.

Leighton wedelte mit den restlichen Blättern. »Das hier sind Bewegungsprotokolle von Betontransportern. Die sind direkt von den städtischen Baustellen zu den Baustellen von Carpenter und O'Donnal gefahren. Collins hat Beton, der von der Stadt bezahlt wurde, mit gefälschten Lieferanweisungen abgezweigt und sich von Carpenter und O'Donnal bezahlen lassen. Das Geld ging an die Home-Concrete, die Collins zu hundert Prozent gehört hat.«

Leighton zog sein Smartphone, wählte eine Nummer, wartete, redete besänftigend auf seinen Gesprächspartner ein, gab den Namen von Collins' Firma durch, schrieb eine Zahl an den Rand einer Kopie und hielt sie Craig hin: 384 500 Pfund. Leighton bedankte sich und unterbrach die Verbindung.

»Wer war das?«

Leighton schmunzelte. »Ein Studienkollege. Cambridge. Sie wissen schon.«

»Was weiß ich?«

Leighton sah Craig schief an. »Wo haben Sie denn studiert?«

»Edinburgh«, sagte Craig kalt. »Eine der besten Universitäten auf der Insel.«

Leighton lächelte. »Verstehe.«

»Sind wir hier fertig?« Warwick erhob sich aus seinem Stuhl. »Ich habe noch ein paar andere Dinge zu tun. Euer Wettpinkeln könnt ihr draußen fortsetzen.«

Craig spürte Hitze in seinem Gesicht, er schämte sich. »Wir

sind schon weg.« Er reichte Warwick die Hand. »Vielen Dank für die hervorragende Arbeit. Sie haben was gut bei uns.«

Warwick drückte die dargebotene Hand kräftig. »Alles klar, gern geschehen. Werde Sie bei Gelegenheit dran erinnern.«

Craig und Leighton verließen Warwicks Büro; kaum waren sie auf dem Flur, blieb Craig stehen. »Was ist mit den 384 500 Pfund?«

»Das ist die Summe, die Collins gestern um zehn Uhr sechsundvierzig vom Konto der Home-Concrete abgehoben hat. In bar. Standesgemäß hat er die Scheine in einem schwarzen Lederkoffer mitgenommen.«

»Hat Ihr Informant …«

»Wohin Collins ausgeflogen ist? Nein. Er hat das Geld abgehoben und ist ohne ein Wort verschwunden.«

»Das heißt, dass er sehr wahrscheinlich noch auf der Insel ist, denn seit Mittwochmorgen wird nach ihm gefahndet. Oder er hat sich bereits illegal abgesetzt. Das Wetter ist wie gemacht für einen Trip über den Channel.«

»Die Küstenwache hätte ihn aufgegriffen«, gab Leighton zu bedenken. »Die lassen im Moment nicht einmal einen Fisch ohne Papiere durch.«

Craig nickte. Falls Leightons Einschätzung zutraf, würde Collins über kurz oder lang ins Netz gehen. So lange würde er nicht warten. Er zückte sein Handy, setzte Keen über die Entwicklungen in Kenntnis. Der Boss gab ihm grünes Licht.

Craig bedankte sich, legte auf und forderte fünf Durchsuchungsteams an.

20

Eine knappe Stunde später, um 7:45 Uhr, trafen die Teams zeitgleich bei den Firmen des Carpenter-Schattenimperiums ein, die Leighton als vielversprechend eingestuft hatte.

Craig wollte sich die TimesMoney in der Northernhay Street vornehmen. Er fragte sich, woher diese gute Reputation kam, denn in der Regel waren diese Firmen nichts als verkappte Sklaventreiber, die mit der Not der Menschen viel Geld verdienten.

Von der Northernhay war es nur ein Steinwurf zum Guildhall Shoppingcenter, eine Premiumlage in Exeter.

Männer mit schwarzen Jacken, auf denen in weißen Buchstaben »NCA« prangte, redeten vor der Tür der TimesMoney auf eine junge Frau in grauem Businesskostüm ein, die wild gestikulierte.

Craig und Leighton stiegen aus dem Spitfire, Keen kam auf sie zu und versperrte ihnen den Weg. »Sorry, Jungs, aber wir haben ein Problem.«

Craig zeigte auf die Leute der NCA.

»Yep«, sagte Keen. »Hab's gerade reinbekommen. National Crime Agency. Abteilung Wirtschaft, Korruption, organisierte Kriminalität. Der Wisch, den sie mir unter die Nase gehalten haben, kickt uns raus. Die anderen Teams sind schon wieder im Stall. Die NCA bringt ihre eigenen Leute mit.«

»Wer hat das angeordnet?« Craig konnte nur mit Mühe seine Wut unterdrücken, und gleichzeitig wurde ihm klar, dass sich seine Vorahnungen erfüllt hatten. Der Fall nahm politische Dimensionen an. »Wie soll ich ermitteln, wenn ich nicht ermitteln darf?«

»Schon gut, Craig«, sagte Keen und wedelte mit der Hand. »Jetzt werden Sie mir nicht melancholisch. Alles, was mit Carpenters Tod zu tun haben könnte, kriegen wir vorgelegt. Also keine Panik. Die sind ja auch nicht von gestern.«

Craig schaute Leighton an, der die Arme vor der Brust verschränkt hatte und sich nicht muckte. Ihm schien egal zu sein, dass sie gerade an die Kette gelegt wurden. Craig wandte sich wieder an Keen. »Die sind vielleicht nicht von gestern, aber sie sind vor allem keine Mordermittler. Die haben keine Ahnung, was für mich wichtig sein könnte.«

»Hören Sie, McPherson.« Keen versuchte versöhnlich zu klingen, aber das misslang ihm gehörig. Seine Stimme vibrierte vor Ungeduld. »Anweisung von ganz oben. Die machen ihre Arbeit, wir machen unsere. Ende. Und jetzt nerven Sie nicht!«

Das war typisch englisch. Der brave Untertan. Was von oben kam, wurde befolgt, egal, wie unsinnig es war. Aber Craig war Schotte, und Schotten machten immer das Gegenteil von dem, was man ihnen befahl.

»Ich will da rein. Sofort. Ich schwöre alle Eide, dass ich alles, was nichts mit dem Mord zu tun hat, vergessen werde, egal, was es sein mag. Mir ist es gleichgültig, ob irgendwelche Großkopferten mit faulen Geschäften Geld auf die Seite geschafft haben.«

Craig wollte losstürmen, doch Keen packte ihn grob am Arm. Mit einer blitzartigen halben Drehung machte Craig sich frei.

»Fassen Sie mich nie wieder an, Keen!«, flüsterte Craig. »Sie können mich versetzen, mich degradieren, machen Sie, was Sie wollen. Aber nie wieder anfassen!«

Leighton hatte sich weder bewegt, noch hatte sich seine Miene verändert.

Keen richtete seine Krawatte, sprach Leighton an. »Sie haben nichts gesehen. Das geht nur den Schotten und mich was an, okay?«

Craig erwartete eine scharfe Zurechtweisung von Keen, aber er hatte seinen Boss falsch eingeschätzt.

»Ich befehle Ihnen, sich nicht in die Ermittlungen der NCA einzumischen. Und wenn Sie sich noch einmal so danebenbenehmen, dann schieben Sie wieder Streifendienst.«

Keen wusste genauso gut wie Craig, dass das eine leere Drohung war, Keen konnte ihn nicht einfach so degradieren, aber irgendwie musste Keen seine Ehre retten. Craig war es recht.

»Alles klar, Boss, damit kann ich leben.«

Keen nickte.

Craig marschierte los und warf einen Blick auf Leighton, der sich nicht rührte. Craig war ihm nicht böse. Er konnte von seinem Partner nicht erwarten, dass er sich mit ihm über die Klippe warf.

Craig war noch keine zehn Meter weit gekommen, als sich ihm zwei Anzugträger entgegenstellten und ihre Ausweise zückten. Phillips und Kruger, beide Sonderermittler der NCA im Range eines Detective Superintendent, in Diensten des Generalstaatsanwalts und des Innenministers. Beide standen eine Hierarchiestufe über Craig.

»Sorry, Kollege, aber hier können Sie nicht durch. Hat Keen Ihnen das nicht gesagt?«

»Hat er.«

»Wo ist dann das Problem?«

»Ich ermittle in einem Mordfall. Ich muss den Laden da auf links drehen, muss die Leute vernehmen, bevor die Spuren endgültig im Arsch sind.«

Die beiden wechselten einen Blick. »Sie können sich gerne bei Edward Brewster beschweren. Das ist …«

»Ich weiß, wer das ist.«

Brewster war Generalstaatsanwalt, zuständig unter anderem für organisierte Wirtschaftskriminalität, Mitglied des Parlaments und vor einigen Jahren zu einem sogenannten »Queen's Counsel« ernannt worden. Eine Ehre, der sich nur wenige rühmen durften. Sich mit Brewster anlegen hieß, die Götter herauszufordern. Craig war schlau genug, es erst gar nicht zu versuchen, und schwenkte auf die Kumpel-Tour um.

»Kollegen, ich will euch nicht ins Handwerk pfuschen. Aber ihr wisst, wie wichtig es ist, sich alles selber anzuschauen, mit den Leuten zu reden …«

»Es reicht«, sagte Kruger. »Sie wissen genau, dass die örtliche Polizei bei Korruptionsfällen ausgeschlossen wird, bis klar ist, dass sie sauber ist. Wer sagt mir, dass Sie nicht Beweise suchen, sondern welche beiseiteschaffen wollen? Also: Sie können hier so viel rumschleimen, wie Sie wollen.« Er malte mit einer kreisförmigen Handbewegung eine imaginäre Linie auf den Boden. »Wenn Sie diese Linie überschreiten, werde ich Sie festnehmen.« Er lächelte. »Ganz kollegial.«

Phillips machte einen Schritt nach vorn. »Kruger ist von der alten Schule. Der ist wie eine Betonwand. Da geht gar nichts.« Er seufzte. »Ziehen Sie schon Leine, McPherson, es bringt nichts. Sie kriegen von uns alles, was Sie brauchen, wenn Sie brav sind. Wenn Sie Ärger machen, kriegen Sie eine Klatsche. Eine richtige.«

Craig hatte verstanden. Da lief ein ganz großes Ding, da waren Kräfte zugange, die ihn zermalmen konnten. Nichts hasste er mehr, als jemandem ohnmächtig ausgeliefert zu sein. Sein Herz schlug wild, sein Verstand drohte auszusetzen.

Bevor er sich selbst und anderen ernsthaften Schaden zufügen konnte, drehte er sich ohne ein weiteres Wort um, ließ Leighton und Keen stehen, schwang sich in den Spitfire, gab Gas, dass die Reifen qualmten, und rauschte davon.

21

Craig war noch immer so wütend, dass er die Tür hinter sich zuwerfen wollte, doch der Schließmechanismus des Hare and Hounds fing Craigs Energie ab und ließ die Tür mit einem leisen Seufzer sanft in die Zarge gleiten. Genauso war es mit den Leuten von Brewster und der NCA. Sie nahmen Craig alle Kraft, damit ein Skandal verhindert werden und alles ganz leise über die Bühne gehen konnte.

Craig warf sich auf einen Hocker, winkte Jeb, dem Barkeeper, der mit hochgezogenen Augenbrauen zu ihm kam.

»Ein Glas fettarme Milch. Ein großes!«

»So schlimm?«, fragte der Barmann.

»Schlimmer.«

»Alles klar.« Jeb stellte ein Pint-Glas auf den Tresen und goss aus fast einem halben Meter Höhe die Milch ein. Ein Schaumflaum bildete sich auf der Oberfläche. »Wenn ich nur Kunden wie dich hätte, könnte ich zumachen, McPherson. Ich hoffe, dass deine Unsitte nicht um sich greift.«

»Da würde ich mir keine Sorgen machen. Ich tu's ja auch nicht freiwillig.«

Craig hörte die Tür gehen, ein Luftzug wehte das ganz spezielle Parfum von King George bis zum Tresen. Es war eine Mischung aus nasser Hund, billigem Whisky und Mottenkugeln. King George stank nicht wie die verpissten Penner vom Bahnhof, roch aber auch nicht frisch geduscht. In der Regel übernachtete er in einem der Obdachlosenasyle, wo er sich in regelmäßigen Abständen ganz anständig pflegte. Die Abstände konnten allerdings durchaus ein oder zwei Wochen betragen.

»Phersie, verdammt, was soll das? Wie kannst du am hellichten Tag Milch trinken?«

»Ich habe meine Lektion gelernt.«

King George kam näher, sein Geruch intensivierte sich, jetzt trat eine Note alter Schweiß hinzu. »Und was ist mit mir? Wie soll ich dein Ohr und dein Auge sein, wenn ich meine Medizin nicht bekomme?«

Craig überhörte die Aufforderung, George einen Whisky auszugeben. »Hast du dich rumgetrieben, George? Du hat so etwas an dir ...«

King George stieß einen harten Lacher aus. »Alle Häuser sind überfüllt, tagsüber wegen der Hitze und abends wegen den Duschen. Die Wartelisten sind länger als mein Strafregisterauszug. Ich penne seit Tagen draußen. Obwohl das gefährlich ist.« Er klopfte sich auf eine Außentasche seines Parkas. »Aber ich passe auf. Mich zieht keiner ab.«

Craig wäre innerhalb von fünf Minuten an einem Hitzschlag gestorben, hätte er einen solchen Parka getragen. Es war noch keine elf Uhr, aber die Hitze drang bereits in jeden Winkel. Selbst das ansonsten kühle Hare and Hounds hatte sich aufgeheizt wie ein Backofen. Dieser Parka war für den Winter gemacht, nicht für fünfunddreißig Grad im Schatten bei hundert Prozent Luftfeuchtigkeit.

»Was hast du denn da in der Tasche? Eine Knarre?«

George winkte ab. »Pfefferspray. Das wirkt auch gegen die scheiß Tölen. Neulich wollte mir einer meinen Sprit abziehen, hat seine vierbeinige Kampfmaschine vorgeschickt.« George schluckte ein paarmal, die Erinnerung schien nicht angenehm zu sein. »Das Mistvieh ist jaulend davon, das Arschloch von Besitzer hinterher. Dagegen solltet ihr mal vorgehen.«

Craig mochte Hunde, er hatte fünfzehn Jahre lang einen Riesenschnauzer gehabt, der freundlichste Hund in ganz Edinburgh. Er hatte ihn »Tiny« getauft, allerdings war Tiny das Gegenteil von winzig gewesen. Er war schwarz gewesen und größer als ein Schäferhund, wenn er bellte, hatte es wie Donnergrollen geklungen. Craig hatte ihn mit viel Geduld erzogen. Tiny hatte aufs Wort gehört. Und dann war Tiny vor seinen Augen erschossen worden, als Craig mit ihm im Wald unterwegs war. Den Täter hatte er nicht ermitteln können. Auch unter Schotten gab es schlechte Menschen.

Craig machte Jeb ein Zeichen. »Einen doppelten Jim Beam für den Hundeschreck.«

»Du kannst Gedanken lesen.« George klatschte in die Hände.

Craig sagte nichts dazu.

George hob eine Hand und fixierte das Glas, das Jeb vor ihn hinstellte. Der Barkeeper schenkte einen Doppelten ein, der auch als Dreifacher durchgegangen wäre.

George nahm das Glas, schnupperte daran, schloss die Augen und ließ einen kleinen Schluck in seinen Mund laufen. Er stöhnte genussvoll.

Craig fiel noch etwas ein. Warum war George hier? »Hast du auf der Lauer gelegen?«

»Man muss ja irgendwie auf seine Kosten kommen, oder?« George stellte das Glas zurück. »Brauchst du was? Ich hab gehört, in der Südstadt soll ein Drogendeal über die Bühne gehen. Oder suchst du jemanden?«

Craig suchte in der Tat etwas: eine Entscheidung. Sollte er mit gebundenen Händen weitermachen? Oder sollte er alle Vorschriften missachten und seine Karriere riskieren?

»Ich weiß nicht, was ich machen soll, das ist alles. Nur eine scheiß Identitätskrise.«

»I am what I am, ich bin, was ich bin«, nuschelte George,

versuchte, die Melodie des Hits zu summen, verzog das Gesicht, weil er wohl selbst hörte, wie falsch es klang, verstummte, öffnete den Mund und leerte das Glas in einem Zug.

Verdammter Philosoph! Craig hatte keine Lust, sich seinen Problemen mit Allerweltsplattitüden zu nähern. Die Lage war zu ernst. Er wurde vom Generalstaatsanwalt ausgebremst, das war keine Kleinigkeit. Missachtete er die Order, konnte das im schlimmsten Fall dazu führen, dass er ins Gefängnis musste. Da würde ihm weder Brodie mit seinen Verbindungen noch George mit seinen schlauen Sprüchen helfen können.

»Du siehst aus, als wäre das Todesurteil über dich bereits gefällt, Laddie.«

Craig hob den Kopf, verzog die Lippen zu einem schiefen Grinsen. George war der einzige Mensch auf dieser Welt, der ihn »Laddie« nennen durfte, was so viel wie »kleiner Junge«, bedeutete.

»Es ist kurz davor«, antwortete Craig.

»Das geht aber nicht«, protestierte George.

Craig lachte und schlug ihm auf die Schulter. »Recht hast du. Ich kann dich schlecht allein lassen auf dieser grausamen, öden Welt. Keine Sorge. Ich werde mich nicht hängen lassen.«

George nickte eifrig. »Ich dachte, die Todesstrafe ist abgeschafft?«

»Nicht für mich, George.« Brewster würde ihn vor dem Hängen vierteilen. Craig schmunzelte, warf zwanzig Pfund auf den Tresen. »Noch *einen* Whisky für George und mit dem Rest das Übliche. Anständiges Essen und, wenn es irgendwie geht, eine Dusche und frische Unterwäsche.«

Jeb schnappte nach Luft, Craig legte noch einen Zwanziger dazu, Jeb nickte, George wiegte den Kopf.

»Du gefällst mir besser, wenn du mies drauf bist. Dann trinkst du mehr und spinnst nicht rum.«

»*Du* trinkst dann mehr, George. Das ist ungesund für uns beide.« Craig verbeugte sich vor ihm. »Eure Majestät müssen mich entschuldigen.«

George wedelte mit einer Hand. »Ihr seid entlassen.«

Craig stürmte los. Er hatte eine Entscheidung getroffen.

22

Craig parkte den Spitfire in der Einfahrt von Rosewood. Carpenters Firma Omega-Sec hatte die Sicherung des Anwesens übernommen. Türfüller in martialischen Kampfanzügen überprüften seinen Dienstausweis, als ginge es um eine Terroristenfahndung. Die gute Seite war: Die Omega-Sec hatte das Anwesen weiträumig abgesperrt und hielt die Medienmeute auf Abstand.

Der betörende Duft der Rosen wehte ihm entgegen, er musste an George denken, der sich am anderen Ende der Geruchsskala befand. Das Tor war geschlossen, Craig klingelte. Nichts regte sich. Konnte es sein, dass niemand zu Hause war, oder wollte Beth Carpenter Craig nicht einlassen, weil sie schlechte Nachrichten fürchtete? Oder weil sie etwas zu verbergen hatte? Oder weil Keen ihr schon genug auf die Nerven gegangen war? Oder weil sie Craig schlicht hasste? Craig tippte auf das Letztere.

Craig klingelte erneut, presste den Finger auf den Knopf. Das Tor schwang auf. Craig ging die Auffahrt hoch. Diesmal erwartete ihn nicht Torey, das Mädchen für alles, sondern die Hausherrin höchstpersönlich. Ein schwarzer Umhang lag über ihren Schultern, darunter trug sie eine ebenso schwarze spitzendurchsetzte Bluse zu einem schwarzen Rock, der dem Anlass angemessen zwei Handbreit unter ihrem Knie endete. Sie hatte die Arme vor der Brust gekreuzt, ihr Blick war neutral, die Augen gerötet. Bevor Craig nahe genug war, um ihr die Hand zu reichen, trat sie zur Seite. Deutlicher konnte sie nicht sagen, dass sie einer Berührung von ihm aus dem Weg gehen wollte.

Craig ging vor ins Wohnzimmer, nahm den weißen Ledersessel, auf dem er bereits gesessen hatte.

Beth Carpenter ließ sich auf die Couch gleiten. »Sie haben ein einnehmendes Wesen, Detective.«

»Danke, dass Sie Zeit für mich haben.«

»Sie haben ein sehr einnehmendes Wesen«, wiederholte Beth Carpenter.

Was erwartete sie von ihm? Dass er sich entschuldigte, weil er sich auf den Sessel gesetzt hatte, ohne dass sie ihn dazu aufgefordert hatte?

»Ich habe Sie gehört, Mrs. Carpenter. Ich bin in einer schwierigen Situation.«

»Ach ja? Und was habe ich damit zu tun?«

»Es geht um Ihren Gatten.«

»Sie haben uns schon genug Scherereien gemacht.«

Scherereien? Für Beth Carpenter war die Erkenntnis, dass ihr Mann ermordet worden war, eine lästige Schererei? »Interessiert es Sie nicht, wer ...?«

»Nein. Er ist tot. Das ist schlimm genug. Aber jetzt wird so lange gerührt, bis Dreck nach oben kommt, bis der Schlamm spritzt und niemanden verschonen wird. Man wird Floyd Dinge unterstellen, die er nicht getan hat. Man wird versuchen, unsere Ehe als Hölle darzustellen. Meine Kinder werden gebrandmarkt sein als die Brut eines ermordeten Verbrechers.« Sie erhob sich und schwebte wie eine Erscheinung zur Fensterfront. »Erzählen Sie mir also nichts von einer schwierigen Situation.«

»Das ist furchtbar, keine Frage. Und es tut mir aufrichtig leid.«

Sie drehte sich um, funkelte ihn an. »Sie sollten nicht herumsitzen und lügen, sondern etwas tun. Dieser Keen hat auch nur hier herumgesessen und gefaselt, mein Mann sei in illegale Machenschaften verwickelt gewesen, aber er würde größte Diskretion walten lassen.«

»Genau das ist mein Problem. Man hat mich an die Leine gelegt. Ich kann wichtigen Spuren nicht nachgehen.«

»Ich dachte, so was gibt es nur im Fernsehen.«

»Im Fernsehen löst der suspendierte Kommissar den Mord im Alleingang. Das ist der Unterschied.« Craig holte tief Luft und erklärte Beth Carpenter den Stand der Dinge. Damit verletzte er mehrere Vorschriften, denn Beth Carpenter stand noch immer auf der Liste der Verdächtigen.

Er beobachtete jede Regung, aber sie war die perfekte Pokerspielerin. Nichts konnte er aus ihrem Gesicht oder ihren Gesten herauslesen. Beth Carpenter war die Kontrolle selbst.

»Sie sehen also, dass Ihr Gatte eine Menge Feinde hatte. Und die könnten auch in der Regierung sitzen. Deswegen hat man mich kaltgestellt. Die Ermittlungen *sollen* im Sand verlaufen. Das ist mein Verdacht.«

»Woher soll ich wissen, dass Sie mich nicht anlügen, um mich zum Reden zu bringen, damit Sie alles, was ich sage, vor Gericht gegen mich verwenden können?«

»Das können Sie nicht wissen. Genauso wie ich nicht wissen kann, ob Sie mich die ganze Zeit anlügen. Ihre Fassade ist von bewundernswerter Undurchdringlichkeit.«

Beth Carpenters Augen funkelten. Immerhin eine Reaktion.

»Sie sind unverschämt. Bitte gehen Sie jetzt! Wenn Sie etwas von mir wollen, schicken Sie mir eine richterliche Vorladung.«

Craig blieb sitzen. Er würde Rosewood nicht eher verlassen,

bis Beth Carpenter ausgepackt hatte. »Ihnen mag es gleichgültig sein, ob und wer Floyd ermordet hat …«

Craig ließ sich nach rechts fallen, um dem Blumentopf zu entgehen, den Beth Carpenter nach ihm warf. Er krachte an die Wand, Erde regnete auf Craig herab.

»Raus!«

Sie schrie nicht, im Gegenteil. Craig hatte sie kaum gehört.

»Nein, ich werde nicht gehen. Sie können ja die Polizei rufen. Ich gebe Ihnen zum letzten Mal die Gelegenheit, mir alles zu sagen, was Sie wissen, ohne dass ich tatsächlich mit einem richterlichen Beschluss wiederkomme und Sie für zwei Tage mitnehme. Sie können mit mir zusammenarbeiten oder mich bekämpfen. Ihre Entscheidung. Bekämpfen Sie mich, werden Sie den Kürzeren ziehen. All Ihre Verbindungen werden Ihnen nichts nützen. Sie können mich vielleicht kaltstellen, aber die Medien haben Blut geleckt, die werden Sie zerfetzen. Das sehen Sie vollkommen richtig. Sie werden wild spekulieren. Ihre einzige Chance ist, dass ich den Mörder Ihres Mannes finde.«

»Falls ich auf Ihre Erpressung eingehe, werden die Medien dann stillhalten?«

»Das kann ich nicht versprechen. Ich weiß nur eins: Je weniger ich weiß, desto weniger kann ich auf die Medien Einfluss nehmen, desto schlechter kann ich den Informationsstrom lenken. Wir können Nachrichtensperren verhängen, ich kann den Pressesprecher entsprechend briefen, damit er nichts herausgibt, das unnötig Schaden anrichtet.« Craig faltete die Hände. »Beth, ich bitte Sie. Niemand kann Floyd zurückbringen. Und ich glaube nicht, dass Sie Ihrem Mann etwas angetan haben. Aber er war in illegale Geschäfte verstrickt. Das sind Tatsachen, das kommt so oder so an die Öffentlichkeit. Sie können den Schaden nur noch begrenzen.«

Jetzt hängte er sich weit aus dem Fenster. Es konnte genauso gut andersherum kommen.

»Sie würden Ihre Mutter verkaufen, um mich zum Reden zu bringen. Warum machen Sie das? Fühlen Sie sich nicht schmutzig?«

Craig verzog den Mund. Der Schlag hatte gesessen. »Meine Eltern sind schon lange tot.« Beth Carpenter setzte zu einer Entschuldigung an, aber Craig hob eine Hand. »Schon gut. Sie liegen grundsätzlich richtig. Ich will versuchen, Ihnen meine Motive zu erklären.« Craig rieb sich die Schläfen. »Zum einen ertrage ich es nicht, dass die Mächtigen sich das Recht zurechtbiegen, wie es ihnen passt. Die NCA behindert mich, ich will wissen, warum. Und ich habe geschworen, meinen Job nach bestem Wissen und Gewissen zu machen. Ehrlich gesagt, lieber verderbe ich es mir mit Ihnen, als einen Killer laufen zu lassen.«

Beth Carpenter versteifte sich. »Das klingt so edel, dass ich es kaum glauben kann.«

Craig musste unwillkürlich lachen. »Das kommt davon, wenn man die Wahrheit sagt.«

Beth Carpenter nahm Platz, strich sich das Kleid glatt. »Ich vertraue nur wenigen Menschen, Mr. McPherson.«

»Das ist bedauerlich, aber Sie werden Ihre Gründe haben. Ich frage mich: Wenn Floyd Opfer einer Verschwörung geworden ist, weil er zu viel wusste, was ist dann mit Ihnen und Ihren Kindern? Ist der Killer schon fertig? Oder hat er noch Pläne? Wissen oder haben Sie vielleicht etwas, das der Killer gerne wüsste oder hätte?«

Beth Carpenter schüttelte den Kopf.

Craig erhob sich, marschierte durch das Wohnzimmer, öffnete die Tür und schaffte es, nicht zurückzuschauen. In Beth Carpenters Augen hatte es geflackert, als er ihr das Bild vom Killer ausgemalt hatte, der noch nicht fertig war. Vielleicht gab es noch eine kleine Chance. Er trat auf den Marmor der Auffahrt, setzte einen Fuß vor den anderen, zählte bis sechzig.

»Warten Sie.« Sie stand hinter ihm, sie hatte sich lautlos genähert. »Ab und zu habe ich ihn telefonieren hören, manchmal waren Geschäftsfreunde hier, und ich konnte das eine oder andere aufschnappen.« Sie schnupperte an einer Rosenblüte, einer von Hunderten. »Das ist eine ›Lady of the Lake‹. Eine fleißige Kletterin. Floyd hat sie eigenhändig gepflanzt.« Tränen schimmerten in ihren Augen. »Bei einer Firma namens TimesMoney arbeitet ein Buchhalter. Er heißt Meiers. Der muss über die« – sie zögerte einen Moment, sie schien ein passendes Wort zu suchen – »anderen Geschäfte von Floyd bestens informiert sein. So zumindest hörte es sich an, als Floyd und Collins miteinander telefonierten.«

Beth Carpenter hatte erkannt, dass sie den Ruf ihres Mannes nicht mehr schützen, dass sie nur noch die Scherben aufkehren konnte.

»Wann war das?«

»Vor etwa drei Wochen. Irgendetwas schien Floyd aufzuregen, es fiel Meiers' Name, Floyd sprach von Ungereimtheiten in der Buchführung, er versicherte sich mehrmals bei Collins, ob Meiers auch wirklich vertrauenswürdig sei. Collins versprach, den Unregelmäßigkeiten auf den Grund zu gehen.«

»Woher wissen Sie, was Collins gesagt hat?«

»Floyd wiederholt immer am Ende eines Gesprächs, was besprochen wurde, wer was zu tun hat und wann.«

Craig nickte. Das klang einleuchtend. Floyd Carpenter war ein Manager gewesen und sicherlich darauf geeicht, Aufträge klar und deutlich zu vergeben, um Kommunikationsfehler zu vermeiden.

»Gibt es irgendwelche Aufzeichnungen Ihres Mannes, die mir weiterhelfen könnten?«

Beth Carpenter schloss die Augen einen Moment zu lange. Craigs Puls beschleunigte sich.

»Es gab ein Notizbuch. Darin hat er seine Ideen festgehalten und auch Probleme, mit denen er zu kämpfen hatte.«

»Wo ist es?«

Beth Carpenter zeigte auf den Garten. »Geschreddert, gehäckselt und verbrannt, die Asche im Exe verstreut.«

Craig rieb sich die Augäpfel, dann massierte er sich kurz die Schläfen. Es kostete ihn Kraft, Beth Carpenter keine Vorwürfe zu machen. »Haben Sie darin gelesen?«

»Ich hätte niemals Floyds Vertrauen missbraucht. Das Buch war ihm heilig. Nicht ein Wort habe ich gelesen.«

»Damit haben Sie vielleicht die Spur zum Täter vernichtet! Verflucht, warum ...« Er wischte mit der Hand durch die Luft. »Vergessen Sie es. Es tut mir leid, ich kann mir denken, warum Sie es vernichtet haben.« Er trat an Beth Carpenter heran, weniger als eine Armeslänge trennte sie; sie wich nicht zurück. Sie duftete ebenso intensiv wie die Rosen. »Gibt es noch irgendetwas, das Sie gehört haben und das nicht für Ihre Ohren bestimmt war?«

Beth Carpenter schwieg. Craig hätte geschworen, dass sie etwas wusste.

Er reichte ihr seine Karte. »Sie wissen ja. Wenn Ihnen noch etwas einfällt ...«

Beth Carpenter nahm die Karte, schaute einmal darauf, steckte sie ein, blickte an Craig vorbei. Sie drehte sich um und verschwand in ihrer Villa, das Tor schwang auf.

Craig trabte die Auffahrt hinunter. Als er das Grundstück verließ, beschlich ihn ein seltsames Gefühl. So als wäre hinter den Hunderten Rosenblüten etwas von ihm zurückgeblieben.

Es hatte nichts mit Beth Carpenter zu tun. Sie war fraglos eine attraktive Frau, aber bei Craig regte sich nichts, wenn er an sie dachte. Nein, es musste etwas anderes sein. Eine Erinnerung! Ein flüchtiges Bild der Nacht, die sein Leben aus dem Gleichgewicht gebracht hatte.

23

Craig setzte sich in den Spitfire, hielt das Lenkrad mit beiden Händen, genoss das kühle Leder. Er hatte einen Parkplatz im Schatten ergattert.

Die Erinnerung war verflogen, er hatte sie nicht festhalten können, wie immer.

Seine Hände rutschten vom Lenkrad, klatschten auf seine Oberschenkel. »Ich habe nur eine Möglichkeit«, murmelte er. »Nicht aufgeben, weitermachen, nicht runterziehen lassen, nicht verzweifeln.« Er beugte sich nach links, schaute in den Rückspiegel. »Dein Leben hat einen Sinn. Du machst einen wichtigen Job, und du machst ihn gerne. Du willst nichts anderes tun.« Er sah ein flüchtiges Lächeln über sein Gesicht huschen.

Gordon hatte ihm das beigebracht, in den schwärzesten Stunden seines Lebens, hatte ihn aufgebaut und ihm dann den Weg gewiesen. Immer, wenn sich dieses schwarze Loch der Verzweiflung vor ihm auftat, betete er sein Mantra, und es half. Auch diesmal.

Er zückte sein Smartphone und gab die Nummer von Malaika N'Deli ein. Er musste nicht lange warten. Eine dunkle, raue Stimme meldete sich.

»Ja?«

»Mrs. N'Deli?«

»Ja.«

»Mein Name ist Craig McPherson ...«

»Ich weiß, wer Sie sind. Kommen Sie einfach vorbei. Ich mache gerade Limonade. Echte.«

»Das klingt fantastisch, Mrs. N'Deli. Bis gleich!«

Sie legte auf. Craig startete den Spitfire, fuhr über die Stoke Hill Road von Norden nach Exeter zurück in die Blackall Road, die in der Nähe des Hauptbahnhofes und des Gefängnisses direkt an der Bahnlinie lag. Nicht die schlechteste Wohngegend, aber auch nicht die beste. Untere Mittelschicht. Gleichförmige Backsteinhäuser mit Erkern, Vorgärten, die als Parkplatz dienten oder als Abstellfläche für die Müllgefäße. Kein getrimmter Rasen, keine sorgfältig geschnittenen Büsche oder Bäume.

Craig fand einen Parkplatz, stieg aus, und schon öffnete sich die Haustür der Nummer 19, in der Malaika N'Deli wohnte.

Eine junge schwarze Frau trat heraus, winkte McPherson. »Kommen Sie, die Limonade wartet.« Sie ließ die Tür offen und eilte wieder hinein.

Craig überquerte die Straße, stieg die vier Stufen zum Eingang hoch, putzte sich an der Fußmatte mit Katzenmotiv den Staub von den Sohlen und trat ein. Er hörte den Grund, warum N'Deli so schnell wieder ins Haus gelaufen war. Ein Säugling schrie. Craig folgte dem Geräusch durch den cremefarben gestrichenen Flur, an dessen Wänden Fotos von europäischen Großstädten hingen.

»Einfach ganz durch«, rief N'Deli. Craig durchquerte die Küche, hinter der sich ein Anbau anschloss. Auf einer Anrichte lag das Baby, das aufgehört hatte zu schreien. Ein kaffeebrauner Junge, ein echter Wonneproppen, sah ihn mit großen schwarzen Augen an. Wenn er das Äußere von seiner Mutter geerbt hatte, würde er ein schöner Mann werden und den Frauen den Kopf verdrehen. Seine Mutter wechselte ihm routiniert die Windeln, nahm ihn auf den Arm, drehte sich zu Craig um, strahlte ihn an und reichte ihm ihre Hand. Er griff zu, sie war weich und warm. Sehnsucht überfiel Craig. Fast hätte er gefragt, ob er hier einziehen dürfe, man könnte ja eine WG machen, er würde auch mal auf den Kleinen aufpassen.

N'Deli zeigte auf die Küche. »Nehmen Sie Platz, DCI. Eine Limonade?«

Craig war erstaunt, dass sie ihn mit dem korrekten Rang ansprach.

»Sehr gerne, ein bisschen Abkühlung kann nicht schaden. Vielen Dank.«

»Wie kann ich helfen?«

Craig setzte sich, sie schenkte die Limonade in ein großes Glas von Ikea, das sofort beschlug, feine Wasserperlen gaben dem Glas ein appetitliches Aussehen.

Craig kostete und stöhnte genüsslich. »So etwas habe ich seit zwanzig Jahren nicht mehr getrunken!« Er nahm einen großen Schluck.

Die Limonade prickelte auf seiner Zunge und im Rachen, sie schmeckte nach Orangen, nach Zitronen, nach Sommer und Urlaub.

N'Deli lachte ebenso perlend wie ihre Limonade, dann wurde sie ernst. »Es geht sicherlich um Floyd Carpenter?«

Craig stellte sein Glas vorsichtig auf dem Küchentisch ab, auch er stammte von Ikea. »Ja, leider muss ich Ihnen ein paar Fragen stellen.«

»Ich fange am besten mit meinem Alibi an. Am Dienstag war ich in Rosewood, wie immer, habe geputzt, um vier habe ich Antony aus der Krippe abgeholt. Dann war ich mit zwei Freundinnen und ihren Babys shoppen. Den Abend haben wir gemeinsam bei Elsa verbracht, haben gekocht und dann Filme geschaut. Ich habe dort übernachtet oder, besser gesagt, gewacht. Elsas Kleine war ungnädig. Wir haben sie abwechselnd getragen, dann war sie ruhig. Am Mittwoch habe ich Antony um acht in der Krippe abgegeben, habe den Vormittag bei Marks & Spencer an der Kasse gesessen. Den Nachmittag habe ich verschlafen, ich war so fertig ...«

Craig zweifelte nicht eine Sekunde an der Richtigkeit ihrer Angaben.

Sie legte den Finger an die Lippen. »Ich hatte keine Affäre mit Mr. Carpenter, und ich bin auch nicht im Testament erwähnt.«

»Sie machen mich ja arbeitslos, Mrs. N'Deli.«

»Das liegt einfach daran, dass ich ein paar Semester Kriminalpsychologie studiert habe. Als Antony unterwegs war, musste ich mich um Arbeit kümmern, das Studium abbrechen.« Sie strich ihm über den Kopf, Antony gluckste zufrieden. »Sein Vater ist über alle Berge, ich habe keine Ahnung, wohin er sich verdrückt hat.«

Sie wirkte nicht verärgert oder verbittert. Eine von Tausenden Müttern, die mit ihrem Kind alleingelassen wurden, die ihren Alltag allein stemmen mussten. N'Deli schien ihr Leben gut zu meistern.

»Respekt! Es gehört einiges dazu, allein klarzukommen.«

»Manchmal ja, meistens nein. Ich habe, was ich brauche. Antony ist wie eine nicht versiegende Kraftquelle für mich. Ich brauche ihn nur anzuschauen, und schon wird mein Herz leichter.«

Craig musste das Thema wechseln, bevor er melancholisch wurde. »Das ist wunderbar.« Er nahm noch einen Schluck Limonade. »Und jetzt zu dem traurigen Teil unseres Gesprächs. Was können Sie mir über die Familie Carpenter sagen?«

»Alle behandeln mich sehr gut. Ich darf mit ihnen zu Mittag essen, sie fahren mich öfters mal irgendwohin, sie bezahlen mich sehr gut. Ich kann nicht klagen.«

»Und die Schattenseiten?«

»Sie werden das nicht weitererzählen?«

Craig schaute ihr in die Augen. »Zeugenaussagen sind absolut vertraulich. Nur wenn es zum Prozess kommen sollte, müssen Sie vor Gericht erscheinen und die Wahrheit sagen.«

N'Deli seufzte. »Floyd war nicht oft zu Hause, Beth hat sehr darunter gelitten, die Kinder auch. Wenn er da war, lag immer eine seltsame Spannung über der Familie. Ich habe sie nie streiten gesehen oder gehört, das war es nicht. Ich kann es schwer erklären. Soweit ich es beurteilen kann, haben sich Beth und Floyd immer sehr respektvoll verhalten. Vielleicht lag es daran, dass Beth und Floyd so verschieden waren, wie ihre Kinder. Summer ist jung und wild, Kevin ist jung und« – sie zögerte einen Moment – »und mild.« Sie lachte. »Verzeihen Sie das Wortspiel.«

Sie goss Limonade nach, Craig bedankte sich und trank.

»Ich habe die vier nie wirklich glücklich gesehen. Keine Ahnung, warum.«

Stellte sich die Frage, was Glück bedeutete.

»Was ist mit Marcus Torey?«

»Der ist ein Unikum. Ich glaube, der schläft nie und hat irgendwo eine Atombatterie. Er würde sich für die Carpenters erschießen lassen, da bin ich mir sicher. Er ist vollkommen fertig, für seine Verhältnisse. Der Tod von Floyd geht ihm sehr nahe. Sie merken ihm fast nichts an, es sind Kleinigkeiten, die ihn verraten.«

»Zum Beispiel?«

»Er hat den Nachtisch anbrennen lassen. Das kommt einem Nervenzusammenbruch gleich. Ich arbeite seit sechs Jahren für die Carpenters. Marcus hat noch nie etwas anbrennen lassen.«

»Was halten Sie von den Kindern?«

»Die beiden sind bestens erzogen. Summer hat ihren eigenen Kopf, keine Frage. Sie ist resolut und hat Anschauungen, die eindeutig ins linke Spektrum gehören. Sie sagt, wo es langgeht. Kevin läuft mit. Ändert oft seine Meinung. Kann sich schlecht durchsetzen. Er ist hochintelligent, er kann studieren, was er will. Aber ihm fehlt die Lust am Leben. Er war, glaube ich, noch nie richtig betrunken. Er hat keine Freundin, geht selten aus dem Haus, und wenn, dann mit Summer. Wie auch immer, beide sind liebenswert, loyal und zuverlässig. Genauso wie Beth und Floyd. Wild und mild …« Sie rieb sich über das Gesicht. »Es hat auf jeden Fall den Falschen erwischt.«

»Erwischt es nicht immer den Falschen, wenn jemand ermordet wird?«

N'Deli schaute Craig tief in die Augen. »Nicht immer, Detective, nicht immer.«

24

Schade, dass das Gespräch mit N'Deli am Schluss diesen Missklang gehabt hatte. Er hatte ihre Worte so interpretiert, dass sie es gutheißen würde, einen, der es verdiente, mit dem Tode zu bestrafen. Er hätte nachfragen können, aber wie immer N'Deli über die Todesstrafe dachte, es hatte nichts mit dem Fall zu tun. Vielleicht war sie doch noch auf ihren Ex sauer und fand die Vorstellung, ihn in den Exe zu werfen, angenehm. Craig nahm sich vor, auf seine Distanz zu achten. Er hatte die Angaben der jungen Mutter überprüft und keine Unstimmigkeiten gefunden.

Der Besprechungsraum platzte aus allen Nähten. Die gesamte Mordkommission, die Leiter der Durchsuchungsteams, Warwick, Keen, Craig und Leighton teilten sich die spärliche, aufgeheizte Luft. Die Klimaanlage befand sich nach wie vor im Streik, die Sonne brannte unerbittlich auf das Headquarter. Das Thermometer näherte sich der 35-Grad-Marke. Wenn es so weiterging, würden bald die Ersten umkippen. Um das zu verhindern, hatte er kurzerhand einen Kühlschrank aufstellen lassen, ihn auf die höchste Stufe gestellt und dann mit Mineralwasser, Säften, Cola, Emerge und Fanta befüllen lassen.

»Haben alle einen kühlen Drink?«, fragte Keen, der den Kühlschrank mit einem knappen Kopfnicken abgesegnet hatte.

Zustimmendes Raunen ging durch den Raum.

»Okay, dann legen wir los. Es hat sich ja rumgesprochen, dass uns General Attorney Brewster bei allen Untersuchungsobjekten rausgekickt hat, die was mit den krummen Geschäften von Carpenter zu tun haben. Davon lassen wir uns nicht entmutigen. Es gibt genug zu tun. Craig, würden Sie den Stand zusammenfassen?«

Craig schaltete den Beamer ein und projizierte ein Schaubild auf die Leinwand. Er nahm den Laserpointer und warf damit einen kleinen roten Punkt auf Carpenters Konterfei.

»Ein Motiv, Carpenter zu töten, hatten viele: Donald O'Donnal war sein schärfster Konkurrent; Jason Collins hat Carpenter betrogen, er könnte Angst vor Entdeckung gehabt haben; Beth Carpenter könnte gewusst haben, dass er sie bei seinen Herrenabenden betrog oder eine Geliebte hatte. Wer weiß, was alles in dem Notizbuch gestanden hat? Alfred Hershie hat fürchten müssen, dass Carpenter ihn auffliegen lässt, wenn er nicht in seinem Sinne berichtete. Wir haben einige Artikel gefunden, die quasi direkt aus der PR-Abteilung von Carpenter kamen. Außerdem hat Hershie überproportional oft von Carpenter und seinen sozialen Projekten berichtet. Es gibt nur ein Problem: Alle haben ein wasserdichtes Alibi. Carpenters Faktotum, Marcus Torey, haben wir routinemäßig durchleuchtet und nicht den Hauch eines Verdachts gefunden. Auch er hat ein Alibi. Fragen, die wir beantworten müssen: War der Mord an Carpenter geplant? Einiges spricht dagegen. Der Tatort war nicht klug gewählt. Nur durch Zufall war niemand in der Nähe. Der Zeitpunkt war nicht optimal. Der Täter kann nicht gewusst haben, welchen Weg Carpenter nehmen würde, es sei denn, er hat ihn verfolgt. Zwar liefen die Herrenabende nach einem gewissen Muster ab, aber nicht nach einem festgelegten Plan. Hat Carpenter seinen Mörder gekannt und ihn nahe genug an sich herangelassen, damit er ihm den Insulinpen gezielt in einen Leberfleck rammen konnte? Wenn es so war, finden wir den Täter in Carpenters nahem sozialem

Umfeld, wenn eins der Alibis brüchig werden sollte. Andererseits hätte Carpenter sich wahrscheinlich nicht gegen einen Überraschungsangriff wehren können. War es ein Zufallstreffen, wird es schwierig. Wer hatte Umgang mit ihm? Wer gehörte zu seinem Inner Circle? Wen ließ er an sich heran? Hatte er eine oder mehrere Geliebte? An die Tarnfirmen kommen wir im Moment nicht direkt ran …«

Craig machte eine Pause, schaute in die Gesichter seiner Kolleginnen und Kollegen. Seine Anspielung hatten alle verstanden. Sie mussten auf Umwegen an die Mitarbeiter der Firmen herankommen. Laut durfte er das nicht sagen, Brewsters Männer hätten ihn dafür drangekriegt, denn streng genommen forderte er alle auf, Straftaten zu begehen.

»Den Fahrer des Mercedes Sprinter haben wir gefunden. Er ist der anonyme Anrufer. Er hat seinen Namen nicht genannt, weil er bei seiner Geliebten war. Mit Carpenter hat er nichts zu schaffen. Okay. Uns bleibt nichts anderes übrig, als jedes Detail unter die Lupe zu nehmen, noch mal alle Alibis zu überprüfen und die Nadel im Heuhaufen zu suchen. Es sind etwa zweiundsechzig Stunden seit dem Mord an Carpenter vergangen. Ihr wisst, was das bedeutet! Stellt mir eine Liste zusammen mit allen Personen, die durch Carpenters illegale Geschäfte Schaden genommen haben könnten. Befragt sie. Ich will wissen, wer mit Carpenter Kontakt hatte in den letzten zwei Jahren.« Einige Kollegen stöhnten. »Und bevor ich es vergesse: Werft eure Urlaubsanträge weg und reicht präventiv die Scheidung ein.«

Niemand lachte.

25

Craigs Handy dröhnte durch den Raum. Die Pipes von »Scots Wha Hae« konnte niemand überhören. Einige verzogen das Gesicht, die schottische Nationalhymne erinnerte jeden Engländer an dunkle Zeiten, in denen die Schotten sie das Fürchten gelehrt hatten. Er warf einen Blick aufs Display. Die SMS eines Freundes bei der NCA. Wenn Phillips und Kruger glaubten, dass sie Craig einfach so rauskicken konnten, irrten sie sich. »Meiers nicht eingetütet. Siebzehn Uhr.« Meiers war also auf freiem Fuß, und er würde um siebzehn Uhr nach Hause gehen. Hatten sie nichts gefunden, oder hatten sie Meiers als Köder ausgeworfen? Oder hatte er bereits einen Deal?

Da Craig nicht im System nach Meiers suchen konnte, weil er sonst sofort aufgeflogen wäre, sein Freund schon weit genug gegangen war und es einen Evan Meiers weder im Wählerverzeichnis noch im Telefonbuch gab, musste er in guter alter Polizeimanier Meiers beschatten, bis er seine Adresse hatte. Er warf einen Blick auf die große Retro-Uhr, die mit Wimpeln der Polizeisportabteilungen gespickt war. 16:30 Uhr. Es wurde Zeit.

»Noch irgendwelche Fragen?«

Niemand rührte sich.

»Okay, Leute, auf geht's! Nehmt euch noch was aus dem Kühlschrank mit.«

Die Versammlung löste sich auf, zurück blieben nur Craig und Leighton, der sich die Nase mit einem weißen Leinentaschentuch putzte, in das seine Initialen eingestickt waren. In

Gold. Er trug ein Tweedsakko, eine Weste, ein ochsenblutrotes Hemd und eine graue Krawatte. Fehlte nur noch die Deerstalker-Mütze, und er hätte Sherlock Holmes Konkurrenz machen können, zumindest was das Äußere betraf. Ähnlich wie bei King Georges Kleidern war es Craig ein Rätsel, wie Leighton bei diesem Wetter darin überleben konnte. Wahrscheinlich war er wechselwarm und in Wirklichkeit kein Mensch, sondern ein Reptil. Craig musste ihm eine Aufgabe übertragen, die ihn eine Zeit lang beschäftigte und ein gewisses Maß an Verantwortung besaß, damit er keine dummen Fragen stellte, wenn Craig sich aus dem Staub machte. Er wollte den jungen Mann nicht in seine waghalsigen Ermittlungsmethoden hineinziehen und auch nicht riskieren, dass er ihn aus Versehen verriet.

»Leighton, ich wäre Ihnen dankbar, wenn Sie versuchen würden, Carpenters Scheinfirmen von hier aus zu durchleuchten. Listen Sie alle Mitarbeiter mit ihren Verbindungen zu Carpenter auf. Prüfen Sie alles, was öffentlich über die Firmen zugänglich ist, auf Ungereimtheiten.«

Leightons Hose war ebenfalls aus Tweed. Er steckte das Taschentuch ein. »Ich könnte meinen Freund bei den Finanzbehörden fragen, ob er uns helfen will.«

»Ausgezeichnet, Tyler. Eine sehr gute Idee.« Craig sah demonstrativ auf die Uhr. »Ich muss kurz weg, bin so in ein, zwei Stunden zurück.«

Craig stürmte aus dem Raum, sprang die Treppe hinunter und hätte fast Keen umgerannt, der nur ärgerlich brummte.

Der Motor des Spitfire blubberte vertraut, wie immer waren die Heavitree Road und die Paris Street verstopft um diese Zeit. Im Stau tickten die Minuten erbarmungslos herunter. Craig musste Meiers *heute* erwischen, wer weiß, wie lange er noch in Freiheit war.

Den Spitfire parkte er im Parkhaus des Shoppingcenters,

dann sprintete er los, die Uhr zeigte drei Minuten vor fünf, als er von der Queens Street in die Northern Hay Street einbog und sich sofort in einen Hauseingang drückte, weil er zwei Personen entdeckt hatte, denen er nicht über den Weg laufen wollte.

Unauffällig auffällig versteckten sich Kruger und Phillips hinter einer Ausgabe des *Exeter Mirror*. Die beiden waren nicht blöd. Wenn sie Meiers richtig observiert hätten, wären sie unsichtbar geblieben, und Craig wäre in die Falle gelaufen. Die beiden waren da, um aufzupassen. Ob sie auf Meiers achten sollten, würde er gleich sehen.

Auf die Minute genau um siebzehn Uhr verließ die junge Frau in dem grauen Businesskostüm, mit der die beiden heute Morgen geredet hatten, die Firma. Sie würdigte die beiden keines Blickes, Kruger und Phillips hefteten sich an ihre Fersen.

Craig zückte sein Handy und machte ein paar Fotos von der Frau und ihren Schatten. Anscheinend war sie wichtiger als Meiers. Oder war das nur eine Ablenkung? Sollte Meiers in Sicherheit gewiegt werden?

Craig blieb in Deckung. Nur eine Minute später kam ein kleiner, von Kopf bis Fuß grauer Mann aus der Tür, sperrte sie ab und wandte sich nach links. Genau so stellte sich Craig einen Buchhalter vor. Die letzten verbliebenen Haare waren mit Gel quer über die Glatze geleimt, die Brille hatte mindestens neun Dioptrien, so dick waren die Gläser, und Meiers' Blick war starr und undurchdringlich.

Meiers hatte ja auch wirklich keinen guten Tag gehabt. Die Wirtschaftsleute hatten mit Sicherheit Rechner und Unterlagen beschlagnahmt, Collins, der Chef, war verschollen, ein Albtraum. TimesMoney war gelähmt, dennoch hatten die beiden tapfer ausgehalten bis Geschäftsschluss.

Meiers war noch keine fünfzig Meter gegangen, als sich zwei

Gestalten aus einem Hauseingang lösten, die Craig nicht gesehen hatte. Ein harmloses Pärchen, das zumindest sollte man glauben; in Wirklichkeit stammten die beiden Kollegen aus der Headquarter-Abteilung »Verfolgen und ausspähen«. Leute aus Exeter! Anscheinend reichten die Ressourcen der NCA nicht, und sie mussten lokale Kräfte einsetzen. Also waren Kruger und Phillips eine Ablenkung gewesen. Meiers sollte glauben, nicht er, sondern seine Kollegin sei Ziel der Überwachung.

Craig bezweifelte, dass Meiers so naiv war. Er ließ dem Duo einen Vorsprung von zwanzig Metern, dann hangelte er sich von Hauseingang zu Hauseingang vor, damit er nicht gesehen werden konnte. Wäre Meiers in ein Auto gestiegen, hätte er ihn zwar verloren, aber er hätte das Kennzeichen gehabt. Bei einer Halterabfrage hätten keine Alarmglocken geschrillt. Die KFZ-Meldestelle war verpflichtet, jedem über jedes Kennzeichen Auskunft zu geben, wenn er einen Grund dafür hatte. Selbst wenn die Datenbank bei »Meiers« Alarm gegeben hätte, wäre Craigs Name dabei nicht aufgetaucht. Er war schließlich auch nicht blöd und hätte die Anfrage unter einem falschen Namen gestellt.

Craig folgte den Beschattern in die North Street. Sie überquerten das Kathedral Green, die Wiese an der Kathedrale, die mit Menschen gefüllt war, und bogen in den Southernhay West ein. Meiers schloss die Tür am Haus mit der Nummer 10 auf und verschwand darin. Beste Wohnlage, ein schmuckes Backsteinhäuschen mit Erker und Anwälte als Nachbarn. Die würde Meiers aller Wahrscheinlichkeit nach brauchen.

Drei Stockwerke, drei Wohnungen. Meiers war Mieter. Wollte er schnell verschwinden können? Der normale Brite kaufte ein Haus, und wenn er woanders hinging, verkaufte er es wieder. In welcher Wohnung lebte Meiers? Im zweiten

Stock wurde die Gardine von einem Fenster weggezogen. Für eine halbe Sekunde erschien Meiers' Gesicht. Wollte er jemandem signalisieren, dass er zu Hause war? Waren es doch Bewacher und keine Observierer, die ihm gefolgt waren?

Craigs Kollegen suchten sich ein Versteck, schwiegen und schwitzten vor sich hin. Craig wusste, was er wissen wollte. Wenn es dunkel war, würde er Meiers einen Besuch abstatten. Er rief Leighton an, um ihm die Leitung der Mordkommission zu übertragen, bis zum nächsten Morgen. Damit war er beschäftigt und würde Craigs Ausrede, er fühle sich nicht wohl, bereitwillig schlucken. Leighton wünschte ihm gute Besserung und hängte noch ein zögerliches »Danke« an. Craig legte auf und suchte sich eine bequeme Position.

26

Das Observierungspärchen war ausgewechselt worden. Das neue Pärchen kannte Craig nicht, aber es zeigte ihm, dass Meiers noch immer zu Hause sein musste. Craig streckte sich, massierte die fast eingeschlafenen Muskeln. Fünfeinhalb Stunden! Nichts als Grübeln. Hundertmal war er die Fakten durchgegangen. Es war kurz nach halb elf, Craig ging davon aus, dass Meiers noch nicht im Bett war: Im zweiten Stock brannte Licht, der Fernseher lief. Das konnte auch zur Abschreckung von Dieben dienen, Craig würde es bald herausfinden.

Die Observation oder die Bewachung jedenfalls wurde halbherzig durchgeführt, der Hintereingang war nicht mit einbezogen, das hatte Craig schnell erkannt. Er streifte sich dünne Lederhandschuhe über, zog sein Sesam-öffne-dich-Set aus der Tasche und machte sich an der Tür zu schaffen. Immerhin besaß sie einen Schließzylinder, den man nicht so ohne Weiteres herausziehen konnte. Aber es war auch kein Sicherheitsschloss, also dauerte es keine zwanzig Sekunden, bis Craig die Tür geöffnet hatte.

Gordon Brodie hatte ihm während der Ausbildung zum Detective das Sesam-öffne-dich-Set geschenkt und ihm beigebracht, damit umzugehen. Hundertmal hatte er ihm dabei eingeschärft, niemals irgendwo einzubrechen und sich dabei nicht erwischen zu lassen. Craig hatte nur einmal gefragt, warum er sich bei etwas nicht erwischen lassen sollte, das er gar nicht tun würde.

Craig drückte die Tür langsam nach innen auf und lauschte. Keine Geräusche. Er zog seine Mini-LED-Taschenlampe aus der Tasche und knipste sie auf der schwächsten Stufe an. Er stand im Treppenhaus, Geruch von in altem Fett Gebratenem stach ihm in die Nase und erinnerte ihn daran, dass er schon wieder zu wenig gegessen hatte. Er nahm sich vor, konzentrierte Kraftnahrung zu kaufen. Die gab es in kleinen Riegeln, zwei oder drei davon sollten angeblich für den Tagesbedarf an Kalorien und Mineralstoffen ausreichen.

Die Stufen waren mit Teppich belegt. Das kam Craig entgegen, denn seine Schritte würden so gut wie kein Geräusch machen, vorausgesetzt die Dielen darunter stammten nicht aus dem vorletzten Jahrhundert und knarzten lauter, als ein Wachhund bellen konnte. Er wartete einen Moment und konzentrierte sich darauf, ob sich im Haus irgendetwas regte.

Als er sich sicher war, dass alles ruhig blieb, schlich er bis zum Treppenabsatz und spähte nach oben. Wieder lauschte er. Nichts. Er nahm zwei Stufen auf einmal, passierte das erste Geschoss, und schon stand er vor Meiers' Wohnungstür. Niemand kam ihm in die Quere.

Sollte er klingeln? Würde Meiers ihn einlassen? Wenn nicht, hatte er zwei Probleme: Er konnte nicht mit Meiers reden, und sehr wahrscheinlich würde der Mann im Headquarter anrufen und nachfragen, warum er schon wieder belästigt wurde. Craig hatte keine Wahl. Was er jetzt tun musste, würde Keen den Grund verschaffen, ihn rauszuschmeißen.

Meiers' Tür war ebenfalls mit einem Schließzylinder gesichert, und wie beim Hintereingang brauchte Craig nicht mehr als zwanzig Sekunden, um das Schloss zu knacken. Geräuschlos drückte er die Tür nach innen auf und schloss sie hinter sich. Auch hier kam ihm der Geschmack des Wohnungsinhabers zupass: Der Flur war mit einem dicken flauschigen Läufer ausgelegt, der jegliches Geräusch schluckte. Ein Paradies für Einbrecher und Detectives auf Abwegen.

Leises Fernsehgedudel sickerte unter der Tür hindurch, die Craig direkt gegenüberlag. Dahinter musste das Wohnzimmer sein. Craig ging bis zur Wohnzimmertür vor, presste sein Ohr an das Holz und versuchte herauszuhören, ob sich Meiers in dem Raum befand. Doch die Geräusche des Fernsehgerätes waren so laut, dass er nichts anderes wahrnahm. Er ging in die Knie, spähte durch das Schlüsselloch.

Er konnte das Fernsehgerät sehen, es lief *QI*, eine Art Quizshow, in der prominente Comedians auf humorvolle Art und Weise Fragen beantworten mussten. Moderiert wurde die Sendung von Stephen Fry, einem populären Schriftsteller, Moderator und Sprecher. Als plötzlich schallendes Gelächter ausbrach, zuckte Craig zusammen. Fry musste einen besonders guten Witz gemacht haben. Das Lachen aus dem Fernseher legte sich, aber einer lachte weiter. Das konnte nur Meiers sein, der in dem Ohrensessel sitzen musste, dessen Rückseite Craig sehen konnte.

Craig überlegte nicht lange. Er stieß die Tür auf, ging mit zwei großen Schritten um den Ohrensessel herum, warf sich auf Meiers und hielt ihm den Mund zu. Er überschlug die Anzahl der Vorschriften und Gesetze, die er gerade brach. Es musste ein gutes Dutzend sein. Keen würde ihn genüsslich filetieren, achtkantig rauswerfen und vor Gericht zerren.

Dem Buchhalter fielen fast die Augen aus dem Kopf, er begann schlagartig zu schwitzen, wehrte sich nicht.

»Mr. Meiers, Sie müssen keine Angst haben, auch wenn ich hier so hereinplatze. Ich gehöre zu den Guten. Ich bin Craig McPherson, Detective Chief Inspector, und bin hier, um Sie vor einer großen Gefahr zu warnen. Ich nehme jetzt meine Hand von Ihrem Mund und gehe davon aus, dass Sie nicht schreien werden. Ansonsten müsste ich Sie erneut zum Schweigen bringen.« Craig fiel auf, dass er eine Wendung verwendet hatte, die auch bedeuten konnte, dass er Meiers umbringen würde. »Damit meine ich natürlich nicht, dass ich Sie über die Klinge springen lasse.« Craig lächelte, nahm die Hand von Meiers' Mund, richtete sich auf und trat zwei Schritte zurück.

Meiers schwieg, schwitzte noch mehr, öffnete den Mund. »Warum brechen Sie bei mir ein wie der letzte miese Dieb?«

Craig war einigermaßen überrascht über die derbe Ausdrucksweise. »Sie wissen, dass Sie observiert werden?«

»Das ist ja wohl schlecht zu übersehen. Jedes Kind würde mitbekommen, dass das Pärchen nicht aus Spaß da draußen rumsteht, sondern von den Bullen ist.«

Meiers war eindeutig nicht der wohlerzogene Mittelklasse-Buchhalter.

»Woher kommen Sie, Mr. Meiers?«

»London. Hackney.«

Meiers war sicherlich schon über fünfzig Jahre alt, Falten zogen sich von den Mundwinkeln bis zu den Ohren, die Stirn ähnelte den welligen Bergen und Tälern, die am Strand bei Ebbe zu Tage traten. Meiers war also in einem Hackney aufgewachsen, das man zu den Zeiten von dessen Kindheit durchaus als die Londoner Bronx bezeichnen konnte. Inzwischen hatte sich Hackney in weiten Teilen zu einem schmucken hippen Stadtteil entwickelt, in dem die angestammten Arbeiter und die kleinen Künstler sich die Miete nicht mehr leisten konnten. Gentrifizierung nannte man so was, und meistens waren die Armen die Dummen.

»Die beiden stehen da draußen nicht, um Sie zu observieren. Sonst hätten Sie nichts mitgekriegt. Ist Ihnen das klar?«

Meiers kniff die Augen zusammen. »Hab mir schon so was gedacht.«

»Okay. Genug geplaudert. Aus der Tatsache, dass man Sie noch nicht verhaftet hat, schließe ich, dass Sie entweder bereits einen Deal gemacht haben oder dass man nichts gefunden hat, das Sie belastet.«

Meiers schwieg.

»Die zwei da draußen sind vom Wirtschaftsdezernat. Die interessieren sich für faule Geschäfte, für Korruption, für Unterschlagung. Deswegen ist TimesMoney durchsucht worden. Das sind schon ganz anständige Dinger, fünf bis zehn Jahre sind da locker drin. Aber ich interessiere mich für etwas ganz anderes. Ich will wissen, wer Floyd Carpenter ermordet hat.«

Meiers' rechte Hand krallte sich in die Lehne des Ohrensessels, das schwarze Leder knirschte. »Was soll ich damit zu tun haben?«

»Genau deswegen bin ich hier. Das will ich herausfinden. Wenn Sie mich davon überzeugen können, dass Sie mit dem Mord an Floyd Carpenter nichts zu tun haben, dann kann ich dafür sorgen, dass Sie mit Ihren Betrügereien glimpflich davonkommen.«

»Dass ich nicht lache. Sie brechen hier ein! Überfallen mich. Ersticken mich fast. Damit sind Sie erledigt, wenn das irgendjemand mitkriegt. Dann gehen *Sie* in den Bau. Wie sollten Sie mir also helfen können? Und warum sollte ich Sie nicht anscheißen? Ein Bulle weniger. Eine gute Sache.« Meiers' Augen funkelten hasserfüllt.

»Sie sind ein cleveres Kerlchen. Also empfehle ich Ihnen, Ihr Gehirn einzuschalten. Sie sind ein Lockvogel, ein Köder. Und so wie das Spiel nun mal läuft, wird der Köder geschluckt, verdaut und in die Schüssel gedrückt. Wie fühlt man sich so als zukünftiger Scheißhaufen?«

Meiers zuckte nicht mit der Wimper. »Sie wollen mich

weichkochen, das ist alles. Ich glaube, dass Sie zu dem Spielchen dazugehören. Bad Guy, good Guy. Das zieht bei mir nicht. Am besten machen Sie sich vom Acker.«

Craig musste sich eingestehen, dass Meiers' Gedanke nicht ganz falsch war. In Edinburgh hatte er bei einem ähnlichen Einsatz den Bad Guy gespielt. Es hatte hervorragend geklappt.

»Sie haben recht, dass wir das manchmal als Taktik anwenden. Klappt nur bei Anfängern, Profis halten die Klappe. Aber diesmal ist es nicht so. Nach allem, was ich bisher weiß, hatten Sie kein Motiv, Carpenter zu ermorden. Mir geht es um Collins.«

»Fragen Sie Collins.«

»Das würde ich sehr gerne, Mr. Meiers. Aber leider ist uns Mr. Collins abhandengekommen. Vielleicht liegt er bereits mit nagelneuen überschweren Schuhen auf dem Grund des Ärmelkanals? Haben Sie von Collins' Unterschlagung etwas mitbekommen?«

»Für wie bescheuert halten Sie mich eigentlich? Ich weiß nicht, wie Sie es machen, aber irgendwo haben Sie ein Mikrofon versteckt, das so klein ist, dass ich es wahrscheinlich gar nicht finden würde, selbst wenn ich Sie mit der Lupe absuchen würde. Wahrscheinlich haben Sie das Ding im Arsch stecken.«

Craig musste schmunzeln. »Keine schlechte Idee. Ich werde den Vorschlag an die entsprechenden Stellen weitergeben.« Craig musste sich etwas überlegen. Meiers war extrem misstrauisch, was man ihm nicht verdenken konnte. »Wie kann ich Sie davon überzeugen, dass ich es ernst meine?«

Meiers lachte kurz und abgehackt. »Überhaupt nicht. So einfach ist das.«

»Wie Sie meinen, Mr. Meiers. Wenn es nicht im Guten geht,

muss ich wohl andere Mittel anwenden. Ich habe weder Zeit noch Lust, darauf zu warten, dass Sie mir glauben. Und zu verlieren habe ich auch nichts mehr.«

Wenn Meiers die Unterwelt und die Cops kannte, dann wusste er auch, dass Leute wie Craig kein Problem damit hatten, ihm die Nase zu brechen. Und wenn er wirklich glaubte, dass Craig ein Teil des Spiels war, dann würde er auspacken, denn die anderen Cops würden Craig natürlich decken.

Craig zerrte Meiers aus seinem Sessel hoch, der sofort wieder schwitzte, als hätte er gerade einen Tausend-Meter-Sprint hinter sich. Craig hielt ihm den Mund zu, dann angelte er mit der anderen Hand nach der Fernbedienung, schraubte die Lautstärke des Gerätes nach oben. Nicht so viel, dass sich Nachbarn belästigt fühlen konnten, aber genug, damit man Meiers nicht hören würde. »Ich frage Sie zum letzten Mal. Wussten Sie von Collins' Geschäften?«

Meiers gab nur ein paar erstickte Laute von sich, Craig interpretierte sie als Zeichen seines Bedürfnisses, mit ihm zu reden. Er nahm die Hand von seinem Mund. Er hechelte.

Craig konnte seine Angst riechen. Das Gute an Meiers war, dass er hinter seiner großen Klappe ein gotterbärmlicher Feigling war.

»Natürlich wusste ich davon.«

»Ein guter Anfang! Sie wussten davon, weil Sie die Bücher so frisiert haben, dass Carpenter lange Zeit kein Verdacht kam? Richtig?«

Craig ließ Meiers los, und er fiel in den Sessel.

»Wir haben uns einmal in der Woche getroffen, nicht in der Firma natürlich, sondern an einem neutralen Ort, und haben besprochen, welche Summen wir wie verstecken können.«

»Über welche Summen reden wir hier?«

Meiers schloss kurz die Augen. »TimesMoney macht ungefähr 3,2 Millionen Pfund Umsatz pro Jahr. Davon konnten wir im Schnitt fünf bis zehn Prozent abzweigen.«

Craig pfiff durch die Zähne. »Das sind über den Daumen zwanzigtausend Pfund pro Monat! Nicht schlecht. Wie viel haben Sie bekommen?«

»Es war nicht für mich. Ich muss das Pflegeheim für meine Mutter bezahlen.«

»Wie viel?«, hakte Craig nach.

Jeder Kriminelle fand irgendeine Begründung, warum er nicht schuld war an seinen Verbrechen. Craig hatte ja auch gute Gründe, warum er sich hier danebenbenahm und die Gesetze brach: Das böse System war schuld, und Craig war Braveheart, der die Menschen beschützen und die Schufte fangen musste. Er verbiss sich ein Schmunzeln. Das Eis, auf dem er sich bewegte, war extrem dünn.

»Dreitausendfünfhundert Pfund.« Er schluckte. »Monatlich.«

»Was kostet das Heim?«

»Es ist das ›Dove Tree House‹.«

Craig kannte die Einrichtung. Sie war spezialisiert auf Demenzkranke, musste privat bezahlt werden und war nicht eben preiswert. Zumindest ließ sich Meiers nicht lumpen.

»Ihre Mutter ist dement?«

»Seit zwölf Jahren.«

»Wie viel?«

»Dreitausendzweihundert Pfund. Monatlich. Als meine Ersparnisse aufgebraucht waren, hat Collins mich angesprochen, ob ich ihm einen Gefallen tun könnte. Das war vor etwas mehr als zwei Jahren. Den Rest können Sie sich denken.«

»Sehr komfortabel.«

Craig überschlug die Summen, die Collins abgegriffen hatte. Die Home-Concrete brachte ja auch einiges ein.

Meiers ließ den Kopf hängen. »Was passiert mit meiner Mutter, wenn ich ...«

»Sie wird in ein öffentliches Heim verlegt werden.«

»Aber da werden die Leute so schlecht behandelt ...«

»Ein Grund mehr, mit den Behörden zu kooperieren. Ich gebe Ihnen einen guten Rat: Wenn Sie mit halbwegs heiler Haut aus der Sache herauskommen möchten, dann kommen Sie morgen ins Headquarter und verlangen, mich zu sprechen, weil Sie als Zeuge im Mordfall Floyd Carpenter aussagen wollen. Dann kann ich etwas für Sie tun, dann kann ich dem Staatsanwalt sagen: Evan Meiers hat zwar Bücher manipuliert und sich damit bereichert, aber er wollte nur, dass es seiner Mutter gut geht. Er ist kein Mörder, und er hat sein Fehlverhalten eingesehen. Er wird mit uns vollumfänglich kooperieren. So wie ich das einschätze, wird Ihnen dadurch sogar die Untersuchungshaft erspart bleiben. Eine Garantie kann ich nicht darauf geben, aber alles andere wird Sie unweigerlich über kurz oder lang ins Gefängnis bringen, und so, wie es im Moment aussieht, eher ins Grab. Wenn Ihnen etwas an Ihrer Mutter liegt, dann werden Sie versuchen, das zu verhindern, damit Sie sich um sie kümmern können, wenn sie in ein öffentliches Heim verlegt wird. Sie können Sie dann jeden Tag besuchen, ihr gutes Essen bringen und ihr vorlesen. Andernfalls ...« Craig überließ es Meiers, sich auszumalen, welche Leiden seine Mutter würde erdulden müssen.

Meiers schwieg, er brauchte eine kleine Ermunterung.

»Die Entscheidung liegt bei Ihnen. Das Schicksal Ihrer Mutter liegt in Ihren Händen. Ich erwarte Sie bis morgen um zehn Uhr im Headquarter.«

Meiers war in dem riesigen Sessel zu einem Häufchen Elend zusammengesunken. »Und wenn ich doch ins Gefängnis muss?«

»Nutzen Sie die Möglichkeit, Mr. Meiers, als Kronzeuge auszusagen. Noch geht das.«

Meiers lachte freudlos. »Das ist pures Dynamit. Sie haben ja keine Ahnung, wer in dem Geschäft mitmischt.«

»Erhellen Sie mich.«

»Das geht bis ganz oben.«

»Ehrlich gesagt ist es mir vollkommen gleichgültig, wer darin verwickelt ist.«

Meiers nahm die Fernbedienung und drehte Stephen Fry, der gerade mit sichtlichem Vergnügen das Geschlechtsteil von männlichen Walen beschrieb, den Saft ab. »Sie werden Ihre Meinung bald ändern, glauben Sie mir.«

Das bezweifelte Craig. »Ich bin Schotte, Mr. Meiers, vergessen Sie das nicht.«

TAG 5

SONNTAG, 17. JULI

27

Craig hatte ein Airwave ohne Personenkennung mitgenommen und auf dem Nachttisch platziert. Es verstrich keine Minute, in der nicht eine Meldung einging. Langsam ging Craig die schwüle Hitze auf die Nerven. Und nicht nur ihm. Die Kollegen in Uniform hatten alle Hände voll zu tun. Reihenweise rissen den Leuten die Nerven: doppelt so viele Fälle von häuslicher Gewalt. Zählte man die Fälle hinzu, die nicht gemeldet wurden, waren es wahrscheinlich viermal so viele. Sechs Schlägereien und eine Welle von asozialem Verhalten, wobei das Pinkeln auf die Straße das geringste Vergehen war. Die Geduld der Kollegen wurde auf eine harte Probe gestellt, die nicht jeder bestand. Gerade war die Meldung reingekommen, dass drei Streifenbesatzungen eine Kneipenschlägerei derart gründlich beendet hatten, dass die Beteiligten, aber leider auch Unbeteiligte auf dem Weg ins Wonford Hospital waren. Wenn nicht bald ein Gewitter die Spannung aus der Luft wusch, konnte wer weiß was passieren. Und am Nachmittag stand das Lokalderby an: Auch wenn Exeter nur in der dritten Liga spielte – es würde ein heißer Sonntag werden, denn Hooligans hatten sich angekündigt.

Die Stunden flossen träge dahin, immer wieder nickte Craig ein und schreckte aus dem Schlaf hoch, entweder weil er seinen Albtraum träumte oder das Airwave Meldungen brachte. Zumindest war nichts dabei gewesen, das mit Meiers zu tun hatte. Weder war er verhaftet, noch ermordet worden, und er hatte auch nicht die Kollegen gerufen und ihn ans Messer geliefert.

Um fünf hielt es Craig nicht mehr aus. Er sprang aus dem Bett. Im Bad rupfte er den weißen Duschvorhang zur Seite, der am unteren Ende bereits schwarze Flecken hatte. Craig fragte sich, welche Bakterien sich dort angesiedelt hatten und welche Krankheiten man davon bekommen konnte. Der Bakterienrand hatte sich, seit er hier wohnte, immer weiter ausgebreitet. Selbst das Kochprogramm der Waschmaschine hatte ihm nichts anhaben können. Auf seiner Liste der zu erledigenden Dinge stand daher ein neuer Duschvorhang. Vielleicht kam er heute dazu. Er lachte kurz. Er stellte sich unter den rostigen Duschkopf und drehte den Kaltwasserhahn voll auf. Handwarm prasselte das Wasser auf ihn ein, das zumindest den Schweiß abspülte. Mit seinem einzigen großen Handtuch rubbelte er sich gründlich ab.

Im Kühlschrank fand er einen halben Liter Milch, dessen Mindesthaltbarkeitsdatum zwar abgelaufen, der aber noch genießbar war. Er leerte die Packung in einem Zug, sein Magen quittierte die eiskalte Milch mit einem flauen Gefühl, das sich fast zum Brechreiz steigerte. Auf dem Weg ins Headquarter prasselten die Meldungen im Sekundentakt herein, er schaltete das Airwave stumm. Ein Löschzug donnerte an ihm vorbei, und vier Streifenwagen.

Der Parkplatz des Headquarters war bereits zur Hälfte belegt, die Kollegen mussten Sonderschichten fahren.

Craig grüßte den Pförtner, der ihn wie immer ignorierte. Leighton war noch nicht im Dienst, Craig fuhr seinen Rechner hoch, loggte sich ein und studierte die Akten. Es war genau so, wie er es erwartet hatte.

Aktennotiz von Großkotz Kruger: »Schöne Grüße an McPherson. Keine Hinweise auf eine Verbindung zum Mordfall Floyd Carpenter.«

Aktennotiz von der Technik: »Tresor geöffnet, kein Inhalt.«

Leighton kam hereingeschlendert, Craig warf einen Blick auf die Uhr, dann einen auf Leighton. Sieben Uhr dreißig. Normaler Schichtbeginn. Ganz nach Vorschrift.

»Ich habe keine Überstundengenehmigung, Boss. Kann man nichts machen«, sagte Leighton und grinste frech.

Craig zog die oberste Schublade an seinem Schreibtisch auf, holte einen Stapel Blankobeweismittelformulare heraus, warf einen Quittungsblock daneben, hob den Budgetplan an, fischte einen vergilbten Zettel heraus und packte den anderen Kram wieder hinein. Die Schublade krachte zu. Craig trug auf dem vergilbten Zettel Leightons Namen, Rang und Dienstnummer ein und machte bei »unbegrenzt« und »Verrechnung als Zeitausgleich« ein Häkchen. Er unterschrieb den Zettel und hielt ihn Leighton vor die Nase. »Zufrieden?«

Leighton zuckte nur die Schultern.

»Wunderbar«, sagte Craig. »Dann hätten wir das schon mal geklärt.«

»Um acht ist Morgenbriefing«, sagte Leighton.

Craig schnippte mit den Fingern. »Ach ja, wie war es, die Mordkommission zu leiten? Gibt es was Neues?«,

»Erste Frage: Es war langweilig. Zweite Frage: Nicht, dass ich wüsste.«

Craig zeigte auf fünf Aktenordner. »Die nehmen Sie, ich trage die Verantwortung.«

Ein schwacher Witz, aber besser als Trübsal blasen.

Craig stiefelte los, Leighton raffte die Ordner zusammen. Vier Tage waren vergangen, seit Craig Floyd Carpenter im Exe gefunden hatte. Die Spuren waren kalt. Wenn es keinen unterirdischen Gang gab, der es den Bewohnern von Rosewood gestattete, das Anwesen unbeobachtet zu verlassen, waren die Carpenters und Torey endgültig raus aus dem Spiel. Die Überwachung war perfekt, und es gab nicht den geringsten Hinweis auf eine Manipulation. Ein goldener Hochsicherheitstrakt. Das zumindest behaupteten die Techniker der Spurensicherung.

Der Besprechungsraum war prallvoll, der Geruch der konkurrierenden Deos gepaart mit der feuchten Hitze verstopfte Craig die Nase. Alle hatten sich eingefunden, an den Mienen konnte Craig erkennen, dass es nicht voranging. Er stellte sich rechts neben die Metaplanwand, auf der bereits zwei Dutzend Kärtchen mit Namen prangten, die mit Linien verbunden waren und das Beziehungsgeflecht darstellten, das sich um Floyd Carpenter gewoben hatte. Craig brachte alle auf den neuesten Stand und beendete seinen Kurzvortrag mit der Dauertatsache, dass Collins verschwunden war. Er zeigte auf dessen Konterfei.

»Er hat sich in Luft aufgelöst. Vielleicht ist er das nächste Mordopfer, vielleicht ist es ihm gelungen, mit dem Geld von der Insel zu fliehen. Ein internationaler Haftbefehl ist bereits raus.«

Und wenn nicht bald Meiers auftaucht, dann löse ich mich auch besser in Luft auf, dachte Craig. Ob er bereits bei Keen gepetzt hatte und mit einer Armada an Anwälten anrückte, um ihm den Garaus zu machen?

Um neun Uhr beendete Craig die Besprechung mit den üblichen Durchhalte- und Motivationsfloskeln. Die Kollegen schwärmten wieder aus, bisher war nur ein Bruchteil der Spuren ausgewertet, es mussten noch Dutzende Menschen befragt werden, die mit Carpenter und Collins zu tun gehabt hatten.

Craig musste Dienstpläne schreiben, das Budget kontrollieren und sich weiter durch die Akten wühlen, auf der Suche nach dem Trüffel, dem wertvollen Hinweis, der ihn weiterbrachte. Und die Menschen dachten nicht daran, auf Craig und seine Leute Rücksicht zu nehmen. Sie starben nach wie vor, meist an natürlichen Ursachen, dennoch musste jeder Todesfall gründlich untersucht werden.

Leightons Aufgabe war die weitere Aufschlüsselung des Carpenter-Imperiums gewesen, bisher hatte er gerade mal an der Oberfläche gekratzt.

Craig und Leighton verzogen sich in ihr Büro, schlossen die Tür trotz der stickigen Luft und nahmen ihre Plätze an den gegenüberliegenden Schreibtischen ein. Craig hatte die Tische wieder so platziert, wie er es gewohnt war. Als Sichtschutz dienten die Computermonitore, vier an der Zahl, jeder hatte zwei.

Craig vertiefte sich in den Dienstplan und versuchte die Schichten so gerecht wie möglich zu verteilen. Heute erwarteten sie eine Hundertschaft aus Brighton zur Unterstützung bei der Bewachung der Fußballfans. Aus seiner Abteilung war niemand für den Einsatz eingeteilt worden.

Das größte Problem war die gerechte Verteilung der Arbeitszeiten. Die meisten seiner Leute wollten die Frühschicht, da hatte man nach der Arbeit noch was vom Tag.

Das gurgelnde Geräusch einer durchschnittenen Kehle riss Craig aus seinen Gedanken, ein kalter Schauer lief ihm über den Rücken. Er spitzte zwischen seinen Monitoren hindurch. Leighton hatte es sich bequem gemacht, die Beine hochgelegt und angewinkelt, er wippte mit dem Stuhl, ein Kissen polsterte sein Genick, und in seinem Mund steckte ein Strohhalm, der in eine Seven-Up-Flasche mündete. Leighton saugte, dann blies er in den Strohhalm. Es blubberte und gurgelte.

»Tyler!« Craig bemühte sich, seine Stimme entspannt klingen zu lassen. »Sie machen seltsame Geräusche.«

»Das sind ganz normale Geräusche, die entstehen, wenn man Luft durch eine enge Röhre in eine Flüssigkeit bläst, die in einem Gefäß mit sich verjüngendem …«

»Hören Sie einfach damit auf, Tyler, bitte.«

Leighton zog den Halm aus der Flasche und ließ ihn auf den Boden fallen.

Craigs Tischtelefon schrillte. Der Pförtner. Lass es Meiers sein, betete Craig stumm.

Es war Meiers, samt Anwalt. Craig wehrte sich gegen den Gedanken, es könnte doch einen Gott geben, irgendeinen, der ihm gewogen war, und sagte dem Pförtner, er würde die beiden abholen.

Leighton spitzte die Ohren.

»Ein Zeuge hat sich gemeldet. Ein gewisser Meiers.«

»Der arbeitet doch bei TimesMoney?«, fragte Leighton misstrauisch. »Was will der denn hier? Da ist doch die NCA dran? Phillips und Kruger. Was will er von Ihnen, McPherson?«

»Diese ausgezeichneten Fragen wird mir Mr. Meiers sicherlich beantworten, Mr. Leighton.« Craig steckte sich den kleinen digitalen Rekorder ein. »Sie dürfen gerne mitkommen, ich habe nichts zu verbergen.«

Sie gingen hinunter. Mit jedem Meter wurde die Hitze unerträglicher, denn im unteren Geschoss standen Unmengen Rechner und Monitore, die fröhlich die Luft zum Kochen brachten.

Craig begrüßte die beiden Männer.

Meiers vermied jeden Blickkontakt mit Craig. Der Anwalt stellte sich als Oran Gibson, Solicitor, vor, Craig hatte noch nicht das Vergnügen mit ihm gehabt. Gibson war einer von der Sorte »Ich habe Geld, und jeder soll es sehen«. Alles an dem Mann war teuer. Meiers hatte ihm wahrscheinlich seine letzten Ersparnisse in den Rachen geworfen, damit er ihn aus der Scheiße holte.

»Mr. Meiers hat sich mir anvertraut und möchte mit Ihnen

darüber sprechen, wie er Ihnen im Mordfall Carpenter helfen kann«, sagte Gibson.

Meiers hielt den Kopf gesenkt.

»Freut mich sehr, Mr. Gibson. Bitte folgen Sie mir.«

Hoffentlich verplapperte sich Meiers nicht, hoffentlich hatte Gibson ihm das eingebläut. Craig konnte Leightons Misstrauen spüren.

Craig dirigierte die beiden vorbei an Keens Büro in einen kleinen Raum im Westflügel des Headquarters, der einfach nur »Die Hölle« hieß. Das lag daran, dass er die Nummer 666 trug, und die 666 war das Symbol für Luzifer, der bekanntlich in der Hölle residierte. Niemand hatte den Raum haben wollen, also diente er üblicherweise als Abstellkammer, zurzeit war er frei, der Hausmeister hatte vor Kurzem ausgemistet und vier Stühle, einen kleinen grauen Tisch und nichts weiter sonst zurückgelassen. Der Raum versprühte den Charme einer Gefängniszelle. Genau das Richtige für Meiers.

Craig rasselte die Formalitäten herunter, jede Minute zählte. Meiers' Schatten würden nicht lange brauchen, um herauszufinden, dass Craig Kruger und Phillips nach Strich und Faden verarscht hatte. Zu gerne hätte Craig ihre Gesichter gesehen, als Meiers mit einem Anwalt ins Headquarter marschierte. Er schätzte, dass er zehn Minuten hatte, bevor ihn Keen an den Ohren in sein Büro schleifen würde, um ihm die Leviten zu lesen. An Leightons Miene konnte Craig erkennen, dass er bereits Lunte gerochen hatte. Craig schaltete den Rekorder ein.

»Mr. Meiers, ich bin erfreut, dass Sie den Weg hierher gefunden haben. Wir werden alles aufzeichnen, sind Sie damit einverstanden?«

Der Anwalt nickte, stellte keine weiteren Forderungen. Er musste Meiers klargemacht haben, dass seine beste Option im

Augenblick ein Detective war, der die Vorschriften nicht so eng auslegte und ihm einen guten Deal anbot.

Laut und deutlich sagte Meiers: »Ich bin mit der Aufzeichnung einverstanden und biete mich als Kronzeuge an.«

»Wunderbar, Mr. Meiers. Sobald wir hier fertig sind, werde ich den Staatsanwalt informieren, der Ihr Angebot prüfen wird.« Craig nickte Meiers zu.

Der wiederholte alles, was er Craig bereits gesagt hatte.

Leighton musterte Meiers. »Ja und?«, sagte er. »Ist das alles? Das wissen wir schon lange. Das ist keinen Deal wert.«

Craig musste sich beherrschen, um Leighton nicht zur Ordnung zu rufen, blitzte ihn aber mit zusammengekniffenen Augen an. Hoffentlich verstand er den Wink.

Leighton stupste Meiers. »Na los, da ist doch noch was, ich sehe es Ihnen an der Nasenspitze an. Raus damit, dann sind Sie erleichtert.«

»Erleichtert? Sie haben ja keine Ahnung. Ich hätte noch was, aber dafür will ich einen extrageilen Deal.«

»Ach ja?«, fragte Leighton. »Vielleicht einen Pool in der Zelle?«

Oran Gibson räusperte sich. »Meine Herren, Sie sollten Herrn Meiers wenigstens zuhören.«

Leighton warf die Hände in die Luft. »Oh, bitte. Wir sind gespannt.«

Meiers holte tief Luft. »Ich kann bezeugen, dass Donald O'Donnal Floyd Carpenter gedroht hat, ihn umzubringen.«

Leighton räusperte sich, was einem Gefühlsausbruch gleichkam. Craig rutschte auf seinem Stuhl nach hinten. Damit hatte er nicht gerechnet.

»Mr. Meiers, das ist eine schwere Anschuldigung. Ich nehme an, Sie haben etwas mehr als Ihr Wort zu bieten?« Craigs Herz schlug spürbar in seiner Brust.

Meiers drehte den Kopf zu seinem Anwalt, der mit seinem Dreihundert-Pfund-Füllfederhalter auf die abgewetzte Tischplatte klopfte.

»Wir geben das Beweisstück erst aus der Hand, wenn wir den Deal haben.«

»Damit kann ich leben, ich muss es nur einmal sehen.«

Der Anwalt platzierte seine Fünfhundert-Pfund-Lederaktentasche auf der Tischplatte neben seinen Füllfederhalter, öffnete sie, hielt inne, schaute Craig und Leighton intensiv an.

»Schon gut, Gibson. Plustern Sie sich nicht so auf, sparen Sie sich das für die Geschworenen«, bemerkte Leighton.

Leighton mochte die ganze Sache kaltlassen, Craig allerdings hatte das Gefühl, nackt in einem Ameisenhaufen zu stecken. Seine Haut kribbelte, von der Fußsohle bis zum Scheitel.

Der Anwalt nahm ein Tablet aus seiner Ledertasche heraus, fuhr es hoch, drückte ein paarmal darauf herum und hielt es Craig hin. Der erkannte O'Donnal trotz der mäßigen Bildqualität sofort. Er saß an einem monströsen Glasschreibtisch und drückte sich einen Telefonhörer ans Ohr. Es war tatsächlich so ein schwarzes Ding aus dem letzten Jahrtausend, das man auf eine Gabel legte, die Rufnummer gab man über eine Wählscheibe ein.

Es musste sich um die Aufzeichnung eines Handys handeln, Farbe, etwas verwackelt und stumm. Das Bild bewegte sich vor dem Schreibtisch hin und her.

»Was soll das?« Craig zeigte auf das Tablet. »Entweder ich bekomme was Handfestes zu hören, oder unser Gipfeltreffen ist beendet. Sie stehlen uns die Zeit.«

Der Anwalt grinste, wartete noch eine Sekunde, dann schaltete er den Ton ein. O'Donnals Stimme trompetete aus den eingebauten Lautsprechern des Tablets. »Carpenter ist ein verdammtes mieses Arschloch! Er hat mich im letzten Jahr fast eine Million Pfund gekostet. Warum ist er noch nicht lahmgelegt, erledigt, vernichtet? Warum kann er schalten und walten, wie er will? Was ist mit Buzzie?« O'Donnal schwieg, hörte zu. »Das ist mir scheißegal. Ich will den Kerl mausetot sehen. Und zwar bald. Und wenn du das nicht hinkriegst, dann such ich mir jemand anderen.« Schweigen. »Das ist deine letzte Chance! Du hast vier Wochen.« O'Donnal knallte den Hörer auf die Gabel. Die Aufzeichnung brach ab.

»Wo haben Sie das her?« Leighton schien wenig beeindruckt von den Aufnahmen.

Der Anwalt packte das Tablet wieder in seine Aktentasche, Meiers blickte verunsichert zwischen Craig und Leighton hin und her.

»Mr. Meiers hat es von Jason Collins.«

»Damit ist O'Donnal doch erledigt, oder?«, fragte Meiers. »Und dieser Buzzie, der ist doch bestimmt ein hohes Tier, oder? Da muss doch was gehen?«

Craig bemühte sich um Fassung. Niemand in diesem Raum, er selber ausgenommen, schien zu begreifen, um was es hier ging. Meiers hatte eine Ahnung, aber wenn er gewusst hätte, um wen es sich bei Buzzie handelte, hätte er höher gepokert. Dann hätte er nicht nur den Pool haben wollen, sondern noch einen Harem dazu. Und wenn Craig vor vielen Jahren nicht mit Cecilia Winters ins Bett gegangen wäre, hätte er es auch nicht gewusst. »Buzzie« war ein geheimer Spitzname und war niemand anderes als der Premierminister, und Cecilia inzwischen seine Staatsekretärin im Außenministerium.

Craig musste eine Entscheidung treffen. Meiers hatte verdammt recht. Diese Aufnahme war mehr als Dynamit. Wenn die Medien davon Wind bekamen, dass der Premier mit einem Mord in Verbindung gebracht wurde, würde ein Sturm losbrechen, der alles hinwegfegen konnte, das irgendwie mit dem Fall Floyd Carpenter zu tun hatte. Craig saß in der Falle, hatte sich ins Knie geschossen.

Er fing Leightons fragenden Blick auf. »Tyler, Sie bleiben hier und passen auf die beiden auf. Niemand verlässt den Raum. Ich werde den Staatsanwalt informieren.«

Bevor jemand protestieren konnte, war Craig schon zur Tür hinaus. Er lehnte sich an die Wand, atmete durch. Welche Möglichkeiten hatte er? Mit Sicherheit hatte der Anwalt eine Kopie der Aufnahmen. Mit Sicherheit würde Brewster alles aus Meiers rausholen – auch Craigs Überfall.

»Verdammter schottischer Torfsack!« Craig schlug den Hinterkopf gegen die Wand. Einmal, zweimal, dreimal. Das tat gut. Und half ihm, nachzudenken. Das Ergebnis: Er hatte nur eine Option.

Craig zückte sein Handy und betete, dass sich die Nummer nicht geändert hatte. Er kannte sie auswendig, es war die Sorte Telefonnummern, die man nirgends aufschrieb und hundertmal wählte, bis sie unauslöschlich im Langzeitgedächtnis verankert war. Er gab sie ein, zögerte, drückte die grüne Fläche.

Es dauerte einen Moment, dann meldete sich Cecilias Stimme. »Was immer du angestellt hast, es interessiert mich nicht. Du bist der größte …«

»Es geht um Buzzie«, warf Craig dazwischen.

»Wag es nicht, mich zu verarschen …«

»Es ist ernst. Sehr ernst. Ich bin bei den Mordermittlungen im Fall Floyd Carpenter über seinen Namen gestolpert. O'Donnal hat …«

»O'Donnal ist ein Angeber. Buzzie hat nie irgendetwas mit ihm gedealt.«

»Im besten Fall stimmt das. Aber es ist ein Video aufgetaucht, auf dem O'Donnal die Hilfe des Premiers anmahnt, um

Floyd Carpenter verschwinden zu lassen. Ich denke, das solltest du wissen, bevor es die Medien erfahren.«

Cecilia schwieg eine geschlagene Minute. »Ist das Filmchen in deinem Besitz?«

»Ein Anwalt hat es. Der sitzt bei mir im Vernehmungsraum.«

Cecilia blies Luft in den Hörer. »Bevor ich irgendetwas in die Wege leite, will ich wissen, wie tief du in der Scheiße sitzt. Es muss sehr tief sein, wenn du mich anrufst. Wegen Buzzie würdest du es nicht tun. Ihn in die Hölle zu schicken wäre dir ein Vergnügen, nicht wahr?«

»Nicht, wenn es dir Schwierigkeiten bereiten würde.«

Craig dachte an die Nacht, die er ebenso oft bereut hatte, wie er sich eine Wiederholung gewünscht hatte. Cecilia war ein wildes Tier gewesen, und sie hatte ihm Dinge gezeigt, von denen er nicht geahnt hatte, dass es sie gab. Aber sie hatte mehr gewollt, sie hatte ihn mit Haut und Haaren fressen wollen. Er hatte sie brüsk zurückgewiesen. Sein Glück, dass sie nicht rachsüchtig war. Er legte ein umfängliches Geständnis ab. Cecilia anzulügen wäre eine schlechte Idee gewesen.

»Du bist so was von einem Volltrottel. In alles musst du dich einmischen, ohne blutige Nase kannst du anscheinend nicht leben?« Sie zog die Nase hoch. »Was kannst du mir anbieten, wenn ich dich da rausboxe?«

»Ich habe dir schon was angeboten. Buzzies Kopf. Reicht das nicht?«

»Premierminister kommen und gehen.« Ihre Stimme senkte sich zu einem Schnurren. »Ich habe nichts vergessen, Craig. Du bist frei, du bist einsam, genau wie ich …« Sie ließ die Worte in einem leisen Seufzer auströpfeln.

Ja, verdammt, er war einsam. Es war eine Einsamkeit der übelsten Sorte. Und verdammt, Cecilia war alles, was sich

Craig von einer Frau wünschen konnte, bis auf eins: Sie würde ihn nicht mehr loslassen, sollte er auf ihr Angebot eingehen.

»Nein.« Craig legte so viel Kraft wie möglich in das kleine böse Wort. »Nein«, wiederholte er ebenso deutlich. »Keine schäbigen Wiederholungen. Ich habe dazugelernt.«

Cecilia ließ ihn zappeln, dann sagte sie: »Richtige Antwort.« Sie schnurrte nicht mehr. »Für einen Stricher würde ich nichts tun. Gib mir zehn Minuten. Wer ist dein Chief?«

»Arthur Keen.«

»Ah! Ich kenne ihn. Guter Mann. Vernünftig. Unabhängig. Ehrlich. Unbestechlich. Gute alte englische Eiche. Selten geworden. Wie kommst du mit ihm klar?«

»Er ist hart, hart und hart. Aber fair. Solange man nicht gegen seine Interessen arbeitet, denke ich.«

»Ab heute wird er dich hassen, und zwar richtig und für alle Zeiten, das muss dir klar sein.«

Das war Craig absolut klar. Und nicht nur das. Die gesamte Devon and Cornwall Police würde ihn dafür hassen, dass er ihren Chief getäuscht und übergangen hatte. Brewster würde auch nicht begeistert sein, dass Craig seine Ermittlungen gegen die Baubranche in Schutt und Asche legte, indem er Meiers ans Licht zerrte. Aber Buzzie und Cecilia waren mächtiger. Kurz und gut: Craig hatte sich ins Fegefeuer manövriert.

»Ich danke dir, Cecilia.«

»Mein Gott, Craig, du hast echt keine Ahnung.«

Sie legte auf, Craigs Magen konnte sich nicht entscheiden, in welche Richtung er sich überschlagen sollte.

Er zog sich in die Hölle zurück, es war besser, nicht als Zielschiebe auf dem Flur herumzustehen.

Leighton, Meiers und Gibson starrten ihn an.

»Wir müssen noch ein wenig Geduld haben.«

Leighton hob die Augenbrauen. Er wusste, dass ein Deal in

der Regel schnell vonstattenging, vor allem bei Mord. Er wusste auch, dass Craig normalerweise schon längst mit Blaulicht unterwegs gewesen wäre, um O'Donnal zu vernehmen.

Meiers tat, was er am besten konnte: Er schwitzte.

Oran Gibson hielt seine Aktentasche fest und starrte ins Leere. Anwälte waren Warten gewöhnt. Wahrscheinlich formulierte er bereits Einsprüche gegen alles und jeden.

Nach einer Ewigkeit von genau elf Minuten vibrierte Craigs Handy. Eine SMS von Cecilia. »Keen erwartet dich und deine Beute. Danke.«

Danke? Cecilia schien begriffen zu haben, dass Craig ihr und Buzzie einen großen Gefallen getan hatte. Jetzt waren sie quitt.

Craig schickte Keen eine SMS: »Wir sind in der Hölle.«

Es dauerte keine drei Minuten, bis die Tür aufgerissen wurde, der Chief mit hochrotem Kopf hereinstampfte und mit einem Fax wedelte. Im Kielwasser zog er Kruger und Phillips mit sich, die sich rechts und links der Tür postierten wie zwei Türsteher vor dem Cavern Club.

Leighton blieb eiskalt, zeigte keine Reaktion. Dieser Kerl war echt ein abgebrühter Hund. Bewundernswert. Oder wusste er etwas, das Craig nicht wusste?

Keen hielt Gibson das Fax vor die Nase. Der las, erbleichte, öffnete seine Aktentasche und reichte Keen das Tablet. Hinter Kruger und Phillips drängten Constables in den Raum.

Keen zeigte auf Meiers. »Mitnehmen. Vernehmungsraum 1.« Er deutete auf Gibson. »Mitnehmen. Vernehmungsraum 2.«

Gibson wurde noch blasser. Craig rechnete jeden Moment damit, dass der Anwalt protestieren würde, aber er enthielt sich jeglichen Kommentars. Was immer auf dem Fax stand, es hatte eine außerordentliche Wirkung entfaltet.

Die Constables führten Meiers und Gibson ab.

Keen drehte seinen Kopf wie das Kanonenrohr eines Panzers Craig zu. Ohne seinen Blick von ihm abzuwenden, flüsterte er: »Ich möchte mit diesem Herrn unter vier Augen reden.«

Nach vier Sekunden schloss sich die Tür zur Hölle, er war allein mit Keen. Craig meinte, Schwefelgeruch wahrzunehmen, der von seinem Boss ausging, aber das musste eine Halluzination sein. Der Chief roch normalerweise zehn Meter gegen den Wind nach Moschus. Er musste sich das Zeug literweise über den Kopf schütten.

Keen setzte sich. Starrte Craig an. Mahlte mit den Zähnen. Knetete seine Hände. »Der Innenminister hat mich angerufen.«

Craig musste sich anstrengen, Keen zu verstehen, so leise redete er.

»Er sprach von einer ›Affäre‹, die dank Ihres Einsatzes im Keim erstickt werden konnte. Er bedankte sich bei mir, dass ich so mutig gewesen sei, Ihre ungewöhnlichen Methoden zu tolerieren, bemerkte allerdings, das sei selbstverständlich eine Ausnahme und es würde sicher nie wieder vorkommen.« Keen rieb sich die Augäpfel. »Den Satz hat er zweimal wiederholt, Craig. Zweimal!« Keen setzte die Massage seiner Augäpfel fort und stöhnte dabei mehrfach. Mit einem Ruck riss er sich die Hände von den Augen. »Es gibt nichts Demütigenderes, als vom Innenminister auf diese Art gelobt zu werden. In der Regel kommt kurz danach die Suspendierung.« Craig holte Luft, wollte Keen beruhigen, ihm sagen, dass keine Gefahr für ihn bestand, aber der Chief hielt nur den Zeigefinger an die Lippen. »Das wird diesmal nicht passieren, ich weiß. Aber ich bin angeschossen. Der Innenminister weiß jetzt, dass ich meinen Laden nicht im Griff habe. Das wird sich rumsprechen.«

»Aber …«

»Schnauze, McPherson!« Keen erhob sich, beugte seinen

Fassbrustkorb drohend über Craig. »Er hat mir auch gesagt, dass ein gewisser DCI McPherson nicht unter *seinem* Schutz steht, er aber davon ausgeht, dass dieser gewisse DCI McPherson den Fall Floyd Carpenter ohne Getöse zu Ende bringen wird, nach allen Regeln der Kunst. Will heißen: Ab heute sind Sie nackt. Ab heute haben Sie einen Wachhund namens Leighton an der Seite, der nichts anders zu tun hat, als darauf zu achten, dass Sie die Vorschriften einhalten. Wenn Sie ihn gängeln, sind Sie tot. Wenn Sie etwas vor ihm verbergen, sind Sie tot. Sie werden nichts allein unternehmen, nicht einen Zeugen vernehmen, nichts, was mit dem Fall in irgendeiner Weise zu tun haben könnte, ohne dass Leighton auf Ihrem Schoß sitzt. Und wenn Sie auch nur einen Millimeter von dieser Linie abweichen, werde ich Sie fertigmachen. Ich werde Sie nicht einfach rausschmeißen. Ich werde Sie degradieren, ich werde Sie Scheiße fressen lassen, bis Sie von morgens bis abends kotzen.« Er setzte ein freundliches Lächeln auf. »War das deutlich?«

Craig nickte stumm.

»Prima. Kruger und Phillips werden abgezogen. Meiers wird Kronzeuge, Brewster schäumt. Sie *und* Leighton nehmen sich O'Donnal vor.«

Craig hob einen Zeigefinger, als Zeichen, dass er um die Erlaubnis bat, sprechen zu dürfen.

»Was?« Keen trat einen Schritt zurück, Craig konnte wieder normal atmen.

Craig erhob sich, zeigte auf die Tür. »Kann ich …?«

»Ja, verpissen Sie sich, McPherson. Mein Gott, womit habe ich das verdient?«

»Ich meinte, ich brauche einen Durchsuchungsbeschluss für O'Donnals Liegenschaften.«

Keen schloss die Augen. »Sie können von Glück sagen, dass der Innenminister keine Ahnung vom Polizeialltag hat. Ohne

Getöse wird es nicht abgehen. O'Donnal *wird* Krach schlagen.«

»O'Donnal hat allen Grund, leise wie ein Mäuschen zu sein«, wandte Craig ein.

»Vielleicht, McPherson. Beten Sie. Raus jetzt. An die Arbeit. Und vergessen Sie nicht, Leighton mitzunehmen. Am besten ketten Sie sich mit Handschellen an ihn.«

Craig rannte fast den Flur hinunter. Lohnte sich der ganze Aufwand überhaupt? Am Ende würden sie wahrscheinlich irgendeinen hirnlosen Junkie mit Diabetes einbuchten, der Carpenter ausrauben wollte, es aber aufgegeben hatte, als sein Opfer ins Wasser gestürzt war. Wahrscheinlich würden sie den armen Schlucker kassieren, wenn er Carpenters Handy verkaufen wollte. Oder er es einschaltete. Vielleicht hatte Carpenter sein Handy auch schlicht vorher fallen lassen und es war dabei zerstört worden? Manchmal waren Antworten einfach. Beunruhigend einfach.

War die Antwort auf die wichtigste Frage seines Lebens auch so einfach? »Was hast du in der Nacht vom 31. Dezember 2014 auf den 1. Januar gemacht?«, flüsterte er. »Was, verdammt noch mal! Was?«

TAG 6

MONTAG, 18. JULI

28

O'Donnals Firmenzentrale war das genaue Gegenteil der Carpenter-Residenz. Metall, Glas, Lack, alles glänzte in einem matten dunklen Blauton, der an einen Himmel erinnerte, kurz nach Sonnenuntergang, bevor die Nacht hereinbrach. Über dem Eingangsportal schwebte das Firmenlogo in mannsgroßen Lettern: Dodo-Group. Darunter, etwas kleiner: »The Everything-Builder – Das Bauunternehmen für alles«. O'Donnal litt nicht unter mangelndem Selbstvertrauen, das stand fest, ebenso wie Hargrave, der ja auch behauptete, alles bauen zu können.

Glastüren, doppelt so hoch wie ein Doppeldeckerbus, glitten geräuschlos zur Seite. Der Empfang dominierte die Eingangshalle, die mindestens zweihundert Quadratmeter maß. Er ähnelte Collins' Schreibtisch: viel Glas.

Entgegen Craigs Erwartung saß hinter der Glasfront nicht ein aufgedonnertes Model, sondern eine etwa fünfzigjährige Frau, die Craig an eine Gouvernante aus dem neunzehnten Jahrhundert erinnerte. Ihr Blick traf ihn wie ein Wurfmesser. Sie hatte unschwer erkannt, dass Craig Ärger brachte. Mächtigen Ärger. Er winkte zwei Constables heran, die hinter den Tresen traten und die Herrscherin des Empfangs daran hindern sollten, irgendjemanden zu warnen. Er hoffte, dass sie es nicht bereits getan hatte. Die meisten Firmen hatten an ihren Empfangstresen Panik-Schalter mit unterschiedlichen Adressaten. Manche riefen damit die Polizei um Hilfe, andere vertrauten nur ihrer eigenen Security.

Craig hielt ihr den Durchsuchungsbeschluss vor die Nase.

»Ich bin DCI Craig McPherson.« Er wedelte mit dem Zettel. »Und das hier ist ein Search-Warrant, ein richterlicher Beschluss, der es mir erlaubt, die Geschäftsräume der Dodo-Group zu durchsuchen. Sie dürfen ab sofort nichts mehr anfassen, ansonsten machen Sie sich strafbar. Wo finde ich den Hausherrn, Donald O'Donnal?«

Die Herrscherin des Empfangs presste ihre Lippen zusammen, griff zum Telefon, riss den Hörer herunter, versuchte eine Taste zu drücken, aber die Constables waren schneller. Also hatte sie noch niemanden gewarnt.

Craig seufzte. Manche Menschen mussten fühlen, wenn sie nicht hören wollten. »Bringen Sie die Dame zum Headquarter zur Feststellung Ihrer Personalien. Und schreiben Sie eine Anzeige wegen Behinderung.«

Die Constables griffen zu, die Dame begann zu kreischen, aber das half ihr nicht. Als sie um sich schlug und einen der Beamten im Gesicht erwischte, legten ihr die Constables Handschellen an und schleiften sie nach draußen. Noch ein Posten auf der Rechnung. Widerstand gegen die Staatsgewalt und Körperverletzung. Das würde teuer werden. Aber das Geschrei wirkte. Schwarze Sheriffs kamen angehechelt, wedelten mit Schlagstöcken und brüllten durcheinander. Vier Constables rückten vor, fingen die Sicherheitsleute ab und erklärten ihnen die Situation. Sofort kehrte Ruhe ein, die Leute waren Profis.

Zwei Constables blieben am Empfang, ein Dutzend schickte Craig in die anderen Büros, mit dem Rest seiner Mannschaft stieg er in den Aufzug. Üblicherweise thronten die Bosse im obersten Geschoss. Craig drückte auf elf. Die Türen schlossen sich, und wie immer in Aufzügen breitete sich Schweigen aus. Jeder versuchte, irgendwo hinzugucken, wo nicht gerade ein anderer hinguckte. Craig musterte seine Schuhe. Leichte Slipper aus braunem Wildleder. Darüber eine helle Leinenhose, die hervorragend zu dem taubengrauen Jackett passte. Es gab Tage, an denen achtete er besonders auf sein Äußeres. Heute war so ein Tag.

Ein leises »Ping« erlöste Craig und seine Leute. Die Türen glitten zur Seite, und fast allen entfuhr ein erstaunter Ausruf. Sie standen mitten in O'Donnals Büro, dessen Wände fast komplett verglast waren. Der Ausblick war grandios, Craig sah die adretten Häuser von Topsham und am Horizont Exmouth, Luftlinie um die zehn Kilometer. War die Luft klar, konnte man sicherlich sogar das Meer sehen. Der Raum war perfekt temperiert. Nicht zu warm, nicht zu kalt. Leise klassische Musik lief im Hintergrund. Hier ließ es sich leben und arbeiten.

Doch O'Donnal saß nicht an seinem Schreibtisch. Er drehte sich einmal um die eigene Achse. Rechts und links des Aufzugs luden zwei Türen ein, nachzusehen, was sich hinter ihnen befand. Craig musste nichts sagen, je zwei Constables rückten vor und drangen ein. Aus der rechten Tür konnten alle einen saftigen Fluch hören. O'Donnals Stimme.

»Kann man hier nicht mal in Ruhe scheißen? Und was zum Teufel wollt ihr denn hier? Das ist ja wie 1939 in Polen! Was fällt euch ein?«

Mit solch markigen Sprüchen empfahl sich O'Donnal zweifellos als Politiker, aber Craig hatte weder Lust auf Geplänkel noch auf Streit. Er pfiff die Constables zurück, die geistesgegenwärtig die Tür einen Spalt offen ließen, sodass O'Donnal Craig hören konnte.

»Mr. O'Donnal, ich habe einen Durchsuchungsbeschluss für Ihre Geschäftsräume. Sie haben das Recht, einen Anwalt hinzuzuziehen.« Er leierte den Rest der Belehrung runter.

Die Spülung ging, dann sprudelte der Wasserhahn gut hörbar, wenig später schob O'Donnal die Tür auf. Aus der Toilette drang ein fauliger Geruch in Craigs Nase. Was um Gottes willen hatte O'Donnal gegessen? Haggis?

Der Bauunternehmer platzierte sich in all seiner Körperfülle vor Craig und plusterte sich zusätzlich auf wie ein Spatz im Winter. »Sie sind jetzt wohl komplett durchgeknallt? Haben Sie eine Ahnung, was Sie damit anrichten? Sie legen meine Firma lahm! Das kostet jeden Tag 250 000 Pfund. Wer zahlt das?« Er schaute sich um. »Und wo, verdammt, sind meine Leute? Wo ist Mrs. Zoran?«

»Keine Sorge. Ihre Leute haben sich mächtig in die Brust geworfen, und weil das so anstrengend ist, haben wir sie in die Pause geschickt. Und Mrs. Zoran hat die Heldin gespielt. Sie ist im Headquarter. Widerstand gegen die Staatsgewalt, Körperverletzung, Behinderung von Ermittlungen.«

O'Donnal lächelte. »Die gute Mrs. Zoran. Ich werde ihr Gehalt erhöhen und übernehme alle Anwaltskosten.«

»Wunderbar«, sagte Craig. »Kommen wir zur Sache.« Craig zog sein Handy aus der Jacketttasche, rief den kleinen Film auf, den Keen von Gibson beschlagnahmt und ihm gesendet hatte, und führte ihn O'Donnal vor.

Die Luft entwich aus dem Unternehmer, als hätte man ihm das Ventil herausgedreht. Es dauerte geschlagene zehn Sekunden, bis er begriff.

»Diese verdammte Schlange Collins ...« Er biss sich auf die Lippen. »Er war bei dem Gespräch dabei, ist wie ein Tiger vor meinem Schreibtisch auf und ab gelaufen!« O'Donnal knabberte an seinem Daumen. »Eigentlich haben Sie mir einen Gefallen getan, McPherson. Jetzt weiß ich endlich, warum Carpenter mir immer einen Schritt voraus war.«

»Collins war Doppelagent.«

»Verfluchte Scheiße, ja.« O'Donnal atmete dreimal tief ein

und aus. »Hören Sie, McPherson. Ich habe mit dem Mord an Floyd nichts zu tun.«

»Das klingt auf dem Video aber ganz anders.«

O'Donnal schaute nach rechts und links. »Können wir unter vier Augen reden?«

Craig traute dem Kerl nicht für zwei Pence. Der würde alles machen, um seinen Hals aus der Schlinge zu ziehen. Aber würde er wirklich einen Mord in Auftrag geben? Klar, Carpenter hatte ihn ausgebootet, ihm ständig Ärger bereitet. Dass er O'Donnal auf so simple Art ausspioniert hatte, das wusste der Bauunternehmer erst seit gerade eben, sonst hätte er Collins schon längst rausgeschmissen. Aber Carpenter hatte ihn nicht ruiniert. O'Donnal hatte auch so genügend Aufträge, seine Firma florierte und expandierte ebenfalls. Carpenter und O'Donnal waren Konkurrenten, keine Todfeinde, davon ging Craig aus. O'Donnal hatte Dreck am Stecken, aber war er Mitglied eines Mordkomplotts? Wenn nicht, hatte Craig die Chance, einiges zu erfahren, mit dem O'Donnal niemals freiwillig rausgerückt wäre. Sobald ein Anwalt mit im Spiel war, würden sie O'Donnal laufen lassen müssen. Das Video allein reichte nicht für einen Haftbefehl, zumal O'Donnal ein wasserdichtes Alibi hatte und Buzzie mit drinhing. Craig zog O'Donnal außer Hörweite seiner Leute, die fleißig Ordner durchwühlten und sich an dessen Rechner zu schaffen machten.

»Ich gebe Ihnen fünf Minuten. Überzeugen Sie mich.«

O'Donnal nickte eifrig. »Sie wissen, wer Buzzie ist?«

Craig nickte.

»Nur Freunde und Vertraute kennen den Spitznamen.«

»Ja, O'Donnal, ich sagte bereits, dass ich das weiß. Sie vergeuden Ihre Zeit.«

»Das ganze Scheißtelefonat war nichts als Dampf ablassen.

Am anderen Ende der Leitung war Robert Kinsley, mein Mann für die PR. Mit ›tot‹ meinte ich medial tot. Wir waren an einer heißen Sache dran, die hätte Carpenter zumindest ein paar Kratzer verpasst und vielleicht, mit etwas Glück, auch den *medialen* Exitus. Dann wäre endlich klar geworden, dass die Lichtgestalt Carpenter auch ihre Schattenseiten hat.«

»Und die wären?«

»Zum einen hatte er mit Sicherheit mindestens eine Geliebte. Zum anderen hatte Kinsley Collins fast so weit, die Seiten endgültig zu wechseln. Das hat Kinsley zumindest behauptet. Jetzt weiß ich, das Collins ihn ausgetrickst hat, damit ich ihn nicht verdächtige, krumme Sachen zu machen und sowohl mich als auch Carpenter zu verarschen.«

»Warum haben Sie sich nicht persönlich um Collins gekümmert?«

O'Donnal verdrehte die Augen. »Die Drecksarbeit überlasse ich anderen. PR-Leute gibt es wie Sand am Meer. Kinsleys Kopf wäre gerollt, nicht meiner.«

»Namen?«

»Margie Stanton.«

Craig kannte Margie. Man nannte sie auch die »Eiserne Lady«, weil sie angeblich Muskeln hatte wie ein Mann.

»Carpenter hatte eine Hure als Geliebte?«

»So sieht es aus. Wir haben Bilder.«

»Die will ich haben. Sofort.«

O'Donnal zückte sein Samsung Edge. »Darf ich?«

Craig nickte.

O'Donnal wählte eine Nummer, befahl, den Ordner mit der Aufschrift »Akte X« zu ihm zu bringen, und zwar hopphopp. Er packte das Smartphone wieder ein.

Craig hielt die Hand auf. O'Donnal hob die Augenbrauen, seine Miene verfinsterte sich, er griff in die Tasche und reichte

Craig das Telefon, der es in einen Beweisbeutel plumpsen ließ.

»Ich hoffe, Sie gehen diskret damit um.«

»Ich verspreche Ihnen, alles vertraulich zu behandeln, solange es in keinem Zusammenhang mit einem Verbrechen steht.«

O'Donnal schien nicht überzeugt, sagte aber: »Ich werde Sie beim Wort nehmen.«

»Das können Sie gerne.« Craig konzentrierte sich auf die Fakten. »Okay, Sie haben Carpenter ebenfalls ausspioniert. Sie waren durch Collins über Carpenters Tarnfirmen informiert?«

»Tarnfirmen? Nein, darüber hat Collins nie geredet. Es gab zwar Gerüchte, aber nichts Handfestes. Das wäre ein Fest gewesen!« Er kratzte sich im Schritt. »Ich muss Kinsley feuern, der hat ja wohl total versagt. Was für Tarnfirmen?«

»Ihre Zeit läuft ab.«

O'Donnal hob die Hände. »Okay, okay. Es gibt noch eine zweite Frau, mit der er was gehabt haben soll. Angeblich hat er sie geschwängert.«

»Name? Herrgott noch mal, lassen Sie sich nicht jeden Wurm einzeln aus der Nase ziehen.«

»Keine Ahnung.«

»Na toll. Ist wenigstens Kinsley hier im Haus?«

»Wo denken Sie hin, Mann. Er hat sein Büro in Sidmouth.«

Craig winkte Leighton heran. »Sie fahren mit vier Männern zu Robert Kinsley nach Sidmouth, er ist der PR-Mann von Mr. O'Donnal. Sie befragen ihn zu dem Video und sehen sich ein wenig um. Gefahr im Verzug.«

Leighton zögerte.

»Ich laufe schon nicht weg. Sie kommen sofort wieder hierher.«

»Das ist …«

»Ich habe niemanden sonst, dem ich das anvertrauen könnte. Und beeilen Sie sich.«

Selten war Craig eine Lüge so leicht über die Lippen gegangen. Es wirkte. Leighton zog ab.

O'Donnal feixte. »Sie haben einen Wachhund?«

Craig ignorierte die Bemerkung. »War das alles?«

Eine junge Frau kam herein, eine von der Sorte, die Craig in diesem Glaspalast vermutet hätte: eine rothaarige Ausgabe von Beth Carpenter. O'Donnal gab ihr einen Wink, sie überreichte Craig einen natronbraunen Umschlag.

»Bevor ich es vergesse«, sagte O'Donnal. »Sie werden meine gute Mrs. Zoran doch bald wieder freilassen? Ich verstehe ja, dass Sie ihr einen Denkzettel verpassen wollen. Ist auch gut so, denn sie hatte strikte Anweisung, vorbehaltlos mit den Behörden zusammenzuarbeiten. Aber sie ist wirklich eine gute Seele.«

»Wir werden sie erkennungsdienstlich behandeln, dann darf sie wieder gehen. Alles andere entscheiden Staatsanwalt und Richter.«

O'Donnal schien zufrieden. Er würde die besten Anwälte aufbieten, und außer einem gehörigen Schrecken würde Mrs. Zoran keine weitere Unbill zu befürchten haben.

Craig zog die Bilder aus dem Umschlag. Carpenter und die Eiserne Lady in inniger Umarmung. Er ging die Fotos durch, hielt sie O'Donnal hin. »Ist das alles?«

»Na ja, ich sagte ja, das reicht noch nicht ganz.«

»Nicht ganz ist gut. Ich habe mit satten Pornos gerechnet, das hier ist alles Kinderkram. Das sind freundschaftliche Hugs. Die zwei mögen sich, nicht mehr, das sieht doch ein Blinder, mehr gibt das nicht her. Sie sollten Kinsley in der Tat feuern.« Craig war ernsthaft enttäuscht, wühlte weiter in dem Umschlag. Er schüttelte nur den Kopf. Was für Amateure! »Sonst irgendetwas?«

O'Donnal kratzte sich am Kopf. »Bedauerlicherweise konnten wir keine Hinweise finden, die Carpenter mit Korruption in Verbindung bringen könnten.«

Da war Craig schon einige Schritte weiter, aber das würde er O'Donnal nicht auf die Nase binden. Er überzeugte sich, dass niemand mithören konnte. »Was hat Buzzie mit der ganzen Sache zu schaffen?«

»Seit Monaten liegt ein Gesetz auf Eis, das Ausschreibungen öffentlicher Bauvorhaben verschärfen soll. Mir käme das gelegen, Buzzie schiebt die Entscheidung immer wieder auf. Das ist alles. Es gibt keine Verschwörung, glauben Sie mir. Buzzie ist so was von korrekt, ein Wunder, dass er überhaupt Premierminister geworden ist.«

Craig enthielt sich eines Kommentars, dank Cecilia wusste er es besser. Er konzentrierte sich auf die Fakten. Wenn Floyd Carpenter eine Geliebte gehabt hatte, rutschte Beth Carpenter wieder auf Platz eins der Verdächtigenliste. Sie hatte das Notizbuch ihres Mannes vernichtet, weil sie darin auf eine Konkurrentin gestoßen war. Vielleicht hatte sie ihren Hausverwalter angestiftet? Nein, zu riskant. Sie hätte sich nicht erpressbar gemacht. Beth Carpenter war kontrolliert und intelligent. Sie hätte sich anonym einen Killer gekauft. Am besten ging das im Darknet. Dort gab es Drogen aller Art zu kaufen, Waffen, selbst Panzer. Es war nur eine Frage des Geldes und einer Empfehlung. Ohne Einladung kam man nicht an die heißen Sachen ran. Wen konnte Beth Carpenter kennen, der die entsprechenden Verbindungen hatte?

»Okay, Mr. O'Donnal. Wir machen es so: Meine Leute durchsuchen alles, aber wir blockieren nicht Ihre Abläufe. Die Rechner bleiben hier, die Akten bleiben hier, Sie bleiben hier, gut beschützt von der Polizei. Stimmen Ihre Angaben, sind Sie vorläufig raus aus dem Spiel. Alles andere ist nicht meine Sache.«

Die Erleichterung stand O'Donnal ins Gesicht geschrieben. Er reichte Craig die Hand. »Sie haben was bei mir gut.«

»Darauf kann ich verzichten.« Craig ließ den verdutzten O'Donnal einfach stehen und gab seinen Leuten Anweisungen.

Dann rief er Keen an, der nichts weiter zu sagen hatte als: »Okay, McPherson.« Er klang wie ein Totengräber.

Keen hasste ihn wirklich. Aber das war es wert. Der Kreis begann sich zu schließen. Floyd Carpenter hatte mindestens eine Geliebte gehabt. Sobald Leighton zurück war, würden sie Beth Carpenter auf den Zahn fühlen.

29

Sie standen an der Toreinfahrt zum Anwesen der Carpenters und warteten. Sie hatten mehrmals geläutet, aber nichts hatte sich getan.

»Das ist eine ›Red Flame‹«, sagte Leighton, steckte seine Nase noch mal in die pralle rote Blüte und schnüffelte wie ein Trüffelschwein. »Eine Kletterrose, die lange und häufig blüht. Eine ideale Fassadenveredlung.«

»Verdammt, Tyler, woher wissen Sie so was?« Craig war froh, eine Rose von einer Tulpe unterscheiden zu können. Aber Leighton wusste nicht alles. »Und welche Biene hat sie bestäubt, Sherlock?«

»Gar keine. Es waren Menschen.«

»Das ist ja mal was Neues. Sex mit Pflanzen!« Leighton wollte ihm wohl einen Bären aufbinden.

»Aber ja. Sonst könnte es vorkommen, dass die Rosen falsch bestäubt werden. Sehen Sie, Craig, Bienen treiben sich in jeder Blüte herum, die lecker aussieht. Da könnte es zu Verunreinigungen kommen.«

»Ich wusste nicht, dass Rosenzüchter Rassisten sind.«

»Craig, ich bitte Sie …«

»Schon gut. Was haben Sie bei Kinsley erreicht?«

»So wie es aussieht, hat O'Donnal die Wahrheit gesagt. Es gibt keinen Hinweis auf ein Mordkomplott gegen Carpenter, das O'Donnal inszeniert haben könnte. Was nicht bedeutet, dass es keins gegeben hat. Nur die Wahrscheinlichkeit ist sehr gering.«

Craig brannte noch eine Frage auf der Zunge. »Das mit dem Bestäuben müssen Sie mir erklären. Ziehen die Bestäuber Bienenkostüme an?«

Leighton wurde einer Antwort entbunden, das Tor schwang auf, Leighton rannte fast.

Torey erwartete sie an der Haustür. Craig stellte Leighton vor, Torey führte sie in den Salon. Erfreut bemerkte Craig, dass Leighton fast die Augen aus dem Kopf fielen. Wahrscheinlich konnte er von jedem Kunstwerk den Künstler, das Entstehungsjahr, den Titel und den Wert runterbeten.

Torey bat um einen Moment Geduld und fragte, ob er den Detectives einen Tee oder eine kalte Erfrischung servieren dürfe. Sie entschieden sich für ein Kaltgetränk, denn die Sonne hatte entschieden, Exeter weiter zu grillen. Craig war es ein Rätsel, warum Torey in seiner schwarzen Livree nicht augenblicklich einen Hitzschlag erlitt. Der Mann schwitzte noch nicht einmal. Selbst dem ansonsten unterkühlten Leighton standen Schweißperlen auf der Stirn. Craig befürchtete, dass die Hälfte seiner Männer als ausgetrocknete Mumien enden würde, wenn das so weiterging und nicht bald ein Gewitter die ersehnte Abkühlung brachte.

Beth Carpenter schwebte in den Salon. Wieder ganz in Schwarz. Craig erhob sich, Leighton ebenfalls, der einen Schritt auf Beth Carpenter zu machte und dabei stolperte. Er fing sich, stotterte eine Entschuldigung und hauchte der schönen Witwe einen Kuss auf die dargebotene Hand.

»Ich wusste nicht, dass es bei der Polizei Gentlemen gibt«, sagte sie mit steinerner Miene und blickte Craig in die Augen.

Craig drängte Leighton zur Seite, nahm Beth Carpenters Hand und hielt sie fest. »Ich wusste nicht, dass Ihr Gatte eine Geliebte hatte.«

Mit einem Ruck entzog Beth Carpenter Craig ihre Hand.

»Immer wenn Sie in mein Haus kommen, bringen Sie Unglück. Befriedigt Sie das?«

Craig verschränkte die Arme über der Brust. Ihm ging die Überheblichkeit dieser Frau langsam auf die Nerven. »Warum haben Sie gelogen? Sie wussten genau, dass Floyd eine Geliebte hatte. Dass er auf seinen Herrenabenden die Dienste von Prostituierten in Anspruch nahm.« Craig bemühte sich um nicht allzu direkte Formulierungen. »Er hat seine Abenteuer in seinem Notizbuch festgehalten, das Sie zunächst gründlich studiert und dann noch gründlicher vernichtet haben.«

Torey kam mit einem Tablett herein, stellte es ab, schenkte ein, verbeugte sich und verließ den Salon.

»Es war mir egal.«

Craig lachte. »Natürlich. Floyd vögelt in der Gegend rum, und Sie sitzen brav zu Hause und hüten die Kinder.«

Warum leugnete sie nicht, von den Geliebten ihres Gatten gewusst zu haben? Craig hätte ihr nichts nachweisen können.

»Wir hatten eine Abmachung ...«

»Jetzt kommen Sie mir doch nicht damit. Er durfte rumvögeln – und was durften Sie? Bis elf Uhr aufbleiben und *Downton Abbey* gucken? Seine Brut aufziehen? Sein Geld ausgeben?«

Wie kaltschnäuzig war diese Frau wirklich? Hatte sie die Betrügereien ihres Mannes einfach so weggesteckt?

»Männer sind anders. Schauen Sie sich Ihren Kollegen an. Er wird heute Nacht an mich denken, wenn er masturbiert.«

Leighton ließ sich nicht aus der Ruhe bringen. »Ich mache es nur mit Tieren, Mrs. Carpenter.«

Sie zog verächtlich einen Mundwinkel nach oben. Immerhin eine Reaktion. Leighton gefiel Craig immer besser.

»Hatten Sie auch einen Geliebten? War das Ihre Abmachung? Jeder vögelt rum, mit wem er will?« Craig musste Beth Carpenter aus der Reserve locken.

»Er war der beste Vater, den eine Mutter sich wünschen kann.«

»Ein Vater, der sich lieber mit einer Hure im Bett vergnügt als mit seiner wunderschönen Frau?«

»Ich wusste nicht, dass er eine Prostituierte besuchte bei seinen Herrenabenden. Sollte er es getan haben, bin ich sicher, dass er sie gut behandelt und großzügig bezahlt hat.«

»Welche Namen standen in dem Notizbuch?«

»Keine Ahnung.«

»Aber Sie sagten doch gerade, Sie hätten es gewusst und eine Abmachung getroffen.«

»Das habe ich nicht gesagt, das haben Sie so interpretiert. Ich habe gesagt, es war mir egal – wenn er es getan hätte. Die Abmachung war sehr einfach. Wir haben nicht über dieses Thema gesprochen. Und daran habe ich mich gehalten. Ich habe das Notizbuch nicht gelesen.«

Touché. Craig war voreilig gewesen. Beth Carpenters Fassade war undurchdringlich. Er musste Beweise finden oder zumindest Indizien.

»Besitzen Sie einen Computer mit Internetanschluss?«

»Was glauben Sie denn?«

»Ich möchte ihn sehen.«

»Haben Sie …«

»Ich brauche keinen. Gefahr im Verzug. Sie könnten Beweismittel vernichten. Denken Sie an das Notizbuch …«

»Ich habe das Notizbuch nicht …« Sie brach ab.

Was hatte sie sagen wollen? Nicht vernichtet? Für einen winzigen Moment schien die Fassade zu wanken, aber dann stand sie wieder festgefügt und undurchdringlich.

»Folgen Sie mir.«

Beth Carpenter führte sie in ein Zimmer, das komplett im Barockstil eingerichtet war. Der Raum war, wie auch der Salon, mindestens vier Meter hoch, entsprechend waren die Fenster. In einem halbrunden Erker stand ein zierlicher Schreibtisch.

»Louis-quatorze«, flüsterte Leighton. »Wenn er echt ist, kann ich über den Preis nur spekulieren.«

Beth Carpenter zog eine Schublade auf, klappte ein Zen-Book auf, ultraflach, modernste Technik.

Craig drängte sie zur Seite, sie ließ es ohne Widerstand geschehen. »Darum kümmern sich unsere Fachleute.« Craig zog Handschuhe an, klappte den Rechner wieder zu, trennte ihn vom Netz, den Akku konnte er nicht entnehmen, der war fest eingebaut. Er ließ den Rechner in den speziellen Beweisbeutel gleiten, den Leighton ihm hinhielt.

Beth runzelte die Stirn.

Leighton erklärte: »Sie könnten ein Programm installiert haben, das bei der Eingabe eines bestimmten Passwortes oder dem Drücken einer speziellen Taste alle Daten zerstört.«

»Das ist eine gute Idee. Das werde ich mir merken. Sicherlich gibt es auch noch andere Methoden?«

Craig verschloss den Beutel. Die gab es in der Tat. Löschen der Daten mittels Spracherkennung. Der Rechner befand sich im Standby-Modus, der Besitzer musste nur ein unauffälliges Schlüsselwort sagen, und schon wurden die Daten digital geschreddert. Der Beutel verhinderte die Spracherkennung.

»Und jetzt? Verhaften Sie mich?«

»Nein. Ihr Anwalt würde Sie in zehn Minuten wieder rausholen. Im Moment besteht nur ein Anfangsverdacht. Ich gebe offen zu, dass wir noch keinerlei Beweise haben. Die Tatsache, dass Sie das Notizbuch vernichtet und mich belogen haben ...«

»Ich habe nicht gelogen!« Beth Carpenters Stimme schnitt durch die Luft.

»Wir werden sehen«, sagte Craig, fischte sein Handy aus der Tasche und forderte eine Streife an, die auf Beth Carpenter aufpassen sollte. Wenn sie auf dem Rechner nichts fanden und auch nicht beim Provider der Carpenters, sah es düster aus. Dann konnte es sein, dass Beth Carpenter einen perfekten Mord begangen hatte.

30

Mit dem Rechner unterm Arm und Leighton an der Seite passierte Craig den Pförtner, der ihn, wie immer, nicht beachtete. Vom Auto aus hatte Craig bereits Williams, einen der besten Techniker der Devon and Cornwall Police, in sein Büro bestellen lassen, der den Rechner unter die Lupe nehmen sollte.

Craig blieb überrascht an der Tür zu seinem Büro stehen. Sie stand offen. Ein schlaksiger junger Mann saß an seinem Schreibtisch, hatte seine knallroten Reebok-Sneaker auf Craigs Akten platziert und kaute auf einem Sandwich herum, von dem eine undefinierbare uringelbe Flüssigkeit heruntertropfte und Craigs Lederaktentasche bedrohte.

»Wenn auch nur ein Tropfen meine Aktentasche zu einem wertlosen Stück Leder degradieren sollte, sind Sie tot«, sagte Craig auf seine besonders freundliche Art.

Der junge Mann blieb gelassen. Er warf einen Blick auf die Tasche, dann auf sein Sandwich. Mit der rechten Hand fing er die Sauce ab, bevor sie Unheil anrichten konnte. Er nahm die Füße vom Schreibtisch, packte die Reste seines Sandwiches in den Mülleimer, wischte sich die Hände an der Hose ab. »Sind Sie DCI McPherson?«

»Hört man das nicht?«

»Dass Sie Schotte sind, klar. Aber ich wusste nicht, dass es einen Akzent gibt, der Sie als DCI identifiziert. Wir hatten noch nicht das Vergnügen.«

»Von Vergnügen kann keine Rede sein. Wer zum Teufel sind *Sie?*«

»Ach so, ja, ich vergaß. DI Mohammed Jamili. Meine Freunde nennen mich einfach nur ›Der Prophet‹. Ich bin der IT-Spezialist. Sie haben mich angefordert.«

»Ich habe Williams angefordert. Wo steckt er?«

»Der liegt im OP. Herzinfarkt. Vor einer halben Stunde ist er umgekippt. Drücken Sie die Daumen. Sieht nicht gut aus. Seine Pumpe ist vollkommen zugerotzt.«

Das passte zu Williams. Er war drei Zentner schwer, rauchte wie ein Schlot, aß nur echt fettige Sachen und soff in seiner Freizeit jeden unter den Tisch, der es wagte, ihn herauszufordern. Selbst Craig hätte es nicht mit ihm aufgenommen, auch nicht in seinen besten Zeiten als Schluckspecht. Für Williams hatte der Chief eine Extra-Tür von seinem Labor nach draußen einbauen lassen, damit er jederzeit eine qualmen gehen konnte. Keens Rücksicht rächte sich jetzt.

»Keine Panik, McPherson. Er hat mir alles beigebracht. Worum geht es denn?«

Craig hielt den Rechner etwas fester. Sollte er einem Grünschnabel, der mit Essen herumspielte wie ein schlecht erzogenes Kind, das wichtigste Beweisstück anvertrauen, das er in diesem vertrackten Mordfall zurzeit aufzubieten hatte?

Jamili deutete auf das ZenBook. »Wenn Sie noch ein bisschen fester drücken, ist es hin. Entspannen Sie sich. Sie wollen, dass ich das Ding knacke, ohne dass irgendein hinterhältiges Datenvernichtungsprogramm anläuft. Kein Thema. Das ist Pipikram.« Er streckte eine Hand aus.

Craig wich einen halben Schritt auf den Flur zurück.

Jamili gähnte, stemmte sich aus Craigs Stuhl. »Wer nicht will, der hat schon. Wünsche schönen Nachmittag, Braveheart!«

Craig zuckte zusammen. War das sein Spitzname, den man hinter seinem Rücken auf den Fluren raunte? Eigentlich gar nicht so schlecht. William Wallace alias Braveheart passte: Wallace war Anfang des vierzehnten Jahrhunderts Widerstandskämpfer gegen die Engländer gewesen und hatte ihnen einige üble Niederlagen beigebracht. Letztlich fing man ihn und zog ihm der Legende nach bei lebendigem Leibe die Gedärme aus dem Bauch. So etwas Ähnliches würde man bei ihm auch machen, wenn er einen weiteren Fehler beging.

Der Prophet drückte sich an Craig vorbei und stakste den Flur hinunter.

Craig seufzte. »Hey, Jamili, kommen Sie zurück.«

Jamili ging weiter.

»Ich bitte um Entschuldigung, dass ich Ihre Kompetenz infrage gestellt habe. Es ist nur so, dass der Rechner wirklich wichtig ist. Es geht um Mord. Bitte.«

Jamili blieb stehen, drehte sich langsam um. »Hab ich was an den Ohren, oder haben Sie wirklich ›Bitte‹ gesagt?«

»Bitte!«, wiederholte Craig.

»Ich fasse es nicht!« Jamili setzte sich in Bewegung, schnappte sich im Vorbeigehen die Tüte mit dem Rechner, machte eine Kehrtwende und war schon fast den Flur hinunter, als er über die Schulter rief: »Je nachdem, wie clever der Guardian des Rechners ist, kann's 'ne Stunde oder zwei dauern. Ich melde mich.« Dann war er um die Ecke.

»Sie haben keine Quittung«, nörgelte Leighton. »Das ist gegen die Vorschrift.«

»Ich habe einen Zeugen. Will ich hoffen. Das muss reichen.«

Leighton zuckte die Schultern. »Was jetzt?«

»Akten wälzen. So lange, bis Jamili Laut gibt.«

Leighton ließ sich hinter seinen Schreibtisch fallen, fuhr seinen Rechner hoch und loggte sich ein, stöhnte. »Ich mache A bis M, okay?«

»Okay, das ist fair.« Craig inspizierte seine Aktentasche. Sie war unversehrt. Er würde sie wieder mit nach Hause nehmen und dort verwahren. Die Sauce des Sandwiches hatte sich inzwischen durch den Stapel Abfallpapier hindurchgearbeitet und den Fußboden kontaminiert. Craig rechnete damit, dass die Sauce das braune Linoleum auflösen und ein Loch hinterlassen würde, aber bis jetzt hatte der uralte Bodenbelag tapfer allen Angriffen widerstanden. Das einzige Problem war die Putzfrau. Sie würde Craig eine Standpauke halten, die sich gewaschen hatte, und mit der Gewerkschaft drohen. Das musste Craig verhindern. Er ging auf die Toilette, die bei dieser Hitze giftige Dämpfe ausdünstete, riss zwei Meter Klopapier von einer Rolle, ging zurück und beseitigte die gemeingefährliche Sauce. Wie konnte man nur so etwas essen und überleben?

Bevor Craig sich in die Akten vertiefte, rief er die Dienstpläne und das Budget auf. Alles im grünen Bereich. Er drehte hier und da ein wenig an den Stellschrauben, verschob Kosten von einer Stelle zur anderen, bis der Finanzplan so sauber war wie das Gewissen eines Engels. Bei Mordermittlungen gab es zwar *theoretisch* kein Kostenlimit, aber seine jährliche Beurteilung würde ein wenig besser ausfallen, wenn er wirtschaftlich arbeitete und kein Geld verschwendete.

Jetzt waren die Akten dran. Zuerst ging Craig die Zusammenfassung durch. Keine heiße Spur, kein Alibi, das erschüttert werden konnte, kein dringend Verdächtiger in Sicht. Sein Team arbeitete wie geschmiert, doch er wusste schon jetzt, dass in den Tiefen des Informationsozeans sich die ersten Fehler einschlichen. Big Data waren Fuck Data. Noch war es zu früh, diese Fehler zu suchen.

31

Craigs Telefon läutete, er riss das Gerät von der Ladestation, erkannte Jamilis Nummer, checkte routinemäßig die Zeit, obwohl jeder Anruf aufgezeichnet wurde. Es war 14:00 Uhr. Der Guardian musste gut gewesen sein.

»Jamili hier. Das Ding war abgesichert wie Fort Knox. Aus gutem Grund. Es hatte einen doppelten Boden. Können Sie herkommen?«

Jamili wartete keine Antwort ab, legte auf. Craig federte aus dem Stuhl.

Leighton stand schon an der Tür, öffnete sie und verbeugte sich leicht. »Nach Ihnen, Boss.«

Craig warf ihm einen skeptischen Blick zu.

»Wir sind ein Team, oder, Craig?«

Die Antwort würde Leighton bekommen, wenn sie fünf Jahre zusammengearbeitet hatten, ohne sich zu zerfleischen.

Craig trabte den Flur entlang, nahm die zwölf Stufen in den Keller mit vier Sprüngen und drückte die Tür zum EDV-Labor auf. Vier schmale Oberlichter versuchten vergeblich, Tageslicht hereinzulassen. Die Scheiben waren von außen mit einer dicken schmierigen Schicht bedeckt. In drei Reihen standen Regale, die mit Hardware aller Art gefüllt waren: Festplatten, Grafikkarten, Lesegeräte, Tablets, Handys, Radios. Die Geräte warteten auf ihre Untersuchung, danach ging es in die Asservatenkammer, und wenn der dazugehörige Prozess beendet war, wurden einige verkauft. Meistens waren die Dinger dann veraltet und landeten auf dem Wertstoffhof.

Mit dem Rücken zur Tür saß der Prophet an einer gut drei Meter breiten Werkbank, auf der das ZenBook lag. Auf einem schwarzen Samttuch hatte Jamili sein Werkzeug aufgereiht. In Reih und Glied, perfekt ausgerichtet. Winzige Schraubendreher, mehrere Pinzetten unterschiedlicher Größe und Form, und einige Instrumente, die Craig noch nie zuvor gesehen hatte. Hier war der Sektionssaal für Computer, und Jamili war der Pathologe. Sieben Monitore drängten sich aneinander, auf denen Dutzende Fenster geöffnet waren, ein Farbenchaos. Dazwischen zwängten sich einige Messgeräte, auf denen grüne Kurven hektisch flatterten. So verdreckt die Fensterscheiben von außen waren – am Arbeitsplatz des Propheten konnte McPherson nicht ein Staubpartikelchen ausmachen.

Der Prophet fuhr den Rechner herunter, klappte ihn zu, schob ihn mit seinen behandschuhten Händen in die Beweistüte und reichte Craig einen USB-Stick.

»Das erste Passwort war ein Kinderspiel. Ich habe genau dreiundsechzig Sekunden zum Knacken gebraucht. Beth Carpenter hat die üblichen Sachen auf ihrem Rechner. Fotos, Musik, Online-Banking für ihr privates Konto, ziemlich genau dreihundertsiebzehn E-Mails aus den letzten sechs Jahren in ihrem Postfach, alle als gelesen markiert, etwa doppelt so viele gesendete Mails.«

Leighton stöhnte, er zog ein Stofftuch aus der Hosentasche und wischte sich den Schweiß von der Stirn. Es wurde von Minute zu Minute schwüler, die Luft sog sich voll mit Wasser, bis sie alles auf einmal wieder ausspucken würde.

»Was noch? Was ist mit dem doppelten Boden?«

»Ah ja!« Der Prophet zog das »Ja« genüsslich in die Länge und schwieg.

Er erwartete eine Frage, wollte von Craig hören, wie genial er war. Williams war nicht eitel gewesen. Er hatte seinen Job gemacht und kurz und knapp Bericht erstattet. Verdammt! Hätte Craig an Gott geglaubt, hätte er für ihn gebetet. Er musste das Gefühl zurückdrängen, dass alle Menschen, die ihm wichtig waren, verschwanden oder starben.

Craig hatte nicht die Absicht, Jamilis Ego zu streicheln. »Ich höre.«

Sichtlich beleidigt setzte der Prophet zum Sprechen an, doch Leighton kam ihm zuvor. »Am einfachsten ist es, eine verschlüsselte Partition zu erstellen und sie als unsichtbar zu deklarieren. Das geht mit dem Windows-Command-Befehl ›set id = 12‹. Und schon ist die Partition weg.«

Der Prophet warf Craig einen bösen Blick zu. »Warum vergeude ich meine Zeit, wenn Ihr Pilotfisch alles besser weiß?«

Craig ging Jamilis Jammern auf die Nerven. »Ich will einfach wissen, was Sache ist. Anscheinend ist es ja nicht schwierig, so was anzulegen?«

Der Prophet schnaubte wie ein Pferd. »Ist es nicht. Aber es ist *verdammt* schwer zu merken, dass eine versteckte Partition als blinder Passagier mit an Bord ist. Und die Daten auf dieser Partition waren echt heftig verschlüsselt. Aber nicht gut genug. Es waren trotz allem Amateure.«

»Jeder macht seinen Job, so gut er kann. Dafür werden wir bezahlt, oder?« Craig verschränkte die Arme vor der Brust.

»Klar. Sonst noch was?« Jamilis Stimme war eisig.

»Wer hat die versteckte Partition angelegt?«

Jamili schaute Leighton an, spitzte die Lippen. »Warum fragen Sie nicht Ihr Superhirn?«

Leighton schwieg.

»Also los, Jamili. Ich weiß Ihre Arbeit zu schätzen, keine Sorge«, sagte Craig.

Der Prophet starrte Leighton weiter an. »Jeder, der über Administrator-Rechte verfügt.«

»Keine Signatur oder so was?«

»Hab keine gefunden.«

»Herrgott noch mal, Jamili! Wir sind hier nicht im Kindergarten! Noch was von Bedeutung?«

Der Prophet schüttelte den Kopf.

Craig winkte Leighton und verließ das Heiligtum des Propheten. Er konnte es nicht erwarten, sich den Inhalt der versteckten Partition zu Gemüte zu führen.

32

Craig hatte sofort seinen Plan geändert, nachdem er die ersten Dateien vom Stick geladen und geöffnet hatte. Es waren Bilder gewesen. Und einige Videosequenzen. Und ein Statement. Und ein Überwachungsprotokoll über einen Zeitraum von einigen Wochen. Allerdings unvollständig. Wie Stichproben. Typisch für eine amateurhafte Beschattung. Leighton hatte scharf die Luft eingesogen, Keen hatte die Hände vor die Augen geschlagen und ein Geräusch von sich gegeben, als müsste er auf der Stelle sterben. Dann hatte der Boss Craig und Leighton und einen Constable losgeschickt und ihnen eingeschärft, den Ball flach zu halten. Eine Psychologin hatten sie mitgenommen, sie sollte im Auto warten und nur auftreten, wenn es nicht anders ging. Keen hatte eingewilligt, trotz der zweihundertfünfzig Pfund, die er dafür berappen musste. Dem Propheten hatte Craig noch einen Auftrag erteilt. Wenn er so gut war, wie er behauptete, dann würde er in der Überwachungsanlage der Carpenters die Schwachstelle finden – so es eine gab.

So langsam fühlte sich Craig in Rosewood wie zu Hause.

Torey hatte sie hineingebeten, wie immer mit unergründlicher Miene, sie hatten das Kaltgetränk gewählt und warteten auf Beth Carpenter.

Geschlagene zwanzig Minuten ließ sie Craig und Leighton sitzen, dann schwebte sie herein, blieb stehen. »Was ist es diesmal? Welches Unglück bringen Sie nach heute Morgen jetzt schon wieder über mich und mein Haus?«

Craig blieb sitzen, Leighton erhob sich, aber Beth Carpenter behielt ihre Hände bei sich. Die Zeit der Höflichkeit war vorbei. Kein Problem.

»Es geht um Ihre Kinder. Ich muss mit ihnen sprechen. Jetzt.«

Die Augen der Witwe blitzten vor Wut. Craig achtete auf jede ihrer Bewegungen. Sie griff nach dem Telefon und bestellte ihren Anwalt zu sich. Derselbe, der auch Alfred Hershie vertrat. Finley Yellow.

»Bevor Mr. Yellow nicht hier ist, werde ich kein Wort sagen, und Sie werden nicht mit meinen Kindern reden.«

»Ich gebe ihm eine Viertelstunde. Wenn er dann nicht da ist, werde ich Sie und Ihre Kinder vorläufig festnehmen.«

Beth Carpenter griff erneut zum Telefon.

Vierzehn Minuten später stand Yellow vor Craig und verlangte eine Erklärung.

Craig zückte ein Diensttablet. Der Prophet hatte es ihm gegeben und versichert, es sei so gut abgesichert, dass selbst er Probleme hätte, es zu knacken. Craig startete die Fotoshow, hielt das Tablet Yellow und Beth Carpenter hin.

Yellows Augen weiteten sich, Beth Carpenter schlug eine Hand vor den Mund.

»Wer ist diese Frau?«, hauchte sie.

»Wir wissen es nicht.«

Wer immer sie war, sie hatte einen Babybauch, volle Milchbrüste, war ansonsten schlank, nahtlos bronzefarben gebräunt, hatte lange blonde Locken und saß nackt auf dem ebenso nackten fischig-weißen Floyd Carpenter, der zumindest einen durchtrainierten Körper aufzuweisen hatte, derselbe, den Sienna Fly vor Kurzem zerlegt hatte. Es war ein Farbfoto, am rechten Rand unscharf. Der Prophet hielt die Unschärfe für einen Vorhang. Die Aufnahme musste mit einem lichtstarken Profiobjektiv gemacht worden sein. Die

Auflösung betrug 4961 × 3508 Pixel, das entsprach einer druckfähigen Din-A3-Seite. Man konnte bis ins letzte Detail heranzoomen, sich jeden Leberfleck genauestens betrachten. Die Schwangere und Floyd Carpenter schienen in voller Ekstase, vielleicht kurz vor dem Orgasmus. Das Bett, in dem sie sich vergnügten, stand im Two Bridges Hotel im Dartmoor. Das zeigte ein Bild, das von der Straße aus aufgenommen worden war. Es gehörte zu einer Serie von sechsundvierzig Bildern, die das Stelldichein von Anfang bis Ende dokumentierte. Eins nach dem anderen zog Craig aus dem Umschlag und hielt es Beth Carpenter hin. Zuerst betrat die Schwangere das Zimmer. Dann Floyd Carpenter, der seine Geliebte sofort leidenschaftlich küsste. Danach tranken sie Champagner, hielten Händchen und unterhielten sich. Floyd schien einen guten Scherz gemacht zu haben, die Frau hielt sich den Babybauch vor Lachen. Dann ging es zur Sache. Floyd entkleidete seine Geliebte augenscheinlich sehr vorsichtig, seine Gespielin liebte es wohl leidenschaftlicher. Sie riss sich die Bluse auf, drückte Floyds Kopf an ihre Brüste, übernahm die Führung.

Beth Carpenter standen die Tränen in den Augen.

Craig fühlte sich mies, aber er hatte keine Wahl. Er startete den ersten Angriff: »Wann haben Sie es erfahren, Mrs. Carpenter? Wann haben Sie den Entschluss gefasst, dass Ihr Mann für seinen Betrug sterben muss?«

Sie schluchzte auf, verbarg ihren Kopf in den Händen und überließ sich den Tränen.

»Sie hat nichts davon gewusst. Mutter war vollkommen ahnungslos.«

Craig wandte seinen Kopf zur Tür. Eine fast identische Kopie von Beth Carpenter stand dort, nur jünger und vollkommen anders gekleidet. Schwarze Fetzen-Jeans, schwarzes T-Shirt mit dem Aufdruck »Alles ist gut, solange es anders ist!«. Gepiercte Nase, gepiercte Oberlippe und scheinbar im Widerspruch dazu etwas silberner Glitter im Haar. Craig kannte sie von den Fotos, die sie auf der geheimen Partition gefunden hatten.

Es war Summer Carpenter, die Tochter von Beth. Fünfzehn Jahre alt. Aber sie sah aus wie zwanzig, ihre Stimme klang erwachsen, ihr Auftreten war ihrer Mutter würdig. Hinter Summer betrat Kevin Carpenter, ihr Bruder, den Salon. Siebzehn Jahre alt, er sah seinem Vater ähnlich: kräftiger Knochenbau, große Augen, blond, er trug Jeans, weißes Hemd, Lederslipper. Auch die Geschwister waren ein ungleiches Paar.

»Vor ein paar Wochen haben wir es entdeckt«, sagte Kevin, dessen Stimme einen vibrierenden Unterton hatte. »Wir konnten Mutter nichts davon erzählen. Das hätten wir nicht übers Herz gebracht.«

Beth Carpenter hielt den Kopf gesenkt, weinte leise, bewegte ihren Oberkörper hin und her. Summer und Kevin schienen davon nicht beeindruckt.

»Ihr habt euren Vater dafür gehasst, nicht wahr?«, fragte Craig.

Summer lachte kurz. »So ein Unsinn. Er war ein freier Mensch. Ein weiser Mensch. Er hat die überkommenen Konventionen der verknöcherten Gesellschaft abgelehnt.« Summer zeigte auf ihre Mutter. »Sie ist eine tolle Mutter, aber ihre Moralvorstellungen sind von vorgestern.« Summer kniete sich vor ihre Mutter hin und legte ihren Kopf in Beths Schoß. »Papa hat dich immer geliebt, das weißt du doch. Er hätte sich für dich erschießen lassen.«

Beth Carpenter schlang ihre Arme um den Hals ihrer Tochter, schluchzte.

Kevin schaute Craig an. Sein Blick war seltsam verschleiert, so als wäre er in Trance. »Wir haben ihn beobachtet und fotografiert. Es war«, er stockte kurz, »einerseits befremdlich, andererseits aufregend.« Er setzte sich neben seine Mutter, legte einen Arm um ihre Schulter. »Wir hatten gehofft, es kommt nicht ans Tageslicht.«

»Wie habt ihr es entdeckt?«, fragte Craig und machte sich Hoffnungen, dass sie das Notizbuch ihres Vaters gelesen und es vielleicht nicht zerstört hatten.

Kevin strich seiner Mutter liebevoll über den Kopf. »Der Klassiker. Er kam nach Hause, bestens gelaunt, hängte sein Jackett an die Garderobe. Summer hat es gesehen. Ein Haar, das nicht von Mutter stammte. Blond, lang, lockig. Wir haben es unauffällig beseitigt, und dann haben wir Nachforschungen angestellt.« Er seufzte tief. »Das Notizbuch hat nicht unsere Mutter vernichtet. Wir haben es gelesen und sofort verbrannt, als wir von Vaters Tod erfuhren.« Kevins Stimme wurde brüchig, dann wurde er leichenblass, stöhnte.

Summer und seine Mutter lösten sich aus ihrer Umarmung, die Tochter stürzte aus dem Raum und war nach einer halben Minute wieder da. In der Hand hielt sie einen Diabetiker-Pen, den sie Kevin ohne Zögern in den Arm rammte.

Craig hielt den Atem an. Die Karten waren neu gemischt.

33

»Diabetes Typ 1. Er hat die Krankheit, seit er vier ist«, sagte Beth Carpenter und wischte sich die Tränen aus den Augen. »Er hat gelernt, damit umzugehen, aber im Moment ist die Belastung natürlich enorm hoch.«

Summer atmete schwer. Sie betrachtete ihren Bruder wie ein Arzt, der abwartet, ob das lebensrettende Medikament auch wirkt.

Craig schloss kurz die Augen. Es musste sein, er hatte keine Wahl. Summer hatte ihm gerade eine mögliche Tatwaffe präsentiert. Leighton starrte ihn an, also zog Craig Handschuhe an und zückte einen Beweisbeutel.

»Bitte leg den Pen hier hinein«, sagte Craig zu Summer, die sich fragend an Yellow wandte.

Der Anwalt nickte, Summer ließ den Pen in den Beutel fallen, Craig verschloss und beschriftete ihn und schickte einen Constable damit ins Labor, mit dem Auftrag, das Insulin zu prüfen, ob es dasselbe war, das Floyd Carpenter umgebracht hatte.

»Ich nehme an, Kevin hat noch einen Ersatzpen?«

Beth Carpenter nickte.

Yellow ergriff das Wort. »Darf ich fragen, warum Sie den Pen beschlagnahmen?«

Bis jetzt war nicht durchgesickert, dass ein Pen die Mordwaffe im Fall Carpenter war, und es konnte die Ermittlungen erheblich behindern, wenn es bekannt wurde.

»Wo warst du und dein Bruder in der Nacht, in der euer Vater gestorben ist?«, fragte Craig.

Summer zuckte zusammen, als hätte er sie geohrfeigt, dann lief sie rot an, öffnete den Mund und brüllte Craig wie eine Gassengöre aus Edinburgh an. Allerdings fehlte der schottische Akzent.

»Was erlauben Sie sich? Sie duzen mich, Sie dringen in unser Privatleben ein, und jetzt verdächtigen Sie mich und meinen Bruder, unseren Vater ermordet zu haben! Sie widerlicher Scheißbulle!«

Sie hob die Hand, holte aus, Craig fing sie ab und hielt sie fest. Sie versuchte es mit der anderen Hand, doch Craig war schneller. Bevor sie ihn treten konnte, drehte er ihr einen Arm auf den Rücken. Sie stöhnte auf, aber mehr aus Wut als vor Schmerz, denn Craig hatte sie zwar fest im Griff, aber so, dass es nicht wehtat, solange sie keinen Widerstand leistete. Summer schien allerdings zu wissen, wann sie unterlegen war. Sie rührte sich nicht.

Beth Carpenter und ihr Sohn sprangen auf, Yellow fing die Witwe ab, Leighton Kevin.

Beth Carpenter kreischte wie am Spieß, Kevin drohte mit Vergeltung, Leighton breitete seine Arme aus, das genügte, um den Jungen in Schach zu halten.

Es würde nicht lange dauern, dann würde der Sturm vorübergezogen sein.

»McPherson«, rief Yellow über das Gekreische und Gefluche hinweg, »können wir das irgendwie elegant regeln?«

Craig zuckte nur die Schultern. Beth, Kevin und Summer hatten Mittel, Motiv und Möglichkeit gehabt, Floyd Carpenter zu töten. Vorausgesetzt, einer von ihnen hatte das Haus verlassen können.

Craig brauchte nur eine Hand, um Summer zu kontrollieren, mit der anderen zückte er sein Airwave und bestellte drei Streifen und die Spurensicherung. Dann gab er den Befehl, die

Medienmeute in einen Pressebereich zu verbannen, den er auf einen Kilometer vom Haus entfernt festlegte. Wer immer sich daran nicht hielt, sollte in Gewahrsam genommen werden.

»Sorry, Mr. Yellow, aber da geht nichts mehr. Ich werde die Carpenters vorläufig festnehmen müssen. Alles Weitere beim Haftprüfungstermin. Sie werden mir recht geben, dass ich genug in der Hand habe.«

Yellow verzog das Gesicht. »Das werden wir sehen, wenn ich volle Akteneinsicht habe, Mr. McPherson. Bis jetzt weiß ich gar nichts. Bis jetzt haben Sie mir nicht einen Beweis vorgelegt, nur ungeheuerliche Anschuldigungen.«

Beth Carpenter hatte sich inzwischen beruhigt, Yellow ließ sie los. Leighton hatte Kevin zur Couch bugsiert und ihn in das weiße Leder gedrückt, wo er halb apathisch saß.

Nur Summer wollte nicht aufgeben. »Sie mieses Stück Scheiße, lassen Sie mich los. Ich werde Sie wegen Vergewaltigung verklagen und wegen Körperverletzung.«

»Es reicht, Summer!« Beth Carpenters Stimme ließ keinen Widerspruch zu. »Reiß dich zusammen!« Sie brüllte.

Summers Widerstand erlosch, doch Craig traute dem Frieden nicht. Er hielt sie weiter fest im Griff. »Hören Sie, Ms. Carpenter. Ich werde Sie jetzt loslassen. Sollten Sie mich erneut angreifen, werde ich nicht zögern, Sie kampfunfähig zu machen und Ihnen Handschellen anzulegen. Sie werden sich aufrichten, zwei Schritte zurücktreten und sich ruhig verhalten. Haben Sie mich verstanden?«

Summer nickte.

Craig löste den Griff, entfernte sich von Summer, sie richtete sich auf, trat zurück. Die Situation hatte sich vorläufig entspannt.

Beth Carpenter nahm Summer an der Hand, zog sie zur weißen Ledercouch und platzierte sie neben ihren Bruder.

»Mr. McPherson, ich bitte Sie um Entschuldigung für unser unmögliches Verhalten.«

»Mit einer Entschuldigung ist es hier leider nicht getan. Es geht nicht um Lappalien, es geht um Mord. Es tut mir leid, aber ich muss Sie drei vorläufig festnehmen, das Haus wird sofort komplett durchsucht. Sie dürfen nichts mehr anfassen und niemanden anrufen, Ihr Anwalt ist bereits anwesend.« Er ratterte die Belehrung herunter, die Carpenters hörten mit verdatterten Gesichtern zu.

Yellow hob die Hände. »Immer langsam, Detective. In der Mordnacht hat niemand Rosewood in der fraglichen Zeit verlassen. Ich habe mir die Überwachungsdaten ebenfalls angesehen. Meine Mandanten haben also ein Alibi und scheiden als Verdächtige aus. Sie können sie nicht mitnehmen, und schon gar nicht ohne richterlichen Beschluss, denn die Beweislage ist gleich null.«

»Alle Achtung, Mr. Yellow, Sie sind Ihr Geld wert. Aber Sie wissen nicht alles. Wir haben unseren besten IT-Mann auf die Überwachungsfirma angesetzt. Er ist dabei, das System in der Tiefe zu prüfen. Denn es gibt immer eine Möglichkeit, die Technik auszutricksen, wenn man die entsprechenden Kenntnisse und einen Insider als Komplizen hat. Solange diese Frage nicht geklärt ist, müssen wir die Carpenters in Gewahrsam nehmen.«

In Yellows Gesicht arbeitete es. »Ich beantrage, Kevin Carpenter hier unter Hausarrest zu stellen, da eine medizinische Versorgung im Headquarter nicht möglich ist. Außerdem braucht er seine Familie, das ist psychologisch angezeigt. Sie können daher Beth Carpenter und Summer Carpenter ebenfalls nicht mitnehmen. Ich fordere, dass ein Staatsanwalt, ein Richter oder DSI Keen hinzugezogen wird, da Sie nicht über die ausreichende Entscheidungskompetenz verfügen.«

Der Mann war brillant. Er hatte sofort die einzige Hintertür gefunden. Craig nickte, zückte sein Smartphone. Er wollte und musste Keen sowieso in Kenntnis setzen. Sein Boss meldete sich umgehend, Craig erläuterte die Situation, Keen entschied, die Carpenters unter Hausarrest zu stellen, und genehmigte eine sofortige Hausdurchsuchung, den Beschluss würde er mitbringen. Yellow war zufrieden, die Carpenters waren sichtlich erleichtert. Eine Arbeiterfamilie wäre unter diesen Umständen nicht so glimpflich davongekommen.

Craig wandte sich an Kevin. »Wo ist das Notizbuch Ihres Vaters? Sie haben es nicht vernichtet, da gehe ich jede Wette ein. Wenn Sie wollen, dass ich den Mörder Ihres Vaters finde, müssen Sie mit mir zusammenarbeiten.«

Als Summer behauptet hatte, sie hätten das Buch zerstört, hatte Kevin den Kopf gesenkt, ein Zeichen dafür, dass er es besser wusste, dass er sich vielleicht für die Lüge seiner Schwester schämte. Sein ganzes Auftreten war das eines unsicheren jungen Mannes. Seine Schwester, obwohl zwei Jahre jünger, war die Rebellin, die Anführerin. Jungs hinkten oft in der Entwicklung den Mädchen hinterher. Summer war selbst für ihr Alter schon sehr reif.

»Wenn es irgendwo auf Rosewood versteckt ist, finden wir es«, setzte Craig hinzu.

Kevin schaute seine Schwester an, die den Kopf schüttelte. Also gab es das Buch.

»Überlegen Sie sich gut, was Sie tun, Kevin. Sie werden des Mordes an Ihrem Vater verdächtigt. Wenn Sie uns wichtige Beweise vorenthalten, müssen wir den Schluss ziehen, dass unser Verdacht berechtigt ist. Und wenn Sie die Ermittlungen behindern, begehen Sie eine Straftat. Fragen Sie Ihren Anwalt.«

»Halt die Klappe, Kevin«, zischte Summer. »Der blufft doch

nur.« Sie stach mit dem Zeigefinger in Craigs Richtung. »Yellow wird ihm schon zeigen, wo es langgeht.«

»Am besten, du hältst jetzt mal die Klappe, Summer«, sagte Yellow. »Kevin! Wenn ihr das Buch habt, müsst ihr es rausgeben. Diese Frau auf den Fotos, die könnte die Mörderin deines Vaters sein. Also. Rede schon!«

Summer verschränkte die Arme vor der Brust und schmollte.

Kevin öffnete den Mund, schloss ihn wieder. Dann spuckte er einen Namen aus. »Lucy Dylan.«

Kevin schien nicht wirklich glücklich über die Affäre seines Vaters zu sein. Craig folgerte daraus, dass er andere moralische Vorstellungen als seine Schwester hatte.

Summer schlug mit beiden Fäusten auf die Couch ein. »Herrgott, Kevin. Die werden uns fertigmachen. Die werden Dad fertigmachen und Mum. Du bist so ein …« Sie verstummte. Alle Spannung wich aus ihrem Körper.

Craig wandte sich an Summer. »Ms. Carpenter, wir werden mit intimen Details so sorgsam verfahren, wie es irgend geht. Wir werden die Presse außen vor halten, soweit das möglich ist. Mein einziges Ziel ist, den Mörder Ihres Vaters zu fassen, wer immer es sein mag.«

»Blablabla! Sparen Sie sich das Gesäusel. Sie wollen uns das anhängen und fertig. Aber das wird Ihnen nicht gelingen.«

Summer Carpenter hatte ihre Vorstellungen und Vorurteile, daran war nicht zu rütteln.

Leighton gab den Namen von Lucy Dylan an die Zentrale durch, als Torey den Salon betrat, wie immer in vollendeter Form, aber doch etwas indigniert.

»Mrs. Carpenter, da sind noch viel mehr Polizisten. Ich konnte sie nicht zurückhalten. Mr. Keen ist auch dabei. Er hat einen Durchsuchungsbeschluss von Richter Jefferson.«

Hinter ihm drangen die Kollegen in den Raum, angeführt

von Keen, der sofort Beth Carpenter ansteuerte, die sich erhob und ihm die Hand hinhielt. Er nahm sie, hauchte ihr einen Kuss auf den Handrücken. Craig verdrehte die Augen.

Keens Bass dröhnte durch den Salon. »Es tut mir unendlich leid, Mrs. Carpenter, aber wir haben keine Wahl. Ich soll Grüße von Richter Jefferson ausrichten. Ich sorge dafür, dass sich meine Männer anständig benehmen.« Er drehte sich zu Craig um. »Lassen Sie nichts aus, aber ich erwarte, dass alles wieder an seinem Platz steht, wenn wir fertig sind.«

Craig salutierte. »Kein Problem, Sir. Ist das eine generelle Dienstanweisung, die auch für arme Schlucker und Kleinkriminelle gilt?«

Keen bemühte sich, leise zu sprechen. »Gehen Sie mir nicht auf die Nerven, Craig. Sie spielen mit dem Feuer.«

»Gebe mir redlich Mühe, Sir.«

Keen wedelte mit der Hand. »An die Arbeit, Sie werden nicht fürs Rumstehen bezahlt.« Er beugte sich zu Craig, flüsterte ihm ins Ohr. »Um achtzehn Uhr ist Pressekonferenz. Ohne Sie.«

»Kein Problem«, sagte Craig und meinte es auch so. Er machte sich nicht gut auf Pressekonferenzen, denn er konnte einfach nicht die Klappe halten, neigte dazu, die Wahrheit und seine Meinung zu sagen, und das war nicht gut für die Karriere. Keen und der Pressesprecher würden das schon hinbekommen.

»Sie nehmen sich sofort diese Lucy Dylan vor. Ach ja, nicht, dass Sie sich Illusionen machen: Ich hasse Sie nach wie vor, aber trotzdem – gute Arbeit. Und die Rolle des Bad Guy ist Ihnen ja in die Wiege gelegt.« Er kicherte hässlich, richtete sich auf, verabschiedete sich formvollendet von Beth Carpenter und rauschte davon.

Craig betrachtete Summer. Warum auch immer, er mochte

die junge wütende Frau mit ihrem ungezügelten Temperament. Vielleicht weil er sie genau darum beneidete. Einfach ungefiltert zu sagen, was man dachte und fühlte. Seine Sympathie für Summer würde ihn jedoch nicht davon abhalten, sie dranzukriegen, wenn sie mit dem Mord an ihrem Vater etwas zu tun hatte.

34

Leighton öffnete die Chipstüte, fischte sich ein Stück heraus und zeigte damit auf das Haus von Lucy Dylan. »Es heißt ›The White Tree Cottage‹. Steht seit bestimmt hundert Jahren hier auf dem Baker Hill. Keine zwei Kilometer von Exeter entfernt. Fast fußläufig und trotzdem schon Countryside. Vor dem Haus hat mal eine Birke gestanden. Daher der Name. Bei einem Sturm ist sie umgefallen. Sie muss doppelt so alt gewesen sein wie das Cottage. Lucy Dylan und Malcolm Roberts sind seit fast zwei Jahren da drin. Bisher hat niemand etwas unternommen. Die Besitzer haben nicht geklagt, und die Hausbesetzer richten keinen Schaden an, im Gegenteil.«

Er steckte sich den Kartoffelchip in den Mund, biss zu. Es klang, als würde Leighton eine Kakerlake zerbeißen. Craig kniff die Augen zusammen. Seine Sinne spielten ihm Streiche. Es wurde Zeit, dass er mehr schlief.

»Es ist genauso wie bei den Besetzern der Lagerhalle. Es gibt keinen Handlungsbedarf«, ergänzte Leighton.

Er zog ein Foto aus der Akte und hielt es Craig hin. Es zeigte dasselbe Haus, aber in einem jämmerlichen Zustand. Das Dach war an mehreren Stellen eingefallen, die Regenrinne hing in grotesken Verrenkungen herunter, die Fensterscheiben, sofern sichtbar, waren eingeworfen, der Garten verwildert, alles war mit Brombeerranken überwuchert. Efeu hatte die Eingangstür vollkommen verdeckt, Gras und Unkraut standen mindestens einen Meter hoch.

Der Efeu war zwar noch da, aber die Fenster waren freigeschnitten, die einfachen Scheiben durch Isolierglas ersetzt, die Rahmen blau lackiert. Die Brombeeren waren gestutzt und mit Holzgerüsten in eine Form gezwungen, die es erlaubte, die Früchte zu ernten, ohne sich den Dornen der Ranken übermäßig aussetzen zu müssen. Das Dach war komplett neu mit dunklen Steinschindeln gedeckt, eine Regenrinne aus Kupfer glänzte in der Sonne. Die Besetzer hatten viel Geld und Arbeit in das Haus gesteckt, das ihnen nicht gehörte.

Craig und Leighton stiegen aus, öffneten das Vorgartentor und gingen auf die Haustür zu. Sie mussten weder klopfen noch schellen. Die Tür öffnete sich, ein Mann Anfang dreißig mit der Statur eines Holzfällers trat auf die kleine Veranda, die ebenfalls neu war. Er verschränkte die Arme vor der Brust, beide Bizepse sprangen hervor. Diese Geste schienen sich manche Männer aus dem Fernsehen abgeschaut zu haben.

»Wen wollen Sie denn damit erschrecken?«, fragte Craig und deutete auf die beachtlichen Muskeln.

Der Mann schwieg, sein Gesicht verdüsterte sich.

Leighton zückte seinen Dienstausweis. »Ich bin DI Tyler Leighton vom CID in Exeter. An meiner Seite sehen Sie meinen Boss DCI McPherson, der übrigens auch ansehnliche Muskeln hat, mit denen er aber nicht protzen muss. Wir möchten mit Lucy Dylan sprechen.«

Der Holzfäller warf nicht einmal einen Blick auf Leightons Ausweis. »Die ist nicht da.«

Craig kramte seinen Ausweis hervor, ging auf den Mann zu, hielt ihm die Plastikkarte hin. »Sie sind Malcolm Roberts, ist das richtig?«

Der Holzfäller zuckte nur mit den Schultern.

»Mr. Roberts! Ich nenne Sie so, bis Sie mir sagen, dass Sie nicht Roberts sind.« Craig hätte den Mann auch zwingen können, seine Identität nachzuweisen, aber noch blieben die Daumenschrauben im Werkzeugkoffer. »Wir ermitteln in einem Mordfall. Uns ist es egal, ob Sie hier rechtmäßig leben oder nicht. Wann erwarten Sie Mrs. Dylan zurück?«

»Weiß nicht.«

»Mr. Roberts.« Craig lächelte. »Wir werden hier warten, bis sie mit uns spricht. Und wenn es uns zu lange dauert, werden wir eine Fahndung nach ihr in Gang setzen und einen Durchsuchungsbeschluss erwirken.«

Immer dieselbe Leier. Aber sie funktionierte in der Regel.

»Machen Sie sich nicht die Mühe«, rief eine Frauenstimme aus dem Haus.

Einen Moment später trat Lucy Dylan auf die Veranda. Sie sah etwas anders aus als auf den Fotos. Mütterlicher. Die blonden Haare zu einem Knoten hochgesteckt, eine bequeme Jeans, eine weite Bluse, hochgeschlossen. Ihr Babybauch war riesig im Verhältnis zu ihrer zierlichen Statur. Sie würden sie mit Samthandschuhen anfassen müssen. Craig hatte keine Lust, dass eine Frühgeburt auf sein Konto ging, weil er eine Zeugin zu hart angepackt hatte.

Dylan schob Roberts zur Seite. »Bitte kommen Sie herein. Wir haben nichts zu verbergen.«

Das sah Craig etwas anders, aber er hoffte, dass er sich irrte. Eine Schwangere festzunehmen gehörte nicht zu seinen Lieblingsbeschäftigungen.

Dylan bot ihnen Sitzgelegenheit und Tee an, Craig konnte beides gebrauchen.

Das Erdgeschoss des Hauses war ein einziger Raum, zur Rückseite hin mit großen Fenstern ausgestattet. Licht flutete hinein. Craig versank in einem mit Samt bezogenen Ohrensessel und musste sich beherrschen, nicht den Kopf auf die Brust fallen zu lassen und sofort einzuschlafen. Dylan setzte sich zu ihnen, Roberts bereitete den Tee, ein Statement darüber, wer hier das Regiment führte, oder der Beweis, dass Roberts ein fürsorglicher Partner war.

»Wie kann ich Ihnen helfen, Detectives?«, fragte Dylan, die vollkommen entspannt wirkte.

Craig nickte Leighton zu, der sich kurz streckte.

»Sicherlich haben Sie von dem Mord an Floyd Carpenter gehört?«

»Wer hat das nicht? Auf allen Kanälen, in jedem Blatt wird das Thema durchgekaut. Gibt es etwas Neues?«

Leighton wartete einen Moment. »Ich dachte, Sie könnten uns erhellen.«

Dylan schüttelte den Kopf.

Roberts brachte den Tee und eine Platte mit Keksen, die ebenso wie die Kekse der Bürgermeisterin selbstgebacken waren und verführerisch dufteten.

Der Herd, an dem Roberts hantiert hatte, war ein sechsflammiger Aga-Gasherd, sündhaft teuer. Über dem Herd war eine brünierte Stange montiert, an der Kupfertöpfe und -pfannen hingen. Auch nichts für Hungerleider. Jedes Detail stimmte. Bester Landhausstil. Die Deckenbalken waren freigelegt, peinlich genau vom Gips befreit und lasiert worden. Die Holzdecke war mit fast unmenschlicher Präzision an den ungeraden Verlauf des Holzes angepasst, eine wunderbare Arbeit, die von Hand erledigt worden sein musste. Der Fußboden war im Küchenbereich mit Fliesen aus Terrakotta ausgelegt, der Wohnzimmerbereich lud mit einem dicken Teppich zum Barfußlaufen ein. Ein Objekt, wie gemacht für eine der Hochglanzzeitschriften über das Leben auf dem Lande. Craig hätte sich hier wohlgefühlt.

Dylan bemerkte Craigs Blicke. »Mein Freund ist Innenarchitekt. Er besitzt die Geduld und die Ausdauer einer Katze bei der Mäusejagd. Ich bin Krankenschwester.« Sie tätschelte ihren Bauch. »Aber zurzeit nicht im Dienst.« Sie warf einen liebevollen Blick auf Roberts. »Zwei Wochen lang hat er mit einem winzigen Dorn die Farbe aus den Balken herausgekratzt.«

Roberts rechter Mundwinkel zuckte, ein Lächeln kam nicht zustande. Der Mann stand unter Hochspannung.

Als Krankenschwester war es kein Problem, an eine Insulinspritze heranzukommen, aber das allein reichte nicht für einen ernsthaften Verdacht, zumal vorerst ein Motiv fehlte. Craig stellte die nächste Frage, weil es ihn tatsächlich interessierte, nicht nur, weil sie ihn zum eigentlichen Grund ihres Besuchs führte.

»Ich nehme an, dass Sie keine Geldsorgen haben. Warum investieren Sie dann in ein Haus, das nicht Ihnen gehört? Das Ihnen jederzeit weggenommen werden kann?«

»So einfach ist das auch wieder nicht«, warf Roberts ein, der sich zum Herd zurückgezogen hatte. »So leicht wird uns niemand das Haus wegnehmen.«

Der Satz klang wie eine Drohung.

Dylan nahm einen Keks, knabberte daran. »Es ist eine Schande, Häuser so verkommen zu lassen. Wohnraum ist Allgemeingut. Er muss genutzt werden dürfen. Genau aus diesem Grund gibt es das Gesetz, das uns als Eigentümer akzeptiert, wenn wir lange genug hier gelebt haben.«

»Wie lange …«

»Noch zwölf Tage und siebzehn Stunden.« Dylans Augen leuchteten. »Dann gehört es uns, mitsamt dem Grundstück.« Sie legte den Keks neben ihre Tasse. »Sehen Sie, das Besetzen von Wohnraum ist illegal, aber das Land, das Gebäude, es hat keinen Spekulationswert. Hier wird noch in hundert Jahren nichts gebaut werden, das den Grundstückspreis in die Höhe treiben könnte. Keine Autobahn, kein Einkaufszentrum, keine Firma. Es gibt keine Bodenschätze, nichts. Niemand interessiert es.«

»Warum haben Sie es dann nicht für wenig Geld gekauft?«

»Wir haben versucht, den Eigentümer ausfindig zu machen. Ohne Erfolg.« Sie zeigte auf ein geschwungenes Regal aus geöltem Olivenholz, in dem sich sechs Ordner aneinanderreihten. »Alles fein säuberlich dokumentiert. Deswegen hat auch niemand geklagt.«

Craig schaute Leighton an, der sich nicht lange bitten ließ. »Bei allem Respekt, Mrs. Dylan. Es kostet einen Anruf, um das herauszufinden.«

»Erstens: Ein ›r‹ zu viel. Ich bin nicht verheiratet. Und zweitens: Wir sind nicht die Polizei. Wir hatten keinen Erfolg. Also sind wir hier vor fast zwei Jahren eingezogen, und niemanden hat es geschert. Bis heute.«

Dylan und ihr Lebensgefährte mochten ein Gespür für Architektur haben, aber ihnen war nicht klar, dass Craig und Leighton nicht zum Scherzen aufgelegt waren. Lucy Dylan wollte nicht reden? Dann musste der Holzhammer ran.

»Ms. Dylan«, sagte Craig, beugte sich nach vorn und faltete die Hände. »Sie wissen sehr genau, wem Haus und Grundstück gehören.«

Dylans Lider flatterten. »Ach ja?«

Craig warf einen Blick auf Roberts.

»Danke, aber ich habe keine Geheimnisse vor Malcolm.«

»Wie Sie wollen.« Leighton reichte Craig eins der kompromittierenden Fotos, das sie sorgsam ausgewählt hatten. Man konnte nicht erkennen, dass es in der letzten Zeit geschossen worden war. Der Babybauch war verdeckt. Craig reichte es an Dylan weiter. »Erinnern Sie sich?«

Roberts trat hinter Dylan, warf nur einen kurzen Blick auf das Bild, baute sich wieder am Herd auf. Keine Reaktion. Man sah Dylans Kopf, der Rest war von einer Decke verhüllt. Aber die Position war eindeutig.

Sie warf das Foto angewidert auf den Tisch. »Das war ein Jahr, bevor ich Malcolm kennengelernt habe. Floyd war charmant, er hatte Geld, war verheiratet. Beste Voraussetzungen für eine gewinnbringende Affäre.«

»Wie lange?«

»Keine sechs Monate. Er ging mir ziemlich schnell auf die Nerven. Mein Gott, im Bett war er ...« Sie überlegte einen Moment, schob das Foto noch weiter von sich weg, ohne noch mal darauf zu schauen. »Er war eine Niete. Er wollte immer nur ein und dasselbe, rein, raus, fertig. Es war langweilig. Immerhin hat er nie gefragt, ob er gut sei.«

»*Sie* haben es beendet?«

»Ja. Er war nicht begeistert, aber er machte auch keinen Aufstand.«

»Und Sie hatten ein paar schöne Fotos von Ihnen beiden, mit seiner Lieblingsstellung.«

»Ja.« Sie blickte zu Boden.

Leighton fragte. »Sie wussten natürlich, wem das Haus gehört?«

»Das Haus gehört einer Household Ltd. mit Sitz in London«, antwortete Dylan.

»Und Carpenter ist Eigentümer dieser Household Ltd.«, sagte Leighton.

»Er hält sechsundsechzig Prozent.«

»Sie haben ihn erpresst«, sagte Craig.

»Das war gar nicht nötig. Ich habe ihn angerufen, wollte es ihm abkaufen. Er hat gesagt, wir sollen es besetzen, er würde lange genug stillhalten. Als kleines Dankeschön für die gute Zeit.«

Leighton baute sich vor Roberts auf. Zog ein weiteres Foto

hervor. Diesmal war der Babybauch nicht zu übersehen. Hielt es ihm unter die Nase. Roberts Nasenflügel bebten.

»DI Leighton, wären Sie so gut, mir das Foto zu reichen?«, fragte Craig freundlich.

Leighton hielt Craig das Foto hin, grinste. Er gab den Bad Guy und machte es nicht schlecht.

»Und vor ein paar Wochen hat er sich bei Ihnen gemeldet und gesagt, er wolle sein Haus zurück.« Leighton fragte nicht, er stellte fest.

»Er wollte nicht das Haus.« Dylan stand auf, nahm Roberts in die Arme, küsste ihn. »Ich liebe nur dich. Ich habe es für uns getan, das weißt du?«

Roberts strich ihr über die Haare. »Ich weiß. Kein Problem.«

Craig hielt Dylans Auftritt für eine Show. »Er wollte die Affäre weiterführen, und Sie waren nicht abgeneigt. Sie hätten ihn erpressen können.«

Dylan drehte sich um, ihr Gesicht wurde zu Stein. »Dieses Miststück hat gesagt, er habe mit seiner Frau reinen Tisch gemacht, ihr alles gestanden, und sie habe Verständnis gezeigt. Aber sie verlange, dass wir ausziehen sollen, als Beweis, dass er es ernst meint.«

»Das hat er Ihnen gesagt, als Sie sich bereits mehrfach getroffen hatten?«, fragte Leighton.

»Mehrfach?« Roberts knetete seine Hände. »Du hast gesagt, es wäre nur einmal gewesen.« Seine Stimme kippte.

Craig postierte sich neben Roberts, sodass er ihn schnell unter Kontrolle bringen konnte, falls das nötig sein sollte. »Sie haben sich mit Floyd getroffen, wollten ihn umstimmen, aber er hat sich nur lustig gemacht über Sie. Da sind Ihnen die Sicherungen durchgebrannt, Sie haben ihm eins über den Schädel gegeben und sind weggelaufen.«

Dylan starrte Craig entgeistert an. »Was glauben Sie eigentlich, wie bescheuert ich bin? Ich hatte ihn so weit. Er hatte mir versprochen, seine Frau ein paar Wochen hinzuhalten und ihr dann zu erzählen, er habe den falschen Termin im Kopf gehabt und es sei nicht mehr möglich, uns herauszuklagen. Mich wundert, dass Beth Carpenter noch keinen Besitzanspruch angemeldet hat, jetzt, wo Floyd tot ist. Sie hätte leichtes Spiel. Ein lebender Floyd war unsere einzige Chance, das Haus behalten zu können.«

Craig musterte Dylan und Roberts. Sie hatte Roberts angelogen, Floyd Carpenter hatte sie angelogen und seine Frau ebenso. Das Übliche.

»Beth Carpenter hat erst heute von Ihrer Affäre mit ihrem Mann erfahren.«

Lucy Dylan sprang auf, eine reife Leistung mit dem Babybauch. »Das miese Schwein hat mich angelogen? Seine Frau wusste von nichts?« Sie setzte sich wieder. »Das Miststück wollte einfach mal mit einer Schwangeren vögeln.« Sie redete weiter, als gäbe es Roberts nicht. »Er hat mir erzählt, dass seine Frau den Sex verweigerte, sobald sie schwanger war. Und dass er sie nie verlassen würde.«

»Hat er über seine Geschäfte gesprochen?«

»Nein. Das war ein absolutes Tabuthema. Nicht ein Wort.«

»Bedauerlich. Aber dann hat er seine Meinung wieder geändert und wollte doch, dass Sie ausziehen?«, fragte Leighton.

»Ja. Er sagte wörtlich: ›Lucy, die Parameter haben sich verschoben.‹«

Leighton hakte sofort ein. »Also haben Sie sich doch mit ihm getroffen?«

»Ja«, sagte Lucy Dylan. Sie schien weit weg und tief in Gedanken versunken zu sein. »Das ist acht Tage her. Ich bin nach Sidmouth gefahren, am Ende der Promenade ist das Fort-

Café. Das Gespräch hat nicht lange gedauert. Ich habe ihm meinen Tee übergekippt, der noch anständig heiß war, und bin abgerauscht. Wahrscheinlich werden sich die Angestellten daran erinnern.«

»Was hat er gesagt? Sie mussten davon ausgehen, dass seine Frau Bescheid wusste?«, fragte Leighton, der nach wie vor Roberts im Blick hatte.

Craig betrachtete Leighton. Er machte seine Sache wirklich gut, stellte die richtigen Fragen, hatte alle Details im Kopf, preschte an der richtigen Stelle vor.

»Er sagte, seine Frau sei nicht das Problem.«

»Wer war dann das Problem?«

»Sein Sohn. Kevin Carpenter. Diese kleine Stinkwanze hat gedroht, die Affäre öffentlich zu machen, wenn wir das Cottage nicht unverzüglich verlassen. Wenn ich jemanden killen müsste, dann diesen missratenen Bengel.«

»Okay«, sagte Craig langsam.

Der Fall gewann an Fahrt. Das Beziehungsgestrüpp der Carpenters lichtete sich. Summer bewunderte ihren Vater, weil er konsequent seine Bedürfnisse auslebte und dennoch treu zur Familie stand. Kevin war verletzt, weil er sich mit seiner Mutter identifizierte und für sie die Rache üben wollte, zu der sie nicht in der Lage war. Einen geplanten Mord traute er dem Jungen dennoch nicht zu. Eine Affekthandlung, ja, das passte. Lang unterdrückte Gefühle brechen hervor, der Verstand setzt aus, er rammt seinem Vater den Pen in den Hals, begreift, was er getan hat, flieht in Panik. Aber noch hatte Kevin ein Alibi. Ebenso wie seine Mutter und seine Schwester und Mr. Torey. Craig rechnete jeden Augenblick mit einem Anruf des Propheten. Solange der ausblieb, hielt er sich an das Naheliegende: Lucy Dylan hatte kein Alibi. Und Roberts war eine tickende Zeitbombe. Was hatte er gewusst über die Beziehung zwischen seiner Liebsten und Floyd Carpenter? War es nicht für jeden Mann zutiefst demütigend, wenn seine Freundin mit einem anderen ins Bett stieg, egal aus welchem Grund? Craig nahm Roberts seine Coolness nicht ab.

»Ms. Dylan«, sagte Craig. »Verzeihen Sie mir die Bemerkung, aber haben Sie«, er zeigte auf Roberts, »Sex mit ihm gehabt, seit Sie schwanger sind?«

»Das geht Sie gar nichts an!«, giftete Roberts, blieb aber brav am Herd stehen, als Leighton einen Schritt auf ihn zu machte.

»Meinem Kollegen geht es um die Glaubwürdigkeit Ihrer Freundin«, sagte Leighton, ohne Roberts aus den Augen zu lassen. »Sie hat uns angelogen, ohne rot zu werden. Darüber würde ich mir Gedanken machen an Ihrer Stelle.« Leighton feixte. »Nur ein gut gemeinter Rat.«

Roberts presste die Lippen aufeinander, Craig war bereit, einen Angriff zu parieren, aber der Mann hatte sich weiter unter Kontrolle.

»Okay, ich habe nicht sofort die Wahrheit gesagt«, gab Dylan zu. »Können Sie das nicht verstehen?«

Craig und Leighton schwiegen.

Sie überlegte kurz. »Wir sollten die Sache abkürzen. Für wann brauchen wir ein Alibi?«

Craig spürte Dylans Kern aus Stahl. Sie hatte keine Probleme, Entscheidungen zu treffen. Und sie traf sie für sich und Roberts. Die beiden passten gut zusammen. Roberts schien Führung zu brauchen, er hätte Craig und Leighton rausgeworfen und damit eine Gefängnisstrafe riskiert, wenn seine Lucy ihn darum gebeten hätte.

»Die Nacht vom zwölften auf den dreizehnten, zwischen elf Uhr nachts und drei Uhr morgens.«

Dylans Gesicht entspannte sich. »Da waren wir beide hier

und probierten die neuesten Stellungen für Schwangerensex aus.« Sie lächelte honigsüß und drehte sich zu Roberts um. »Ist es nicht so gewesen, mein Schatz?«

Roberts brummte zustimmend.

Was für eine Überraschung.

Dylan klatschte in die Hände. »Zufrieden? Wenn nicht, ab jetzt nur noch mit Anwalt.«

Leighton klappte die Akte zu, zückte seinen Block, machte sich Notizen.

Craig nahm einen Keks, biss hinein; er war köstlich, Krümel rieselten auf den Teppich. Sie hatten nicht einmal genug für einen Durchsuchungsbeschluss. »Vorerst, Ms. Dylan. Sollten Sie verreisen, müssen Sie uns davon in Kenntnis setzen. Sollten Sie dennoch versuchen, England zu verlassen, wird man Sie daran hindern.«

»Uns gefällt es gut hier, Mr. McPherson. Wir haben keinen Urlaub geplant. Alles bestens.«

»Haben Sie keine Angst, dass Beth Carpenter Sie auf die Straße setzt?«, fragte Leighton.

»Nein«, sagte Lucy Dylan.

Nichts weiter.

»Und warum?«, setzte Craig nach.

»Beth Carpenter wird versuchen, jeden noch so schwachen Schatten, der auf ihre Ehe fallen und sie dadurch beschmutzen könnte, mit gleißendem Licht zu vertreiben.«

»Schön gesagt.« Leighton legte den Kopf schief. »Aber da kennen Sie Beth Carpenter schlecht. Und Sie kannten Floyd Carpenter noch schlechter.«

»Wollen Sie mir Angst machen?«, fragte Dylan ungerührt.

»Ich möchte Sie vor falschen Entscheidungen bewahren.«

»Natürlich. Sie sind ja von der Heilsarmee. Schon klar.« Dylan beugte sich nach vorn, stöhnte und drückte sich aus dem Sessel hoch. Die Geburt würde nicht mehr lange auf sich warten lassen. »Ich bin müde. Wenn Sie jetzt bitte gehen würden? Sie wissen ja, wo Sie mich erreichen.«

Craig nickte Leighton zu, und sie verließen das White Tree Cottage. Hinter ihnen fiel die Tür lauter ins Schloss, als es notwendig gewesen wäre.

»Was meinen Sie, Tyler?« Craig drückte auf den Funkschlüssel des Wagens.

»Ich glaube dieser Dylan nicht ein Wort.«

»Geht mir auch so. Aber das nützt uns nicht viel. Wir haben nichts gegen sie in der Hand.«

Craig rief Heather Moorcraft an, die für die Führung der Akten zuständig war, und gab ihr den Auftrag, alle Unterlagen, Kameraaufzeichnungen und Zeugenaussagen nach Lucy Dylan und Malcolm Roberts zu durchforsten. Sollte sich herausstellen, dass sie sich gegenseitig deckten, waren sie fällig. Der Prophet war noch immer in die Eingeweide der Überwachungsanlage abgetaucht, ohne Ergebnisse.

»Ich könnte einen Tee gebrauchen«, stellte Tyler fest.

»Mr. Torey braut einen hervorragenden.«

»Zweifellos.«

»Bei der Gelegenheit könnten wir noch mal ein paar Worte mit Kevin wechseln«, schlug Craig vor.

»Dann nichts wie hin.«

»Sie sind ein hervorragender Ermittler, Tyler.«

35

Torey schien nie zu schlafen und immer im Dienst zu sein. Er führte Craig und Leighton in den Salon, fragte, ob er den Detectives einen Tee anbieten dürfe.

»Ich bitte darum«, erwiderte Craig.

Vielleicht sollte er sich auch einen Butler anschaffen, der für ihn kochte, die Wäsche machte, aufräumte und putzte.

Beth Carpenter ließ sie warten, Torey brachte den Tee, und eine Minute bevor Craig Beth Carpenter gesucht hätte, trat sie in den Salon, begleitet von einem Constable. Die Jungs nahmen ihre Aufgabe ernst. Schwarze Ringe unter ihren Augen und kleine Falten um den Mund verrieten, dass es ihr nicht gut ging. Craig hätte sie gerne in Ruhe gelassen, damit sie trauern und ihre Dinge regeln konnte, aber Mord ging vor.

Craig erhob sich. »Mrs. Carpenter, ich bedauere es sehr, aber ich muss mit Kevin sprechen. Unter vier Augen.«

Beth Carpenter atmete tief durch, griff zum Telefon und verständigte Yellow, der im Haus unterwegs war und die Durchsuchung überwachte.

Fünf Minuten später saßen Craig, Kevin und Yellow in einem Zimmer im ersten Stock, das fast so groß war wie der Salon. Barocke Möblierung. Craig konnte sich nicht an diesen überbordenden Luxus gewöhnen. Er fühlte sich unwohl.

»Steht Kevin unter Verdacht?«, fragte Yellow.

»Nicht unter dringendem, solange sein Alibi intakt ist. Ich vernehme ihn als Zeugen. Ich glaube, dass er uns weiterhelfen kann.«

Yellow zückte Füllfederhalter und Schreibblock.

Kevin betrachtete den Teppichboden.

»Kevin, wie standen Sie zu Ihrem Vater?«

»Gut.« Kevin war kaum zu verstehen.

»Wunderbar. Aber warum habt ihr überhaupt angefangen, ihn zu beobachten? Ein blondes Haar muss doch nicht gleich von einer Geliebten stammen?« Craig vermied das Wort »ausspionieren«, er wollte Kevins Verhalten nicht bewerten.

»Das war Summers Idee. Ich wollte es gar nicht.«

»Summer mag solche Abenteuer, nicht wahr?«

»Ja, sie ist furchtbar, manchmal.« Er hatte wohl für einen Moment vergessen, dass Craig ein Bulle war.

Für Kevin musste es schwer sein, mit einer Schwester auszukommen, die dermaßen emotional reagierte und gleichzeitig vor Energie und Entscheidungskraft strotzte.

»Aber sie ist die beste Schwester der Welt«, setzte Kevin hastig hinterher.

»Keine Frage, Kevin. Haben Sie sich noch mal Gedanken über das Notizbuch gemacht?«

»Es ist weg.«

»Weg im Sinne von vernichtet, oder ist es verschwunden?«

»Verschwunden. Summer hat es verloren.«

In Craigs Nacken kribbelte es. »Wo?«

Kevin hob den Kopf, schaute Craig fast schon verächtlich an. »Wenn wir das wüssten, hätten wir es sicherlich wiedergefunden.«

»Und wenn es jemand mitgenommen hat?« In den falschen Händen konnte das Büchlein pures Dynamit sein, je nachdem, was darin zu finden war.

Kevin ließ den Kopf wieder hängen.

»Wann habt ihr es zum letzten Mal gesehen?«

»Das ist bestimmt drei Wochen her.«

»Drei Wochen? Hat es Ihr Vater nicht vermisst?«

»Nein. Es lag in seinem Nachttisch, unter einem Stapel Bücher. Es war vollgeschrieben. Er hat beim Essen mal gesagt, er würde jetzt keins mehr führen. Das sei zu gefährlich.«

Craig hob die Hände. »Moment. Deine Mutter und deine Schwester wussten, dass er dieses Notizbuch besitzt?«

»Aber ja. Er war sich sicher, dass wir nicht reingucken. Und bis zu dem Tag, an dem wir das Haar gefunden hatten, war das auch so. Summer hat so lange genervt, bis ich es geholt habe. Sie hat Mum abgelenkt.«

»Dann habt ihr in dem Notizbuch die Termine mit Lucy Dylan gefunden und seid ihm hinterhergefahren?«

»Yep.«

»Was stand noch in dem Buch?«

»Zahlenkolonnen, Daten. Kürzel. Keine Ahnung, was sie bedeuten.«

»Und nur der Name von Lucy Dylan war ausgeschrieben?«

»Nein. Dad war kein Depp. Wir haben es anders rausgekriegt. Er hat sie immer an einer bestimmten Stelle abgeholt. Dann sind wir ihr nach.« Er rieb sich die Hände an seiner Hose. Dunkle Flecken von seinem Schweiß blieben zurück. »War schon spannend.«

»Ihr seid Lucy Dylan zum White Tree Cottage gefolgt?«

»Ja. Die wohnt da mit einem Typen, der aussieht wie ein kanadischer Mounty. Sie wissen schon. Kantiges Kinn und ein Körperbau wie Superman.«

Craig musste sich eingestehen, dass er noch nie einen kanadischen Mounty gesehen hatte. »Kevin, würden Sie mich bitte mal anschauen?«

Kevin hob den Kopf. Tränen schimmerten in seinen Augen.

»Sie waren maßlos enttäuscht von Ihrem Vater, nicht wahr?«

Kevin sprang aus dem Sessel, lief hin und her. »Er hat mir

geschworen, dass da nichts ist, dass er treu ist und dass er Mum niemals belügen würde, oder uns. Aber da wusste ich schon alles. Er hat uns verarscht. Alle. Seit Jahren. Schon immer.« Kevin ballte die Fäuste.

Yellow trat zwischen Craig und Kevin. »Es reicht, Mr. McPherson. Die Richtung, die Sie einschlagen, gefällt mir nicht. Es muss nur irgendein Gutachter daherkommen und behaupten, die Überwachungsanlage sei nicht so sicher, wie alle glauben, und schon hätten wir ein Problem. Die Vernehmung ist beendet. Alles Weitere nur mit richterlichem Beschluss.«

»Noch eine Frage. Bitte.«

»Stellen Sie die Frage, ich entscheide, ob Kevin antworten wird oder nicht.«

Kevin blieb stehen.

»Danke, Mr. Yellow! Kevin, Sie haben von den Abenteuern geredet. Was waren das für Abenteuer?«

Yellow nickte Kevin zu, der über den Kopf seines Anwalts hinweg Craig in die Augen schaute. Der Gedanke an die Abenteuer stärkte wohl sein Selbstbewusstsein.

»Wir sind in leerstehende Gebäude rein, haben Party gemacht und ein bisschen rumgesprayt. Und bei den Hausbesetzern waren wir öfters, die sind echt cool drauf. Die sind in Ordnung. Die sind frei. Nicht wie wir. Wir leben im Gefängnis. Aber dieses eine Mal ist das ein Vorteil. Sonst hätten Sie mich schon längst verhaftet. Stimmt's?«

Kevin mochte unsicher sein, dumm war er nicht.

»Das ist richtig, Kevin.«

Yellow hob eine Hand. »Okay, das war's. Kevin, du kannst gehen. Danke. Das hast du gut gemacht.«

Kevin schlurfte zur Tür, öffnete sie, drehte sich um, ließ die Schultern hängen, sein Selbstvertrauen schien verpufft. »Werden Sie ihn schnappen? Den Mörder meines Vaters?«

Craig erhob sich. »Ich werde alles versuchen. Aber versprechen kann ich es nicht.«

Kevin nickte wissend, dann verließ er den Raum; die Tür zog er hinter sich zu. Es schien ein Kraftakt zu sein.

»Mr. McPherson, auf ein Wort noch.«

Craig schaute Kevin hinterher. Der Junge wusste mehr, das war klar, aber er hatte zu Recht Angst, Dinge zu sagen, die ihm schaden konnten.

»Worum geht es, Mr. Yellow?«

»Ich bin felsenfest davon überzeugt, dass keiner der Carpenters etwas mit dem Mord an Floyd zu tun hat. Und wenn Sie sich die Fakten anschauen, werden Sie mir recht geben müssen. Soweit ich informiert bin, hat auch die Durchsuchung nichts erbracht.«

»So sieht es wohl aus. Summer hat kein Tagebuch, nichts, wo sie etwas hätte hineinschreiben können. Sie hat alles in ihrem Kopf aufbewahrt. Die Verbindungsdaten der Handys müssen wir noch auswerten, aber eine erste Prüfung hat ergeben, dass sie zur fraglichen Zeit in der hiesigen Funkzelle eingeloggt waren. Zumindest Summer hat noch bis spät in die Nacht auf WhatsApp gechattet.«

Yellow nickte zufrieden. »Ich werde noch heute bei Richter Jefferson die Aufhebung des Arrests beantragen.«

Ein Blitz zuckte über den Himmel, nur einen Moment später ließ ein Donnerschlag das Haus erbeben. Endlich ein Gewitter und damit die Hoffnung auf Abkühlung.

»Tun Sie das, Mr. Yellow. Aber ich fürchte, Sie werden nichts erreichen.«

»Trotz der Beweislage?«

Craig rechnete fest damit, dass sich niemand an dem Fall Floyd Carpenter die Finger verbrennen würde. Kein Richter wollte sich irgendwann die Frage stellen lassen müssen, warum er einem Mörder durch Untätigkeit die Gelegenheit zur Flucht oder, noch schlimmer, zu einem weiteren Mord ermöglicht hatte.

Ein weiterer Donnerschlag rollte über die Landschaft, dann setzte prasselnd Regen ein, so dicht, dass die Sicht schlagartig nur noch wenige Meter betrug. Durch das geöffnete Fenster wehte eine kühle Brise. Craig atmete tief durch.

»Das Wetter neigt zur Theatralik, Mr. McPherson, meinen Sie nicht?«

Craig schloss das Fenster, genoss die kalten Spritzer, die durch sein Hemd auf seine Haut klatschten. »Da bin ich ganz Ihrer Meinung, Mr. Yellow.«

36

Craig hatte für zweiundzwanzig Uhr eine Sondersitzung der Mordkommission anberaumt. Seit drei Stunden tobte das Gewitter über Exeter, und es schien kein Ende nehmen zu wollen. Das Wetter fiel von einem Extrem ins andere. Die ersten Hochwassermeldungen trudelten ein, kleine Bäche traten über die Ufer, der Pegel des Exe stieg langsam, aber stetig, seine Fließgeschwindigkeit nahm zu. Die Ausgleichsflächen am Wehr nahmen das erste Wasser auf. Wäre Carpenter bei diesem Wetter in den Exe gefallen, er wäre in kürzester Zeit ins Meer gespült worden. Es hätte Tage oder Wochen gedauert, bis man ihn gefunden hätte – falls man ihn gefunden hätte. Hatte der Täter die Strömung überschätzt? Hatte er geplant, Carpenter in den dunklen Wassern des Exe für immer verschwinden zu lassen?

Der Raum füllte sich, einige waren durchnässt, andere gähnten, die meisten hatten Ringe unter den Augen. Keen hatte sich entschuldigen lassen, er war auf einer Charity-Veranstaltung.

»Vielen Dank, dass Sie alle gekommen sind. Es gibt neue Entwicklungen. Kevin Carpenter hat ein starkes Motiv gehabt, seinen Vater umzubringen. Er war maßlos enttäuscht, dass Carpenter eine Affäre hatte und seine Familie betrogen hat. Kevin Carpenter hat sehr emotional reagiert. Das einzige Problem ist: Nach den vorliegenden Fakten war er in dieser Nacht zu Hause. Oberste Priorität hat jetzt sein Alibi. Drehen Sie alles um. Suchen Sie einen Geheimgang, einen toten Winkel der Kameras, was auch immer. Mohammed Jamili ist immer noch in der Zentrale der Überwachungsfirma und bringt alle an den Rand des Wahnsinns, aber noch hat er nichts gefunden. Wenn er dort fertig ist, wird er die Überwachungsanlage auf Rosewood prüfen. Akribisch. Jetzt zu Beth Carpenter. Sie hat nichts gewusst von der Affäre, das scheint sicher. Ihre Tochter Summer gibt an, dass sie das Verhalten ihres Vaters nicht nur akzeptiert, sondern bewundert hat. Auf den Computern von Summer und Kevin haben wir nichts Belastendes gefunden. Nur ein paar illegal downgeloadete Songs. Sie haben die Bilder auf dem Rechner ihrer Mutter gespeichert, weil sie davon ausgingen, dass niemand dort suchen würde. So kann man sich täuschen. Dass sie eine eventuelle Schuld auf ihre Mutter abwälzen wollten, scheidet aus, da ja überdeutlich war, wer die Fotos geschossen hat. Das Insulin im Pen von Kevin stimmt mit dem überein, das bei Floyd Carpenter gefunden wurde. Noch Fragen?«

Niemand meldete sich.

»Eine Sache noch. Eine Dienstanweisung: Ich weiß, dass Sie voll bei der Sache sind. Aber mir nützt es nichts, wenn Sie vor Müdigkeit umfallen oder irgendwann nervös werden und Fehler machen. Heißt im Klartext: Nach maximal zwölf Stunden ist Schluss. Dann gehen Sie nach Hause, schlafen und bringen etwas Abstand zwischen sich und den Fall. Ich werde das anhand der Zeiterfassung kontrollieren.«

»Und was ist mit Ihnen, Braveheart?« Leises Lachen lief durch den Raum. »Sie sieht man Tag und Nacht hier herumgeistern.«

Craig konnte nicht ausmachen, wer den Satz gesagt hatte. »Schon vergessen? Ich leite den Haufen hier. Und glauben Sie mir, ich genieße es.«

»Und was ist mit Falkirk?«

Craig zuckte zusammen. Dort war im dreizehnten Jahrhundert ein schottisches Heer von den Engländern vernichtend geschlagen worden.

»Bannockburn«, erwiderte Craig. »Ihr seid gerannt wie die Hasen.«

»Und Braveheart hat kurz darauf seine Gedärme gestiftet.«

Craig blieb gelassen. »Ich sage nur Schlacht bei Sark.« Auch dort hatten die Schotten gesiegt, gegen eine englische Übermacht.

»Ich hoffe, ihr macht nicht noch mal dieselben Fehler«, warf ein alter Haudegen ein und spielte damit auf die aktuelle Lage an. Trotz eines Referendums war noch lange nicht entschieden, ob Schottland Teil des Vereinigten Königreiches bleiben würde.

Die Frotzelei driftete in eine politische Diskussion ab. Das musste Craig verhindern. »Keine Sorge, wir Schotten wissen, was sich gehört. Und Keen ist ja Engländer, da kann nichts schiefgehen. Ich find's auf jeden Fall klasse hier in Exeter.«

Craig musste nicht einmal lügen. Die Stadt gefiel ihm wirklich, die Leute waren überwiegend entspannt, die Bürgermeisterin tat ihr Bestes, Exeter voranzubringen. Natürlich konnte Exeter mit Edinburgh nicht mithalten, aber Craig gestand sich ein, dass er in dieser Sache befangen war.

»Hört, hört!«, rief Leighton.

Weitere Bemerkungen blieben aus, die natürliche Ordnung war sozusagen wiederhergestellt, alle waren zufrieden. Ruhe kehrte ein, und genau in diesem Moment dudelten die Bagpipes los. Die Hymne ging im grölenden Gelächter der Kollegen unter. Nach und nach gingen sie an die Arbeit oder, da sie Craigs Dienstanweisung folgten, nach Hause.

»Hi, Schottenmann!«

Es war Dracu.

»Neuigkeiten. Gute Neuigkeiten.«

»Na rede schon.«

»Collins. Wir haben ihn.«

»Wo ...?«

»Sie haben ihn aus dem East Dart River gezogen.«

»Ist er ...?«

»Er ist vollkommen erschöpft, aber lebendig wie ein Fisch im Wasser.«

Craig schloss kurz die Augen, die Erleichterung schoss durch seinen ganzen Körper. Seine Nachlässigkeit, Collins nicht gleich festzunehmen, hatte den Mann nicht das Leben gekostet.

»Collins muss seit Tagen in seinem Auto gelebt haben. Er wird gerade ins Wonford geschafft. Müsste jeden Moment dort ankommen. Ich würde mich beeilen. Die NCA weiß noch nichts, und bei mir ist so viel los, dass ich Kruger und Phillips erst in einer halben Stunde benachrichtigen kann. Das Geld ist fast vollständig da. Es ist feucht geworden, nichts weiter.«

»Alles klar, Dracu, danke. Du hast was gut bei mir.«

Morrison giggelte. »Das wird teuer, Braveheart.«

»Sei gnädig mit mir.«

Morrison senkte die Stimme. »Versteh mich nicht falsch, McPherson. Ich will, dass du das Schwein erwischst, das Carpenter ermordet hat. Ich habe dem Mann viel zu verdanken. Und dass er gekokst hat, geschenkt. Seine Betrügereien waren nicht in Ordnung, aber ich glaube, er hat das nicht gemacht, um sich zu bereichern.«

Craig verzichtete auf eine Moralpredigt. Er konnte Morrison bis zu einem gewissen Grad verstehen. Floyd Carpenter hatte zwei Leben geführt. Er war »Bad Guy« und »Good Guy« in einem gewesen. Twoface. Ein interessanter Mann, mit dem Craig gerne bei einem guten Whisky geplaudert hätte.

Fragte sich, für wen Carpenter so »bad«, so schlecht, gewesen war, dass der ihn umgebracht hatte.

»Ich bleib dran, Dracu, versprochen.«

Craig unterbrach die Verbindung. Er hatte eine halbe Stunde, inklusive Fahrtzeit. Er musste aus Collins rausholen, was irgend ging. Erledigt war der Anwalt so oder so. Die Beweislast war erdrückend. Er würde für mindestens fünf Jahre einfahren, seine Lizenz war er für immer los. Hatte er Floyd hinterrücks und kalt berechnend aus Gier ermordet, konnten die Richter die »Whole life order« verhängen: Bewährung war in diesem Fall ausgeschlossen, er würde er nie wieder freikommen und im Gefängnis sterben. Craig informierte Keen, schnappte sich Leighton und startete ins Wonford durch.

37

Mit gezücktem Ausweis stürmte Craig durch das Glasportal des Wonford Hospital. Die Schwester an der Auskunft nannte ihm sofort das Zimmer, in dem Collins untergebracht war. Ein Officer saß vor der Tür auf einem Stuhl, stand auf, als er Craig und Leighton sah, inspizierte die Ausweise, ließ sie ein.

Das Zimmer lag im Dunkeln, Craig tastete nach dem Lichtschalter, drückte, Licht flammte auf. Collins starrte ihn an. Sein Gesicht war rasiert und mit blauen Flecken und roten Sprenkeln übersät, auf der Stirn klebte ein Pflaster, die rechte Hand war in einen dicken Mullverband eingewickelt.

Leighton stellte sich ans Kopfende des Bettes, Craig zog sich einen Stuhl heran.

»Mr. Collins«, sagte Craig ruhig. »So sieht man sich wieder. Sie werden es mir nicht glauben, aber ich habe mir ernsthafte Sorgen um Sie gemacht.« Craig zeigte auf den Verband. »Und wie es scheint, nicht zu Unrecht. Was ist passiert?«

Collins schnaubte. »Warum sollte ich mit Ihnen reden? Sie haben mir das Ganze doch eingebrockt.«

Craig rückte seinen Stuhl näher ans Krankenbett. Es war ein modernes, mit Bedienelementen an jeder Seite. »Wir haben die Dokumente restauriert, die Sie verbrannt haben. Meiers hat geplaudert. Er ist Kronzeuge. Das Schattenimperium ist aufgeflogen. Ihre Betrügereien sind aufgeflogen. Sie sind Anwalt. Muss ich wirklich noch mehr sagen?«

Collins ließ den Kopf auf das Kissen sinken. »Fragen Sie.«

»Wie dicht war Ihnen Floyd Carpenter auf den Fersen?«

»Glauben Sie wirklich, ich belaste mich selbst? Träumen Sie weiter.«

»Okay, verstehe ich. Wie gut kannten Sie die Carpenters?«

»Gut genug, um zu wissen, dass Floyd Probleme hatte mit seinen Kindern.«

»Probleme oder Ärger?«

Collins schloss die Augen. »Probleme. Wie so oft. Summer hat sein Temperament geerbt: wild, lebenslustig, rebellisch. Kevin das seiner Mutter: unterwürfig, passiv, stromlinienförmig. Er hat beide geliebt, aber dennoch hätte er sich Kevin anders gewünscht.«

»Kevin war der Kronprinz?«

»Ja. Floyd hätte Summer die Leitung der Firma auch übertragen, aber sie wollte nicht. Sie will Anwältin werden und dann für Menschenrechte eintreten. Kostenlos Arme verteidigen, das Justizsystem reformieren. Träume.«

»Gab es Streit zwischen Floyd und seinen Kindern?«

»Summer war nicht begeistert davon, dass ihr Vater ein waschechter Kapitalist war. Auch wenn er viele gemeinnützige Dinge getan hat: Er war ein knallharter Geschäftsmann.«

Leighton warf Craig einen Blick zu. Craig nickte.

»Hat er deswegen das Schattenimperium aufgebaut? Damit er seine Wohltaten finanzieren konnte? Damit er nach außen glänzen konnte?«, fragte Leighton.

»Was sonst? Geld war für ihn nur ein Werkzeug, kein Wert an sich.«

Collins war der Zweite, der das behauptete, und Craig war geneigt, es zu glauben. Leighton hatte die Finanzen von Carpenter überprüft. Die Firmen waren gesund, aber sie hätten niemals das Kapital aufbringen können, das er in die billigen Kredite gesteckt hatte. Floyd Carpenter war ein Macher und ein Mensch gewesen, der sich in der Bewunderung anderer sonnte. Dass er dafür kleine Handwerker ruinierte, das nahm er in Kauf.

Craig musste mehr über Kevin erfahren. »Was will Kevin?«

Collins gab ein verächtliches Geräusch von sich. »Der Bengel wollte nichts. Er ist Mittelmaß in allem: Schule, Freizeit, Freunde – er ist ein Anhängsel seiner Schwester. Ohne Summer würde er, wann immer es geht, auf dem Schoß seiner Mutter sitzen. Ein Jammerlappen. Floyds Firma wird untergehen. Es gibt keinen Nachfolger.«

»Was ist mit Hargrave?«

»Ein guter Mann für die zweite Reihe. Aber keine Führernatur. Zu vorsichtig, zu viele Skrupel. Der macht sich ja schon ins Hemd, wenn man Mieter deutlich davon überzeugen will auszuziehen.«

»Es kommt darauf an, wie man sie überzeugen will …«

Collins öffnete die Augen. »Die meisten Mieter sind Verlierer, die sich kein eigenes Heim leisten können. Ausländer sind die schlimmsten. Die bezahlen nicht und lassen die Wohnungen als Saustall zurück.«

Craig wurde hellhörig. Collins war ein Rassist und Menschenverächter.

Leighton griff die Vorlage auf. »Mietnomaden sind eine Landplage, die kriegt man nicht so leicht aus dem Haus. Da muss man konsequent sein. Welche Firma hat das übernommen?«

»Eine Tochter der Omega-Sec.«

»Die OverSec?«, fragte Leighton.

»Genau die.«

»Die sind nicht auf dem Radar der NCA«, sagte Leighton. »Das ist doch was.«

»Da werden Sie nichts finden, McPherson. Die hinterlassen keine Spuren.«

»Uns geht es nicht um die krummen Geschäfte der OverSec. Uns geht es um die Leute, die von denen auf die Straße gekehrt wurden.«

»Ah, ja, natürlich. Da könnte jemand sauer geworden sein. Aber woher weiß dieser Jemand, dass die OverSec ein verlängerter Arm von Floyd war?«

»*Das* ist die Preisfrage«, sagten Craig und Leighton gleichzeitig.

TAG 7

DIENSTAG, 19. JULI

38

Craig saß an seinem Esstisch, betrachtete die Plastikfolie von allen Seiten. Ein Lieferservice hatte ihm ein Dutzend Pakete mit hochkonzentrierter Nahrung vor die Haustür gestellt. Als er nach Hause gekommen war, vor genau vier Stunden und siebenunddreißig Minuten, war er tatsächlich so erschöpft gewesen, dass er sich nur noch aufs Bett hatte fallen lassen und augenblicklich eingeschlafen war.

Das Gewitter hatte sich verzogen, die Luft hatte sich um fünfzehn Grad abgekühlt, die Sonne versteckte sich hinter einer Dunstwand, es war noch immer schwül, aber die Hitze hatte sich verzogen. Die Menschen von Exeter brauchten jetzt keine Kühlgeräte mehr, sondern Schlauchboote.

Die Wassermassen, die Collins zum Verhängnis geworden waren, hatten sich gesammelt und zu einer Flutwelle vereinigt, die bereits Lower Exeter erreicht hatte. Der Anwalt hatte seinen Wagen an einer Stelle platziert, die normalerweise eine grüne Wiese war. Als sie sich in einen reißenden Strom verwandelte, hatte er tief und fest geschlafen. Aufgewacht war er, als sein Auto gegen einen Brückenpfeiler gekracht und hängen geblieben war. Das hatte ihm das Leben gerettet.

Tröstlich war, dass die Flut schnell vorüber sein würde. Ein kurzes wütendes Aufbäumen des Exe, bevor er wieder friedlich in sein Bett zurückkehrte. Für Craig hieß es Umwege fahren. Auch in den höher gelegenen Straßen stand das Wasser knöcheltief, denn die Kanalisation wurde mit solchen Wassermengen nicht fertig.

Mit einem Ruck zerriss Craig die Folie, eine braune Masse quoll hervor, die nach Gulasch roch. Er steckte vorsichtig die Zungenspitze hinein, und wunderbarerweise schmeckte es sogar. Langsam drückte er sich den Inhalt des Beutels in den Mund, schluckte, wartete. Sein Magen murrte nicht. Achthundert Kilokalorien sollten laut Herstellerangaben in dem Snack stecken. So viel hatte Craig schon lange nicht mehr auf einmal zu sich genommen. Damit er nicht verhungerte oder ernsthafte Mangelerscheinungen bekam, musste er zwei solche Tüten pro Tag verdrücken. Wenn er dazu genug Wasser trank, war eine vollwertige Ernährung sichergestellt. Womit Astronauten überleben konnten, musste auch für einen Polizisten genügen.

Craigs Handy dudelte los. Eine Nummer aus dem Headquarter. Es war nicht der Prophet. Was zum Teufel machte Jamili so lange?

»McPherson hier, was gibt es?«

»Guten Morgen, Sir. Heather Moorcraft, Aktenführung. Wir haben was. Es geht um Malcolm Roberts. Ich glaube, er wird Schwierigkeiten bekommen. Und Lucy Dylan ebenfalls.«

»Was haben wir?«

»Wir haben ihn in der Tatnacht auf mehreren Überwachungskameras. Er war definitiv nicht zu Hause.«

»Ich liebe Sie, Heather.«

»Ich bin verheiratet.«

»Das ist schade. Aber wenigstens ist Dylans Alibi geplatzt!«

»Und Roberts wird seiner Freundin einiges erklären müssen. Er war bei einer Prostituierten.«

39

Craig hatte die Mannschaft darauf eingeschworen, mit äußerster Vorsicht und Zurückhaltung vorzugehen. Nicht nur, weil er befürchtete, dass Malcolm Roberts ihnen mit seinen Bärenkräften ernsthafte Probleme bereiten konnte, sondern weil Lucy Dylan hochschwanger war. Also hatte er neben einigen Streifenwagenbesatzungen auch eine Ambulanz samt Hebamme und Notarzt zum White Tree Cottage bestellt. Sie hatten es mit Doppelreihe umstellt, nicht eine Maus konnte entkommen, kein Laut war zu hören, keine Gardine hatte sich bewegt.

Craig, Leighton und fünf Mann von den bewaffneten Kräften hatten sich vor der Tür postiert. Noch immer keine Reaktion. Craig klopfte. Erneut, heftiger. Von innen hörte er Stühle rücken, dann öffnete Lucy Dylan die Tür. Sie schaute die Männer kurz an, trat zur Seite. Die Bewaffneten stürmten in das Haus, riefen immer wieder: »Polizei, nicht bewegen!« Raum für Raum wurde gesichert, Malcolm Roberts war ausgeflogen.

Craig schob Lucy Dylan ins Haus, schloss die Tür, ordnete die Fahndung nach Roberts an.

»Es tut mir furchtbar leid, Ms. Dylan, aber die Faktenlage hat sich geändert. Wir müssen dringend mit Mr. Roberts sprechen. Wo ist er?«

Dylan lachte kurz. »Das sage ich Ihnen nicht.«

Craig zeigte auf die Couch. »Bitte setzen Sie sich.«

Dylan gehorchte, sie war die Ruhe selbst. Ob das an der

Schwangerschaft lag? Oder daran, dass Roberts im letzten Moment hatte fliehen können?

Richter Jefferson hatte sofort den Haftbefehl gegen Malcolm Roberts unterschrieben und den Durchsuchungsbeschluss für das White Tree Cottage. Die Constables kamen nach und nach herein, verhielten sich gesittet und ruhig, entschuldigten sich mehrmals für ihr Eindringen und machten sich an die Arbeit. Craig dachte nur, dass es auch so ging, gesittet und respektvoll. Alles eine Frage des Wollens und der Beziehungen.

Dylan saß auf der Couch, hielt sich den Bauch und atmete achtsam ein und aus. Die Situation war Stress pur für sie, egal wie vorsichtig sie vorgingen.

Craig setzte sich auf die Kante der Couch. »Ich kann Ihnen diese Unannehmlichkeiten nicht ersparen, Ms. Dylan. Leider haben Sie und Malcolm Roberts gelogen.«

Dylan schwieg.

»Er war in der Tatnacht nicht hier. Er war in Exeter. Er hat sich mit einer Frau getroffen. Mit einer Prostituierten.«

Dylan zeigte keine Reaktion.

»DCI, das müssen Sie sehen«, rief aus dem ersten Stock ein Constable.

Craig wartete noch einen Moment, ob Dylan es sich anders überlegte, dann stieg er die Treppe hinauf, bewunderte die geölten Buchenholzstufen, die alle eine etwas andere Form besaßen. So, als hätte Roberts jede einzelne aus einem ganz bestimmten Stück eines Baumes gearbeitet.

Der Constable hielt Craig ein Fotoalbum hin. Es war in braunes Glattleder gebunden, in goldenen Lettern stand darauf: »Meine Familie«. Craig schlug die erste Seite auf, die den Titel trug: »Für meinen lieben Malcolm von Mummy«. Auf den nächsten Seiten folgten Bilder von Malcolm in chronologischer Reihenfolge, vom Baby bis zu seinem Eintritt in die Highschool mit elf Jahren. Dann änderten sich die Fotos. Malcolm hatte eine Schwester bekommen. Margie. Hastig blätterte Craig weiter. Margie wuchs, ging zur Grundschule, und meist war ihr Gesichtsausdruck verschlossen oder traurig. Das letzte Bild von ihr in diesem Album zeigte sie im Alter von vierzehn Jahren. Danach gab es nur noch Bilder von Malcolm. Aber Margie war nicht tot, nicht im wörtlichen Sinne, wie der Constable mit einem Anruf herausgefunden hatte. Sie hatte sich der Familie entzogen. Und sie hatte einen anderen Nachnamen angenommen. Sie hieß jetzt Margie Stanton und arbeitete als Prostituierte. Mit einigem Erfolg. Sie sah gut aus, und sie kannte die Gesetze ihres Berufsstandes. Craig dankte dem Constable für seine gute Arbeit und stieg die Treppe hinunter. Dylan saß auf der Couch und verkörperte die reine Unschuld.

Craig hielt ihr das Album hin. »Haben Sie mir irgendetwas zu sagen, Ms. Dylan?«

Sie warf einen Blick darauf. »Malcolm hat sie hier ausfindig gemacht, vor etwa drei Jahren. Sie ist mit vierzehn von zu Hause ausgerissen. Malcolm weiß bis heute nicht, warum. Es spielt auch keine Rolle. Er liebt seine Schwester mehr als mich, glaube ich manchmal. Und er ist so naiv. Er glaubt, er kann sie bekehren, sie von ihrem Weg abbringen. Er war in der Nacht, als Floyd ermordet wurde, bei ihr.«

»Wann?«

Dylan stieß heftig Luft aus. »Es hat ja keinen Sinn. Sie werden es so oder so erfahren.«

»Darauf können Sie wetten, Ms. Dylan«, sagte Craig freundlich.

»Er ist gegen zehn aufgebrochen, wollte vor Mitternacht zurück sein.«

»War er aber nicht …«

»Er kam gegen drei Uhr in der Früh und war vollkommen aufgebracht.«

»Er hat erfahren, dass sein größter Feind, Floyd Carpenter, nicht nur mit seiner Frau, sondern auch mit seiner Schwester geschlafen hatte.«

»Er war in einem desolaten Zustand. Wollte alles hinwerfen, wollte nur noch weg von hier.«

Craig setzte sich neben Dylan. »Kein Wunder. Er hatte gerade einen Mord begangen.«

Dylan funkelte ihn an. »So ein Unsinn! Er hatte getrunken. Alkohol macht Malcolm sentimental. Er vergrub seinen Kopf in meinem Schoß und flennte eine halbe Stunde. Dann hatten wir Sex, und es ging ihm schon besser. Ich habe ihm geschworen, dass meine Affäre mit Floyd nichts weiter als der Preis für unser Haus war. Und dass seine Schwester nun mal eine der begehrtesten Nutten von Exeter ist. Er hat alles geschluckt, er glaubt mir alles. Er ist so …« Ihr versagte die Stimme.

»Aber ich bin nicht so naiv wie Ihr Freund. Ich glaube Ihnen nicht ein einziges Wort, Ms. Dylan. Sie sind großartig im Lügen, und Sie vergessen, dass nicht nur Malcolm ein starkes Motiv hatte, Floyd Carpenter aus dem Weg zu räumen. Ihr Alibi ist ebenfalls dahin.«

Dylan blieb ruhig. »Ich habe Floyd nicht ermordet.« Sie wandte sich Craig zu, lächelte verbindlich. »Sehen Sie, Mr. McPherson, Sie müssten mir den Mord beweisen, was Sie nicht können. Außerdem gibt es eine ganze Menge andere Menschen, die Floyd wirklich gerne tot gesehen hätte. Wie gesagt. Ich gehöre nicht dazu.«

Sie schaute Craig direkt in die Augen, er konnte keine Unsicherheit erkennen, aber das hatte nichts zu sagen.

»Ms. Dylan, ich muss wissen, wo Malcolm ist.«

»Vergessen Sie es.«

»Möchten Sie Ihr Baby im Gefängnis zur Welt bringen?«

»Vergessen Sie es! Ich verrate Malcolm nicht. Sie können mich nicht einschüchtern.«

Lucy Dylan war anscheinend nicht klar, was sie erwartete. »Solange ich nicht mit Mr. Roberts gesprochen habe, sind Sie meine Verdächtige Nummer eins. Ich werde Sie verhaften und in Untersuchungshaft stecken.«

»Ich bin schwanger.«

»Das ist kein Hinderungsgrund. Wir haben hervorragende Mutter-Kind-Einrichtungen. Die ersten eineinhalb Jahre werden Sie Ihr Baby jeden Tag sehen, danach kann es zur Adoption freigegeben werden.«

»Sie können so viele Horrorszenarien aufzeigen, wie Sie wollen. Ich werde nichts mehr sagen.«

Craig wusste, wann er auf Granit biss. Er stand auf. »Ms. Dylan, ich nehme Sie vorläufig fest wegen des Verdachts, Floyd Carpenter ermordet zu haben oder an dem Mord beteiligt gewesen zu sein. Sie haben das Recht, die Aussage zu verweigern. Aber es kann Ihrer Verteidigung schaden, wenn Sie während der Befragung etwas nicht erwähnen, auf das Sie sich im Prozess berufen wollen. Alles, was Sie sagen, kann vor Gericht als Beweis verwendet werden. Sie haben das Recht, einen Rechtsanwalt hinzuziehen. Wenn Sie sich keinen leisten können, wird Ihnen ein unabhängiger Verteidiger gestellt. Haben Sie das verstanden?»

Dylan kniff die Augen zusammen und schwieg.

»Haben Sie mich verstanden, Ms. Dylan?« Craig hob seine Stimme um eine halbe Oktave.

Dylan blickte ins Leere, dann zog sie tief Luft ein und hechelte. Verdammt! Der Stress löste die Wehen aus. Das hatte Craig zwar einkalkuliert, aber nicht wirklich erwartet.

»Arzt! Sofort! Ms. Dylan muss ins Krankenhaus. Doppelte Bewachung«, brüllte Craig.

Auf der Stelle brach hektische Betriebsamkeit aus. Der Arzt stürzte mit zwei Assistenten herbei, untersuchte Dylan und ließ sie in den Krankenwagen bringen. Zwei Constables eilten hinterher, quetschten sich neben Dylan, die Türen wurden zugeschlagen, mit Blaulicht und Sirene raste der Wagen los.

Craig blieb zurück und schaute sich um. Das Paradies White Tree Cottage hatte seine Unschuld verloren.

40

Keen saß mit verschränkten Armen vor Craig. Leighton stand hinter Keen. War das seine Loyalität? Stand er mehr hinter Keen als hinter Craig? Als Partner hatte sich Leighton bisher bewährt, auch wenn er hier und da ein wenig naiv war und sein Herz sehr an den Vorschriften hing.

»Was machen wir mit den Carpenters?« Keen zeigte auf die Stellwand, an der die Bilder der Familie Carpenter hingen und mit Kommentaren versehen waren.

»Solange Jamili mir nicht bei seiner Seele schwört, dass die Überwachungsanlage unbestechlich ist, sind die Carpenters für mich nicht raus aus der Sache. Alle drei haben starke Motive.«

Keen schüttelte den Kopf. »Das ist mir zu dünn. Ich werde den Arrest aufheben und die Leute abziehen.«

»Aber wir müssen sie im Auge behalten«, forderte Craig.

Keen brummte unwirsch. »Lucy Dylan ist festgenommen, nach Malcolm Roberts wird gefahndet, das sind unsere Kandidaten. Die Carpenters laufen uns nicht weg.«

»Lucy Dylan und Malcolm Roberts? Wir haben nicht einen einzigen forensischen Beweis, keine Zeugenaussage, ganz zu schweigen von einem Geständnis. Nur Indizien und zugegebenermaßen starke Motive. Dylan ist nicht vernehmungsfähig, Roberts untergetaucht. Der Staatsanwalt wird uns was husten.«

»Roberts wird freiwillig zu uns kommen«, sagte Leighton.

Keens Kopf ruckte zu Leighton. »Und wie wollen Sie das anstellen?«

»Wir geben eine Pressemitteilung heraus: ›Mordfall Floyd Carpenter kurz vor der Aufklärung. Verdächtige in Haft.‹ Roberts wird eins und eins zusammenzählen, sich stellen und ein Geständnis ablegen. Dann werden wir schnell sehen, ob er sie schützen will oder der Täter ist.«

Craig klatschte zweimal in die Hände. »Alle Achtung, Tyler, das könnte tatsächlich funktionieren.«

Keen zückte sein Handy, gab dem Pressesprecher den Text durch. »Ich lasse die Carpenters observieren. Deal?«

»Deal«, sagte Craig und hielt Keen seine Hand hin.

»Träumen Sie weiter«, sagte Keen, ignorierte die Hand und verließ das Büro.

»Der hat Sie aber echt gefressen, Craig.« Leighton kam zum Schreibtisch, stützte sich darauf. »Wenn wir es genau nehmen, haben wir gegen keinen einzigen Verdächtigen einen forensischen Beweis. Nichts als Indizien. Und schwache dazu. Wir sollten Margie Stanton fragen, wie lange ihr Bruder Mittwochnacht bei ihr war, was meinen Sie?«

»Sie laufen zu ungeahnter Form auf, Tyler. Haben Sie Hershies Medizin gekostet?«

Leighton schnalzte mit der Zunge, rief bei der Sitte an und ließ sich die Adresse von Margie Stanton geben. Er wedelte mit dem Zettel, auf den er die Adresse geschrieben hatte, und reckte die Faust in die Luft. »Auf zum Bahnhof!«

»Hey, Tyler, das wird keine Fuchsjagd. Wir vernehmen eine Zeugin.«

»Schon klar, Boss, schon klar. Keine Sorge.«

Craig war nichts klar, er wunderte sich über Leightons plötzliche Begeisterung. Auf dem Weg zum Vauxhall liefen ihnen Kruger und Phillips über den Weg. Sie ignorierten Craig, winkten aber Leighton zu, der verdutzt die Schultern hob. Die beiden NCA-Agenten verdrückten sich in den Aufzug, Craig konnte nicht sehen, wie sie reagierten. Er spürte nur, dass sein Magen reagierte. Mit einem mulmigen Gefühl, dass Keen und Tyler irgendetwas auskochten.

Sie stiegen in den Vauxhall, fuhren ins Bahnhofsviertel, parkten im absoluten Halteverbot.

Margie Stanton betrieb ihren Ein-Frau-Puff in einer Dreizimmerwohnung, die sie in einem sechsstöckigen Wohngebäude angemietet hatte, in dem angemeldetes Gewerbe erlaubt war. Einige Mieter waren ausgezogen, andere profitierten von der günstigen Miete und dem speziellen Angebot ihrer Nachbarin. Das Haus war schmucklos, aber nicht heruntergekommen, es lag kein Müll herum, keine Kippen und keine Spritzen.

Leighton presste den Zeigefinger auf die Klingel. Nach zwei Minuten wurde ein Fenster im ersten Stock aufgerissen. Margie Stantons Kopf erschien. Sie war ausgesprochen hübsch, die langen schwarzen Haare hatte sie zu einem Knoten aufgesteckt.

»Was ist denn los? Wisst ihr, wie spät es ist?«

Craig wusste es. Neun Uhr morgens. Für eine Prostituierte war es mitten in der Nacht.

»Ich mache um fünf auf. Dann könnt ihr wiederkommen. Und jetzt verpisst euch, oder ich rufe die Bullen.«

Craig zückte seinen Ausweis, stellte sich und Leighton vor.

»Seid ihr neu bei der Sitte? Ihr glaubt wohl, ihr kriegt einen Freischuss? Da habt ihr euch aber so was von getäuscht.«

»Ms. Stanton, wir müssen Sie wegen Ihres Bruders Malcolm Roberts befragen.«

»Der war eine Ewigkeit nicht bei mir, und von mir aus kann das auch so bleiben.«

»Huren lügen immer«, flüsterte Leighton.

Craig registrierte die Bemerkung, aber er erwiderte nichts

darauf. Die meisten Menschen logen von morgens bis abends, und wenn sie von der Polizei beschuldigt und vernommen wurden, ganz besonders.

»Ms. Stanton, wir wissen, dass Ihr Bruder in der Nacht vom zwölften auf den dreizehnten bei Ihnen war. Wir können es sogar beweisen«, sagte Craig.

»Fuck«, sagte Stanton ohne große Erregung. »Ja, er war bei mir, wollte sich ausheulen, weil seine Süße sich mit einem meiner Kunden eingelassen hatte.«

»Das wusste er schon, als er zu Ihnen kam?«, fragte Leighton.

»Unsinn. Ich hab's ihm verklickert, weil, ehrlich gesagt, mein Bruder geht mir total auf die Nerven. Ständig kreuzt er hier auf, will mich bekehren. Aber ich hab keinen Bock auf irgendeinen scheiß Bürojob. Hure ist nicht gerade ein Zuckerschlecken, aber ich hab's mir ganz gut eingerichtet. Ich nehme nicht jeden. Ich kann's mir leisten, wählerisch zu sein. Vor allem die frustrierten Mittvierziger mit Schlips und Kragen rennen mir die Bude ein und zahlen jeden Preis. Ich massiere nun mal am besten von allen.« Sie lachte anzüglich. »Ich hab sogar 'nen Bodyguard. Da haben die Zuhälter keine Chance.«

»Was hat Malcolm gemacht?«

»Der is' abgezischt, als wären ihm die Bullen auf den Fersen. Stinksauer. Hat er was angestellt?«

»Lesen Sie Zeitung?«, fragte Leighton.

»Wozu? Da steht nur Müll drin.«

»Manchmal könnte es helfen. Vermissen Sie nicht einen Ihrer Kunden?«

Stanton legte die Stirn in Falten. »Is' was mit Floyd? Hat Malcolm ...« Sie schlug sich die Hand vor den Mund. »Ach du Scheiße. Mein Bruder ist abgerauscht und hat die ganze Zeit ›Ich bring ihn um‹ gesagt. Nicht laut. Er hat nicht gebrüllt oder so. Ich hab mir nix dabei gedacht. Männer halt. Die glauben, ihnen gehört eine Frau, wenn sie sie geheiratet oder gevögelt haben.«

»Bis wann war Malcolm bei Ihnen?«

»Er kam so gegen zehn, ich war gerade mit einem Kunden fertig. Geblieben ist er bis zwölf. Wir haben 'ne Flasche Wein gekippt, und als ich ihm das mit Floyd erzählt hab, ist er los. Wie gesagt. Hat er Floyd umgebracht?«

»Das wissen wir nicht. Dazu müssten wir ihn befragen können.«

»Keine Ahnung, wo er ist. Ich würd's sagen, weil, wenn er Floyd gekillt hat, dann soll er in der Hölle schmoren, das Arschloch. Floyd war der perfekte Kunde. Anständig, hat ohne Jammern jeden Preis gezahlt. Er hat gut gerochen und nichts gemacht, was ich nicht wollte. Malcolm war und ist ein jämmerliches Weichei.«

Das war echte Geschwisterliebe.

»Ms. Stanton, wir müssten Ihre Aussage protokollieren. Hätten Sie eine halbe Stunde für uns?« Craig lächelte sie an.

»Sie sind ja echt der Hammer, Mr. McPherson. Muss daran liegen, dass Sie Schotte sind. Ein echter Gentleman-Bulle. Von Ihnen würde ich mich gerne mal verhaften lassen.« Sie zeigte auf Leighton. »Der mag Nutten nich', das seh ich auf hundert Meter Entfernung.«

»Keine Sorge, Ms. Stanton. DI Leighton ist mein Untergebener. Der wird sich anständig benehmen.« Craig wandte sich Leighton zu. »Ist doch so, mein Bester, oder?«

»Ich bin sozusagen sein Sklave und tue alles, was mein Herr befiehlt. Wenn es sein muss, halte ich einer Hure sogar die Autotür auf.«

Margie spuckte aus dem Fenster, der Klumpen landete knapp neben Leighton. »Sorry, war keine Absicht, ist mir so rausgerutscht.«

»Würden Sie dann freundlicherweise runterkommen, Ms. Stanton?«, frage Craig.

Stanton verschwand vom Fenstersims, drei Minuten später stand sie vor Craig, der sie zum Auto führte und ihr den Schlag aufhielt. Leighton hielt sich zurück, im Wagen sprachen sie kein Wort. Seine Abneigung gegen Huren war greifbar. Woher kam das? Ansonsten schien Leighton ein ganz vernünftiger Mensch zu sein. Ob er auch was gegen Schwule hatte? Dann hätten sie ein ernsthaftes Problem.

Im Headquarter wiederholte Stanton ihre Aussage Wort für Wort, unterschrieb alles und verabschiedete sich bei Craig, indem sie ihm ins Ohr flüsterte, dass sie sich freuen würde, wenn er sie besuchen käme. Zum Reden. Zum Tee. Ehrlich. Nichts weiter.

Craig versprach, es sich zu überlegen.

Eine Streife brachte Stanton nach Hause, was sie sichtlich genoss.

Craig und Leighton verzogen sich in ihr Büro, checkten den Stand der Dinge. Collins war von Kruger und Phillips festgenommen worden. Bei O'Donnal hatten die Jungs nichts Belastendes gefunden, sein PR-Manager hatte seine Aussage bestätigt. Dylan ging es gut, die Krämpfe waren nur Senkwehen gewesen.

In den Abendausgaben der Zeitungen würde die Meldung, dass der Fall Carpenter geklärt wäre, erscheinen. Dann hieß es warten, ob Roberts anbiss. Vielleicht brachte ja auch die Fahndung einen Erfolg.

Die Mittagsbesprechung dauerte keine halbe Stunde, brachte keine Neuigkeiten. Craig würde die Zeit bis zum Abend nutzen, um die Akten zu studieren. Roberts war zweifellos ein guter Kandidat für den Hauptgewinn in Form lebenslanger Haft wegen Mordes, aber Carpenter hatte noch mehr Feinde gehabt. Für den Fall, dass Roberts nur seine Freundin schützen wollte und mit dem Mord nichts zu tun hatte, wollte Craig noch einen Trumpf in der Hinterhand haben.

Craig bat Leighton, das Schattenimperium von Carpenter weiter zu analysieren und vor allem nach den Firmen zu suchen, die Mieter mit Gewalt vergrault hatten. Irgendjemand war vielleicht darüber gestolpert, dass Carpenter hinter seiner Vertreibung steckte, und hatte sich gerächt.

Craig erstellte eine Liste der Personen, deren Umfeld sie noch nicht komplett ausgeleuchtet hatten, allen voran Kevin und Summer Carpenter. Weder an der Schule noch im Freundeskreis hatten sie gestochert. Marcus Torey: Hatte er Verwandte? Was war mit Hershie? Gab es eine Freundin? Einen Bruder? Einen Freund, der alles für ihn tun würde, auch morden? War Hargrave so sauber, wie er den Anschein erweckte? Und nicht zuletzt Beth Carpenter. Floyd betrog sie schon einige Zeit. War ihre Leidensfähigkeit erschöpft gewesen?

Craig fühlte sich plötzlich müde und ausgebrannt. Er zog einen Astronauten-Energieriegel aus der Tasche, zerkaute ihn und spülte ihn mit einer Tasse Wasser herunter, wartete. Nach zehn Minuten war das Gefühl der Erschöpfung verschwunden. Bis spät in die Nacht vergrub er sich in die Akten.

TAG 8

MITTWOCH, 20. JULI

41

Die Bagpipes schrillten los. Craig fuhr hoch, war einen Moment ohne Orientierung, denn er konnte sein Handy zwar hören, aber nicht sehen. Er hatte es gestern Abend auf dem Küchentisch liegen lassen, als er um zwei ins Bett gewankt war.

Craig schwang die Beine über die Bettkante, spähte aus dem Fenster. Es war noch nicht richtig hell, nur ein Hauch von Dämmerung ließ die Sterne ein wenig verblassen. Es musste verdammt früh sein.

Craig stolperte in die Küche, die Bagpipes wurden immer lauter. Es war Morrison. Craig zögerte eine halbe Sekunde, bis die auf dem Display angezeigte Uhrzeit zu seinem Hirn durchgedrungen war, dann drückte er auf die grüne Fläche und stellte die Verbindung her.

»Na, McPherson, wo steckst du? Unterwegs?«

»Nicht um fünf Uhr morgens. Da frühstücke ich.«

Morrison lachte. »Frühstücken. Klar. Ein Glas Luft mit einem eingebildeten Sandwich. Irgendwann fällst du um wie diese halb verhungerten Models. Egal. Ich habe was Besseres als Frühstück. Ich habe sozusagen einen Leckerbissen.« Er machte eine Pause.

»Und das wäre?«, fragte Craig artig.

»Ein gewisser Malcolm Roberts will sein Gewissen erleichtern, er ...«

Craig unterbrach die Verbindung, nahm eine Expressdusche, zog sich in fünfzehn Sekunden an, stürzte aus dem Haus und stand acht Minuten später vor Morrison, der ihn wie eine Erscheinung anstarrte.

»Ich glaube, das war absoluter Rekord, McPherson. Du hast ja echt Druck.«

»Wo?«, fragte Craig.

»Vernehmungsraum 3. Ein Constable passt auf ihn auf. Er hat ihn in Eisen gelegt. Roberts kann nicht weg. Also immer mit der Ruhe.«

»Und er ist einfach hier reinspaziert ...«

»... hat sich vor mir aufgebaut und gesagt: ›Ich bin Malcolm Roberts, und ich habe Floyd Carpenter umgebracht. Ich will mit DCI McPherson sprechen.‹«

»Okay, Dracu, das ist wirklich eine Delikatesse. Danke.«

»Ich habe ja nichts gemacht.«

»Genau deswegen danke ich dir. Du hättest auch Keen anrufen können.«

»So weit käme es noch.«

»Du hast schon wieder was gut bei mir, Dracu, bis später!«

Morrison hob kurz die Hand, Craig wählte Leightons Nummer. Er sollte dabei sein, schließlich hatte er die Idee mit der Pressemitteilung gehabt.

Zehn Minuten später stand Leighton vor ihm, durchgestylt von oben bis unten.

»Roberts hat mich zu sprechen verlangt, aber wenn es geht, sollen Sie das Vergnügen haben, ihn zu befragen.«

Leighton winkte ab. »Schon gut, wir sollten ihn nicht verschrecken.«

Das war die Antwort eines Profis.

Craig drückte die Klinke zu Vernehmungsraum 3, der mit Kameras und Mikrofonen ausgerüstet war, und trat ein. Roberts saß aufrecht mit durchgedrücktem Kreuz auf dem Stuhl. Seine Hände waren mit schweren Handschellen gefesselt.

Craig winkte dem Constable, zeigte auf Roberts Hände. »Das wird nicht nötig sein.«

Der Constable entfernte die Handeisen, trat hinter Roberts und verschränkte die Arme.

Craig und Leighton nahmen Platz.

»Mr. Roberts«, begann Craig. »Wir zeichnen Bild und Ton auf.« Er belehrte Roberts, der ohne jede Regung zuhörte. »Warum sind Sie hierhergekommen?«

»Ich möchte ein Geständnis ablegen.« Roberts schluckte, rieb sich die Handgelenke. »Lucy hat nichts mit dem Mord an Carpenter zu tun. Ich war es.«

»Wie ist es passiert?«

»Nachdem ich erfahren hatte, dass Lucy noch immer mit ...« Er ballte die Fäuste, räusperte sich. »... mit diesem Mistkerl rummachte und er sie ausnutzte, bin ich zu meiner Schwester. Als sie mir brühwarm erzählt hat, dass er auch mit ihr vögelt, bin ich ausgerastet.«

Bis jetzt klang alles nach einer zurechtgelegten Geschichte, einer Schutzbehauptung, um Roberts' Freundin aus dem Gefängnis zu holen.

»Woher wussten Sie, wo Floyd Carpenter sich an diesem Abend aufhielt?«

»Margie hat es mir erzählt. Sie wusste alles über den Scheißkerl. Sie hat mir noch hinterhergerufen, ich soll keine Scheiße bauen.«

»Aber dann haben Sie doch Scheiße gebaut?«

»Ich habe ihn am Hourglass abgefangen.«

Dass Carpenter dort in der Nähe in den Exe gefallen war, hatten die Medien inzwischen verbreitet. Das war nichts Neues.

»Ich habe ihn zur Rede gestellt. Er hat sich nur über mich lustig gemacht. Mich Schlappschwanz und Weichei genannt. Da habe ich rotgesehen.«

Leighton griff ein. »Wut hat Sie übermannt. Sie haben den erstbesten Stein genommen, ihn Floyd an die Schläfe gedonnert. Das hat ihn gefällt.«

Roberts betrachtete seine Hände. Dann bohrte er seinen Blick in Craigs Augen. »Es war kein Stein. Ich habe ihn überhaupt nicht angefasst. Er hat sich umgedreht und ging los. Ich habe ihm einen Insulinpen in den Hals gerammt. Schnell wirkend. Schlecht nachzuweisen. Es hat ja fast geklappt.«

Craig schürzte die Lippen. Das war eindeutig Täterwissen. Also doch eine ganz simple Eifersuchtsgeschichte.

»Was haben Sie dann gemacht?«

»Ich bin losgerannt. Wollte nur noch weg. Mir war egal, was mit Carpenter passierte.«

»Warum lügen Sie? Wollen Sie Ihre Freundin schützen? Das wird nicht klappen. Wir haben Beweise!« Leighton zeigte mit dem Finger auf Roberts.

Roberts verzog verächtlich die Lippen. »Es ist richtig, dass ich Lucy schützen muss. Allerdings nicht, weil sie Carpenter umgebracht hat. Ich muss sie vor der Inkompetenz der Polizei schützen. Vor Ihrer Inkompetenz.« Er zeigte auf Leighton.

Craig war noch lange nicht überzeugt. »Wo ist der Pen?«

»Den habe ich mitgenommen und ins Meer geworfen. Der ist weg.«

»Woher hatten Sie das Gerät? Insulin ist verschreibungspflichtig«, hakte Craig nach.

»Ich habe ihn gestohlen.«

»Wo?«

Roberts war die Ruhe selbst. Er hatte Zeit genug gehabt, seine Geschichte zu üben – oder er sagte die Wahrheit.

»Im Wonford. Vier Wochen vor dem Mord. Lucy hat dort gearbeitet, das wissen Sie doch. Man kennt mich. Ich bin auf

Station, habe gewartet, bis die Schwester weg war, habe den Schrank geöffnet und einen Pen herausgenommen.«

»Wie hat der ausgesehen?«

»Wie ein etwas dickerer Kugelschreiber. Silbrig-matt und blau. Man zieht die Kappe ab, darunter ist die Wechselnadel.«

Es gab Dutzende unterschiedlicher Designs. Ob das Wonford diese Pens benutzte, war leicht herauszufinden. Craig glaubte nicht, dass Roberts sich das ausgedacht hatte. Aber sie würden es natürlich prüfen.

Roberts hatte auf jede Frage eine Antwort. Alles passte: Timing, Motiv, Gelegenheit und Mittel. Fazit: Malcolm hatte einen Mord gestanden. Und was gab es Schöneres als ein Geständnis?

Nach drei Stunden brach Craig die Vernehmung ab, winkte Leighton nach draußen. »Was meinen Sie?«

»Roberts verfügt über Täterwissen. Alles passt. Der Fall ist geklärt, darauf würde ich wetten. Ich bin davon überzeugt, dass Roberts allein gehandelt hat. Wir können Keen informieren.«

»Eine Sache stört mich«, wandte Craig ein. »Wir wissen, dass Dylan ihm untreu war. Roberts Hass müsste sich doch auf sie konzentrieren. Üblicherweise bringt der eifersüchtige Partner seine Frau um. Oder die Frau beseitigt den Ehemann, um mit dem Geliebten ungestört zusammen zu sein.«

»Nach dieser Logik hätte Roberts ein doppeltes Motiv, Carpenter umzubringen. Sein Beschützerinstinkt springt an – und bumm!«

»Korrekt, Tyler. Er erfährt, dass auch seine Schwester von Floyd ›missbraucht‹ wird, und sein Hass richtet sich gegen den ›Täter‹. Lucy und seine Schwester werden zu Opfern. Deswegen tötet er Floyd Carpenter. Ja, das ist schlüssig. Das müsste den Staatsanwalt überzeugen und auch die Geschworenen.«

Craig machte sich auf den Weg zu Keen. Leighton zückte sein Handy, es vibrierte nur, er entschuldigte sich, lief den Flur in entgegengesetzter Richtung hinunter. Es musste etwas sehr Wichtiges sein, wenn Leighton drauf verzichtete, seine Lorbeeren einzuheimsen, schließlich hatte er die Idee gehabt, Dylan als Köder für Roberts an den Angelhaken zu hängen.

Mit halbem Ohr hörte Craig einen Namen: Kruger. Craig blieb stehen. Was zum Teufel hatte Kruger mit Leighton zu schaffen? Er erinnerte sich an das seltsame Verhalten, als Kruger und Phillips Leighton freundlich grüßten. Craig zögerte nicht, er drehte um, eilte bis zur nächsten Ecke. Leightons Stimme war gut zu verstehen, obwohl er verschwörerisch in sein Handy zischte.

»Ihr habt es versprochen«, war der erste Satz, den Craig hörte. Leighton schwieg einen Moment. »Das war der Deal.« Leighton geriet zunehmend in Rage. »Ich liefere euch alles über die Baumafia, ihr bringt mich bei der NCA unter. Ihr habt es versprochen, verfluchte Bastarde!«

Craig presste die Kiefer aufeinander. Dieser verfluchte Mistkerl! Leighton war es gewesen, der die Informationen über Carpenters Schattenimperium an die NCA weitergegeben hatte. Er wollte zur NCA, der Verrat sollte seine Eintrittskarte sein. Wegen Leighton war Craig aus den Ermittlungen ausgeschlossen worden. Deswegen hatte Craig seine Karriere riskiert. Hitze stieg Craig in den Kopf. Dieser Verräter! Dieser Karrierist! Dieses Stinktier. Craig würde ihm den Garaus machen.

»Ihr seid miese Dreckschweine!«, fauchte Leighton.

Craig hatte nicht das geringste Mitleid mit Leighton. Das geschah ihm nur recht. Der Verräter war verarscht worden. Anscheinend gab es doch so etwas wie ausgleichende Gerechtigkeit. Craig hatte genug gehört. Er rannte los, damit Leighton ihn nicht beim Lauschen ertappen konnte.

Was sollte er mit dem falschen Hund machen? Er konnte ihm nicht mehr vertrauen. Andererseits war der Fall abgeschlossen, sie mussten nicht mehr zusammenarbeiten, und vielleicht gab es eine Möglichkeit, Keens Bann über ihn zu lösen, indem er genau das Gegenteil von dem machte, was man üblicherweise mit einem Verräter machen würde.

Er schloss die Augen, stellte sich vor, wie er vor Keens Büro trat und klopfte:

»Herein!«, würde Keen rufen. Sein Bass durchdrang wie immer mühelos die Tür. Als er Craig sah, verdüsterte sich seine Miene. »Nur gute Nachrichten, McPherson!«

»Wir haben Robertson. Er hat gestanden.«

Keen legte seinen goldenen Füllfederhalter zur Seite und schloss die Akte, in die er gerade hineingeschrieben hatte.

»Wir müssen noch einige Details prüfen, aber er kannte die Tatwaffe.«

»Okay, McPherson.« Keen knetete seine Hände. »Gute Arbeit. Von Ihnen beiden.« Das Lob musste ihn enorme Überwindung kosten. »Aber bilden Sie sich nur nichts ein.«

»Mach ich nicht, Sir.« Jetzt war der Augenblick gekommen, die Grundlage zu schaffen, sich Leightons zu entledigen. »Sir, ich hätte etwas zu Leighton zu sagen.«

Keen schaute ihn lauernd an.

»Er hat hervorragende Arbeit geleistet. Als sein Vorgesetzter kann ich nur sagen, dass er sich als DCI auf jeden Fall eignen würde. Vielleicht ist ja gerade etwas frei. Außer meinem Posten natürlich.«

Leighton war noch lange nicht so weit, die Rolle eines Vorgesetzten auszufüllen. Ihm fehlte der Blick für das große Ganze. Wenn Keen auf Craigs Vorschlag einging, wäre er Leighton los, und der würde als DCI richtig auf die Nase fallen.

»Sind Sie sich sicher?«

»Leighton hat das Zeug dazu, auf jeden Fall.« Das war nicht gelogen. Viele hatten das Zeug dazu, auch wenn sie noch nicht so weit waren. »Verstehen Sie mich nicht falsch. Ich will ihn nicht loswerden. Er ist wirklich brillant.«

»Ich werd's mir überlegen, McPherson. Und jetzt klopfen Sie die Sache fest. Sobald Sie mir grünes Licht geben, geht der Fall an die Staatsanwaltschaft und an die Presse. Bis dahin ist Schweigen im Walde, okay?«

»Alles klar, DSI Keen, Sir.« Craig wandte sich zum Gehen.

»Eins noch, McPherson.«

Craig drehte sich um hundertachtzig Grad. »Sir?«

»Ich habe mit Ihrem ehemaligen Vorgesetzten gesprochen.«

»Sie haben was?«

»Gordon Brodie hält große Stücke auf Sie. Er sagt, er könne Sie recht bald wieder nach Schottland holen. Nicht nach Edinburgh, aber vielleicht Glasgow oder Dundee.«

Ein verlockendes Angebot, aber in Craig regte sich Widerstand. Keen wollte ihn ebenso loswerden wie er Leighton.

»Ich fühle mich hier sehr wohl, Sir. Sonst noch was?«

»Wir werden sehen, McPherson. Ach ja. War ein netter Versuch, aber Leighton wird nicht zum DCI befördert, er bleibt Ihr Partner. Zum einen ist er noch nicht so weit, zum anderen spiele ich Ihre Spielchen nicht mit. Das war ein schwacher Versuch. Und versauen Sie den Fall nicht!«

Craig öffnete die Augen. Die Vision verblasste, das Gefühl blieb. Das funktionierte nicht. Wenn er so vorgehen würde, wäre er nicht besser als Leighton. Verdammt! Wie sollte er mit einem Verräter zusammenarbeiten? Er musste ständig fürchten, dass Leighton vertrauliche Informationen weitergab, um seine Karriere zu fördern oder ihn zu diskreditieren. Craig musste ihn bei einem Fehler erwischen. Er musste Leightons Waffen gegen ihn selbst richten. Stopp! Craig rieb sich die

Stirn. Das war alles Bullshit. Er musste Leighton konfrontieren. Alles andere war mies und feige und hintenrum. Sobald sich eine Gelegenheit ergab, würde er Leighton ansprechen. Wenn er wusste, dass Craig wusste, dass er ein falsches Spiel gespielt hatte, würde er es hoffentlich aufgeben – oder so vorsichtig werden, dass Craig Leightons Intrigen nicht mehr erkannte. So oder so: Die Situation war vollkommen verfahren. Craig musste befürchten, dass Leighton ihn bei der erstbesten Gelegenheit im Stich ließ.

Was jetzt folgte, war Routine. Dylans Bewachung musste aufgehoben werden, ebenso die Überwachung der Carpenters. Roberts Geständnis musste verschriftet werden, er musste es unterschreiben, alle Unterlagen mussten gerichtsfest aufbereitet und an den Staatsanwalt weitergeleitet werden. Collins, Hershie und Meiers würden ebenfalls angeklagt werden, aber das übernahm zum Teil die NCA, zum Teil die Kollegen von der Wirtschaft. Bleierne Müdigkeit überfiel Craig. Die Anspannung ließ nach. Sie hatte ihn wach gehalten wie eine Droge. Eines musste Craig noch tun. Er musste mit Dylan sprechen.

42

Craig hielt dem Constable seinen Ausweis hin. Der warf einen Blick darauf und gab die Tür zu Dylans Krankenzimmer frei. Es würde noch ein paar Stunden dauern, bis die Bewachung aufgehoben werden konnte.

Craig klopfte. Von innen hörte er ein schwaches »Herein«. Er drückte die Klinke, trat ein. Dylans Hände und Arme lagen parallel nebeneinander auf der blütenweißen Bettdecke, unter der sich der Babybauch wölbte. Das Kopfteil des Bettes war fast senkrecht aufgestellt, auf dem Nachttisch drängten sich in unterschiedlichsten Vasen mehrere Blumensträuße, an die Karten mit Genesungswünschen geheftet waren. Lucy Dylan starrte die gegenüberliegende Wand an, die lindgrün gestrichen war. Craig hätte diese Farbe nicht lange ertragen.

»Ich habe viele Freunde. Sie dürfen mich nicht besuchen, also schicken sie Blumen.« Sie starrte weiter.

Craig nahm sich einen Stuhl und setzte sich an die rechte Seite des Bettes, dahin, wo die Blumen standen. Es waren blaue Hyazinthen, die eigentlich stark hätten duften müssen. Der Geruch des Krankenhauses war stärker.

»Wie geht es Ihnen?« Craig wollte nicht mit der Tür ins Haus fallen, wollte sie ein wenig vorbereiten.

»Meinen Sie die Frage ernst, oder ist das die Einleitung zu einer Hiobsbotschaft?«

»Ich meine es ernst, und es ist eine Einleitung.«

Lucy Dylan neigte langsam den Kopf in seine Richtung. »Es war Fehlalarm. Die Wehen haben wieder aufgehört. Ich habe keine Schmerzen. Ich mache mir Sorgen um Malcolm. Reicht das?«

»Voll und ganz.«

»Geht es um Malcolm?« Ihre Stimme vibrierte.

Craig fiel es schwer, sich in diese Frau hineinzuversetzen. Augenscheinlich liebte sie Malcolm Roberts aufrichtig. Dennoch hatte sie ihn mit Carpenter über Monate hinweg betrogen. Vielleicht liebte sie Roberts so, wie ein Frauchen seinen Hund liebte?

»Malcolm hat sich gestellt und gestanden, Floyd Carpenter ermordet zu haben.«

Dylan verzog das Gesicht. »So ein Unsinn! Er glaubt wohl, mich schützen zu müssen. Typisch Malcolm. Den Helden spielen. Ich denke, Sie werden keine Mühe haben, sein falsches Geständnis zu widerlegen.«

»Wie können Sie sich da so sicher sein?«

»Es gibt so etwas wie Täterwissen, oder? Und das kann er nicht haben, weil er nicht der Täter ist. So einfach ist das.« Sie starrte wieder die lindgrüne Wand an.

»So einfach ist es eben nicht. Malcolm hat Täterwissen.«

Dylans Kopf ruckte herum, sie wurde blass, schluckte hart. »Das kann nicht sein. Er war es nicht. Ich weiß es.«

»Weil Sie es waren?«

»Nein! Ich sage nichts mehr. Nicht ohne einen Anwalt.« Sie hob müde eine Hand, zeigte auf Craig. »Sie wollen niemandem helfen. Sie wollen irgendjemandem den Mord anhängen. Sie lügen und betrügen, um das zu erreichen.«

Bis auf den Vorwurf, dass Craig einem Unschuldigen einen Mord anhängen wollte, hatte Dylan recht: Er log und betrog, wenn es nötig war, um einen Mord aufzuklären, aber auch um einen Unschuldigen zu erkennen. Das war vom Gesetz gedeckt. Und es war oft notwendig, um einen Täter zu entlarven.

»Wie Sie wollen. Malcolm wird noch heute dem Haftrichter vorgeführt. Sie können davon ausgehen, dass er in Untersuchungshaft kommt. Es liegt an Ihnen, das zu verhindern.«

Dylan ballte die Fäuste, atmete hektisch, presste Worte zwischen ihren Lippen hervor: »Vergessen Sie es. Und hören Sie auf, Malcolm beim Vornamen zu nennen. Das steht Ihnen nicht zu.«

»Wie Sie wünschen, Ms. Dylan. Sie können mich jederzeit rufen lassen, falls Sie es sich anders überlegen und Mr. Roberts entlasten möchten.«

»Ich will mit meinem Anwalt sprechen.« Die letzten Worte wurden von einem Schmerzensschrei übertönt.

Craig griff nach dem Ruftaster, drückte und hielt ihn.

Dylan schrie: »Oh mein Gott! Es geht los. Zu früh.« Sie schrie noch mal, dann fegte sie mit einer Bewegung alle Vasen vom Nachttisch.

Craig reagierte zu langsam. Wasser ergoss sich über seine Hose, eine Vase traf seinen linken großen Zeh, der Schmerz schoss ihm das Bein hinauf.

Dylan hatte wieder Farbe im Gesicht, sie war krebsrot. Ihr Zeigefinger stieß in Craigs Richtung. »Verpissen Sie sich endlich, ich will Sie nicht in der Nähe haben, wenn mein Baby kommt. Sie bringen nichts als Unglück.«

Craig zögerte. Er wäre ihrem Wunsch gerne nachgekommen, aber er durfte sie nicht allein lassen.

»Raus, verdammt noch mal!«, brüllte Dylan.

Craig rührte sich nicht von der Stelle.

Endlich ging die Tür auf, eine Krankenschwester, gefolgt von einem Arzt, stürzte herein. Dylan schrie, der Arzt zeigte nur auf die Tür.

»Sturzgeburt!«

Sie rollten Dylan aus dem Zimmer, Craig lief hinterher, der

Constable ebenfalls. Den Kreißsaal durften sie nicht betreten, Craig postierte den Constable davor und schärfte ihm ein, Dylan nicht aus den Augen zu lassen, sobald sie wieder draußen war.

43

Craig verließ das Krankenhaus. So wie es aussah, würde Roberts' Kind ohne seinen Vater aufwachsen. Was wusste Dylan? Es gab drei Möglichkeiten: Dylan war die Täterin, Roberts war der Täter, oder sie hatten den Mord gemeinschaftlich geplant und ausgeführt: Dylan besorgt den Pen, liefert die Informationen, wo Carpenter zu finden ist. Roberts führt den Mord aus. Folge: lebenslänglich für beide. Wenn sie sich abgesprochen hatten für den Fall, dass ihr Alibi aufflog, war es folgerichtig, dass Roberts gestand, damit Dylan freikam. Das Geständnis musste für Dylan das Zeichen gewesen sein, ihre Rolle als Ahnungslose zu spielen. Blieb Roberts bei seinem Geständnis, mussten sie Dylan gehen lassen.

Wenn Roberts einen guten Anwalt aufbieten würde, konnte es sein, dass er nicht wegen Mord, sondern wegen Totschlags im Affekt verurteilt würde. Zehn Jahre, das Geständnis wirkte strafmildernd, bei guter Führung war er nach fünf Jahren spätestens wieder draußen. Ein guter Plan. Craig traute Roberts zu, das durchzuziehen, vorausgesetzt, Dylan hielt ihm die Treue, besuchte ihn regelmäßig mit Kind im Gefängnis.

War Dylan die alleinige Täterin, änderte sich nicht viel: Totschlag, vielleicht sogar nur Körperverletzung mit Todesfolge. Obwohl: Sie musste wissen, welche Folgen eine Überdosis Insulin hatte. Sie konnte ihr Kind im Gefängnis großziehen.

War Roberts der alleinige Täter, konnte es sein, dass Dylan ihn dafür hasste, weil sie Carpenter nachtrauerte. Dann würde sie eher gegen ihn aussagen als für ihn.

Wenn sie beide unschuldig waren, stellte sich die Frage, woher Roberts die Mordwaffe kannte. Craig würde Dylan beweisen, dass er niemandem etwas anhängen wollte, und nach der Antwort auf diese Frage suchen. Fand er keine, dann war Roberts fällig.

Craig fuhr zurück ins Headquarter. Leighton hatte sich freigenommen. Ahnte er etwas, oder war er auf dem Weg zu Kruger und Phillips, um ihnen in den Hintern zu treten oder zu kriechen?

Craig klemmte sich hinter seinen Schreibtisch, überprüfte, ob Roberts im Wonford wirklich bekannt war. Er war es. Die Schwestern schwärmten von ihm und sprachen ihm ihr vollstes Vertrauen aus. Tatsächlich fehlten einige Pens, man versicherte Craig, dass das öfters vorkomme. Ein weiterer Sargnagel für Roberts.

Dann rief Craig die digitalen Akten zum Fall Carpenter auf, trug die neuen Informationen ein und hinterließ in der To-do-Liste die Bitte, die Aussagen der Schwestern aufzunehmen.

Sein Handy meldete sich mit einer anschwellenden Sirene. Ein wichtiger Termin stand an. Das Alkohol-Screening. Craig seufzte, verließ sein Büro, sperrte es ab, trabte zur Medizinischen Abteilung.

Craig musste zehn Minuten warten, dann war er dran. Der Arzt ließ sich von ihm anhauchen, dann musste er in den Alkoholtester blasen. Ergebnis: 0,0 Promille. Der Arzt nickte, nahm eine Schere und schnitt Craig eine Strähne dicht an der Kopfhaut ab. Damit konnte nachgewiesen werden, ob er innerhalb der letzten drei Monate Alkohol konsumiert hatte. Er war nah dran gewesen, sich ins Aus zu katapultieren, als er im Hare and Hounds den Whisky bestellt hatte.

Craig verabschiedete sich, kehrte zurück an seinen Schreibtisch, wälzte die Akten, klickte sich durch Aussagen und Berichte.

Zuletzt suchte er die Verbindungsdaten sämtlicher Telefone von Lucy Dylan und Roberts. Er fand den Ordner und stellte zufrieden fest, dass alles fein säuberlich aufgelistet war. Er begann mit Roberts' Handyverbindungen. Er war anscheinend viel unterwegs gewesen und hatte Dylan zu Hause mehrmals am Tag angerufen. Logisch. Als werdender Vater wollte man immer auf dem neuesten Stand sein. Craig isolierte alle Anrufe, die nicht zu Roberts' Freundin gehörten. Übrig blieben zwölf Nummern: darunter die Nummer von Roberts' Schwester, die Nummer von vier Kunden, ein Klempner, drei Schreiner, zwei Maurer. Das brachte ihn nicht weiter.

Dylan hatte deutlich mehr verschiedene Nummern auf ihrer Liste. Doch eine davon elektrisierte Craig: Es war die Nummer von Sienna Fly. Das Gespräch hatte sieben Minuten gedauert, am 15. Juli, dem Tag, an dem sie die Einstichstelle gefunden hatten. Von dreiundzwanzig Uhr siebzehn bis dreiundzwanzig Uhr vierundzwanzig.

Craig blies Luft in seine Backen und stieß sie aus. Er warf einen Blick auf die Uhr. Kurz vor neunzehn Uhr. Sienna Fly würde ihm einiges zu erklären haben.

44

Craig wählte Flys Handynummer und hatte Glück. Sie war zu Hause, willigte sofort ein, mit ihm zu sprechen.

Warum hatte sie ihm nichts von dem Gespräch gesagt? Ihr musste doch klar sein, dass er irgendwann über ihre Nummer stolpern würde, wenn er die Verbindungsnachweise checkte. Oder sie hatte nicht damit gerechnet, dass Carpenters Tod doch noch als Mord entlarvt wurde. Hatte sie ein Alibi? War sie eine von Carpenters Geliebten? Hatte sie deshalb die Juryentscheidung so schnell herbeigeführt? Als Vorwand für den kurzfristigen Termin hatte er sie gebeten, mit ihm über Roberts' Geständnis zu reden.

Fly wohnte in Topsham, in einem der alten Fischerhäuser am Exe. Das Haus war liebevoll renoviert, die Balken des Fachwerks waren schwarz gestrichen, die Mauern dazwischen weiß. Es gab keine Klingel, sondern einen Türklopfer in Form einer zusammengerollten Schlange. Craig ließ den Metallkopf auf das Holz der Eichentür fallen.

Einen Moment später öffnete Fly die Tür. »Craig, schön, Sie zu sehen. Kommen Sie doch herein.«

Dass Fly das in fünf Minuten auch noch behaupten würde, bezweifelte Craig. Er schüttelte die dargebotene Hand, trat ein.

Die Inneneinrichtung war modern, passte dennoch zu den Holzbalken und grob verputzten Wänden.

Sie nahmen an einem unsymmetrischen Couchtisch Platz, Fly bot Tee an, den Craig gerne nahm.

Er probierte einen Schluck. »Ausgezeichnet, Sienna.«

»Das freut mich. Also, worum geht es?«

Craig stellte die Tasse ab, lehnte sich in seinem Sessel zurück. »Mir bleibt keine Wahl.«

Fly hob die Augenbrauen. »Craig, bitte, kommen Sie zur Sache. Reden Sie nicht in Rätseln.«

»Am 15. Juli hat Lucy Dylan Ihr Telefon im Coroner's Office angerufen. Um dreiundzwanzig Uhr siebzehn.«

»Lucy Dylan? Muss ich sie kennen?«

»Wenn Lucy Dylan Sie angerufen hat, sollten Sie sie kennen. Sie ist Verdächtige im Mordfall Floyd Carpenter.«

»Okay«, sagte Fly gedehnt. »Das macht Sinn. Sie wollen natürlich wissen, warum ich mit einer Mordverdächtigen telefoniert habe, bevor sie mordverdächtig war.«

Craig nickte.

»Das weiß ich nicht. Aber es interessiert mich auch. Brennend.«

»Sie haben also nicht mit ihr telefoniert?«

»Nein, ich war zu der Zeit nicht mal im Office, sondern mit Jeffrey im Wonford. Wir haben noch eine Obduktion zu Ende gebracht.«

Craig atmete auf. »Also hatte jemand außer Ihnen Zugang zu Ihrem Büro?«

»Ich weiß, das ist ungewöhnlich, aber ich habe das eingeführt, kurz nachdem ich das Amt übernommen hatte. Vielleicht ein fataler Fehler. Das Office ist inzwischen rund um die Uhr besetzt. Am fünfzehnten hatte Elizabeth Hoben Dienst. Nur sie kann telefoniert haben.« Sie zeigte auf Craig. »Es freut mich zu sehen, dass Sie erleichtert sind. Sie haben sich sicher schon gefragt, welchen Grund ich gehabt haben könnte, Floyd Carpenter den Tod zu wünschen?«

»Touché!«

Craig war mehr als erleichtert, dass Fly augenscheinlich nichts mit dem Mord zu tun hatte.

Fly griff zu ihrem Handy, tippte eine Nummer ein, wartete, meldete sich. »Coroner Fly hier. Entschuldigen Sie die späte Störung. Es gibt einen Notfall. Könnten Sie zu mir nach Hause kommen? Es ist dringend. Ja, jetzt sofort. Sperren Sie ab, und aktivieren Sie die Alarmanlage. Bis gleich.«

»Kannte Hoben das Ergebnis der Zweitobduktion an Floyd Carpenter?«

Fly nahm einen Schluck Tee. Craig bewunderte ihre Gelassenheit.

»Sie ist meine Vertretung. Sie ist über alle Vorgänge informiert.«

»Wie kommt sie zu dieser verantwortungsvollen Position?«

»Sie ist Krankenschwester, hat zwölf Jahre am Wonford gearbeitet und dann eine Weiterbildung in forensischer Medizin gemacht. Auf eigene Kosten. Sie ist zugelassen als Obduktionsassistentin. Sie ist gut, sehr gut. Zuverlässig, war bis jetzt nicht ein einziges Mal krank.« Fly machte ein bedauerndes Geräusch. »Ich hoffe, sie hat nichts ausgeplaudert. Es wäre ...«

Lautes Klopfen unterbrach sie. Craig wunderte sich, wie schnell die Zeit vergangen war.

Fly sprang auf, warf fast den Tisch um. Sie fing sich, rieb sich die Hände an der Hose. Sie hatte ihre Anspannung wirklich gut verborgen.

Mit zwei Schritten war sie an der Tür, atmete einmal tief durch und öffnete. »Elizabeth, kommen Sie rein.«

Flys Stimme zeigte nicht die Spur von Erregung oder Bedauern, sie klang warm und freundlich. Sie war wirklich gut. Selbst wenn sie die Mörderin gewesen wäre, Craig hätte ihr nichts anmerken können.

Er erhob sich, wandte sich zur Tür. Elizabeth Hoben war Mitte dreißig, klein und kompakt. Sie hatte Pausbacken und eine gesunde Gesichtsfarbe, trug Jeans, flache Schuhe und eine weiße Bluse.

Er ging auf sie zu. »Detective Chief Inspector McPherson.« Er hielt ihr seine Hand hin.

Sie zögerte, kniff die Augen zusammen, als würde sie in ihrem Gedächtnis nach seinem Gesicht suchen.

»Kennen wir uns?«, fragte Craig und griff nach ihrer Hand.

Sie war feucht, widerwillig schüttelte Hoben sie ohne Kraft.

»Nicht, dass ich wüsste.«

»Ich glaube, wir haben eine gemeinsame Bekannte, könnte das sein?«

Fly war hinter Hoben stehen geblieben und lauschte.

»Wer soll das sein?«

»Lucy Dylan. Sie telefonieren doch regelmäßig miteinander, oder?«

Hoben drehte sich um. »Was wird das hier, Ms. Fly? Ein Verhör? Warum haben Sie mich hierhergelockt? Was soll das?« Ihre Stimme wurde immer schriller, zeigte ihre Angst.

»Bitte nehmen Sie Platz, Elizabeth. Wir haben nur ein paar Fragen an Sie.«

Hoben machte einen Schritt auf Fly zu, es schien, als wollte sie ihre Chefin zur Seite stoßen, aber sie besann sich eines Besseren und setzte sich ganz vorn auf die Kante eines Sessels. Fly platzierte sich daneben, Craig blieb stehen. Wenn Hoben flüchten wollte, würde er es verhindern.

Craig setzte die Befragung fort. »Sie kennen Lucy Dylan, nicht wahr?«

Hoben nestelte an ihrer Bluse herum. »Wir haben am Wonford auf derselben Station Dienst gehabt. Das ist alles.«

»Daran ist nichts auszusetzen«, sagte Craig und lächelte.

»Lucy und Malcolm sind zwei ganz reizende Personen, und sie haben ein wunderschönes Haus und bald ein Baby.«

Hoben wusste nicht, wohin mit ihren Händen. Sie schaute von Craig zu Fly und wieder zurück. Aber sie schwieg.

»Sie wissen sicher, dass Lucy im Krankenhaus liegt und wahrscheinlich gerade ihr Baby bekommt.« Craig blieb freundlich. »Ich denke, Sie wissen eine ganze Menge über Lucy und Lucy über Sie. Ich würde sagen, Sie sind Freundinnen. Korrekt?«

Hoben nickte kaum sichtbar.

»Und Freundinnen erzählen sich alles. Wie es mit dem Freund läuft, was Neues im Kleiderschrank hängt, welche Filme man toll findet.«

»Ja«, sagte Hoben tonlos. »Und?«

»Freundinnen reden auch darüber, was so auf der Arbeit läuft. Das ist nichts Schlimmes. Sie können mir ruhig erzählen, was Sie mit Lucy Dylan am fünfzehnten während Ihrer Nachtschicht besprochen haben.«

Hoben senkte den Kopf, schluckte, schluchzte leise. »Ich habe ihr erzählt, dass wir die Einstichstelle gefunden haben. Und dass Carpenter sehr wahrscheinlich mit einem Insulinpen ermordet worden ist. War es das, was Sie hören wollten?«

Fly atmete hörbar aus, ließ die Handflächen auf die Oberschenkel fallen.

»Genau das war es, Ms. Hoben. Ich danke Ihnen«, sagte Craig.

Hoben wandte sich an Fly. »Das war ein Fehler, ja, aber das war doch nichts Schlimmes. Das hätte doch so oder so bald jeder gewusst ...«

Craig war noch nicht fertig. »Ms. Hoben. Eine Sache noch, bitte. Ich bin Ihnen sehr dankbar, dass Sie ehrlich zu mir sind. Ich muss jetzt genau wissen, wie das Gespräch abgelaufen ist.«

Hoben wischte sich die Tränen aus dem Gesicht. »Sie hat mich auf der Büronummer angerufen, das hat sie noch nie gemacht. Zuerst war ich sauer, habe ihr gesagt, dass sie das nie mehr tun soll. Wir hatten die Vereinbarung, dass ich sie anrufe, wenn ich Feierabend habe, das ist so gegen acht Uhr morgens. Ich muss während des Dienstes mein Privathandy ausschalten.« Sie schaute kurz zu Fly. »Und daran habe ich mich immer gehalten.«

Flys Miene zeigte Enttäuschung, Hoben schaute weg.

»Und dann?«, fragte Craig.

»Sie ist ziemlich direkt auf Floyd Carpenter zu sprechen gekommen.«

»Können Sie den Teil des Gesprächs bitte möglichst genau wiedergeben?«

Hoben holte tief Luft. »Lucy fragte: ›Gibt's was Neues über Carpenter?‹ Ich sagte: ›Du weißt doch, darüber darf ich nichts sagen.‹ Lucy: ›Ach komm, du weißt doch, dass ich die Klappe halten kann.‹ Ich: ›Okay. Aber du darfst echt nichts sagen, sonst bin ich erledigt. Stell dir vor, die haben ihm einen Insulinpen in den Hals gerammt. Der hatte keine Chance. Fette Überdosis.‹ Lucy sagte so laut, dass mir fast der Hörer aus der Hand gefallen ist: ›Ein Pen? Insulin? Bist du dir sicher? Ein Insulinpen?‹ Sie wiederholte es mehrmals.«

Craig hakte ein. »Schrie sie, oder redete sie nur laut?«

»Wie ich sagte. Sie redete ganz laut, so, als wollte sie einem Schwerhörigen etwas klarmachen. Ich sagte: ›Ja, klar bin ich mir sicher.‹ Lucy: ›Das fasse ich nicht! Insulin? Wer macht denn so was?‹ Ich: ›Das wird die Polizei schon rausfinden. Auf jeden Fall fahren die jetzt großes Geschütz auf.‹« Hoben rieb sich die Augäpfel. »Ich bin so doof.«

Das sah Craig auch so, und die Konsequenzen aus Hobens Plauderei konnten unangenehm für sie werden. Fly hatte keine andere Möglichkeit, als ihr zu kündigen, und der Staatsanwalt würde ein Verfahren wegen Geheimnisverrats gegen sie einleiten. Craig wünschte Hoben nichts Böses, aber mit ihrer Indiskretion hatte sie großen Schaden angerichtet.

Zur Zeit des Telefongesprächs mit Dylan war Roberts sehr wahrscheinlich zu Hause gewesen. Er hatte mitgehört, deswegen hatte Lucy alles mehrmals laut wiederholt, sie wollte, dass er denselben Stand an Informationen hatte wie sie. Und deswegen war sich Dylan so sicher gewesen, dass er nicht der Täter war.

Craig musste davon ausgehen, dass weder sie noch er gewusst hatten, womit Carpenter ermordet worden war. Roberts hatte gestanden, weil er Lucy schützen wollte, sein Geständnis war nichts mehr wert. Aus dem Schneider waren sie noch nicht, aber Craig konnte die beiden nicht mehr festhalten. Jeder Anwalt würde Roberts' Geständnis aufgrund von Hobens Aussage in der Luft zerreißen.

Das war knapp gewesen. Craig und sein Team wären vor Gericht entweder bloßgestellt worden und hätten sich heillos blamiert, oder Roberts wäre verurteilt worden und mit hoher Wahrscheinlichkeit unschuldig, was wesentlich schlimmer gewesen wäre. Ein Unschuldiger im Gefängnis und ein Mörder auf freiem Fuß: für Craig ein Albtraum. Der Fall war noch lange nicht geklärt.

»Alles zurück auf null, Craig, sehe ich das richtig?«, fragte Fly.

»So sieht es aus.« Mehr wollte er nicht sagen, solange Hoben mithören konnte.

Fly wandte sich an Hoben. »Es tut mir furchtbar leid, Elizabeth, aber ich muss Sie suspendieren.« Sie hielt die Hand auf. »Die Schlüssel bitte.«

Unter Tränen überreichte Hoben Fly das Schlüsselbund des

Coroner's Office. »Werde ich jemals wieder …?« Hoben brach ab.

Ihr musste klar geworden sein, dass sie nie wieder in Flys Diensten stehen würde.

Sie hob den Kopf, blickte Craig in die Augen. »Ich bin selbst schuld. Sie müssen sicherlich meine Aussage aufnehmen?«

»Respekt, Ms. Hoben. Und ja, ich muss Ihre Aussage aufnehmen. Möchten Sie es gleich hinter sich bringen?«

Hoben nickte, stand auf, reichte Fly die Hand. »Ich danke Ihnen für die wunderbare Zeit.«

Fly ignorierte die Hand und umarmte Hoben. »Geht mir ebenso.« Sie löste sich, begleitete Craig und Hoben zur Tür.

»Ich bin mit dem Fahrrad da«, sagte Hoben und zeigte auf ein schwarzes Mountainbike.

»Ich setze Sie nachher wieder hier ab. Das Rad passt leider nicht in meinen Spitfire.«

»Sie fahren einen Spitfire? Immerhin ein würdiges Fahrzeug, das mich zu meiner Hinrichtung bringt.« Sie zog ein Taschentuch hervor und schnäuzte sich.

Craig hielt ihr den Schlag auf. Hoben bekam keine zweite Chance. Er hatte eine bekommen, und er schwor sich, sie nicht zu vergeben.

45

Auf dem Weg zu Keens Büro meldeten sich die Bagpipes. Der Prophet war am Apparat.

»Vergessen Sie's«, sagte er gelangweilt.

»Was soll ich vergessen?«

»Die Überwachungsanlage. Da hat keiner dran rumgefummelt. Die ist auf dem neuesten Stand. Protokolliert alles. Mein Gott, wie kann man so leben?«

»Sie sind sich absolut sicher?«

»Neunundneunzig Komma neun Prozent. Von allen Daten werden in Jetztzeit zwei Kopien in der Cloud abgelegt, auf Servern, die auf der ganzen Welt verteilt sind, mit Time Codes und Echtheitsstempeln. Ich habe die Daten analysiert. Keine Manipulationen. Sorry, aber so ist es.«

»Okay, Jamili. Ist das gerichtsfest?«

»Absolut. Ich kann es jederzeit vorführen.«

»Gute Arbeit, danke.«

»He, McPherson, jetzt werden Sie mal nicht gefühlsduselig.« Jamili lachte und legte auf.

Craig informierte den Staatsanwalt und Richter Jefferson, dass die Carpenters zum jetzigen Zeitpunkt als Verdächtige nicht mehr infrage kamen. Beide waren nicht begeistert, aber sie gaben nicht Craig die Schuld.

Als Nächstes besuchte er Keen, weihte ihn ein.

»Verflucht, McPherson, ich mag Sie nach wie vor nicht, Sie haben meine Befehle missachtet, mich bloßgestellt, aber diesmal haben Sie mir einen großen Dienst erwiesen.« Keen zeigte auf den Stuhl, der vor seinem Schreibtisch stand. »Setzen Sie sich.« Keen drehte seinen Füllfederhalter in seinen Pranken. »Die hätten uns durch den Fleischwolf gedreht. Was meinen Sie? Wie wahrscheinlich ist es, dass Lucy Dylan und Malcolm Roberts nichts mit dem Mord zu tun haben?«

»Neunzig Prozent. Und zu hundert Prozent wird der Staatsanwalt keine Klage erheben. Der Untersuchungsrichter hat ebenfalls abgewinkt. Er wird den Haftbefehl gegen Roberts aufheben und ein Verfahren wegen Behinderung der Justiz einleiten.«

»Ich hoffe inständig, dass wir nicht die zehn Prozent erwischen. Wenn wir Dylan laufen lassen, hat Roberts keinen Grund mehr, sein Geständnis aufrechtzuerhalten.« Keen legte den Füller neben eine Akte, in der er gelesen hatte. »Irgendeine Idee?«

»Ich befürchte, dass niemand im direkten Umfeld von Floyd Carpenter als Täter infrage kommt. Wir müssen tiefer graben.«

»Tun Sie das. Die Mordkommission bleibt, wie sie ist. Das muss reichen.«

»Ich hätte nur eine Bitte, Boss.«

»McPherson, ich bin nicht Ihr Boss. Ich bin Ihr Vorgesetzter. Das ist etwas ganz anderes. Ich bin der DSI, der Sie bis zum Ende aller Tage hassen wird, klar?«

»Vollkommen klar. Ich hätte nur eine Bitte, DSI.«

»Sie machen mich wahnsinnig. Keen, Sir reicht vollkommen.«

»Keen, Sir, ich habe eine Bitte.«

»Was?«

»Heben Sie den Bann über mich auf. Leighton kann mich so oder so nicht rund um die Uhr bewachen.«

Keen kaute auf seiner Unterlippe herum, schmatzte dabei. »Ich denke mal laut: Die nächste Vorschrift, die Sie verletzen, wird Ihre letzte sein. Sie haben recht, dass Leighton Sie nicht lückenlos bewachen kann. Außerdem bindet das unnötig Ressourcen. Aber seien Sie gewarnt: Sie werden nicht wissen, wer gerade ein Auge auf Sie hat.«

»Danke, Sir, Mr. Keen.«

»Gibt's Probleme mit Leighton?«

Craig schüttelte den Kopf und hoffte, dass seine schauspielerischen Fähigkeiten reichten, Keen zu täuschen. »Leighton ist gut. Er ist eine willkommene Verstärkung für das Team.«

Keen musterte Craig einen Moment. »Okay. An die Arbeit. Und Sie tun mir auch einen Gefallen.«

»Sir, Mr. Keen, immer gerne, wenn ich kann.«

Keen verdrehte die Augen. »Tun Sie mir zwei Gefallen. Erstens: Hören Sie auf zu schleimen. Das glaubt Ihnen kein Mensch. Zweitens: Bringen Sie mir den Mörder von Floyd Carpenter. Bald. Einige Leute werden langsam nervös.«

»Wer?«

»Das müssen Sie nicht wissen, das könnte Ihre Objektivität beeinflussen.«

»Okay, kein Problem.«

»Na dann.«

»Na dann«, sagte Craig, erhob sich und verließ Keens Büro.

Immerhin. Einen Teilsieg hatte er errungen. Keen hatte eingesehen, dass man ihn nicht an die Leine legen konnte. Keen musste ihn rausschmeißen oder ihm einen gewissen Freiraum lassen. Leighton war er vorerst los, er würde ihn mit Rechercheaufgaben eindecken und ihn noch ein wenig beobachten, bevor er ihm verdeutlichte, dass er von seinem Verrat wusste.

Craig klemmte sich hinter seinen Schreibtisch und ackerte sich durch die Akten. Er studierte die Lebensgeschichte von Beth Carpenter von ihrer Geburt über die ersten Ballett- und Reitstunden bis hin zu ihrem Doktor der Philosophie. Das war ihm neu. In ihrem Namen führte sie den Titel nicht. Sie hatte das Studium mit Bestnote absolviert. Das Thema ihrer Doktorarbeit war die Frage nach dem Verhältnis von Wirtschaft und Philosophie am Beispiel dreier englischer Unternehmen, die an der Börse notiert waren. Ein spannendes Thema. Falls er irgendwann Muße haben sollte, würde er sich die Arbeit durchlesen.

Das Verhältnis ihrer Eltern zu Floyd Carpenter war neutral gewesen. Sie akzeptierten ihn als fleißigen, erfolgreichen Unternehmer, aber in den inneren Zirkel des Cavendish-Clans war er nie aufgenommen worden. Deswegen war die Beziehung von Beth zu ihrem Vater in den letzten Jahren deutlich abgekühlt.

Summer interessierte sich nicht im Geringsten für ihre Großeltern. Sie lehnte sie als Vertreter des reaktionären Establishments ab. Kevin sah das anders, kein Wunder. Craig hatte den jungen Mann noch immer weit oben auf der Liste der möglichen Täter stehen. Sein Vater hatte ihn bitter enttäuscht. Der Angriff mit dem Insulinpen passte perfekt zu Kevin: Ein kurzer Moment des Aufbegehrens, der Wut, und schon war die Katastrophe eingetreten. Aber: Er hatte das Haus nicht verlassen. Hatte Jamili wirklich alles gecheckt? Jeden noch so kleinen toten Winkel? Craig überprüfte die Verbindungen der Carpenters zu der Sicherheitsfirma. Nicht der Hauch einer Spur.

Er nahm sich Torey vor. Er stammte aus Exeter, Vater Arbeiter, Mutter Hausfrau, er hatte Koch gelernt, dann die Butlerschule in London besucht, alle Angaben, die er gemacht hatte, stimmten. Was war mit seinen Verwandten?

Er hatte eine Schwester, Jasmin Torey, die einen Joseph Fraser geheiratet und dessen Namen angenommen hatte. Beide waren tot. Sie hatten 1996 Selbstmord begangen. Weiter fand sich nichts in den Akten, und auch die Polizeidatenbanken brachten nichts. Craig durchforstete die Pressearchive aller lokalen Medien. Beim *Exeter Mirror* wurde er fündig. Joseph Fraser war Tischler gewesen, Jasmin Kassiererin. Sie hatten ein baufälliges Cottage in der Nähe von Dawlish an der Küste, keine zehn Kilometer von Exmouth entfernt, besetzt und in ein Schmuckstück verwandelt. Genau wie Lucy Dylan und Malcolm Roberts. Und genau wie bei Dylan und Roberts stellte sich der Besitzer als Floyd Carpenter heraus. Das war Anfang 1996, da hatte Carpenter gerade das Unternehmen von seinem Vater übernommen. Er ließ die Frasers räumen, trotz erheblicher Proteste. Selbst eine Petition, die von mehr als tausend Personen unterschrieben worden war, und ein Angebot der Gemeinde, das Cottage zu einem überhöhten Preis zu kaufen, konnten Floyd Carpenter nicht erweichen. In einem Interview sagte er: »Hier geht es ums Prinzip. Wo kommen wir hin, wenn dahergelaufene Leute anderen einfach das Eigentum wegnehmen dürfen?«

Einen Tag nach der Räumung fand man das Ehepaar Fraser tot am Strand von Dawlish. Joseph hatte seine Frau erschossen und dann sich selbst. In einem Abschiedsbrief baten sie ihre Tochter Victoria, ihr einziges Kind, um Verzeihung. Über Victoria konnte Craig nichts finden. Selbst das Internet brachte ihn nicht weiter.

Die Frasers waren beileibe kein Einzelfall. Craig fand mehr als zweihundert Fälle aus den letzten dreißig Jahren allein in Devon. Nur knapp ein Prozent der Besetzer hatte das Glück, dass niemand Anspruch auf Haus und Grund anmeldete. Allerdings wurden in fast allen Fällen die Ansprüche sehr bald nach der Besetzung geltend gemacht. So verfuhr auch Carpenter, nachdem er die Frasers auf die Straße gesetzt hatte. So einen Fehler wollte er nicht noch einmal machen, es war denkbar schlechte PR. Es war ihm gelungen, seinen Fehler wiedergutzumachen. Bis zu seinem Tod war sein Ruf tadellos gewesen. Die Menschen vergaßen eben schnell. Craig fand keinen weiteren Fall, in dem eine Immobilie, die Carpenter gehörte, länger als zwei oder drei Wochen besetzt war. Ausgenommen das White Tree Cottage.

Craig brühte sich einen Tee auf, lief zehn Minuten im Kreis. So konnte er besser nachdenken. Noch bestand die Chance, dass Lucy Dylan und Roberts nicht rausgeworfen wurden. Beth Carpenter hatte bis jetzt nichts unternommen. Warum? Sie war im Recht, genauso wie Floyd Carpenter vor zwanzig Jahren – Wohnraum zu besetzen war illegal. Das Recht, Gebäude zu besetzen, galt nur für Immobilien, die nicht als Wohnraum ausgewiesen waren.

Vor allem aber beschäftigte ihn eine Sache: Marcus Torey musste doch gewusst haben, dass Carpenter in Verbindung mit dem Selbstmord seiner Schwester gestanden hatte! Wie konnte er ihm Tag für Tag in die Augen schauen, ihn Tag für Tag für Tag bedienen? Und war den Carpenters klar gewesen, wer da für sie arbeitete?

Craig fuhr den Rechner herunter. Das musste Torey ihm persönlich erklären. Und er musste das Anwesen der Carpenters noch mal auf eine Schwachstelle in der Überwachungsanlage untersuchen lassen. Von unabhängigen Experten. Jamili war sicher ein guter Mann, aber er konnte sich täuschen. Und Fehler machen war keine Option. Craig beauftragte einen Spezialisten aus London, der zusicherte, so schnell es irgend ging, die Überprüfung aufzunehmen.

Craig bettete seinen Kopf auf einen Stapel Akten und stellte den Handywecker auf sechs. Er löschte das Licht, dachte einen Moment an glückliche Zeiten in Edinburgh.

TAG 9

DONNERSTAG, 21. JULI

46

Die Sirene riss Craig aus dem Schlaf. Er ruckte hoch, der Aktenstapel unter seinem Kopf rutschte zur Seite, Craig versuchte, ihn zu halten, aber seine Reflexe schliefen noch, er verpasste dem Stapel zusätzlichen Schub, die Papiere ergossen sich auf den Boden. Er ließ sie liegen, streckte seine Glieder durch, schnappte sich sein Sakko und seinen Reservehygienebeutel, machte sich auf der Toilette ein wenig frisch und stieg in den Vauxhall.

Zehn Minuten später hielt er einem der Sicherheitsleute, die Rosewood abschirmten, seinen Dienstausweis vor die Nase. Der wollte ihn greifen, aber Craig steckte ihn wieder ein. »Sie haben fünf Sekunden. Wenn ich dann nicht weiterfahren kann, belange ich Sie wegen Behinderung.«

Nach vier Sekunden war die Sperre geöffnet, Craig rollte zur Einfahrt. Die Journalisten waren verschwunden, im Moment gab es nichts Interessantes zu berichten. Außerdem hatten sie sich auf den *Exeter Mirror* und Hershie eingeschossen. Es war durchgesickert, dass er gekokst hatte. Den Schlagzeilen nach zu urteilen, genossen es Hershies Kollegen, ihn nach allen Regeln der Kunst medial zu schlachten.

Craig musste nicht klingeln, das Portal stand bereits offen, Torey erwartete ihn in vollem Ornat.

»Mr. McPherson, ich wünsche Ihnen einen guten Morgen.«

Craig reichte ihm die Hand, die er kräftig schüttelte. »Ebenso, Mr. Torey. Wie geht es Ihnen?«

»Den Umständen entsprechend gut. Kommen Sie doch herein!«

Toreys Umgangsformen waren erstaunlich. Selbst wenn Craig ihn wegen Mordes verhaften müsste, würde sich Torey wahrscheinlich noch bedanken.

Craig blieb in der Eingangshalle stehen.

»Soll ich Mrs. Carpenter rufen?«

»Das wird nicht nötig sein. Ich möchte mit Ihnen ein paar Dinge besprechen. Wo sind wir ungestört?«

»Nun, da gehen wir am besten in meine Wohnung.«

Craig folgte Torey. Sie überquerten den perfekt getrimmten Rasen, umrundeten einen Springbrunnen, passierten eine doppelt mannshohe Ligusterhecke und standen plötzlich vor einem einstöckigen kleinen Haus.

»Das ehemalige Gartenhaus«, erklärte Torey, »genauso abgesichert wie das Haupthaus.«

»Ich weiß«, sagte Craig.

»Die Herrschaften haben es herrichten lassen, damit ich einen Rückzugsort habe. Das wäre nicht nötig gewesen, es war aber sehr freundlich gemeint.«

Die Tür war nicht abgeschlossen. Sie betraten einen Raum, der vollgestellt war mit Möbeln, die Craig auf Anfang des zwanzigsten Jahrhunderts schätzte.

Torey bot Tee und Kekse an. Craig nahm dankbar eine Tasse, kippte drei Löffel Zucker hinein und schaufelte sich ein paar Kekse auf den Teller. Seit gestern Abend hatte er außer einer Reserveportion Astronautennahrung nichts mehr gegessen. Torey ließ sich nichts anmerken. Er verhielt sich, als wäre der Besuch eines DCI morgens um sechs vollkommen normal. Auch Torey nahm sich eine Tasse. Das Service war mit Rosen bemalt. Wie passend.

Craig schluckte den dritten Keks hinunter, dann fragte er:

»Mr. Torey, wie machen Sie das? Oder besser, wie haben Sie das gemacht?«

»Ich verstehe kein Wort.«

»Wie lange arbeiten Sie schon für die Carpenters?«

Torey drückte ein wenig die Brust heraus. »Seit achtzehn Jahren. Ich habe die Kinder aufwachsen sehen. Ich habe ihnen die Flasche gegeben und die Windeln gewechselt.« Er lächelte versonnen.

»Das alles haben Sie für den Mann getan, der Ihre Schwester auf dem Gewissen hat?«

Torey fiel die Tasse aus der Hand, sie plumpste auf den dicken Teppich und blieb unversehrt. Der Tee ergoss sich über das rustikale Muster. Er wollte sich bücken, aber Craig ließ ihn nicht von der Leine.

»Antworten Sie, Torey! Wie macht man das? Jeden Tag mit geballter Faust aufwachen. Mit der Zeit muss der Hass doch übermächtig werden? Reden Sie, Mann!«

Toreys Lippen zitterten. »Sie haben eine wahrhaft lebhafte Fantasie, aber Sie haben keine Ahnung, wie meine Schwester war! Sie war feige. Sie war schon immer feige gewesen in allem. Sie hat sich nie ihren Pflichten und Herausforderungen gestellt, ist immer ausgewichen.«

»Feige? Carpenter hatte ihr Lebenswerk zerstört.«

»Das ist doch alles Unsinn! Sie hatte einen Dickschädel, sie war egoistisch, und mit Joseph hatte sie genau den Trottel gefunden, der ihr aus der Hand fraß. So sehr, dass er sie erschoss! Er hat meine Schwester getötet. Nicht Carpenter.«

Torey sammelte die Tasse auf, holte einen Lappen und schrubbte den Teppich, bis kein Fleck mehr zu sehen war.

Craig ließ ihn machen. »Wusste Carpenter, wer Sie sind?«

Torey tauchte unter dem Tisch auf, schüttelte den Lappen. »Natürlich. Ich habe es ihm sofort gesagt, als ich mich vorstellte. Aber deswegen hat er mich nicht eingestellt. Er hatte kein schlechtes Gewissen. Er hat mich genommen, weil er mir geglaubt hat, dass ich ihn nicht für den Tod meiner Schwester verantwortlich mache. Ich weiß, was Sie denken, Detective Chief Inspector. Aber ich muss Sie enttäuschen. Hätte ich mich rächen wollen, dann hätte ich seine Kinder umgebracht und seine Frau, nicht ihn. Nur so hätte er wirklich gelitten.«

Craig zückte sein Smartphone und wählte Beth Carpenters Nummer. Sie bestätigte Toreys Geschichte. Craig stöhnte. Jede Spur löste sich bei genauerer Betrachtung in Wohlgefallen auf.

47

Den Rest des Tages verbrachte Craig mit Routine. Nichts ereignete sich, außer den Anrufen von Zeugen, die alles und nichts gesehen hatten. Sechsmal wurde Floyd Carpenter lebend gesichtet. Viermal war er von Außerirdischen entführt worden. Und ein Zeuge schwor bei allen Heiligen, er sei in den Himmel aufgefahren und daher der Messias, und der Weltuntergang stünde bevor.

Keen hatte Craigs aktuellen Bericht mit einem Knurren zur Kenntnis genommen. Der Kreis wurde immer weiter gesteckt, die Zahl der zu überprüfenden Personen potenzierte sich. Die Ermittlungen steckten fest, versandeten. Wenn nicht bald etwas geschah, konnte der Fall Carpenter zum Dauerbrenner werden. Die Datenmenge schwoll mit jeder Stunde an.

Leighton hatte eine Mail geschickt, er sei unpässlich und würde beim Arzt sitzen. Craig vermutete, dass er sich die Wunden leckte, weil er bei der NCA abgeblitzt war. Geschah ihm recht.

Bis Craig alle Verwaltungsaufgaben erledigt, sich über den Stand der Dinge informiert und das letzte Tagesmeeting beendet hatte, war es schon wieder halb zwölf in der Nacht. Craig beschloss, sich ein wenig in der Stadt herumzutreiben, sich bei seinen Informanten auf dem Laufenden zu halten und nebenbei ein wenig zu entspannen. Die Nacht war angenehm kühl, die Gewitter hatten die schwüle Luft endgültig vertrieben.

Er parkte den Spitfire in einer Nebenstraße an der Guildhall, spazierte durch die verlassene Highstreet, bog auf die

Gandy Street ein – und duckte sich reflexartig in einen Hauseingang. Er hatte jemanden erkannt, den er hier nicht erwartet hätte. Vor allem nicht am Eingang von The Vaults. Vor allem nicht in innigster Umarmung mit einem anderen Mann. Craig schmunzelte. Von wegen Arzt. Die beiden Männer lösten sich voneinander, und Craig kam sich vor, als würde er Leighton stalken. Es war nun schon das zweite Mal, dass er ihn belauschte.

»Wann sehen wir uns wieder?«, fragte Leighton.

»So bald nicht«, antwortete der Mann.

Oha, da hing der Haussegen schief. Vielleicht hatte Leighton deswegen blaugemacht.

»Warum nicht?« Leightons Stimme war fest. Da war nichts Flehendes oder Bittendes.

»Meine Frau hat Verdacht geschöpft.«

Leightons Lover war verheiratet. Schöner Mist!

»Wie kann das sein?«

»Keine Ahnung. Sie hat seltsame Sachen gesagt. Sie will weg von Exeter. Aufs Land. Furchtbar.«

»Dann sag es ihr doch endlich!«

»Und die Kinder?«

»Ich mag Kinder. Wir nehmen sie zu uns.«

Der Mann strich Leighton zärtlich über die Haare. »Du kleiner Naivling. Du bist doch Bulle, müsstest die Menschen besser kennen. Martha filetiert mich bei lebendigem Leib. Die wird die Kinder niemals hergeben. Wenn sie rauskriegt, dass ich nicht mehr mit ihr schlafe, weil ich schwul bin, dann ist es vorbei.« Er machte eine Pause, zog Leighton an sich. »Ich liebe dich, Tyler, aber, sorry, meine Kinder liebe ich noch mehr. Ich könnte nicht ohne sie leben.«

Leighton stieß den Mann von sich. »Dann beenden wir es hier und jetzt.«

»Was soll das? Es soll nur eine kleine Pause sein, bis sie sich beruhigt hat, bis ich ihr das Landleben ausgeredet habe.«

Leighton schnaubte. »Du hast mir versprochen, ihr reinen Wein einzuschenken.«

»Das geht einfach nicht. Sorry.« Der Mann zog ein Schlüsselbund aus der Tasche und reichte es Tyler. »Dann muss es wohl so sein. Du hast ja meine Nummer, solltest du es dir anders überlegen.«

Leighton griff zu.

Der Mann drehte sich um und verschwand im Club.

Leighton stand da wie vom Donner gerührt. Er schien nicht zu begreifen, dass sein Freund ihn gerade verlassen hatte.

Craig hatte genug gehört. Der arme Leighton. Das musste wehtun. Craig empfand weder Genugtuung noch Häme. Er duckte sich und schlich sich im Schutz der Schatten, die die Straßenlaternen warfen, davon. Craig nahm sich vor, Leighton in den nächsten Tagen zu schonen, bis der Liebeskummer ein wenig abgeflaut war. Verrat hin oder her.

Gegen vier Uhr am Morgen schloss Craig seine Haustür auf, und im selben Moment legten die Bagpipes los. Das konnte nur Morrison sein. Er zog das Handy aus der Tasche, aber er hatte sich geirrt. Es war Leighton. Was wollte der denn von ihm um diese Zeit?

Craig stellte die Verbindung her. »Tyler, was gibt es?«

Craig hörte Leighton schwer atmen. »Wir müssen reden.«

Leightons Worte waren verwaschen, ungenau. Anscheinend hatte er sich nach dem Schlag in den Magen eine Flasche Schnaps reingezogen. Mit einem Betrunkenen zu reden machte selten Sinn.

»Nicht jetzt. Kommen Sie nachher zum Dienst?«

»Nachher?«

»Es ist vier Uhr morgens.«

»Ach ja, verdammt. Ich komme auf jeden Fall.«

»Schauen Sie, dass Sie nüchtern sind, dann können wir reden.«

»Alles klar.« Er klang beleidigt, unterbrach die Verbindung.

Craig betrat seine Wohnung. Schaute sich um. Niemand da. Natürlich nicht.

TAG 10

FREITAG, 22. JULI

48

Craig schreckte aus dem Schlaf hoch. Sein Herz raste. Die Bagpipes dröhnten durch das Schlafzimmer. Jemand hämmerte gegen die Tür.

Er sprang aus dem Bett, packte das Handy, riss die Tür auf, winkte den Constable hinein, hielt sich das Handy ans Ohr.

»Wir haben ein Problem, McPherson.« Keen war dran.

Er hatte genau den Moment abgepasst, in dem der Constable an die Tür gehämmert hatte. Das war kein Zufall. Wahrscheinlich hatte Keen dem Constable befohlen, ihn anzurufen, wenn er vor der Tür stand, damit Craig mit allen Schikanen aus dem Schlaf gerissen wurde.

»Summer Carpenter ist nicht nach Hause gekommen.«

Craig musste einen Moment nachdenken. Normalerweise war das nichts Besonderes. Die Kollegen von der Vermisstenstelle würden sich darum kümmern. Aber in diesem Fall schrillten alle Alarmglocken. Floyd Carpenters Mörder lief noch immer frei herum, und Craig hoffte inständig, dass seine Prophezeiung, er sei noch nicht fertig, falsch war und nicht Summer sein nächstes Opfer war.

»McPherson, sind Sie noch da?«

»Haben Sie die Suche eingeleitet?«

»Was denken Sie denn?«

Craig checkte die Uhrzeit. Vier Uhr dreiundfünfzig. »Okay. Ich fahre sofort zu den Carpenters.«

Craig schickte den Constable in den Hafen, zu dem besetzten Haus. Dort war Summers zweites Zuhause. Er sollte Verstärkung mitnehmen, nach dem Mädchen suchen und niemanden weglassen. Craig nahm seinen eigenen Wagen.

Erneut war Rosewood von Medien belagert, die von der Security auf Abstand gehalten wurden. Irgendjemand musste den Polizeifunk abgehört haben. Mehrere Streifenwagen standen vor dem Anwesen, die Lichtkegel von Taschenlampen huschten über die Landschaft, Scheinwerfer machten die Nacht zum Tag. Immer mehr Streifen- und Mannschaftswagen rückten an. Keen hatte alles mobilisiert, was laufen konnte. Zwei Hubschrauber würden in einer halben Stunde vor Ort sein. Und wenn es nötig war, würde Keen die Armee anfordern.

Keen erwartete Craig im Salon. Beth Carpenter saß auf der weißen Couch und hielt Kevin in den Armen.

Keen nahm Craig beiseite. »Summer wollte auf jeden Fall nach Hause kommen, weil die Familie heute nach London fahren wollte, um Mrs. Carpenters Eltern zu besuchen und auf andere Gedanken zu kommen. Sie hat sich sehr auf die Tage in London gefreut.«

Craig schüttelte langsam den Kopf. »Da ist was faul.«

Er wandte sich an Beth Carpenter, verzichtete auf jegliche Formalität. »Wie kann es sein, dass Summer keinen Bewacher hatte?« Seine Stimme klang scharf. »Warum ist die Familie hier besser überwacht als die Queen, aber sobald Sie das Haus verlassen, ist niemand mehr bei Ihnen? Warum gehen Ihre Kinder nicht in ein Internat?«

Beth schnäuzte sich mit einem Seidentaschentuch. »Als die Kinder klein waren, haben wir das gemacht. Es war furchtbar. Es hat sie vollkommen isoliert. Und es ist ja nichts passiert. Und Floyd wollte nicht, dass sie zu reichen Aussätzigen werden.«

Kevin entwand sich der Umarmung seiner Mutter. »Summer kommt zurück, wenn sie es will.«

»Was weißt du, Kevin?« Craig senkte die Stimme zu einem Flüstern. »Es ist wichtig. Vielleicht ist Summer in Gefahr.«

»So ein Unsinn.«

Kevins Ausstrahlung hatte sich verändert. Er schien größer geworden zu sein, stärker, erwachsener.

»Wir sind nicht die Rockefellers. Und Summer weiß, was sie tut. Warum sollte sie in Gefahr sein? Das ist nicht das erste Mal, dass sie ihre Pläne spontan ändert.«

»Aber sie hat sich doch auf die Tage in London gefreut?«

Kevin lächelte gequält. »Summer hasst London. Die Stadt ist für sie der Inbegriff des verkommenen Establishments. Sie sagt immer, wer in London wohnt, ist entweder verrückt oder ein Ausbeuter.« Er dachte nach. »Ich sehe das anders.«

»Kevin.« Craig ging in die Hocke. »Ich verstehe das nicht. Einerseits betrachtet Summer Unternehmer als Verbrecher, andererseits verehrt sie ihren Vater bedingungslos. Kannst du mir das erklären?«

»Sie ist fünfzehn. Sie schwärmt für ihren tollen Vater, egal, was er ist. Für Summer ist Dad ein Wohltäter, eine Ausnahme, der gute König, der nette Diktator.«

Beth Carpenter stieß einen kurzen Schrei aus. »Kevin, wie kannst du so etwas sagen! Hat dein Vater dir jemals Unrecht getan? Hat er nicht immer deine Wünsche erfüllt?«

Kevin seufzte, schaute seine Mutter traurig an. »Er hat mich immer davon überzeugt, dass seine Pläne für mich genau die richtigen seien.«

»Aber ...« Beth Carpenter fehlten die Worte.

Kevin nahm ihre Hände. »Hey, Mum, das ist in Ordnung. Dad hat mir einen Teil der Welt gezeigt. Ich hatte ja Summer, die mir die andere Seite gezeigt hat.« Seine Stimme brach. »Ich vermisse Dad. Es tut so weh.« Er vergrub seinen Kopf im Schoß seiner Mutter.

War Floyd Carpenter ein guter Vater gewesen?

Die familiären Probleme der Carpenters unterschieden sich nicht von denen in anderen Familien. Sowohl Summer als auch Kevin hatten ihn geliebt. Und gegen die Pubertät richteten auch die besten Eltern nichts aus.

Craig durfte Kevin nicht in Ruhe lassen. »Kevin, es tut mir unendlich leid, aber ich muss Fragen stellen, und ich brauche Antworten. Auch wenn du davon überzeugt bist, dass Summer nicht in Gefahr ist.«

Kevins Antwort klang dumpf. »Fragen Sie.«

»Wo könnte Summer sein? In der besetzten Halle?«

»Logisch. Wo sonst? Das habe ich doch schon erzählt.«

»Sollte sie sich nicht dort aufhalten, wo dann?«

»Wir sind immer von dort aus losgezogen.«

»Wer ist wir?«

»Summer, ich, Annie, Isabel, Joey und Fred.«

»Nachnamen?«

Kevin schwieg.

»Irgendein anderer Treffpunkt?«

»Manchmal war Summer allein unterwegs. Keine Ahnung, was sie dann gemacht hat.«

Craig kam hier nicht weiter. Er musste zu dem besetzten Haus. »Okay, Kevin. Danke. Falls dir noch irgendwas einfällt ...«

Kevin zeigte keine Reaktion.

Craig winkte Keen, der mit ihm vor die Tür trat.

»Das besetzte Haus«, sagte Keen. »Schon klar.«

Craig trabte die Auffahrt hinunter, eine Person kam ihm entgegen, so grell von den Schweinwerfern angeleuchtet, dass er sie zuerst nicht erkennen konnte.

»Tyler«, rief Craig. »Was zum Teufel machen Sie denn hier?«

»Es gibt Arbeit, oder sehe ich das falsch? Ich bin topfit. Außer Autofahren geht alles.«

Craig setzte zu einer Standpauke an, ließ es dann aber bleiben. Leighton hatte recht. Es gab Arbeit. Jede Menge. Craig nahm Leighton am Arm und zog ihn mit.

»Haben Sie mit Ihrem Smartphone Zugriff auf die Akten?«

»Klar. Sie nicht?«

»Tyler!«

»Sorry, Sir.«

»Ich muss alles über die besetzte Lagerhalle am Hafen wissen. Ich fahre, Sie suchen.«

Als sie auf die Cowley Bridge Road fuhren, summte Craigs Handy. Eine SMS von dem Constable, den er zum besetzten Haus geschickt hatte. »Summer Carpenter nicht gefunden. Gelände abgesperrt.«

»Das ist verboten. Fahren und Handy.«

»Sie können mich mal, Tyler. Haben Sie was gefunden?«

Craig musterte Leighton. Er sah tatsächlich topfit aus, hatte keine Fahne und sprach ohne jedes Anzeichen von Trunkenheit. Er musste über ein interessantes Arsenal an Medikamenten verfügen.

»Hab ich. Sehr interessant.«

»Tyler! Verdammt noch mal!«

»Die Halle gehört einem Adolphus Sewer. Gehörte. Der hat keinen Anspruch angemeldet, weil er tot ist.«

»Was ist mit seinen Erben?«

»Angeblich gibt es einen in Australien. Er ist angeschrieben worden, hat sich aber nicht gemeldet. Die Frist müsste bald verstrichen sein.«

»Das heißt, die Halle gehört der Stadt?«

Leighton murmelte vor sich hin. »Sieht so aus. Aber dann hätte man schon längst geräumt oder einen Deal gemacht.«

Leighton tippte schweigend weiter auf seinem Smartphone herum.

Craig bog auf die Exe Bridge, und Leighton schrie so laut »Fuck!«, dass Craig fast das Lenkrad verriss.

»Carpenter!«, sagte Leighton deutlich leiser. »Er hat die Halle gekauft. Vor drei Wochen.«

»Aber er hat nicht die Räumung beantragt?«

»Nein.«

»Schmeißen Sie Hargrave aus dem Bett. Er muss darüber was wissen.«

Leighton brauchte vier Minuten, bis er Carpenters Stellvertreter am Apparat hatte.

»Mister Hargrave«, sagte Leighton, »ich stelle auf ›laut‹, damit DCI McPherson mithören kann. Es ist sehr wichtig.«

Craig hörte noch: »... eine Wahl?«

»Nein«, sagte Leighton. »Ich mache es kurz. Hat Floyd Carpenter die Räumung der besetzten Halle in die Wege leiten wollen?«

»Ja, das hatte er vor. Einen Tag vor seinem Tod. Jetzt muss Beth das veranlassen, aber ich glaube, sie hat im Moment nicht den Kopf dafür. Es eilt auch nicht. Die Bebauung wird frühestens in zwei oder drei Jahren beginnen können. Planfeststellungsverfahren und so weiter. Bis dahin ist genug Zeit, die Besetzer zu vertreiben.«

»Das war es schon, Mister Hargrave. Vielen Dank, und entschuldigen Sie nochmals die frühe Störung.« Leighton unterbrach die Verbindung. »Da kommt ein lupenreines Motiv in Sicht.«

»Muster.«

»Muster, Sir?«

»Muster, die noch keine Verbindungen haben.«

»Sie sprechen in Rätseln, Craig.«

»Toreys Schwester hat sich 1996 von ihrem Mann erschießen lassen, der sich anschließend selbst gerichtet hat. Carpenter hatte sie aus einem Cottage vertrieben ...«

»... das sie besetzt hatten. Besitzer logischerweise: Floyd Carpenter. Aber Torey hat ein Alibi und hätte sich anders gerächt, keine Frage.«

»Genau an dem Punkt war ich auch schon, Tyler.«

Die Halle kam in Sicht. Vier Streifenwagen standen davor, die Blaulichter flackerten. Craig stieg aus, Leighton folgte ihm. Das Tor der Halle war offen, Bühnenscheinwerfer tauchten die Menschen in farbiges Licht. Es erinnerte an eine Show, und in gewisser Weise war es das auch. Die Akteure waren bereit, das Programm war geschrieben und geprobt. Aber es lag eine unpassende Stille über allem. Craig hätte Proteste erwartet, Beschimpfungen und Beschwerden. Nichts dergleichen. Eine Gruppe Jugendlicher hatte sich um einen Tisch versammelt, sie sprachen gedämpft miteinander, andere verteilten Tee. Obdachlose hatten sich in ihre Schlafsäcke gewickelt und beäugten misstrauisch die Szene. King George war nicht dabei. Schade. Craig trat an den Tisch, einen Jungen kannte er von seinem Besuch, zwei Nächte nachdem er Floyd Carpenter gefunden hatte. Es war Fred.

»Hi Fred«, rief Craig und hob eine Hand zum Gruß.

Fred drehte den Kopf, seine Miene hellte sich auf, er lächelte, zeigte auf Craig. »Das ist Craig, der Schotte, der coole Bulle, von dem ich euch erzählt habe. So müssten alle sein, dann hätten wir weniger Probleme.«

Craig ließ den Satz unkommentiert. Er war nicht hier, um Grundsatzdebatten zu führen, sondern um Summer Carpenter zu finden. »Ihr habt ja mitbekommen, dass Summer vermisst wird.«

»Ja, haben wir«, sagte Fred. »Und wir haben den Streiflingen schon alles erzählt.«

»Ich würde es gerne von euch hören.«

Fred schien so etwas wie ein Wortführer zu sein. Die anderen glotzten Craig nur an, Fred berichtete: »Summer ist gestern Abend hier aufgelaufen. Sie wollte mit Annie eine Runde drehen.«

»Was heißt ›eine Runde drehen‹?«, fragte Craig und ahnte die Antwort.

»Schauen, was so geht. Downtown, am Bahnhof, an der Kathedrale, in den Clubs. Sie waren echt kribblig drauf.«

»Kribblig?«

»Na ja. So was wie rollig. Ich glaube, Annie wollte jemanden aufreißen.«

»Summer ist fünfzehn!«, sagte Craig.

Fred verzog das Gesicht. »Echt jetzt? Ich hab die für mindestens zwanzig gehalten.« Er überlegte einen Moment. »Summer ist immer spätestens um elf abgehauen. Sie hat die Schule sehr ernst genommen.« Wieder überlegte er, verzog dabei sein Gesicht, als hätte er Zahnschmerzen. »Klar, sie konnte eigentlich gar nicht zwanzig sein. Keiner ist mit zwanzig noch auf dem College. Auf jeden Fall hat sie selbst in der Schuluniform echt heiß ausgesehen. Die hat sie sich fast vom Leib gerissen, wenn die Schule aus war, und sie hatte immer andere Klamotten dabei. Unfassbar. So viel Kohle und dann im Schulknast versauern.«

»Und beide sind nicht zurückgekommen?«

»Das ist öfter so. Summer fährt heim, Annie lässt sich abschleppen.«

Eine junge Frau meldete sich, indem sie den Finger hob, wie in der Schule. »Ich heiße Bo, und das, was Fred erzählt, ist gequirlte Scheiße!« Sie bedachte Fred mit einem ärgerlichen

Blick. »Oder hast du Annie jemals mit einem Typen zusammen gesehen? Du bist doch nur eifersüchtig!«

Fred senkte den Kopf und schwieg.

»Hat Annie auch einen Nachnamen?«, fragte Craig.

»Hey, Mann, das interessiert hier keinen«, rief ein Junge mit kugelrundem Gesicht.

»Mich interessiert es. Vielleicht sind beide in Gefahr. Vielleicht wissen Annie und Summer etwas über den Mord an Summers Vater.«

Bo hob noch mal den Finger. Craig nickte ihr zu.

»Ich hab die beiden mal streiten gehört. Da ging es um Summers Dad. Annie hat ihn als größtes Kapitalistenarschloch der Welt bezeichnet. Summer war echt angepisst und wollte irgendein Notizbuch wiederhaben. Sie hat so laut geschrien, dass ich es bis draußen hören konnte.«

Hier war es also gelandet. Hoffentlich hatte Annie es nicht zurückgegeben. Vielleicht existierte es noch.

»Wo ist denn dieses Notizbuch?«

»Annie behauptete, es sei verschwunden. Summer war echt sauer.«

»Aber gestern Abend sind sie in trauter Zweisamkeit ausgegangen?«

Bo verdrehte die Augen. »Fred guckt nie genau hin. Der hält es nicht aus, wenn Leute Streit miteinander haben.« Sie legte Fred eine Hand auf die Schulter. »Sorry, ist doch so.«

Fred schaute verlegen drein. »Ja, schon, aber …«

Bo unterbrach ihn. »Kein Aber. Die beiden sind gestern los und haben sich gestritten. Aber so was von! Summer hat sogar mit der Polizei gedroht.«

»Weswegen?«

»Diebstahl. Sie bezichtigte Annie, das Notizbuch gestohlen zu haben.«

Fred stieß Luft aus. »Scheiße, eh, davon habe ich echt nichts mitbekommen.«

Bo feixte. »Sag ich doch, Freddilein.«

Craig hob die Stimme und rief über die Köpfe von Bo und Fred hinweg: »Wer weiß den Nachnamen von Annie?«

Niemand meldete sich. Diese jungen Leute wussten nicht viel voneinander. War vielleicht besser so.

»Wo hat Annie ihr Lager?«, fragte Craig Bo.

Bo sprang auf. »Kommen Sie mit. Ich zeig's Ihnen.«

Craig deutete auf die anderen. »Ihr bleibt hier.«

Bo führte Craig nach hinten in die Halle. Fünf Bereiche waren mit provisorischem Sichtschutz abgetrennt: Tüchern, alten Türen, alten Aktenschränken, die man nach der Aufgabe der Halle hatte stehen lassen. An der Rückwand führten zwei unverschlossene Türen ins Freie. Es war also kein Problem, unbemerkt aus der Halle zu verschwinden und ebenso unbemerkt wieder zurückzukommen.

Bo zeigte auf einen mit Tüchern abgegrenzten Bereich. »Darf ich was fragen?«

»Nur zu.«

»Brauchen Sie nicht so was wie einen Durchsuchungsbefehl?«

»Gute Frage, Bo. Zum einen heißt es Durchsuchungsbeschluss, und zum anderen ist Gefahr im Verzug. Wenn Annie oder Summer etwas zustößt, weil ich mir bei einem Richter die Füße plattgestanden habe, um einen Beschluss zu bekommen ...«

»Ist das legal?«

»Ist es.«

»Hoffentlich passiert Summer nichts.«

»Du magst sie?«

»Ja, sehr. Sie weiß, was sie will. Sie ist großzügig. Ohne sie hätten wir schon längst aufgeben müssen. Sie hat immer gesagt, wenn sie sechzehn ist, zieht sie hier ein. Sie ist aufs Dach hochgeklettert, hat sich an den Rand gestellt, mit Blick auf den Exe, hat die Arme ausgebreitet, wie bei *Titanic*, und hat gerufen: ›Ich bin die Königin der Welt!‹«

Floyd Carpenter hatte den Freiheitsplänen seiner Tochter im Weg gestanden. Hatte er ganz bewusst die Halle gekauft, um Summer den Boden unter den Füßen wegzuziehen? Um sie daran zu hindern auszuziehen? War es väterliche Eifersucht gewesen? Hatte Summer gewusst, was ihr Vater plante?

Craig zog sich Handschuhe an. Annies Lager war sauber und aufgeräumt. Es duftete nach Veilchen. Neben dem Bett stand ein kleines Regal aus hölzernen Weinkisten. Obenauf thronte eine Figur aus dunklem Holz, anscheinend afrikanisch. Im ersten Fach stapelten sich Zeitschriften. Innenarchitektur, Mode, Design, Fotografie.

»Annie hat Design studiert. Sie will hier ihr Atelier aufmachen«, sagte Bo.

Im zweiten Fach lag ein Ordner, in dem fein säuberlich ihre persönlichen Papiere eingeheftet waren. Annie hieß Roland mit Nachnamen, war in Torquay geboren, am 7. August 1992. Bald würde sie vierundzwanzig werden. Bo hatte die Wahrheit gesagt: Annie hatte Design studiert. Nicht irgendwo, sondern in London, und sie hatte mit einer hervorragenden Note abgeschlossen. Annie hätte sicherlich ohne Probleme einen guten Job bekommen können. Sie war fast zehn Jahre älter als Summer. Was hatte die beiden zusammengebracht?

Im letzten Fach entdeckte Craig ein ledergebundenes Paperblank mit der Aufschrift »Tagebuch«. Craigs Herzschlag beschleunigte sich. Er schlug es auf, aber es war nicht Carpenters Notizbuch, sondern Annies Tagebuch. Es begann mit dem 12. November 2013. Annies wunderschöne Buchstaben waren zum Teil verwischt. Craig las und wusste, dass es Tränen gewesen sein mussten, mit denen die Tinte verschmiert worden war.

»Heute ist mein Tag null. Meine Eltern sind tot. Der Polizist sagte, sie hätten nicht gelitten. Der LKW-Fahrer, der sie umgebracht hat, ist auch tot. Das ist kein Trost.«

Es folgte immer am Ende eines Monats ein Eintrag. Der letzte derartige stammte vom 30. Juni. »Es wird wunderbar werden. Summer und ich und das Atelier. Ich werde ihr alles beibringen, sie hat großes Talent. Und wenn sie achtzehn ist, werden wir heiraten.« War es das? War es so einfach? Wollte Summer Annie für sich? Stritten sie deshalb? Ein simples Eifersuchtsdrama?

Der allerletzte Eintrag war vom 4. Juli, es musste etwas passiert sein. »Summer hat mir das Notizbuch gezeigt und mir erzählt, dass sie und Kevin ihren Vater seit einiger Zeit beobachten. Das Glück ist auf meiner Seite. Jetzt wird er es nicht mehr wagen, uns rauszuschmeißen. Das Notizbuch und die Fotos gegen die Besitzurkunde.«

Eine gescheiterte Erpressung! Hatten Summer und Annie gemeinsame Sache gemacht? Es wäre für Summer ein Leichtes gewesen, einen Pen zu stehlen. Sie hatte ein perfektes Alibi, die Überwachungsanlage war unbestechlich, das hatte auch der Spezialist aus London inzwischen bestätigt. Den Zusammenhang zwischen Summers Vater und den Hausbesetzern hatte niemand herstellen können. Und jetzt waren die beiden geflohen. Aber warum? Sie standen nicht im Fokus der Polizei. Summer wusste doch genau, was vor sich ging. Es hatte keinen Grund gegeben zu fliehen.

Auf der letzten Seite des Tagebuchs war ein Zeitungsartikel zusammengefaltet und eingeheftet. Craig klappte das Stück Papier vorsichtig auseinander. Es war ein Bericht über die Beerdigung von Annies Eltern. Eine ganze Seite, mit einem großen Foto, das fast vollständig von Menschen ausgefüllt wurde. Die Rolands mussten beliebt gewesen sein.

Craig wollte den Artikel schon wieder zusammenlegen, als sein Blick an einer Person hängen blieb. Sie war etwas unscharf, aber sie überragte alle anderen. Kein Zweifel: Es war Marcus Torey. Was hatte der auf der Beerdigung von Annies Eltern zu suchen? Craig steckte das Tagebuch ein.

»Tyler!«, brüllte er durch die Halle. Die wenigen Gespräche verstummten. »Wir müssen los.«

Craig trabte an, Bo starrte ihm hinterher.

Am Hallentor stieß Leighton dazu. »Was gibt es, Sir?«

Er drückte ihm das Tagebuch in die Hand. »Ganz hinten. Der Artikel. Das Foto. Checken Sie Annie Roland.«

Im Laufen betrachtete Leighton das Foto. »Wow!«, sagte er.

Sie kamen an Craigs Spitfire an, Craig sperrte auf, sie stiegen ein. Leighton checkte Annies Personalien.

»Und?«, fragte Craig.

Leighton grinste über das ganze Gesicht. »Auf nach Rosewood!«

49

Craig winkte den Männern von der Security zu und gab Gas, ließ den Kies vor dem Tor spritzen. Bevor sie losgefahren waren, hatte er zwei Streifen zu dem Cottage geschickt, das Jasmin und Joseph Fraser durch Carpenter verloren hatten.

In Rosewood presste er den Finger auf die Klingel und ließ erst wieder los, als Marcus Torey öffnete. Craig winkte zwei Constables, die sich ihnen anschlossen, wartete nicht auf eine Einladung, sondern schob den verdutzten Torey vor sich her in den Salon und drückte ihn in einen der weißen Ledersessel.

»Mr. Torey, kennen Sie eine Annie Roland?«

Craig achtete auf jede Regung in Toreys Gesicht. Nichts. Er war perfekt. Wahrscheinlich hätte er jeden Lügendetektortest bestanden.

»Nein, tut mir leid, da kann ich Ihnen nicht helfen.«

Craig tigerte vor Torey auf und ab, ließ ihn ein wenig schmoren. »Was würden Sie sagen, wenn ich behauptete, dass Annie Roland Ihre Komplizin beim Mord an Floyd Carpenter war?«

Torey holte Luft, aber Craig schnitt ihm mit einer Bewegung der Hand das Wort ab. »Wir haben uns die ganze Zeit gefragt, wie die Täterin an den Pen gekommen ist. Und wie es möglich sein konnte, diesen Hochsicherheitstrakt unbemerkt zu verlassen. Beide Fragen sind leicht zu beantworten: Hier ungesehen herauszukommen ist schlicht unmöglich. Tatsächlich. Das haben Sie vollkommen richtig eingeschätzt. Wir haben unsere besten Techniker aufgeboten, und ich kann Ihnen versichern, sie haben es nicht geschafft, die Überwachungsanlage auszutricksen. Und wenn die das nicht geschafft haben, werden Sie es schon gar nicht geschafft haben. Okay. Sie haben ein Alibi. Und der Pen? Wie lief das mit der Mordwaffe? ›Das ist doch kein Problem, sich so ein Ding zu besorgen‹, werden Sie einwenden. ›Heutzutage bekommt man alles für Geld.‹ Und da gebe ich Ihnen recht. Er hat nicht einmal etwas gekostet, weil Sie ihn besorgt haben. Hier im Haus gibt es mehr als genug davon, wenn einer fehlt, fällt das nicht auf. Niemand führt Buch, es geht mal einer kaputt, einen anderen könnte Kevin einfach verloren haben.«

»Äh …«

»Nein, Mr. Torey, ich bin noch nicht fertig. Angenommen, ich würde Ihnen einen Beweis vorlegen, der meine These stützt, dass Sie und Annie Floyd Carpenter gemeinschaftlich ermordet haben. Sie waren der Kopf, sie die Hand.«

»Dann würde ich sagen, das ist Unsinn.«

»Sie sind ein hartnäckiger Mann, Mr. Torey.« Craig schnippte mit den Fingern.

Leighton hielt Torey das Zeitungsfoto vor die Nase. »Es war kein Zufall, dass Sie bei der Beerdigung waren, nicht wahr?«

Torey zwinkerte mit den Augen, als hätte er Schmutz darin. »Kein Zufall, das ist richtig.« Er schwieg.

»Victoria Fraser war Ihre Nichte. Ihre Schwester hat sie kurz nach der Geburt weggegeben. Wie Sie schon sagten. Sie war ein Feigling, oder?«

»Ich hätte Victoria großgezogen, aber das wollte Jasmin nicht. Und ihr verfluchter Mann Joseph auch nicht.«

Toreys Wortwahl veränderte sich. Gefühle kamen durch.

»Seit wann wissen Sie, dass Annie Ihre Großnichte ist? Dass sie ihren Namen geändert hat?«

»Seit einem Jahr. Ich kam zu spät. Victoria war bereits tot.«

»Wann gaben Sie sich Annie zu erkennen?«

»Überhaupt nicht.«

Leighton lachte kurz und hart. »Mann, lügen Sie doch nicht ...«

»Ich lüge nicht!«, bellte Torey.

Endlich verlor er die Fassung.

»Ich habe sie beobachtet. Aus der Ferne. Da sie sich nicht bei mir gemeldet hatte, ging ich davon aus, dass Victoria ihre wahre Herkunft nie erfahren hatte und daher Annie auch nicht sagen konnte, dass ich ihr Großonkel bin. Ich wollte ihr den Schock ersparen. Und ich wollte nicht, dass sie erfährt, welche Rolle Floyd Carpenter in ihrem Leben gespielt hat.«

»Nicht schlecht, Ihre Geschichte, aber sie ist erstunken und erlogen.« Craig dachte an Freds Erwähnung eines Stalkers. »Was haben Sie Annie zuletzt geschenkt?«

Toreys Gesicht hellte sich auf. »Das neueste iPhone. Ich habe es per Kurier überbringen lassen.«

Leighton schlug sich auf die Schenkel. »Das haben die anderen bestätigt. Man nennt Sie ›Weihnachtsmann von der Haven Bank‹. Bei wem haben Sie den Mord an Carpenter in Auftrag gegeben? Sie hatten einen guten Grund. Sie wollten verhindern, dass Carpenter wieder ein Leben zerstört. Und zwar das ihrer Großnichte Annie Roland. Gehe ich recht in der Annahme, dass Sie Beth bereits davon überzeugt haben, die Halle nicht räumen zu lassen?«

Torey blickte unter sich. »Ich habe es versucht. Aber sie will die Hausbesetzer aus der Stadt raushaben. Sie war heute bei Gericht.«

»Damit Summer wieder zurückfindet in die Familie?«, fragte Craig.

»Genau deswegen. Und jetzt sollten Sie sich fragen, warum Beth noch lebt. Es wäre doch folgerichtig, sie ebenfalls aus dem

Weg räumen zu lassen. Von denselben Profikillern, die Floyd beseitigt haben. Lächerlich das Ganze.«

Craig stellte sich hinter Torey. »Wenn Sie es nicht waren und niemand aus der Familie Carpenter – dann bleibt nur ein Schluss: Es war Annie. Sie hat zwei starke Motive: Rache für ihre Großeltern ...«

Torey sprang aus dem Sessel, seine Contenance war endgültig dahin. Leighton machte einen Schritt auf Torey zu, Craig packte den Butler an der Schulter und zog ihn zurück. Er leistete keinen Widerstand.

»Sie hat das doch gar nicht gewusst!«

»Sie hat ihre Schlüsse aus Carpenters Notizbuch gezogen, hat recherchiert. Die Pressearchive sind allen zugänglich. Ihre Wut muss alles verzehrend gewesen sein. Sie fand die Parallelen zu ihren Großeltern. Aber im Gegensatz zu ihren Großeltern war sie in einer Situation, in der sie handeln konnte. Sie hatte ein Druckmittel. Sie musste Carpenter daran hindern, dass die Halle, ihr Lebensprojekt, geräumt wurde. Das reicht allemal, um auf Mordgedanken als Lösung zu kommen, wenn eine Erpressung scheitert.«

Torey presste die Lippen aufeinander. »Nein, ich war es, ich gestehe ...«

»Ach, hören Sie doch auf!« Craig verlor die Geduld. »Kevin und Summer waren oft in dem besetzten Haus. Der Junge geht ziemlich sorglos mit seinen Insulinspritzen um, deswegen hat er immer eine Reserve dabei und Summer ebenfalls. Annie ist nicht dumm. Für sie war das die optimale Mordwaffe.« Craig beugte sich zu Torey hinunter. »Wir müssen Annie finden, um Summer zu finden. Es ist gut möglich, dass Annie durchdreht, wenn Summer sie unter Druck setzt. Summer muss dahintergekommen sein, dass Annie ihren Vater umgebracht hat.«

Torey sackte in sich zusammen. »Ich bringe nur Unglück. Ich stürze alle Menschen, die ich liebe, ins Verderben.«

Craig hörte Toreys Worte und erinnerte sich an sein eigenes Selbstmitleid, als ihm klar geworden war, was er angerichtet hatte. Sein Handy meldete den Eingang einer SMS. Weder Summer noch Annie waren bei dem Cottage ihrer Großeltern aufgetaucht.

»Marcus, hören Sie auf, sich in Ihrem Selbstmitleid zu suhlen. Oder ist Ihnen Summer egal?«

Torey zog die Nase hoch. »Sie ist mir nicht egal. Aber ich habe keine Ahnung, wo die beiden sein könnten. Das Cottage haben Sie wahrscheinlich schon gecheckt?«

»Da sind sie nicht. Denken Sie nach!«

Aber Torey schwieg und schüttelte nur den Kopf.

Es dauerte fünf Minuten, bis Beth und Kevin im Salon waren. Kevin verschlafen mit aufgequollenen Augen, Beth ungeschminkt im Morgenmantel, fröstelnd.

Craig feuerte sofort eine Breitseite ab. »Mrs. Carpenter, Sie wollen die Halle räumen lassen, damit Summer wieder in den Schoß der Familie zurückkehrt. Erreicht haben Sie das Gegenteil. Was wissen Sie? Reden Sie endlich!«

Beth starrte Craig mit aufgerissenen Augen an. »Diese Annie ist fast zehn Jahre älter. Meine Tochter ist fünfzehn. Sie hat Summer sexuell missbraucht! Annie muss eingesperrt werden.«

»Sie wussten, dass die beiden ein Verhältnis hatten? Warum keine Polizei?«

Beth Carpenters Blick huschte einen Moment zu Kevin, der augenblicklich wegschaute.

»Verflucht noch mal!«, stieß Craig aus. »Kevin, Sie haben es gewusst! Haben Sie es Ihrer Mutter gesteckt?«

Kevin reagierte nicht.

»Sie haben Ihrer Mutter einen Deal vorgeschlagen, nicht wahr? Summer kommt zur Vernunft, dafür kriegen Sie Annie?« Craig packte Kevin bei den Schultern und schüttelte ihn. »Ist das so?«, brüllte er.

Kevin gab Craig einen Stoß vor die Brust, sodass Craig nach hinten taumelte. Diese Reaktion hätte er dem Jungen nicht zugetraut.

»Summer ist vollkommen durchgedreht. Die hat echt geglaubt, dass Annie sie liebt. Aber Annie hat *mir* schöne Augen gemacht. Hat mich einmal sogar geküsst. Richtig. Hat mich an die Wand gedrückt und mir echt heiße Sachen ins Ohr geflüstert.« Kevin lief knallrot an. »Sobald die Halle ihr gehört, sollte ich dort einziehen. Bei ihr.«

Leighton baute sich vor Kevin auf. »An dem Abend war einer deiner Pens weg, korrekt?«

Kevin bewegte sich ruckartig hin und her. »Ja, das passiert mir häufiger.«

»Jede Wette, dass mit diesem Pen dein Vater ermordet wurde«, sagte Craig. »Das tut mir unendlich leid, das musst du mir glauben. Wir können ihn nicht mehr lebendig machen. Aber wir können Summer beschützen. Wenn wir wissen, wo sie ist. Annie ist zu allem fähig. Sie hat deinen Vater umgebracht ...« Craig ließ die Worte wirken.

Kevin traten Tränen in die Augen. »Der High Peak bei Sidmouth. Das ist unser magischer Ort.«

Craig kannte den Gipfel. Er lag nicht weit von den Klippen entfernt, die dort mehr als einhundert Meter übers Meer emporragten. Wer da hinunterstürzte, hatte keine Chance. Ein unübersichtliches Gelände. Der Peak selber war kahl, der höchste Punkt lag inmitten einer Wiese, aber die Klippen waren mit niedrigen Bäumen und dichten Sträuchern bewachsen. Keine freie Sicht und jede Menge lebensgefährliche Stellen.

Wortlos rannten Craig und Leighton aus dem Haus. Craig holte alles aus dem Spitfire heraus, Leighton alarmierte die Kollegen und den Küstenschutz. Ein Blitz zuckte über den Himmel. Auch das noch. Kurz darauf rollte der Donner über den Spitfire hinweg und brachte die Karosserie zum Vibrieren. Die ersten Tropfen fielen, dann prasselte der Regen auf das Dach, es klang wie Maschinengewehrfeuer. Craig und Leighton schauten sich an.

Leighton sprach aus, was Craig dachte; er hob die Stimme, um das Knallen des Regens zu übertönen: »Schöne Scheiße.«

Immerhin waren die Straßen noch leer, es war kurz nach sechs, die Sonne war hinter den Gewitterwolken schon längst aufgegangen. Zwielicht hüllte die Welt ein. Sie brauchten nur zwanzig Minuten bis Sidmouth. Craig jagte den Spitfire über einen Feldweg, sie setzten mehrmals auf, die letzten hundert Meter bis zum Peak schlitterte der Wagen über die Wiese, die Räder drehten durch, das Auto kam zum Stehen, Craig und Leighton sprangen heraus.

Der eiskalte Regen durchnässte Craig augenblicklich; er rannte los, schrie Summers Namen, dann Annies. Der Regen behinderte die Sicht, Sirenen näherten sich. Sie mussten sich breit ausfächern. Craig wies Leighton an, die Männer einzuteilen, und lief los. Er musste aufpassen, dass er nicht hinschlug, das Regenwasser kam ihm bereits in kleinen Bächen entgegen, der lehmige Untergrund war glitschig.

Nach vierzig Metern sah Craig jemanden auf der Wiese kauern. Er beschleunigte. Als er herangekommen war, entpuppte sich die Gestalt als Rucksack. Er warf einen Blick hinein. Er gehörte eindeutig Summer. Ihr internationaler Schülerausweis lag obenauf. Craig fand ihre Kleider und fast dreitausend Pfund in bar. Hatte sie fliehen wollen? Gemeinsam mit Annie? Hatte sie Fluchtpläne geschmiedet – und keine Mordpläne?

Warum hatte sie den Rucksack hier zurückgelassen? Wo verdammt waren die beiden? Craig war die ganze Zeit davon ausgegangen, dass die zwei zusammen unterwegs sein mussten. Und wenn nicht?

Er hetzte weiter. Der Regen hatte jegliche Spuren verwischt, aber Craig setzte darauf, dass sie zu den Klippen gelaufen waren. Immer wieder rief er nach Summer und Annie, doch niemand antwortete. Er überquerte den Wanderweg, der sich an der Küste entlangzog und die Wiese von dem niedrigen Wäldchen trennte. Warnschilder standen hier: »Vorsicht. Instabile Klippen. Lebensgefahr.«

Craig zögerte einen Moment. Bei diesem Wetter kam es einem Selbstmordversuch gleich, sich an der Steilküste aufzuhalten. Der Regen riss ganze Stücke der Klippen in die Tiefe, es war nicht vorhersehbar, wann und wo. Erst vor wenigen Wochen war ein Dutzende Kubikmeter großes Stück abgebrochen und hatte zwanzig Meter des Wanderweges mitgerissen. Nur durch Zufall war niemand verletzt worden.

Aus den Augenwinkeln nahm Craig eine Bewegung wahr. Er riss den Kopf herum. Eine Gestalt, die er nur als Silhouette erkennen konnte, rannte in Richtung des Abgrunds. Da! Eine zweite folgte ihr.

»Summer!«, brüllte Craig gegen den Regen und den Wind an. »Annie!«

Wer immer dort rannte, konnte oder wollte ihn nicht hören. Er beschleunigte, nasse Äste peitschten ihm ins Gesicht, Wurzeln zwangen ihn immer wieder zu Sprüngen, er musste Bäumen ausweichen und Büschen, die zu dicht waren, um hindurchzukommen. Er hörte einen schrillen Schrei, legte noch einen Zahn zu, sein Puls hämmerte in seinen Schläfen, er pumpte in kurzen harten Stößen Luft in die Lungen, bis seine Seite anfing zu schmerzen. Plötzlich stand er am Waldrand.

Bäume und Büsche waren schlagartig zurückgewichen. Vier Schritte mehr, und er wäre abgestürzt.

Wieder ein Schrei. Von rechts. Eine Böe peitschte ihm Regen ins Gesicht, er musste sich gegen den Wind stemmen, um nicht weggeweht zu werden.

Zwei Silhouetten tauchten aus den Regenschleppen auf. Sie rangen miteinander. Craig konnte die beiden nicht auseinanderhalten. Wieder ein Schrei und noch einer. Er konnte die Entfernung zu den beiden nicht einschätzen.

Der Regen fiel immer dichter, Craig kämpfte sich Meter um Meter vor, setzte sorgfältig einen Fuß vor den anderen, achtete darauf, nicht zu nah an die Kante zu geraten. Die Rinnsale schwollen immer mehr an, ergossen sich über die Klippe. Jeden Moment konnte ein Stück wegbrechen. Craig hatte Angst. Von einer Sekunde auf die andere konnte er auf dem Strand, hundert Meter unter ihm, zerschellen. Sein Herz schmerzte in seiner Brust, so hart schlug es. Er ging weiter.

Wenn er es vermochte, musste er den beiden helfen, sie zurück auf sicheren Boden befördern. Aber wie stellte er sich das vor? Beide k. o. schlagen? Er musste sie trennen, damit sie wieder zu Verstand kamen, damit sie begriffen, dass sie in Todesgefahr schwebten.

Craig kämpfte sich weiter, jetzt konnte er sie erkennen. Er brüllte gegen den Wind an: »Annie! Summer! Hört auf!«, aber sie zeigten keine Reaktion.

Sie waren in Raserei verfallen, rissen sich an den Haaren, traten, schlugen sich. Selbst als Craig nur noch zwei Meter entfernt war, nahmen sie ihn nicht wahr. Craig kannte das, wusste, dass Menschen, die um ihr Leben kämpften, ihre Sinne nur auf den Feind fokussierten. Die Welt um sie herum existierte nicht mehr.

Craig sammelte seine Kräfte, doch bevor er sie erreichte, gab der Boden unter ihnen nach, sie warfen die Arme nach oben und verschwanden im Abgrund. Ein langgezogenes Heulen übertönte den Sturm. Craig schnellte nach vorn, landete auf dem Bauch. Nach vier Sekunden war nur noch das tosende Gewitter zu hören, das genau über dem High Peak stand, der Schrei war abgerissen. Blitz – Donner. Unmittelbar nacheinander. Craig war sich sicher: Annie und Summer waren tot. Er robbte zur Abbruchkante, erwartete, dass auch er hinabgezogen wurde. Er lugte über den Rand, hielt den Atem an.

Summer hatte sich an einer Wurzel festgekrallt, sie zappelte, die Wurzel drohte jeden Moment zu reißen. Craig pumpte seine Lungen voll und schrie, so laut er konnte. Summer hörte auf zu zappeln. Sie hatte ihn gehört, schaute nach oben. Das Grauen stand ihr im Gesicht. Sie ließ den Kopf hängen. Sie war kurz davor aufzugeben.

Craig zog seinen Gürtel aus, machte eine Schlaufe und ließ sie zu Summer hinunter. Sie hätte eine Hand in die Schlaufe stecken können, doch sie zögerte. Panik. Handlungsunfähig. Lebensmüde?

Blitz, Donner. Dantes Inferno, zuckte es Craig durch den Kopf. Erdbrocken bröselten von der Kante, einer traf Summer am Kopf, der Rest fiel in die Tiefe. Sie zuckte zusammen, löste eine Hand von der Wurzel, ergriff die Schlaufe, schob die Hand hindurch. Craig zog am Gürtel, er legte sich um ihr Gelenk. Das andere Ende des Gürtels wickelte sich Craig um den Unterarm.

»Loslassen«, brüllte Craig. Summer hob den Kopf, starrte in seine Augen und löste die andere Hand. Der Ruck fuhr durch seinen ganzen Körper. Craig fürchtete, das Gewicht müsse ihn über die Klippe ziehen, aber er hatte sich so fest an den Boden gepresst, dass er nur einige wenige Zentimeter nach vorn rutschte und dann liegen blieb. Es fühlte sich an, als würde ihm der Arm ausgerissen. Craig schnappte nach Luft, erwartete den Schmerz, doch der würde später kommen.

Er presste die andere Hand neben seine Rippen, streckte die Fersen hoch, rammte die Zehen in den Boden und drückte. Ein unglaubliches Glücksgefühl durchfuhr ihn. Zehn Zentimeter hatte er sich und Summer bewegen können. Weg von der Kante. Ein Sieg! Noch mal. Wieder ein Sieg. Craigs Kräfte wuchsen. Und noch mal. Er lag jetzt fast einen halben Meter von der Kante entfernt, beim nächsten Mal musste Summers Schopf auftauchen.

Er drückte die Füße durch, aber da war kein Widerstand mehr. Er rutschte nach vorn. Einen Zentimeter. Unter seinem Bauch grub sich ein kleiner Bach sein Bett. Er würde die Erde unter ihm wegspülen, dann waren sie verloren. Craig fluchte stumm. Er hatte zwei Möglichkeiten: Summer sterben lassen und sich retten. Summer nicht loslassen und mit ihr sterben.

Immer mehr Wasser stürzte auf ihn ein, von Summer hörte er nichts. Sie hielt still, sie glaubte, dass er sie retten würde. Merkte sie denn nicht, dass sie nach unten rutschte? Craig spannte die Fersen mit aller Kraft an, aber sie fanden keinen Halt, Summer zog ihn unaufhaltsam in den Abgrund. Wollte er leben, musste er loslassen. Er schloss die Augen. »Verzeih mir, Summer, ich habe alles getan, was ich konnte.« Er gab seinen Muskeln den Befehl loszulassen, doch sie gehorchten nicht, hatten sich verkrampft. Es war vorbei. Gleich würden sie in die Tiefe gerissen werden. Craig dachte an seine Frau und fragte sich, ob es nicht doch einen Himmel gab, in dem man seine Liebsten wiedertreffen würde. Der Gedanke spendete ihm Trost.

Etwas zerrte an ihm. Er öffnete die Augen. Jetzt spürte er es: Auf seinen Fersen lag Gewicht. Sie rutschten nicht mehr. Sein Verstand war zu langsam gewesen, um zu begreifen, dass ihnen jemand half. Dass Rettung möglich war. Er konzentrierte sich. Jemand rief etwas in den Wind, das er nicht verstand. Selbst die Stimme erkannte er nicht. Wie konnte er am besten helfen? Er musste sich steif machen wie ein Brett, damit er besser durch den Schlamm gezogen werden konnte. Er spannte jeden Muskel im Leib an. Ein Ruck an seinen Beinen. Ein winziges Stück glitt er zurück. Gut. Gut! Weiter so, so kann es gelingen. Noch ein Ruck, ein etwas größeres Stück. Dann ein tierisches Brüllen.

Summers Kopf tauchte auf, sie schlug sofort die Hand in den Schlamm, wühlte umher, suchte Halt, fand eine Wurzel. Der Druck auf Craigs Arm ließ nach, er ging auf die Knie, nahm den anderen Arm zu Hilfe und zog Summer hoch. Keuchend lag sie im Schlamm, Wasser strömte um sie herum, sie war am Ende ihrer Kräfte.

Craig zögerte nicht. Er packte Summer bei den Armen, zog sie weg von der Kante, stolperte rückwärts, ließ sich fallen, Summer landete auf ihm. Er hielt sie fest, strich über ihr schlammverkrustetes Haar, flüsterte abgehackt: »Du wirst leben.« Er schmeckte Schlamm. Craig atmete tief durch, dann rollte er Summer von sich herunter, die bewusstlos war vor Erschöpfung.

Eine Hand streckte sich ihm von der Seite entgegen, Craig wandte den Kopf, erkannte seinen Retter. Es war Leighton. Er hatte sein Leben riskiert, um ihn zu retten. Leighton war von Kopf bis Fuß verdreckt, er keuchte, auch er hatte keine Kraft mehr. Craig ergriff die Hand, drückte sie, nickte seinem Partner zu.

Der Regen prasselte weiter, aus den Rinnsalen waren kleine Bäche geworden, ein Baum neigte sich nach vorn, verschwand. Die Gefahr war nicht vorüber. Die gesamte Klippe war instabil geworden. Sie mussten weg hier, sofort.

Craig sprang auf, zog Summer hoch, die wie ein Sack in seinen Armen hing. Leighton rappelte sich auf, Craig gab ihm einen Stoß, zeigte auf die Klippe. Er begriff, stolperte los, Craig hinter ihm her. Das Wäldchen schien endlos zu sein. Craigs Lungen brannten, seine Beinmuskeln waren hart wie Holz.

Endlich tat sich vor ihnen der High Peak auf. Craig sank in die Knie, legte Summer ab, fühlte den Puls, horchte nach ihrem Atem. Schwach, aber stabil. Leighton lag auf dem Rücken, die Arme ausgebreitet, er hechelte.

Craig erhob sich, breitete die Arme aus, sah blaue Blitze durch die Regenschleppen hindurchzucken und schrie die Wolken und den Regen an, bis sein Hals brannte und ihm die Luft ausging. Dann wurde er ohnmächtig.

TAG 11

ZWEI MONATE SPÄTER

DONNERSTAG, 22. SEPTEMBER

50

Der Sommer war vorbei. Der Herbst hatte Exeter bereits mit einem frühen, ungewöhnlich starken Sturm begrüßt, der das Wasser den Exe hinaufgetrieben und erneut für Überschwemmungen gesorgt hatte.

Mit Pettigrew hatte sich Craig verständigt: Sie waren sich einig, dass Carpenter gleichermaßen gut und böse gewesen war. Bei der Schlussfeier der Mordkommission presste Craig Apfelsinen aus, Pettigrew stiftete den Whisky, sie stießen an, bedankten sich bei der Crew für die großartige Zusammenarbeit.

Doch der Fall war noch nicht abgeschlossen. Es hatte zwei Monate gedauert, bis Craig sich hatte erinnern können, was auf den Klippen am High Peak geschehen war. Er hatte sich den Kopf zermartert, doch erst als er die Erinnerungen nicht mehr aus seinem Hirn quetschen wollte, als er sie losließ, gab es die Bilder frei. Jetzt wusste er wieder, was an der Klippe geschehen war.

Summer war nach einer Woche wieder auf den Beinen gewesen, er hatte sie vernommen, und sie hatte zu Protokoll gegeben, dass Annie Roland sie angegriffen und sie sich verteidigt habe. Und dass sie Craig und Leighton ewig dankbar sein würde. Wenn er jemals etwas brauche, solle er sich an sie wenden. Heute war der Tag, an dem er Summers Versprechen einfordern würde: Er wollte die Wahrheit wissen, und er wollte sie von ihr wissen.

Craig ließ den Spitfire zweihundert Meter von der Halle entfernt stehen. Inzwischen war das ehemals besetzte Gebäude geräumt, die Obdachlosen hatten weiterziehen müssen. Beth Carpenter hatte die Halle im Gedenken an ihren Mann der Stadt gestiftet, damit sie zum Kulturzentrum ausgebaut werden konnte. Die Wohltäterin würde die Renovierung bezahlen. Außerdem übernahm sie die Kosten für einen Verwalter, die künstlerische Leitung und eine Ausfallbürgschaft, sollte eine Veranstaltung ein Minus erwirtschaften.

Weder Leighton noch Keen wussten etwas von seinem Treffen mit Summer. Das Gespräch mit Leighton hatte er bis heute vor sich hergeschoben. Wahrscheinlich würde er ihn gar nicht mehr darauf ansprechen. Eigentlich waren sie quitt. Leighton hatte ihm das Leben gerettet, Craig rettete Leightons Ruf und dessen Karriere.

In den letzten zwei Monaten hatten sie reibungslos zusammengearbeitet. Keen hatte es zufrieden zur Kenntnis genommen und bei jeder Gelegenheit betont, dass er Craig nach wie vor mit aller Leidenschaft hasste.

Summer trat vor die Tür des zukünftigen Kulturzentrums. Sie sah Craig, winkte ihm zu. Wie immer trug sie Schwarz, es waren noch ein paar Piercings dazugekommen, und seit Neuestem hatte sie eine, in Craigs Augen, riesige Scheibe aus Horn in einem Ohr. Craig winkte zurück.

Summer rannte ihm entgegen, warf sich ihm in die Arme, drückte ihn, löste sich. »Mein weißer Ritter! Mein Retter! Womit kann ich Euch zu Diensten sein? Was immer Ihr wünscht, es sei Euer!«

Craig zwang sich ein Lächeln auf die Lippen. »Ich wünsche mir nur einen kleinen Spaziergang.«

»Eure Bitte ist gewährt! Wo?«

»Das ist eine Überraschung.« Er zeigte auf den Spitfire.

Summer klatschte in die Hände. »Wenn ich den Führerschein habe, will ich auch so einen.«

Craig hielt ihr den Schlag auf, sie stieg mit grazilen Bewegungen ein, schob sich das Haar hinter die Ohren. »Wie geheimnisvoll! Ich liebe Geheimnisse!«

Craig klemmte sich hinter das Lenkrad, ließ den Spitfire an, rollte langsam auf die Straße. Er lenkte den Wagen aus Exeter hinaus nach Sidmouth, zum High Peak, dachte an Annie Roland und Floyd Carpenter.

Summer plapperte munter drauflos, erzählte von der Schule, von der Halle und ihren Freundinnen. Dass sie fast gestorben wäre, merkte man ihr nicht an. Auch nicht, dass zwei Menschen, die sie geliebt hatte, tot waren. Sie war voller Energie und erzählte voller Stolz, dass sie im Moment in allen Fächern ein »A« hatte und dass sie nicht zulassen würde, dass sich das änderte. Besser ging es nicht.

Craig fuhr denselben Weg, den er vor acht Wochen genommen hatte, als er Summer und Annie gesucht hatte.

Plötzlich schwieg Summer und starrte aus dem Fenster. Ihre Stirn kräuselte sich, sie rutschte auf dem Sitz hin und her. »Wohin fahren wir?«, fragte sie.

Craig schwieg. Sie wusste es längst.

»Zum High Peak.« Ihre Stimme hatte sich um eine Oktave erhöht. »Ich will nicht zum High Peak.«

»Du hast es versprochen. Ein Spaziergang. Mit mir. Am High Peak.«

Schweiß bildete sich auf ihrer Stirn. »Sie können mich nicht zwingen.«

Craig gab Gas. »Doch, ich kann. Und du tust gut daran, dich nicht zu widersetzen. Ich könnte dir erhebliche Probleme bereiten.«

Summer wischte sich den Schweiß aus dem Gesicht.

»Nur ein kleiner Spaziergang«, sagte Craig, »Nichts weiter. Das bist du mir schuldig.«

Summer biss sich auf die Lippen und schwieg.

Diesmal parkte Craig den Spitfire am Ende des Weges zum High Peak. Die Wiese war für diesen Wagen nicht befahrbar. Es hatte mehrere Stunden gedauert, den Spitfire aus der Wiese herauszuziehen, und heute hatte er es nicht eilig.

Summer blieb sitzen, Craig ging um den Wagen herum, öffnete die Tür, packte sie am Arm und zog sie hoch.

»Au, verdammt, das tut weh. Sind Sie verrückt geworden?«

Craig sparte sich eine Antwort, stieß sie in Richtung der Klippe, an der sie um ihr Leben gerungen hatten. Craig lief es eiskalt über den Rücken. Er spürte den Regen, den Schlamm und seinen linken Arm, der seit dem Tag immer wieder schmerzte.

»Ihr habt euch hier getroffen.« Er zeigte auf die Wiese, die den High Peak markierte.

»Ja, und? Das habe ich alles schon hundertmal erzählt.«

»Vorher hast du Annies Sachen durchwühlt.«

»So ein Unsinn.«

Craig stupste sie weiter.

»An ihrem Tagebuch konnten wir Glitterpartikel sichern. Derselbe Glitter, den du in den Haaren hattest, als ich dich das erste Mal gesehen habe.«

»Das können Sie niemals beweisen.«

»Das ist korrekt. Deshalb sind wir hier. Dein Versprechen. Ich will die Wahrheit.«

»Die habe ich erzählt.«

Craig zeigte auf das Wäldchen. »Ich kam dazu, als ihr an der Klippe standet und miteinander gekämpft habt.«

Er zog sie mit sich und erkannte die Stelle fast nicht wieder, an der Annie, Summer und er abgestürzt waren und um ein Haar ihr Leben verloren hätten, wenn Leighton nicht seines riskiert hätte. Ein Holzzaun verwehrte den Zugang zu der abgebrochenen Klippe, mehrere Schilder verboten den Durchgang und warnten, dass es lebensgefährlich sei, sich der Kante zu nähern. Ein Zacken von mehr als zehn Metern Durchmesser unterbrach die Küstenlinie. Nur wenige Minuten nachdem sie erschöpft auf der Wiese zusammengesackt waren, hatte sich ein riesiger Brocken gelöst und alles mit sich gerissen.

Craig zwang Summer dazu, sich an den Zaun zu stellen und hinunterzuschauen.

Sie schwitzte. Zitterte.

»*Du* hast dich nicht verteidigt. *Annie* hat sich verteidigt. Du hast sie angegriffen. Mit einem Pen deines Bruders. Du wolltest sie töten, so wie sie deinen Vater getötet hat.« So musste es gewesen sein. Craig ließ die Worte wirken.

Summer war zu jung, um sich gegen die Flut der Erinnerungen wehren zu können, um zu verdrängen, was sie getan hatte. Sie war zu unerfahren, um ihn kalt abblitzen zu lassen, und zu naiv, um die Gefahr zu erkennen, in der sie schwebte. Mit voller Wucht brachen ihre Gefühle hervor, die sie seit zwei Monaten unterdrückte.

»Ich hoffe, sie ist in der schlimmsten Hölle, die es gibt. Diese verfickte Schlampe! Ich hoffe, sie erleidet jeden Tag alle Qualen der Welt.« Sie brüllte. Schrill. Trotzig.

»Aber das war nicht der einzige Grund, nicht wahr? Du hast ausgesagt, dass du es zu Hause nicht mehr ausgehalten hast und deswegen ausreißen wolltest. In deinem Rucksack fand sich alles, was man unterwegs so braucht. Oder wenn man umziehen will. Deine Lieblingskleider, Papiere, Geld, ein paar Bücher, das Ladegerät für dein Smartphone, ein wenig Wegzehrung. Du wolltest mit Annie abhauen.«

»Ich hätte ihr verziehen.«

»Den Mord an deinem Vater, den hättest du ihr verziehen. Denn Liebe verzeiht alles. Oder vielmehr: fast alles, nicht wahr? Sie verzeiht nicht, wenn sie zerbrochen wird.«

»Ich wollte sie mitnehmen. Ich hätte Geld genug gehabt, Dad hat mir ein Konto eingerichtet, auf das er jeden Monat zweitausend Pfund eingezahlt hat. Ich habe nur wenig ausgegeben, es ist eine ansehnliche Summe geworden. Genug für ein Jahr oder mehr. Und bald werde ich sechzehn, dann kann ich mich aufhalten, wo ich will. Endlich frei. Endlich wirklich geliebt werden.«

Craig hatte sie am Haken. »Aber Annie hat dich benutzt. Um an deinen Vater ranzukommen.«

»Nein! So war das nicht! Es war Liebe auf den ersten Blick. Mein Gott, wir mussten so vorsichtig sein. Ich bin fünfzehn. Mum hätte sie festnehmen lassen. Bei Dad war ich mir nicht sicher, aber ich wollte es nicht darauf ankommen lassen. Sie hat erst begriffen, was mein Vater getan hat, als sie in Dads Notizbuch geblättert hatte. Ich hatte die Eintragungen nicht verstanden, sie sofort. Es war nur eine Randnotiz.«

Eine Randnotiz, die zwei Menschen in den Selbstmord getrieben hatte.

»Wie hast du herausgefunden, dass Annie deinen Vater ermordet hat?«

»Sie hatte sein Smartphone mitgenommen, hielt es mir unter die Nase. Darauf waren Bilder von ihm und Lucy Dylan. Er hat Selfies beim Sex gemacht.« Summer verzog angewidert das Gesicht. »Das hatte nichts mit Liebe zu tun. Es war widerwärtig.«

Also hatte Summer ihren Vater nicht so vergöttert, wie sie es vorgegeben hatte. Für sie musste Liebe im Spiel sein, purer Sex war unmoralisch.

»Wo ist das Handy?«

»Es ist mit ihr abgestürzt.«

»Als sie dir das Handy gezeigt hat, gab sie zu, deinen Vater ermordet zu haben?«

»Ich hätte es verstehen können. Ich hätte ihr verziehen!« Den letzten Satz brüllte sie.

»Aber du hast ihr nicht verziehen. Du konntest ihr nicht vergeben, denn sie wollte dich verlassen. Warum? Gab es eine andere?«

Summer trat auf den Zaun ein. Ein Brett brach.

»Kevin! Das konnte ich nicht zulassen. Gerade er! Mein eigener Bruder! Dieser Wicht!« Sie machte eine wegwerfende Handbewegung. »Ich habe sie angefleht, habe sie geküsst, sie hat es geschehen lassen, hat mir über den Kopf gestrichen und gesagt, wir könnten uns ja ab und zu zum Sex treffen.« Sie überlegte einen Moment. »Der Regen, das Gewitter. Es war so kitschig, so billig.«

Craig begriff. Seine Prophezeiung, dass der Mörder noch nicht fertig war, erfüllte sich. Vielleicht hatte Annie Summer wirklich geliebt. Ihr Tagebucheintrag sprach dafür. Aber ihr Hass auf Floyd Carpenter war größer gewesen. Hatte sie in die Carpenter-Dynastie einheiraten wollen, um sie von innen heraus zu zerstören? Dann wäre der Mord an Floyd der erste Teil ihres Plans gewesen. Beth und Kevin standen ebenfalls auf der Liste. Summer auch? Sie war ihr in die Quere gekommen. Annie hatte zu hoch gepokert, hatte die Gefühle eines Teenagers unterschätzt.

»Ich wollte ihr nichts tun, ich hatte keinen Plan. Ich wollte sie für mich, wollte sie dazu bringen, mit mir zu gehen. Plötzlich lag da ein Knüppel. Den habe ich mir gegriffen und sie damit bedroht, sie wich zurück, ich habe ihr einen Schlag verpasst, nicht fest genug, sie schaffte es wegzulaufen, ich warf den Knüppel fort, holte sie an der Klippe ein. Sie versuchte sich herauszureden.« Summer senkte den Blick. »Ich war so wütend, stellte mir vor, wie sie sich von meinem Bruder ficken ließ. Ich habe nur noch rote Schlieren vor meinen Augen gesehen, habe ihr meine Faust ins Gesicht gedroschen. Sie stolperte nach hinten, ruderte mit den Armen, ich wünschte, sie würde fallen, doch im letzten Moment griff ich nach ihr. Dann brach der Boden unter unseren Füßen weg. Den Rest kennen Sie.« Sie brach in Tränen aus. »Ich liebe sie noch immer! Ist das nicht furchtbar? Ich vermisse sie jeden Tag, ich kann kaum schlafen. Kevin weiß von alledem nichts.« Sie hob den Kopf. »Er darf das niemals erfahren, bitte. Ich flehe Sie an.«

Craig machte einen Schritt nach vorn, nahm Summer am Arm, bugsierte sie zum Wagen, drückte sie auf den Beifahrersitz und legte ihr den Sicherheitsgurt an. Sie leistete keinen Widerstand, weinte nur leise vor sich hin.

Craig setzte sich hinter das Steuer und legte seine Hände auf das Lenkrad. Was sollte er tun? Hatte Summer gerade einen Mordversuch gestanden? Vor Gericht würde sie sich darauf berufen, dass sie versucht hätte, Annie festzuhalten. Und sie würde zu Recht behaupten, Craig habe sie unter Druck gesetzt. Beth Carpenter würde eine Meute bester Strafverteidiger auf Craig loslassen, mit dem Ergebnis, dass *er* ein Verfahren an den Hals bekam und nicht Summer.

Summer putzte sich die Nase. »Haben Sie alles aufgenommen? Verhaften Sie mich jetzt?«

Craig zog sein analoges Diktiergerät aus der Tasche, das noch auf Band aufzeichnete. »Alles, was du gesagt hast, ist hier drauf.«

Summer krallte die Finger ihrer Linken in ihr rechtes Handgelenk, starrte auf das kleine Gerät.

»Am liebsten würdest du es zerstören.«

Summer nickte, schaute ihn an, ihre Augen verschleiert von Trauer und Angst. Eine Minute verging, dann verdrängte ein schwaches Leuchten den Schleier in ihren Augen. »Machen wir einen Deal?«

Kein Zweifel, ihr Verstand kehrte zurück.

»Ich weiß, ich habe gesagt, dass ich mir einen Moment lang gewünscht habe, dass sie fällt. Vor lauter Wut und Verzweiflung. Aber ich habe sie nicht umbringen wollen. Ich habe nach ihr gegriffen. Das schwöre ich. Deswegen sind wir beide gestürzt. Ich hätte mich nach hinten fallen lassen können.« Sie sah Craig an, wartete auf eine Reaktion, die nicht kam. »Ich verspreche, dass ich eine Therapie mache, damit ich meine Wutanfälle in den Griff kriege. Ich werde Kevin nichts sagen, und Sie schweigen ebenfalls.« Sie lehnte sich zurück. »Ich habe meine Strafe bereits erhalten. Lebenslänglich. Ich werde mich jeden Tag meines Lebens fragen, ob ich Annie hätte retten können.«

Craig ließ den Motor an, fuhr los. Summers und Kevins große Liebe hatte ihren Vater ermordet. Hatte Summer begriffen, was Annie vorgehabt hatte? Hatte sie ihre Familie schützen wollen? Er konnte es nicht entscheiden, und es spielte auch keine Rolle mehr. Er schaute Summer von der Seite an. War dieser Deal mit seinem Gewissen vereinbar?

»Und du wirst Anwältin und verteidigst Mittellose?«

Summer hob die Hand. »Ich schwöre es bei Annies Seele.« Sie schluchzte. »Und bei der Seele meines Vaters.«

Craig kam sich kindisch vor, aber Summer schien es ernst zu meinen, und wer weiß, vielleicht würde es so kommen. Manche Schwüre, die man in jungen Jahren leistete, hatten Bestand, prägten den Rest des Lebens.

Er schlug die Richtung nach Rosewood ein, noch immer belagerten die Medien das Anwesen. Er öffnete Summer die Wagentür. Sie stieg aus, er schwieg. Sie ging die Auffahrt hinauf. Torey begrüßte sie, nicht ihre Mutter. Am Eingang drehte sich Summer noch einmal um, winkte und lächelte unsicher.

Craig hob seine Hand bis zur Hüfte. Diese junge Frau hatte

eine komplizierte Zukunft vor sich. Er wartete, bis die Tür geschlossen war, warf noch einen Blick auf Rosewood, beneidete niemanden, der hier wohnte.

Es war Zeit, zurückzufahren, Entscheidungen zu treffen, sein eigenes Leben in den Griff zu bekommen. Ein rasender Schmerz fuhr durch seinen Bauch, und das Bild seiner Frau tauchte vor ihm auf. Würde er sie je wiedersehen? Er kämpfte den Schmerz nieder. Die Frage, die er jetzt beantworten musste, lautete: Was sollte er mit Summer anstellen?

Auf der Exe-Bridge fummelte er das Band aus dem Diktiergerät, warf einen Blick darauf und schleuderte es in die dunklen Wasser des Exe.

Mein besonderer Dank gilt:

Sabine Klewe
Julia Jansen-Meurer
Daniela Jarzynka